北辺の代官 頼 杏坪

玄武の果て

戸塚らばお

この儒学者、破天荒につき

カバーデザイン　矢野優子
装幀　菁文社

玄武の果て／目次

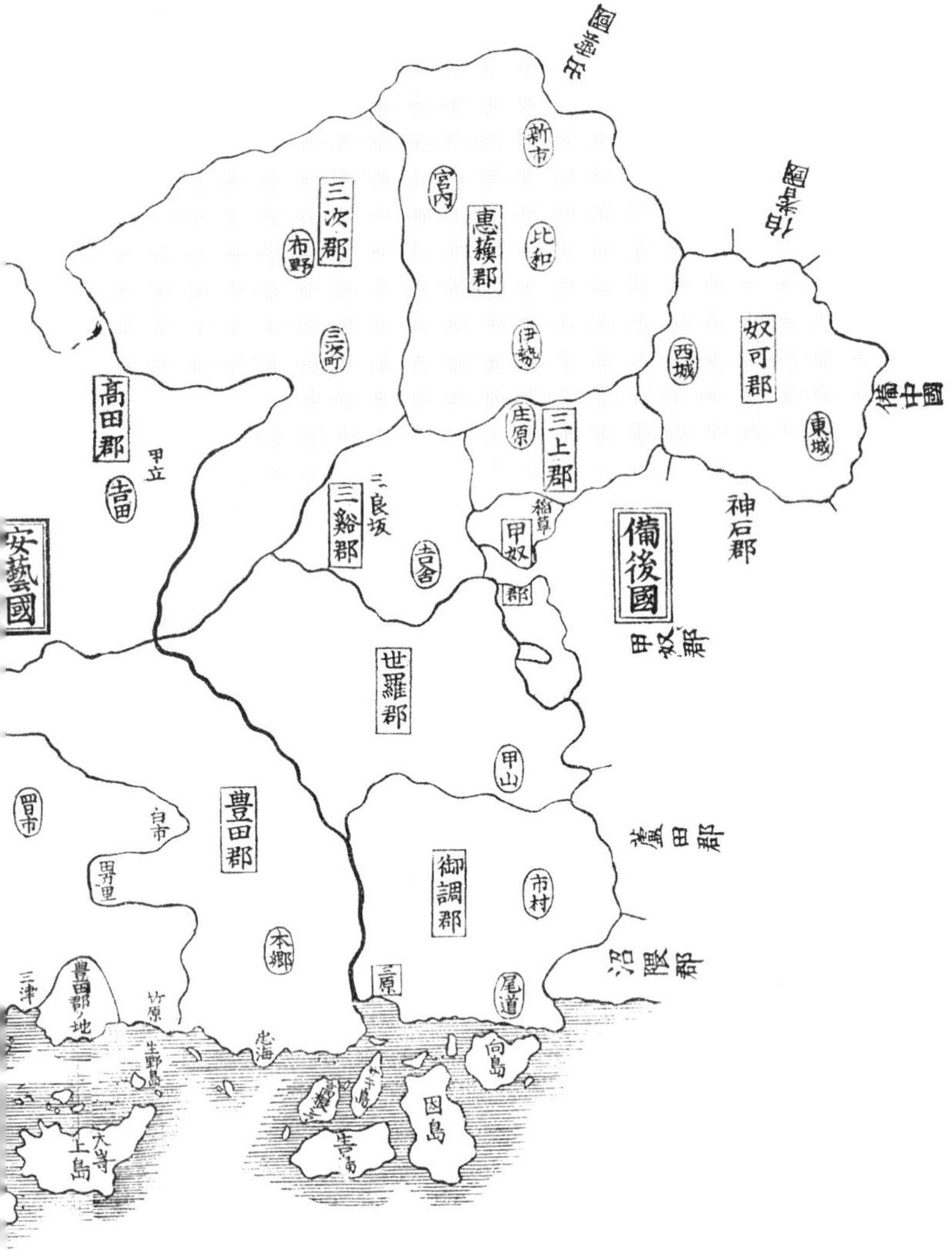

備後國
安藝國
出雲國
伯耆國
備中國
三次郡
布野
三次町
惠蘇郡
新市
宮内
比和
伊勢
奴可郡
西城
東城
三上郡
庄原
稲草
甲奴
郡
高田郡
甲立
吉田
三谿郡
三良坂
吉舎
世羅郡
甲山
神石郡
甲奴郡
豊田郡
白市
本郷
御調郡
市村
尾道
三原
蘆田郡
沼隈郡
竹原
忠海
三津
豊田郡ノ地
生野島
大崎上島
向島
因島

日吉神社〔別名：山王社《さんのうしゃ》〕（庄原市山内町）
頼杏坪は文化９年（1812）３月25日、この神社の境内で敬老会を催した。当社蔵の「敬老図」には127名が参集したと杏坪自身が記している。さらに文化11年６月５日には雨乞祈祷を行った。

充糧《じゅうりょう》碑《ひ》（日吉神社境内）
頼杏坪は飢饉に対処するため文政２年（1819）から各村に3000本の柿を植えさせ、柿が実をつけ始めたことから、文政13年（1830）、その記念に石碑を立てて充糧碑と称した。

北辺の代官 頼 杏坪

玄武の果て

この儒学者、破天荒につき

第一章　北へ吹く風

一

うす暗い寒々とした奥書院の小部屋。

「さても、そのほう、頼万四郎《らいまんしろう》様は存じおろうな」

痩せぎすの初老の上役の声がこもって聞こえた。

のっけからの問いかけに大島与一《おおしまよいち》は答えもできない。早朝の呼び出しともなれば、何をおいてもまず用向きの話をするのが筋というものではないか、と軽い怒りを感じた。

「儒者《じゅしゃ》で御納戸《おなんど》役の頼杏坪《きょうへい》様じゃぞ、そなた、まこと知らんのか」

「お名前は耳にしたように思いますが、お会いしたこともなく、よくは存じません」

あの方を存じおらんとはのう、と言って上役は、さげすむような目を与一に向けた。

「ということは、そなた、学問所出ではないのか?」

藩の学問所にも修業堂にも通うたことがないゆえに、かくも軽輩の身に甘んじているのだ、という言葉が与一の口から出かかった。そして上役に向かって頭をさげている間に、いまだ面識のない頼杏坪という人物に対する不快な念もわいてきた。

「北辺へ出張って頼さまを補佐せよとのことじゃ」

やっと本題に入った。地方を監察する一行にしたがって下働きせよ、という。

「あのお方の下で働けるのじゃぞ。よい機会と思うて、お手伝いするかたわら、しっかり薫陶を授けていただくがよかろう」

なんたる言いぐさかと思ったが、だまって承って、また頭をさげた。

「頼様はすでに三次に入っておられる。そのほう、でき得《う》れば午後にも発って、明日のうちに現地の代官所に到着するように。しかと申しつけたぞ」

尻でも喰らえ。三次までといえば十七里の長旅ではないか。飛んで行けとでも言うのか。憤懣やるかたない。大島与一はその気持ちをこらえ、訊かずもがなの質問をしてみたが、

「郡役所への届け出？　左様な必要はない。当方より連絡しておくゆえ、心配は無用じゃ。さっさと旅の仕度にかかるがよい」

大小姓《おおこしょう》組頭補佐役は露骨に顔をしかめ吐き捨てるように言った。


北辺の山の端《は》に日が傾く。

広島浅野藩領三次郡へつづく街道を行きかう人の姿も、めっきり少なくなった。その街

道のぬかるんだ道をひと足歩めば、ひと足ごとに一昨日の郡方上役との会話の場面が思い出され、舌打ちをひとつ打てば、そのたびに季節は冬へと逆戻りする。

重い足を引きずりながら、川を越えて三次の町にはいる頃には、日はとっぷりと暮れた。盆地の山から吹きおろす寒風が容赦なく首筋を刺し、三月（旧暦）の宵とは思えないほど冷え込んできた。雲州（出雲国）と芸州（安芸国）を結ぶ要路の宿場町と聞かされていたが、想像とは違ってあたりは灯もまばらでさびれた空気に包まれている。

初めて足を踏み入れた町だったが、月明かりがあるうえ、道が直線状に走っているので、小路に迷わなければ指定された場所へ至るのにさして苦労はなかった。

目指す代官所は、旧三次藩庁であった御館《おやかた》のすぐそばにあった。

粗末な冠木門《かぶきもん》をくぐって案内を乞うと、下男らしき老爺《ろうや》が出てきた。用件を聞くとすぐに奥にひっこんで、待つほどに、こんどは燭台《しょくだい》を持った長身の影があらわれた。

男は明かりをすかすようにして顔を近づけるや、

「おおっ――」

おまえか、と驚きの声を上げた。

聞き覚えのある声の主は、同役の井上新八《いのうえしんぱち》だった。しかたなく大島与一は無言のまま、ちょっと片手をあげて応じたが、大きなため息と小さな舌打ちは隠しようがなかった。

急ぎ北郡へ出張せよ、と命《めい》じられたのが昨日の午前のことである。いつもながら人を人とも思わぬ上の扱いにまず腹が立った。郡役所の役人ではなく大小姓組頭補佐役という人物からの命令ゆえに特別な任務だと思いきや、急病で北郡行きがかなわなくなった先輩役人の代替《だいたい》要員だと告げられ、与一の気力は萎《な》えた。同時にいやな心持ちになった。

そして北の僻地《へきち》に来てみれば、現地調査を支援する同役が、よりにもよってこの井上新八である。今回の任務に気乗りしなかった理由が実はこれだったのかと、いやな予感が当たったことにうんざりした。新八はでき得れば会うのを最も避けたい人間のひとりである。そんな男と顔をつき合わすことになった偶然を、与一は一瞬、呪う気持ちにさえなった。

「足元が悪うて、疲れたじゃろ」

「ああ…」

井上新八がぎこちないねぎらいの言葉をかけた。それに与一が素っ気なく答えると、

「皆がお待ちじゃ」

相手もぶっきらぼうに応じて、裏に井戸があるから足を洗ってこい、と硬い口調で言った。

裏にまわって、指が切れるほど冷たい水で手足の汚れを落としてから、与一は下僕の案内で明りのもれる部屋の前に立った。

「このたび手伝いを命じられました大島与一にございます」

名乗ると中から　入れ、という太い声がした。

与一は障子を開けると正座になって、上役の顔を見ることなく型どおり着任の挨拶をした。

「遠路、御苦労であった。そこは寒い。ちと前にすすんで火鉢に寄れ」

「恐れ入ります」

与一は頭をさげたまま、上座に着く老役人の言いつけどおり膝行《しっこう》し、新八のそばを避けて障子わきの火鉢のそばへ寄った。新参者の席が決まって座が落ち着くと、中断していた話が再開された。与一はその流れをたどろうと聞き耳をたてた。どうやら翌日の鉄山査察の手順等の打ち合わせが行われているようであった。

説明しているのは御鉄蔵奉行《おてつくら》配下の役人と思われた。査察は主に帳簿の吟味を中心に行われるらしく、新八は名指しされてあれこれの指示を受けている。

「大島とやら、そのほう、数字に明るいか」

突然、上役から声がかかった。与一は反射的にその声の主のほうに顔をあげた。力強い声とは逆に、想像以上に年老いた姿が目にとび込んできた。

この老人が名にし負う、かの頼杏坪様か。

大島与一はかすかな落胆を禁じえなかった。燭台の灯に照らされた丸顔の額には老いのしるしのような皺が刻まれ、ほの暗さのなかでも鬢《びん》の白髪《しらが》まではっきりと見てとれた。いっぽうで高名な儒学者と聞かされていたためか、その小柄な体躯からは、並みの老人にはない知的な雰囲気も感じられた。

「数字には、さほど自信はございません」

与一は多少謙遜をこめたつもりだったが、上役からは、そうか、と乾いた答えが返ってきただけだった。

「こっちの方は、どがあですかいな?」

頼納戸役のそばに控えていた中年の男が、剣を構えるしぐさで腕をつき出した。

「それでしたら、算用よりはいささか自信があります」

「ほいじゃあ、心強えわ。猪《いの》に出くわしたときにゃ、頼りにしとりますで」

猫背で初老の男は、おのれの言いぐさがよほど気に入ったのか、歯をむきだして笑いながら一座を見回した。

初対面の相手に向かっても人を食ったような冗談を口にするのは、地元三次代官所に採用されて長い林幾助《はやしきすけ》という男だと、後になって知った。与一と同役で代官の諸事を補佐する手付《てつき》という役職にあった。

納戸役がひとつ咳払いをすると、ゆるんでいた座の空気がひきしまった。そして、あらためて査察の手順を確認する話がつづけられたが、その間、与一に対してはどの役人からも特別な声かけはなかった。

打ち合わせが終わって、藩庁の重役らには酒肴《しゅこう》の膳が用意された。手付のなかでは林幾助だけが残って藩庁の役人の相手をすることになり、与一と新八、それに他の二人の手付ら下役は別間へさがった。

「いやはや、久しぶりだな」

新八が廊下で呼び止めた。久しぶり、という言葉が与一には空々しく聞こえた。ここ何年も遠目に見かけることはあっても、間近で顔を合わるのはおろか、互いに言葉ひとつかわしたこともない。仇同士とはいわないまでも、ことさら疎遠にふるまってきた間柄である。

「どうだ、われらも下男に酒を言いつけて一杯やらんか」

にやけた顔で誘う相手に与一は面食《めんく》らう。おめえさんと酒酌みかわすなど、まっぴらじゃ、と内心でつぶやく。

「いや、酒などいらん。歩きどおしでくたびれた。先に休ませてもらおう」

与一は木で鼻をくくったように応じて、新八を振り払った。背後で新八が聞こえよがしにする舌打ちの音が耳に残った。

勝手の間には夜食が用意してあった。その茶漬けをかっこんだだけですませ、与一は下男に先導されて、今宵《こよい》の宿舎である旧三次藩の侍長屋へ向かって歩いた。

案内された長屋は思っていたよりもはるかに粗末なものだった。家族持ちの侍が居住できる造りにはなっていたが、行灯《あんどん》に火が入ってみると、建具も調度品も古びたものばかりで、まるで物置小屋で寝ろ、と言われている気がした。寝所からしてこのありさまだったから、この任務がますますうっとうしいものに思えてきた。

部屋の隅に畳んであった夜具を敷いて体を横たえた。黴臭《かびくさ》いにおいが鼻についたが、目を閉じると昼間の疲れもあって、たちまち深い眠りにおちていった。

目覚めは最悪だった。

「いつまでも寝穢《いぎたな》くしておると、目が腐るぞ」

夜明け前、耳元で新八のがなる声がした。親切心のかけらもないその言葉を寝ぼけ眼《まなこ》で聞きながら、与一はもぞもぞと床から抜け出した。

「さっさと仕度せんか」

玄関先でなお、声を張りあげている。起こされたことに腹が立ったが、春眠を貪《むさぼ》ったのはおのれの不覚、そう思って与一は新八の無礼にたえた。

代官所で粗末な朝飯を済ませると、半刻《はんとき》（一時間）後、炉場を査察する一行は新しい草鞋《わらじ》に履きかえ、さらに北をめざして三次の町を出発した。

手はずどおり現地で村の庄屋ら村役と合流して、山に向かった。山道にかかると、季節を間違えたかと思うほど手足がかじかんだ。平地では桜がつぼむ頃だというのに、鳥のさえずりさえも聞こえず、山陰《やまかげ》の日当りの悪い場所には残雪が見える。日が雲に遮《さえぎ》られるとそれを待っていたかのように、頂から冷たい風が谷間めがけて滑り降りてきた。

傾斜はさほどでもないが、馬子《まご》が馬を引いてやっと通れるほどの道がだらだらとつづく。山に不慣れな与一ら役人たちは、湿った枯葉に乗っただけでたちまち足を滑らせて上体をふらつかせた。

「暫時《ざんじ》、休息なさいますか」

先導する村役の一人がねぎらいの声をかけた。

足に疲労がたまり、息があがっていた与一にはありがたい申し出だったが、納戸役らは村役の思いやりを無用として歩を先にすすめた。

崖の上り口で休憩したあと小半刻も登ると、目の前に雑木もまばらな窪地《くぼち》が開けた。恵蘇郡比和村《えそぐんひわむら》の庄屋宅を出てから二刻あまり、櫟《くぬぎ》や楢《なら》の雑木越しに目当ての炉場《ろば》が見えてきた。山間の傾斜をうまく利用して大小の小屋が立ち並んでいて、小さな集落をつくっている。中央には砂鉄を納めてあるとおぼしき大きな藁ぶき屋根の小屋があり、池をはさんでその後ろには高い建物が目についた。どうやらそれが鉄炉ではと思われた。

よそ者があらわれたのを嗅ぎつけて、まず馬がいなないた。鶏もばたばた羽ばたいて走り回り、つられて職人や小童《こわらわ》などが寄り集まってきた。外の騒ぎにうながされてか、この鉄山を統括する差配役が、本小屋と呼ばれる建物から出てきて郡役所の一行を迎えた。

「御納戸役の頼万四郎様じゃ」

庄屋が前に進み出て告げると、

「遠路わざわざのお運び、ご苦労さまでございます」

親方は一行にむかって丁寧に会釈した後、紋切型の挨拶で応じた。事前に査察が入ることがわかっていたとみえて、五十がらみの瓢箪面《ひょうたんづら》の責任者は粗末ながら羽織をまとっている。大島与一は上役の背後から男らを観察した。

山賊《やまがつ》（＝山に住む人々）といえば顔一面に髭が伸び、薄汚れた着物をまとっているものと思っていたが、実際にたたら場を仕切っている親方は呉服屋の主人然として、こざっぱりとした身なりで、顎《あご》の剃《そ》り痕も青々としている。

「鉄山《かなやま》とは粉鉄《こがね》三里に炭七里、とか申す範囲と聞き及ぶが、ここはどのくらいの広さであるか」

納戸役が周囲の景色を確かめるようにあたりを見まわしたあと、尋ねた。

「五百町歩やら、八百町歩やら……　あらたまって考えてみたこともありませんで」

「暮らしておる者の数はいかほどか」

「五十三、四人かと存じます」

「存外、多くの者が住んでおるのだな」

頼納戸役は山の親方をにらむようにしてゆるりと言った。

案内されて本小屋に入ると、なかは土間のない高床の座敷になっていて二十畳ほどはあろうか、案外広々としていた。

茶のもてなしが終わって帳面を調べるころになると、村下《むらげ》や炭坂《すみさか》、番子頭《ばんこがしら》など鉄山の役目を負う男どもが次々に挨拶にやってきた。村下だと名乗る男は相当の老齢でありながらも製鉄現場の総責任者だけあって、矍鑠《かくしゃく》として見えた。痩身《そうしん》の老人のやけどでつぶれた左半分の顔が、仕事の過酷さを物語っているようだった。

炭坂は年齢不詳の小柄な男で、村下の補佐役として炉にくべる炭の量や時機を管理するのである。番子は炉の火勢を煽《あお》る鞴《たたら》を踏む。その頭《かしら》をはる壮年の男は背丈もあり、筋肉質でがっちりした体格をしていた。

顔合わせが済むと、勘定方の増田と鉄蔵奉行付きの川島らの指示で帳面の吟味が始まった。

郡役所から派遣された大島与一と同役の手付の井上新八は、算盤を前に時たま読みあげられる数字を計算するなどして補佐した。用意された帳面は数カ年分はあった。搬入された粉鉄《こがね》や薪炭《しんたん》の量、生産された鉄の量と銀額などを確認していく。吟味役である増田と川島はときどき親方にあれこれ質《ただ》したりしながら、入念に帳面を繰った。そばに控えている井上新八と大島与一も、二人に負けじと文面の記述や数字に目を凝らした。

調査隊を束ねる頭目の頼納戸役はといえば、腕組みをしたまま、出入口に近い場所に端座する親方や職人らの様子を探るでもなく眺めていた。しばらくは部下の作業につき合っていたが、遅々として進まぬ調べにしびれをきらしたか、いつの間にか小屋から消えていた。

　一刻ほどして休憩になって、与一は出された茶も飲まずに外に出た。ひとつ背伸びをしたあと、初めて目にする炉場の様子に好奇心を刺激され、上役を探すかたがた、あたりを散策する気になった。

　砂鉄の貯蔵場の裏にある建物には炭俵が積まれていた。粉鉄小屋とちがって鍵がかかっていなかったから、かってに戸を開けた。薄暗い内部に足を踏み入れると木炭のかけらが砕ける音がパリパリと鳴って、香ばしい煙臭いにおいが鼻をくすぐった。

　炉《ろ》は一代と呼ばれる四日間の製鉄作業が終わって崩され、脇には大小の鉄の塊が山積みになっていた。ごつごつした灰茶色の表面は、触れると氷ほど冷たかった。

　山手の斜面に建つのは職人やその家族が住む小屋だった。与一があちこちの小屋をのぞこうとすると、女子供はもとより職人さえ住まいの奥にひっこんでしまった。

　傾斜地の中ほどに小さな社《やしろ》が見えた。鉄の神・火の神である金屋子神《かなやこがみ》をまつる祠《ほこら》である。この神は犬を嫌うと聞いたことがあるのを思い出した。たしかに鶏や馬の鳴き声はするのに犬が吠えるのが聞こえないのは、なるほど、そういう理由だったのかと、与一はひとり得心した。丘の傾斜をくだってきて、池のほとりにたたずんでいるときだった。

「近頃、とんと屋敷に姿を見せんな」

　背後から声が飛んできて、与一は振り返った。

「盆暮れの挨拶はおろか、先祖の墓参や法事などの仏事にも顔を出さん……それではまるで他人同士の所為《しょい》ではないか」

ふんぞり返るような態度で井上新八が言った。

「跨《また》ごうにも、井上家の敷居は宮島厳島《いつくしま》神社の大鳥居より高いでな」

与一は振り向きもせず、新八の小言に皮肉で返した。

「それもこれも、わしへの当てつけであろうが」

「左様なつもりはない。当てつけるもなにも、ここに来るまでおまえさんのことなど頭の片隅にもなかったでな」

与一は相手の顔も見ずに答えた。すると、

「おまえさんだと？　仮にも兄のわしに向かって、おまえさん呼ばわりするか」

新八は少し声を荒らげた。

二人とも、長幼の序を尊ぶ士分の身である。それゆえに、異母弟から「おまえさん」と呼ばれた新八が、その呼び方を咎めるのは当然であった。このやりとりだけでも彼らの仲が尋常でないことが知れる。

「いつまでも子どもよのう。わしばかりか、実の親にまで腹を立てて何の得がある？　もっと大人になれ」

お節介は結構、と与一が返すと、すかさず新八が言葉をくり出した。

「父上や義母上《はは》がどんなに気にかけておられると思う？　それがわからんのか」

「実の息子を他家へ捨てておいて、いまさら親父《おやじ》やおふくろが、いったいわしの何を気に病むというのだ。さぞや満ち足りてお暮らしであろうが」

「親父、おふくろ、か。ふた親に対する敬意すらないとは、見下げはてた奴よの」

新八は無理に笑い顔をつくろうと頬をひくつかせた。

「父上も義母上もお年を召されたぞ。口には出されんが、おぬしのことは気に病んでおられよう。我《が》を張らずに、一度顔を見せてやってはどうじゃ」

与一はやっと向き直って、新八に顔を近づけた。

「わしはの、井上の家を追い出されて以来、あの家の者とは何ひとつ関わらんと決めておる。兄貴面《づら》して余計な世話など無用にしてもらおうか」

それだけ言うと与一は、新八が何か口にする前にさっと相手に背を向け、それまでの会話のすべてを拒絶するかのように大股でその場を離れた。

与一が本小屋に戻って元の円座に座ろうと見ると、納戸役はすでに壁際に着座していて、ほどなく再び調べが始まった。

それから半刻ほどが経った。

「特に糺《ただ》すべき点はございませんな」

鉄方の増田が声をかけた。当然である。現場の査察や帳簿の点検など意味のない、いわば儀式のようなものにすぎないのだ。

やれやれ、終わったか、と与一は心のなかであくびをした。

「不審な点はないとな？」

納戸役は一同の徒労感を訴えるような表情を黙ってにらみつけた後、やや大きな声をあげた。増田の言い方が気に入らなかったのか、不審と言い換えて鉄方の役人を凝視した。

「では、退散するといたそう」

あっさりと御納戸役が腰をあげると、炉場の職人らの間に安堵の空気がながれるのを与一は見逃さなかった。ところが、

「ただし、この帳面類は二、三日預かるが、よいな」

頼納戸役がこう言うと、職人ばかりでなくつき従った代官所の下役も驚きの顔つきになった。ことさら炉場の関係者には、話が違うではないかという雰囲気が感じられた。

つまり、帳面を押収するということは調査が継続されるいうことであり、藩庁のこの査察が通り一遍の儀式ではないとの意味が彼らにも伝わったのである。

「粉鉄《こがね》や鋼《かね》、焼き炭はその一粒、一かけらまでお上のものである。鉄の一片たりとも、あだやおろそかにはできぬ。そのほうらも日頃そう心がけてはおろうが、今一度、念をいれて吟味するといたそう」

平身する一座を睥睨《へいげい》しながら、御納戸役は太い声で小屋じゅうを圧した。

この光景に大島与一は、これまでの退屈な業務では味わったことのない、新鮮なときめきのようなものを感じた。そして同時に、額に三筋《みすじ》の皺《しわ》をたくわえた丸顔の上役を、ただの老役人だと思っていたおのれを多少、恥じる気持ちになった。だが、それもほんの一瞬のことだった。

一行は鉄山の夕闇に追われるようにしてふもとの村に着いた。平地は、山とは違って、案外暖かな宵だった。

この日は比和《ひわ》村の庄屋清左衛門《せいざえもん》の屋敷に宿ることになった。ひとくくりに庄屋の屋敷といっても様々ある。豪商の住まいかと見まがうほど豪奢《ごうしゃ》な造りのものもあれば、清左衛門の家作のように、貧しげな家々が立ち並ぶなかでもひときわ朽《く》ちこぼれ、庄屋の家だと言われなければ廃屋にも見えるのもある。

中に招かれてみると、障子の桟《さん》ははずれ、破れには紙が当たっている。庄屋の屋敷にしては珍しく、畳を敷いた部屋もない。その蓆《むしろ》もしばらくは替えたことがないとみえて、ところどころがすり切れていた。客間などもとよりなかったから、仏壇のある奥の間に子どもや老親を押し込めて、囲炉裏のある間《ま》がにわか仕立ての接待の場になった。客らにとっては変にしゃちこばられるより、むしろその方がありがたかった。

大きめの囲炉裏には炭火が赤々と燃え、自在鉤《じざいかぎ》にかかった鉄瓶《てつびん》がちんちんと湯気を吹き上げている。山で冷えた体には、火のそばがなによりのもてなしだった。

三十半ばの清左衛門は、その物言いといい所作《しょさ》といい、いっぱしの人格をそなえた庄屋に見えた。家作同様、つぎはぎの着物をこざっぱりと着こなしているところからも、清貧に徹している様子がうかがえた。

「えっとのおもてなしもできませんで」

庄屋は妻から箱膳を受け取ると、それを頼杏坪の前に置いた。里芋と大根の煮つけ、蕨《わらび》の漬け物、沢庵の皿、味噌汁、それに精一杯盛りつけたであろう白飯の碗がのっている。

納戸役は合掌した両の親指の間に箸をはさみ、膳にむかって一礼して、膳の脇にある味噌汁に手をのばした。勘定方の増田嘉兵衛と鉄方の川島三蔵がこれにつづき、手付の大島与一と井上新八らがそれぞれ上役にならって箸をとった。

「炉場はいかがでございましたか？」

食事が済むと、清左衛門みずから茶をいれてもてなした。粗末な茶碗を茶托《ちゃたく》代わりの盆にのせながら、庄屋は客人一行の棟梁《とうりょう》に山の話を向けた。

「初めて鉄山を見させてもろうたが、いっぺん足を運んでみたいと思うておったのでよい機会であった」頼納戸役が丁寧に答えた。

「成果はございましたか」

清左衛門は一行が鉄山までやってきた理由を知っている数少ない村役のひとりだったか

ら、砂鉄や薪炭の取引に関して不正があったかどうか、やんわりと訊いているのである。

「帳面上はきれいなもんじゃ」上役にかわって増田が答えた。

「そうでございましょうな。それにしても、昨今、農閑期にカンナをやろうという百姓も少のうなりました」

庄屋の言うカンナとは「鉄穴流し《かんなながし》」のことで、山腹を切り崩した土砂を砂溜《すなどめ》・大池・中池・洗樋《あらいどい》などの水路を通過させて、純度の高い砂鉄を採集する一連の作業のことである。

「以前に比べて、どれくらい減ったのじゃな?」

頼納戸役は鋭い目つきになって訊ねた。

「半分、いや六、七割ほど……おおよそ、それくらいでございましょうか。わしの祖父《じい》さんの時分には、たいがいの百姓が砂鉄を拾う手ご（手伝い）をして暮らしの足しにしとったと聞いとりますが、ほんま、変われば変わるもんで」

「百姓が鉄穴流しから手を引いたのはなぜじゃ?」

納戸役の丸い顔がひきしまった。

「元をたどりゃ、やはり鉄山《かなやま》を藩に召しあげられたからでありましょうな。つまり、御鉄座が炉場の鉄物を安う買いたたいたり、粉鉄を安う仕入れたりするもんじゃで、鉄穴流しで稼ぎたい百姓らが手にする賃銀はけずられて、まるで雀の涙ほどになったいうわけでしての。これじゃあ、よっぽどの物好きでなけりゃ、砂鉄採りなんぞやりゃしませんでな」

「それで、百姓らは砂鉄採りをやめてしまったか」

「そればかりではございません」

清左衛門は囲炉裏の埋火《うずみび》を火箸で掻き回し、割木《わりき》を焼《く》べながらつづけた。

「最近では、御鉄座が砂鉄や炭を一括して買い上げるようになって、百姓らはますます苦しゅうなってしまいました」

広島藩が北郡の炉場や鍛冶場を藩営にしたのは、今を去る正徳二年（一七一二）の十一月のことである。当時は三次・恵蘇《えそ》は三次藩として広島本藩から独立していて、窮乏する財政の立て直しを迫まられていた。そこで、藩は生産が好調だった蹈鞴《たたらぶ》吹き（製鉄）に目をつけ、領内の鉄山を「借り上げる」ことにした。当初は三カ年という期限付きだったが、それは民間の抵抗をやわらげるための口実であって、利益に味をしめた三次藩は三年が経過するごとに借り上げの延長をくり返し、今に至っているのである。

炉場、鍛冶場を統括するため当時の郡代（現在は郡奉行）の下に郷代官《ごうだいかん》を置き、そのなかの有力者を鉄奉行に任じていたのだが、嗣子《しし》を失った三次藩が広島本藩へ還付された現在では、鉄奉行は御鉄座と名を変えて、北郡のたたら製鉄に強い権力を行使していた。この鉄座が製鉄の原料と製品の流通に大きく関わっていて、その仕組みこそが不正の元凶とされており、百姓らが呻吟する因《もと》になっているのである。

「とりわけ砂鉄は、水引沙引《みずひきすなひき》が厳しゅうありますけえな」

清左衛門の話はつづいていて、その口調がややぞんざいになった。

「ミズヒキ、スナヒキ……それはなんじゃ？」

それは、と御鉄方の付役が庄屋にかわって頼杏坪に説明した。

百姓から納入された砂鉄が乾燥や沙《すな》（砂）濾《こ》しが不十分だった場合、その砂鉄は量以上に重いことになる。そのため、御鉄座は水分や砂の量だけ、重さを減じるのだという。

そのあとを清左衛門が、百姓の側にたって言葉をつけ加えた。

「お役人さんもとりどりで、一駄《いちだ》半の荷をやっと一駄分（約一三五kg）として買い上げるお人もおられますけえ。ちゃんと干して砂を取りのぞいても、三駄担いでいって二駄の銀《ぎん》子《す》を受け取りやんす。えっと利にもならん百姓らは、くたびれ損じゃと鉄穴流しをやめてしもうたいうわけですの」

壮年の庄屋は自嘲《じちょう》のためか、わざと浮薄《ふはく》なしゃべり方をした。それでも、頼納戸役には清左衛門の誠実さはじゅうぶん伝わっているらしかった。

乾燥をいい加減にするのも、砂を混ぜるのも、多少でも重さをごまかして手間賃を稼ごうとする百姓の浅知恵だったのであろうが、それが今では御鉄座の役人に砂鉄を買いたたく絶好の口実を与えている。

こすっからいやり口で自ら墓穴を掘ったというわけか――と黙って聞いていた大島与

一は百姓らに多少、非難がましい気持ちをいだいたのだが。

「もし、そのほうが今申すことがまことなら、帳面上、駄数が合わないことになりはせんか」

「それは、頼様……」

清左衛門は囲炉裏の自在鉤《じざいかぎ》から鉄瓶を取って、納戸役の茶碗に白湯《さゆ》を注ぎ足した。

「百姓のたわごとと思うてお忘れくださいませ。だらず（横着）をこきたい百姓どもが憂さばらしにする茶飲み話でございますでの」

そのとき隣の障子が細目に開いて、着物の前をはだけた三、四歳の子どもが寝ぼけ顔を手でこすりながら姿を見せた。

「とうちゃん、腹がへったよお」

清左衛門が答える間もなく、後ろからのびた皺の多い節くれだった手があわてて童子《わらべ》を障子の陰に引きずり込んだ。同時に、その子の引きつるような泣き声が屋敷じゅうに響いて、居合わせた大人たちの胸と夜の闇をゆすぶった。


翌日、朝靄《もや》のなか、査察を終えた一行は庄屋宅を発《た》ち、半日かけてひとまず三次の代官所に戻った。

明朝には皆、広島にむけて出発する予定になっていたが、夕食を済ませたあと頼納戸役はこれをあっさり変更して、もう二、三日逗留すると言いだした。ところが、これには手付の林幾助が異を唱えた。

「みなさまの滞在は明日の午前までと伺《うか》ごうておりましての、期限を越えて代官所にお泊めするわけにゃいかんですけえな」

少し斜視の気がある手付は、藩庁の役人を睨みつけ、そっくり返って言い放った。

「留まりならん、とはどういうことじゃ?」

「訳は知らんですがの、郡御用屋敷《ぐんごようやしき》からの指示でそういう決まりになっとりゃあすけえな」

幾助は歯茎をむきだしにして、納戸役にくってかかった。

幾助はいわば三次代官所の留守居役たる立場にある。地場に張りついているこの手付は、物腰は軟弱そうに見えるが、したたかな面も持ち合わせている。その彼が、代官の不在中に代官所の屋敷内に起居するには郡役所の許可がいる、と御納戸役上席の頼杏坪に抵抗してはばからない。

手付とは身分は低いが、役儀にはある種の誇りを持っている。林をはじめ、三次代官所にいる三人の手付とも先祖は武士の家系で、出自《しゅつじ》が由緒正しいとして出仕《しゅっし》がかなった者たちである。日頃は代官の手足となってその業務を補佐するのだが、この老練な林幾助は上役不在中三次代官所をあずかる責任者として、藩庁から出張ってきた特使にも臆することなく原則を貫く気でいるのだ。

「特別な任務を帯びたわれらでも、宿泊はならんと申すか」

「すまんこってすが、左様でがんす」

「そうまで申すなら、いた仕方ない」

納戸役はあっさりと幾助の言い分を受けいれ、

「方々よ、町なかの旅人宿《りょにんやど》にでも投宿することにいたそうぞ」

と、意をこめた口ぶりでほかの藩吏に告げた。

さすがに藩庁の役人を行商人らが利用する旅籠《はたご》に宿泊させるわけにはいかないと思ったか、林幾助は査察団一行を本陣宿（＝藩公認の旅館）に指定されている五日市本町にある佐渡屋に案内した。

佐渡屋は間口十四間、奥行き三十間もあって賑わう界隈に位置しており、ひときわ他を圧する店構えである。急に藩庁の役人一行を迎えることになっても、宿側にあわてた様子はなく、もてなしにはそつがなかった。

それでも鉄方の川島は三次代官所の融通のきかない傲慢《ごうまん》な扱いに憤懣《ふんまん》やるかたない風である。納戸役はそんな彼をなだめる一方で、鉄奉行名で三次・恵蘇両郡の御鉄座の元締を呼び出す文書をつくらせた。

藩庁の意向をまるで無視するわけにもいかず、とりあえず増田嘉兵衛と川島三蔵は二日遅れで広島に戻ることになった。手付総出で彼らを江の川の渡し場まで見送りに行ったあと、与一と新八は頼納戸役から旅籠《はたご》の一室に呼ばれた。

「そのほうらのうち、どちらか残って手を貸してもらいたい」

思いもかけぬ申し入れに新八は顔をしかめ、与一は下を向いたが、上役の言いつけとなれば断りもままならない。

「ちなみに、どちらが職務経験が長いのじゃ」

「わたしでございます」新八がしぶしぶ応じた。

「では、井上、そなたに頼もうかの」

ですが、と新八が口にした。

「わたしは郡役所勤めは長いのですが、現地での吟味はいたって不慣れにございます。その点、この大島与一はこうした調査に関しましては手練《てだれ》にございますれば、わたしよりもお役に立とうかと存じます」

いいえ、わたしより井上のほうが、とすぐさま与一が口をはさんだ。

「手伝いが多いにこしたことはないが、帰還を命じられている手前、二人を残すわけにもいくまい。互いによう話し合うて決めるがよい」

納戸役が去ると部屋には微妙な空気がながれた。その重苦しさに我慢できなくなってか、

「ここは独り身のおまえが残るのがよかろう。それに、わしはこの後は佐伯に赴かねばな

らん用事がある」

新八が語気を荒らげて、口実にもならないような理由を持ち出した。

「独り身であろうが、佐伯の郡《こおり》で仕事が待っていようが、それがなんぞの言い訳じゃ。ここでのわれらの務めは、頼様の言いつけをまっとうすること、それだけぞ」

「何を言うか。おまえ、年上のわしに指図でもしようというのか。つけあがるのも、ええ加減にせんか。母親が違うとはいえ、痩せても枯れてもわしはおまえの兄じゃぞ。長幼に序あり、と言うであろうが」

「何が長幼なものか」

与一はせせら笑う口調で言って、つづけた。

「日ごろからさほどのつき合いもないのに、突然、兄じゃの年上じゃのと言われるのは笑止千万。兄は弟に兄らしいことをしてこそ兄であろうが。前にも言うたがの、わしは井上の家を出されてから、あの家の者をおのれの身内と思うたことはただの一度もないのだ」

今度は、ふっふっと新八が笑った。

「まあ、言われてみればそのとおりよの。わしとて、おまえを血のつながった縁者と思うたことはないわ。まあ、おまえにしてみれば、おまえを養子に出したふた親に対してよりも、わしに対する憎しみの方が断然、強かろう」

「……」

「憎いか。それほど憎ければ、ほれ、自慢の刀でわしを斬れ、斬ってみろ。喜んで斬られてやるぞ」

と新八は、一層にやけた表情をつくった。その人を食ったような態度に業を煮やした与一は、その気持ちをかみ殺したまま、言った。

「おまえさんを斬ったところで、刀の錆《さび》にもなるまい」

「刀の錆じゃと！」

にやにやしていた新八も、さすがに眦《まなじり》をつり上げた。それにはかまわず、与一は、

「出世に目がないおまえさんとしては、ここでの愚にもつかん仕事などどうでもよいのであろう。井上新八は役所の上役の顔色ばかりうかごうておるとの噂、おまえさんの耳には入っておらんのか」

と異母兄の急所を突いた。それが、どうした、と新八も応じる。

「井上新八は猟官《りょうかん》にかまけて、幇間《ほうかん》まがいのふるまいも厭《いと》わんなどと噂されていると聞けば、恥ずかしさを通り越して、情けなくもなるわ」

「わしが、幇間じゃと……。まあ、おまえらのように生涯、些事《さじ》にかまけるしかない家柄の者は、出世する人間を妬《ねた》むものと相場が決まっておる。左様な連中の陰口など、痛くも痒くもないわ」

「立派な人間はの、露骨に上を目指さずとも、自《おの》ずとその長《おさ》に引き立てられるものだ。お

まえさんのごとき出世亡者は、それこそ役所のダニと呼ぶにふさわしかろうぞ」

「なに？　ダニ、ダニじゃとッ」

新八の青白い顔が怒りのために、にわかに朱を帯びた。

「おう、そのとおりじゃ。ゆえにダニを斬り捨てたとて、自慢にもなるまいが」

「減らず口を叩きよって。そのような言いぐさのことを負け犬の遠吠えというんじゃ。まったく民江の言うとおりよの。希代《きたい》のできそこないじゃ」

「民江が？」

思いがけない女の名を聞いて、今度は与一が怒りの形相《ぎょうそう》になった。喧嘩の相手を追い詰めるためとはいえ、禁忌にふれた新八が許せなくなったのだ。

「民江がわしのことを、できそこないと申したと？」

「ほう、わしの妻になった今でも、あれを民江と呼び捨てにするか。それは、まあ、よかろう。その民江がじゃ、なんぞの折に、そう言うておったぞ、与一さまは心がねじけている、とな」

「わしができそこないなら　さしずめ、おまえさんは盗人か」

「ぬすっと？」

「できそこないに嫁ぐはずの女をかっさらった盗人よ。それとも恥知らずの間男《まおとこ》か」

「民江をかっさらったじゃと？　笑わせるな。民江から愛想づかしをくらったのは、いったい、どこのどいつじゃ」

新八は勝ち誇ったように与一を嘲《あざ》けった。

「あの女のことなど、今さら知ったことか。左様、わしを貶《おとし》めたいのなら、せめて役付きにでもなってからにしろ。この痴《し》れ者めが」

「なんだと！　痴れ者とは何じゃ」

与一の言葉に新八は立て膝になって怒鳴った。そのとたん、

「そこまでここの仕事がいやなら、わしが残ってやるわ。貴様のような役立たずはさっさと帰れ」

帰って民江の尻にでも敷かれていろ、とまでは言わなかったが、思いのたけは吐き出して、相手の気持ちをはぐらかすように、さっと身をひるがえして部屋を出た。

新八は異母弟から望みの答えを引き出すことはできたが、厭味《いやみ》のひとつも返すことができず、ひときわ大きな舌打ちをして与一の背中を見送った。

一方、言うだけのことは言ったが、与一の胸中もおだやかではなかった。結局、新八の意のままになってしまい、まんまと相手の罠にはまったような厭な心持ちになった。

新八め、厄介な仕事を押しつけやがってと、独りごつしかなかった。

与一は頼納戸役のもとへ報告に向かいながら、久しく忘れていた民江のことを思った。

脳裏にうかぶのは、愛くるしいばかりの娘の姿だった。はじけるような笑顔も耳をくす

ぐるような声も憎しみの対象ではないのに、新八と縁組するとわかったときの衝撃を思い返すと、とたんに民江の顔は般若《はんにゃ》の面《めん》に変じてしまう。

自分の何が気に入らなくて新八にはしったのか、与一は民江自身に問うたことはない。当時は民江をひっつかまえてでも質《ただ》したいと思ったこともあったが、それも今となってはどうでもよく、ただひたすら忘れたことにしていたのだったが。

——それなのに、新八の野郎め。

与一は、二度、三度頭を振って、思いを投げ捨ててから納戸役の居室の障子を開け、

「わたしがお手伝いさせていただくことになりました」

努めて平静をよそおって言った。

「そうか」

報告をうけた頼杏坪は、与一の顔を見もせずに短く答えた。

与一は歳こそまだ二十二だったが、こうした地方への査察支援には十七の頃からたびたび駆り出されて場馴れしていた。しかしながら、鉄山で帳面を押収したり、滞在を延長したりしてまで手伝いを申しつけられるのは、これまでに経験のないことだった。

現場に踏みこんで帳簿を点検し関係者を喚問するのは、多くの場合、形式上の手続きにすぎない。通り一遍の作業を行って、村役や町役らに不注意や手落ちのないようにと警告さえしておけば、それで十分なのだ。だが、今回の上役は一風変わっている。さらに一歩

踏みこんでまで探るという。

納戸役の熱意はわかるが、畢竟《ひっきょう》、徒労に終わるのは目に見えている。学者風を吹かせる上役の気まぐれにつき合わされる不運を、与一は呪いたい気分になった。

翌日は午前中から押収した書類の再点検を命じられた。納戸役も手をつかねてはいなかった。与一にまさる速さで丁《ちょう》（＝頁）を繰《く》っていく。

「瑕疵《かし》や数字のごまかしなどは見当たらないようでございます」

「逆に、きちんとしすぎて気味が悪いのう」

「公《おおやけ》の書類というのは、いつの場合もそういうものではありませんか。素人がこしらえる書き物ならともかく、数字を専らにする者の手になる帳簿は立派に帳尻が合っているものと相場が決まっております」

朝から帳簿と首っ引きで算盤《そろばん》をはじいていた与一は、その疲れもあって、ぞんざいな物言いで上役に応じた。頼納戸役はそれを気にした風もなく訊いた。

「そのほうは、こうした現地査察の経験が豊富であるか」

「吟味の下調べや警護など、あれやこれやとお手伝いさせていただいております」

「この度欠勤した横田九助も井上新八も、そうか？」

「新八は今回が初めてでしょうが、横田さんは数年前、鉄方に対して今回と同じような査察が行われたおりに三次・恵蘇に出張されたことがあると聞いております。先だってお会いした際にはいたって元気そうでしたので、病欠と聞いて正直、驚きましたが」

与一はこの横田九助の代役だったのだ。出発前に腰痛が悪化して歩行が困難になったと帯同不参を願い出たと重役用人から聞いていたので、腹癒《はらい》せ気分も手伝って言わずもがなのひと言を付け足した。どうやら横田には北辺に足を踏み入れたくない事情でもあったらしく、その理由が何であれ、彼の怠業ぶりを与一は許せなかったのだ。

鉄山の不正をめぐっては各地の炉場や鍛冶場からいくつか情報がもたらされており、郡役所は勘定方からの要請で再三にわたって関係部署へのを調査を実施した。その度に不正に手を染めたり、その疑いがある役人らの首をすげかえたりしてお茶を濁してきた。こうしたやり方はおざなりの調査とあいまって、腐敗の根絶にはほど遠い実情を呈していた。以前の横田らの調べも、さぞや杜撰《ずさん》なものだったのだろう。そして今回も三日ばかり吟味を延長したとしても、目に見える成果などあげられるはずもない。大島与一は内心ではそう思っていた。

「調査に念を入れるとはいえ、滞在を延ばせば、上の方からお咎《とが》めがありはしませんか」

与一は不平のつもりで言った。すると、納戸役は声を低めてあらぬ話題を口にした。

「そのほうは存じおるか、七年前のことじゃ。藩主斉賢《なりかた》さまがこの地を巡行されたのを」

「……」

「その折には、わしは殿に請われて随伴申し上げたのだが、それ以来この三次・恵蘇の状況には大いに心を寄せておっての」

頼納戸役は、文机《ふづくえ》の上の書類を片づけながらつづけた。

「ここは、まさに貧窮の地じゃ。その貧民の血や肉を貪《むさぼ》るような役人がおるとすれば、なんぼうにも我慢がならん。領民が不利益を被《こうむ》っておるというのであれば、それを正すが政《まつり》事《ごと》というものであろう。そのためなら吟味が数日延びるのもやむを得まい。民百姓のためなら気が済むまでやる。それがわしの性分での」

額《ひたい》の三筋の横皺《よこじわ》を動かしながらつぶやいた。気負いは感じられなかったが、丸い頑固そうな顔つきそのままに、納戸役頼杏坪は断固として調査を続行する意志を明かした。

「ところで、そのほうは学問所か修業堂かのいずれかに通うたことがあるか」

上役はまた話を転じた。

「いえ、学問の経験は寺小屋でいろはを習《なろ》うた程度で、誇れたものではございません」

「それにしても、井上新八はそのほうを買っておったぞ。なかなかの切れ者、いい意味でくせ者じゃとも言うておった」

「井上がそんな風に申しましたか」

大島与一は上役の手前もはばからず、思わず苦笑をこぼした。

「さしずめ、未熟なわたしに対する当てこすりでございましょう」

「左様な口ぶりでもなかったぞ。心底、そう思うておる口調であった。いずれにせよ、手練のそのほうが残ってくれて助かる。頼りしておるぞ。ところで……」

そこまで言うと納戸役は与一の方を凝視して、訊いた。

「新八とは親しい間柄であるのか」

「あれとは旧知の仲にございます」

言う端から与一は後悔した。旧知の仲と言ってしまえば、まるで新八とは親友のように聞こえるではないかと思った。ここはむしろ顔も見たくない相手だと言うべきだったのだ。

「まあ、むかしの恋敵《こいがたき》とでも申しましょうか」

と言って話をはぐらかそうとしたが、これも与一にはさらなる自己嫌悪をもよおす結果になった。

平穏に暮らしていた五歳のある日のことだった。痩せて背の高いひょろりとした子どもが屋敷に連れてこられた。父親から兄だよ、と言われて与一は驚いた。その男の子の母親が亡くなったので、これからは一緒に住むのだと聞かされた。

突然、兄ができて嬉しかった。何の変哲《へんてつ》もない日常がにわかに新鮮な生活へと変わった。毎日兄の後を追って走りまわった。三つ年上の兄はまぶしいほど俊敏で、なんでも真似してみたかった。短い一日が暮れると、兄と遊べる朝がくるのが待ち遠しいほどだった。

そんな日々も長くはつづかなかった。父は新八を可愛がり、実の母でさえ利発な妾《めかけ》の子を贔屓《ひいき》にするようになった。いつしか膳につく順は新八が父親の次に座り、風呂も与一は新八新八の後の湯を使わなければならなくなった。

嫡男である与一の方が、しだいに屋敷での居場所を失っていった。

受難はさらにつづき、与一はしばらくして父の遠縁にあたる大島家に養子に出されることになった。なに不自由ない暮らしのうえ、将来、藩への出仕や出世もかなう井上家の跡取りだった彼は、異母兄《いぼけい》の新八にあっさりその座を奪われた。

さらに、新八が奪ったのはそれだけではない。幼なじみで、ゆくゆくはわが妻にもと心に決めていた隣家の娘の民江までも、言葉巧みに籠絡《ろうらく》してしまったのだ。

だから、わが許嫁《いいなずけ》まで寝取った盗人にございます、とでも言えばよかったではないか。

「そうか、旧知であるか」

納戸役は与一の胸の内を察した様子もなく、「恋敵」の言葉は無視されて、妙な余韻のまま、ようやく会話は終わった。

昼食どき。林幾助が宿にやってきた。代官所で食事を用意したという。頼納戸役はこれを断った。三次代官所の手付が逗留延長を快く思っていないのなら、食事はおろか、鉄座元締の聴取も佐渡屋で済まそうと決めていたものらしい。納戸役に追い返される体になったが、手付林は顔色ひとつ変えず、なおさら慇懃《いんぎん》な態度で去っていった。

佐渡屋は藩庁から出向してきた役人をもてなすため食事に贅《ぜい》をつくした。鹿肉《ししにく》の薫製や川魚の干物《ひもの》、茸の塩漬けを煮つけて昼飯を調えた。

食後、頼納戸役は鳳源寺《ほうげんじ》から尾関山あたりを散策すると言いおいて宿を出て行った。ひとり残された与一は、歩いて川べりへと向かった。

小路《こうじ》をぬけると土手にぶつかった。初代三次藩主長治《ながはる》が築いたとされる、いわゆる浅野堤《あさのづつみ》で、三次の城下をしっかりと洪水から守っている。高さおおよそ二間半（約二・七メートル）の石組みの護岸で、三百間（約五百メートル）ほどにわたって延びていた。

その土手の高くなった場所に立つと、門田川（西城川）と三谷川（馬洗川）が一望できた。その向こうには上里村と原村の田畑が広がっている。午後のぬるい陽差しを受けて、あちこちで田植えに備えて土を耕す百姓の姿が見られた。

昨日訪れた清左衛門が庄屋をつとめる比和村などの狭隘《きょうあい》な土地に比べれば、三次城下に近い村々はずっと耕作条件にめぐまれているな。与一は土手から川原に下りながらそう思った。

午後も遅くなって、呼び出しをかけておいた鉄座の元締らは誰も出頭しないことが、使いに出た代官所の手下によってもたらされた。一人は病欠、また一人は他出中、三人目は忌中を欠席の言い訳にしたとのことだった。

「誰も参らぬと申すか」

その報告を聞くと、これまでほとんど表情を変えることのなかった納戸役が眉をつり上げて感情をあらわにした。

「いかがなされます？　明日もお待ちになりますか。それとも、広島へ戻られますか」

大島与一は、すでに任務は完了したと言わんばかりに訊《たず》ねた。

「出て来ぬというなら、それもよし」

「と申されますと？」

「こちらから出向くまでじゃ」

思いがけぬ上役の言葉に手付は唖然とした面持ちのまま固まった。

「このたびの北行《ほっこう》は物見遊山《ものみゆさん》ではない。探索も不十分なままで、何もなかったと手ぶらで引きあげるつもりはない。猪《いの》が藪《やぶ》から出て来ぬと申すなら、ここはひとつ、藪を揺すったりつついたりしてみようではないか」

与一は苦笑いでひきつった表情を隠して、小さくうなずくしかなかった。無駄骨になりはしませんか、徒労でございますよ、という言葉が口からこぼれそうになった。

二人の特使は代官所には行き先も告げず、早朝五ツ過ぎ、佐渡屋が用意した馬で上村《うえむら》に向かった。納戸役がやり玉にあげた恵蘇郡の鉄座元締である良助の元へと目指した。

北へ上る道は盆地特有の霧が深くおおっていて、馬もさぐるようにゆるゆると歩みを進めた。それでも目的地に近づく頃には視界も晴れ、春の淡い陽光が貧しい村邑《そんゆう》の上に降り注ぎ始めた。

見晴らしのいい道に出ると、庄屋の屋敷はすぐにわかった。真新しい茅葺《かやぶ》きの大きな屋根が朝の陽を浴びている。初老の庄屋に案内《あない》させて二人は目指す良助の家へ急いだ。

良助は在宅していた。この鉄座元締も庄屋におとらず、海鼠壁《なまこべい》の蔵をそなえた立派な屋敷に住まいしている。

歳のせいで風邪をこじらせて伏せっておりまして、と老人は呼び出しに応じなかった理由を口にした。取り立てて悪びれた風もなく、藩庁から出張ってきた老役人に対して動じた素振りもない。役人を役人とも思わぬ世馴れた態度である。

良助は頼納戸役と与一を客間に招《しょう》じいれ、空咳《からせき》を一つ二つしたあと、あらためて型どおりに遠路の来訪をねぎらう挨拶をした。

「では早速に――」

用件がわかっているとみえて、元締は足を引きずるようにして奥の間《ま》にはいり、一抱《ひとかか》えほどの風呂敷包みを持って戻ってきた。

「これ以外に別な帳面があるなどということはあるまいな」

「とんでもございません」

大島与一の問いに良助は揉《も》み手《で》をせんばかりの姿勢で答え、わざとらしく咳きこんだ。

「その言葉に嘘はなかろうな」与一がねめつけた。

「おそれながら、私めはかれこれ二十余年にわたりまして誠心誠意、鉄座御用を務めて参りました。神仏にかけまして、間違いなどございません」

「わしは、この調査を有耶無耶《うやむや》なまま終わらせるつもりはない。得心したうえで、藩庁へ報告を上げようと思うておる」

納戸役が厳しい口調で言いたてると、良助は眉間《みけん》の皺を深くして神妙な態度になった。

「粉鉄《こがね》の量が爪の垢《あか》ほど違うておっても、そのほうが責めを負うことになる。たとえ銀一匁でも私腹しておれば、それこそただでは済まんぞ」

「恐れ入ってございます。もとより、後ろ暗いことなどございません」

「しかしのう、一昨日は比和村の庄屋の屋敷に泊めてもろうたが、こちらが気の毒になるほどつましい住まいであった。それに比べて、この家作は実に立派じゃのう」

頼納戸役は部屋にある什器《じゅうき》（＝家具類）に目をやりながらつづけた。

「のう良助とやら、鉄座元締とはよほどの役料が入るものとみえるの？」

「とんでもございません」と、良助は額が畳につくほど平身した。

元締に対する問訊《もんじん》は短時間で終わった。鉄山のたたら場と同じく、良助からも帳面を召し上げて屋敷を出た。昨夜の納戸役の剣幕からすれば、さぞや峻厳《しゅんげん》な調べになるだろうとかまえていた与一は、すっかり肩すかしをくった。良助を追い詰めはしたものの、これといった不正を暴くまでには至らなかった。

良助の役宅を出ると、与一は乗馬する納戸役に介添えした。上役は落胆した様子もなく、疲れた表情さえ見せずに淡々と馬上の人となった。村はずれまで見送るという上村の庄屋に先導されて、二疋の馬はときおり道草を食《は》みながら並足のまま街道を進んだ。

「ここが、例の山王原《さんのうばら》か」

頼納戸役が突然、庄屋に呼びかけた。

街道からはずれた畑の向こうになだらかな傾斜地が広がっている。その奥に石段があり、鳥居の影が見えた。

「山王社《さんのうのやしろ》でございます」案内役の庄屋の惣兵衛が社を指さした。

「寄ってみるといたそう」

納戸役は独り言のようにつぶやいて、手綱《たづな》をまわして馬を降りた。与一が上役にならうと、庄屋もその後に従った。

「山王原といえば、天明の打ち寄せの折、発頭人《ほっとうにん》が処刑された場所であったの」

「仰せのとおりにございます。三河内村《みつごうち》の源右衛門、市三郎の両名が打ち首にされまして、その塚も残っております」

庄屋の惣兵衛は背筋を伸ばして答えた。

天明の打ち寄せとは、天明六年(一七八六)に起こった藩内一揆のことである。うちつづく天候不順のためこの年も全国的に凶作で、旧三次藩内でも各地で多くの飢え人が出た。粥《かゆ》の施しや抱小屋《だきごや》（＝仮収容施設）を設置するなどの施策がなされたが、民百姓を救うまでにはいたらず、我慢に耐えきれなくなった領民は、大挙して代官所や村役宅、米屋、酒屋などの豪商を襲い、勢いをかって城下へと迫った。

その後、恵蘇郡三十五カ村の百姓らは山王原へ移動し、代表者をたてて藩と対峙《たいじ》した。交渉が始まり、その結果、一揆側は藩に借金の棒引き、年貢高の引き下げなどの条件をつきつけ、これを認めさせた。そして、百姓らはわずかばかりの施し米を下げ渡されて村に戻り、やっと騒ぎは収束をみたのである。だが、事はそれだけにとどまらなかった。

翌天明七年、藩は発頭狩《ほっとうが》りに着手した。いわゆる、首謀者の拘束である。多くの庄屋や有為な農民が捕縛され、投獄や領外追放などの処分を受けた。そして源右衛門と市三郎の両名は、打ち寄せを主導的立場で煽動したとの廉《かど》で極刑に処されたのである。

その二人の塚は小高い丘になった一角にひっそりと鎮座していた。一尺ほどある鎮魂の碑《いしぶみ》は二十余年の風雪に耐え、七、八尺あまりに伸びた二本の樫の木の根元で眠っているように見えた。

納戸役はその碑に近づくや、腰を落として蹲居《そんきょ》の姿勢になった。後《あと》に控えていた与一もあわてて上役にならった。庄屋は立ったまま合掌した。

与一は丘をくだると、神社の方へ向かった。境内は遠目から見たよりもはるかに広く、飢えに瀕《ひん》した窮民が決死の抗議をなさんと打ち寄せて神に起請《きしょう》し、気勢をあげるにはうってつけの場所のように思えた。

拝殿の横には社より大きな舞殿《まいどの》があり、小体《こてい》ながら辺鄙《へんぴ》な地にふさわしい神社である。灰色に朽ちた柱や梁は、近隣に暮らす民の心の支えを象徴するたたずまいを見せていた。

納戸役は少し足を引きずるようにして、境内を歩いてまわった。あちらでたたずみ、こちらで社の空を眺めながら、何やら思案している様子である。

「惣兵衛、そなたの村に九十歳以上の老人はいかほどおるや？」

不意に問いかけられた庄屋は、役人の意図もわからず口ごもった。

「さて、えっとはおりませんで、ほんの数えるほどかと……」

「では、七十以上ならどうじゃ？」

「十人、あるいは十四、五人はおりましょうか」

納戸役は拝殿おりて境内に立って、もう一度あたりを見まわした。そして、与一のほうに向いて早口にまくしたてた。

「与一、明日、ここに古老を招いてもてなそうぞ」

「と申しますと？」

怪訝《けげん》な表情で訊く与一に、上役は、

「長寿を言祝《ことほ》ぐは遅れて来た者の務め。さても言葉だけでは、腹はふくれぬ。そこでじゃ、ついでに酒肴《しゅこう》・茶菓《さか》などを振る舞おうと思う」

早速、準備にかかろうぞ、と、事もなげに言った。

「惣兵衛、近辺に住まいする古稀を超えた者に、明日巳《み》の刻《こく》（九時から十一時の間）頃に神社に集まるよう触れ回るがよい」

「明日？　でございますか」

後ろに控えて聞いていた庄屋はそう念を押したが、さすがに世馴れていて、役人の話をおおかた合点《がてん》したらしく、

「承知いたしました」

ひと言発して一礼すると、早足に村の方へ帰っていった。

「与一、そのほうは良助のもとへ参って、酒と肴、それににぎり飯など食物を調《ととの》えるよう申しつけて参れ」

集まる老人の数もわからず、宴は明日である。

「して、良助は引き受けるでありましょうか。あれやこれや言い逃れるのではと……」

「案ずるな。間違いのう、あれはふたつ返事で受けるであろう」

与一は二の句が継げなかった。良助が申しつけを快諾するかどうかよりも、頼杏坪という上役が何のために、何をしようとしているのか、その心底《しんてい》が与一には理解できなかった。

何はともあれ自信に満ちた上役の言葉だけを信じて、境内の脇につないでおいた馬に飛び乗り、鉄座役人の屋敷へと取って返した。

翌日。朝霧がはれても陽は差さず、薄曇りの一日だった。

それでも午《うま》の刻近くになると日もぬるんで、宴が催されると知った老人らが三々五々、境内に集まってきた。中には子や孫に手を引かれ、あるいは荷車に乗せられて来る者もあった。その数は、ざっと百二十余人、女にくらべ断然、男の人数が多かった。

良助は思いのほか張り込んだ。酒は一斗樽が三つ、肴は料理屋や宿屋を総動員して煮物、吸い物、酢の物、それに饅頭、干菓子まで用意して座をにぎわした。肴を運んだり、酒を温《ぬく》める役は山内組《やまのうちぐみ》十五カ村の庄屋や組頭らが羽織姿でこれを務めた。

一昼夜のうちにこれだけの物を調え、人を手配できる村邑《そんゆう》の組織力に、与一は舌を巻いた。これが大規模な一揆や打ち寄せを可能にしている百姓らの底力にちがいないと思った。

庄屋惣兵衛が開会の口上を述べて宴会は始まった。今日は無礼講じゃと頼納戸役がにこやかな表情で口添えすると、境内を埋めた古老らの表情が一気にやわらいだ。そして、納戸役も肩衣《かたぎぬ》を脱いで、老人の輪に加わって盃を口にした。

はじめ役人が同席していることでかしこまっていた百姓たちも、頼納戸役の気さくな態度に警戒感をゆるめ、しだいに座も盛り上がり、果ては、舞殿にあがって歌う者や踊りだす者まであらわれて大騒ぎとなった。

境内につづく石段下にはもの珍しさにつられて村人が寄せ集まり、さらに、おこぼれに預かろうとする子供らが群らがってごった返した。

酒好きの頼万四郎杏坪は、輿に乗じ立ち上がると、皆を前に得意の歌を詠じてみせた。

なからへていく春ここにきひの酒酌かハしつつあそへとそおもふ
かしらにも花をさかせて酌かはす老のかすさへもののさかつき
（『老いの絮言《くりごと》』より）

その場に似つかわしい歌に与一は感嘆した。記憶するまでもなく、この二首の響きがほろ酔いぎみの下役の耳の底にこびりついた。

宴は日が傾きかけた八ツ過ぎにお開きになった。与一は後始末を村役人らに任せて、すっかり酔いがまわった上役を駕籠に乗せ、村役の惣兵衛宅に戻った。

頼杏坪は半刻（＝一時間）も横になっていただろうか。突然、与一が呼ばれた。

「例の帳面を持て。それと、水を一杯くれ」

運ばれた水をひと口飲むと、納戸役は今までの酔態がまるで嘘のように、真顔で与一に吟味を始めると言いだした。大事な書類だから常に携行してはいるのだが、何も酒の直後でなくてもよかろうにと思いながら、与一は言われるままに風呂敷包みを解いた。

砂鉄にしても木炭にしても、村方からの搬入量、炉場・鍛冶場への引き渡し量とも帳簿上では不審な点は見つからなかった。しかし、砂鉄に関しては、帳尻を〆《しめ》る十二月や前月にかぎって雲州から購入したとする記載があるのを、与一が指摘した。それは、鉄山で帳面を目にしたときからの疑問でもあったのだ。

「比和の清左衛門が申すとおり、鉄穴《かんな》流しを手がける者が減少しておるとすれば、粉鉄《こがね》は他から購入して必要量を確保することになる……」

「仰せのとおりかと」と与一は応じた。

「となれば特に、疑義をさしはさむことでもなかろう」

「そうは申しましても、決まって年末に買い入れているのが引っかかります。そもそも三月のこの時期になっても雪が残るほどの地では、霜月、師走といえば豪雪の時期。そうした時節にあの山中に重い荷駄を運び込めるものかどうか、疑わしゅうございます」

「取引自体がが虚偽だと申すのか…… そういえば、比和村の庄屋が水引沙引《みずひきすなひき》とか申しておったの。あれで百姓からせしめた分を、帳簿上、他国から買うたように見せかけることもできような。それにしても、もし虚偽記載であれば、過去の査察でも明らかになったであろうにな。そうでないとすれば、なんぞからくりがあるにちがいない」

清左衛門に問い質してみよう、とつぶやいて、納戸役は残りの水をぐいと飲み干した。

北部滞在も六日目をむかえた。予定した日限はとうに越えているが、そのわりには目に見える成果もあがっていない。さらに多くの情報を集めるため、清左衛門の推薦で、松木谷というところのたたら場の親方である忠兵衛なる者を呼び出した。

納戸役は単刀直入に、いだいた疑念を庄屋と職人にぶつけた。すると、庄屋の清左衛門は、厳冬の季節に荷駄を国境越えさせるのは難しかろうと答えた。他方、炉場の忠兵衛は、鉄座役人の手引きによって、雲州から砂鉄を買い入れたと証言した。

「その荷が雲州から来たものだと、どうしてわかるのじゃ」

「荷駄を運んだんは、雲州の人間に間違いねえですけえ」

「だから、どうして人足らが雲州者とわかるのかと訊いているのだ」

与一がじれて声を荒らげた。

「あんならは、わしらと違ごうて、言葉使いもやる事もおとなしいですけえ、すぐに雲州者じゃとわかるんでがんす。ほんま、あんならは気がようて働きもんですけえな」

「それはまことであるか」

と頼納戸役までもが語気を強めた。

「そりゃ、もう……代銀を受け取りに来たもんも、やっぱり雲州弁で話しとりましたけえ。鉄座の元締さんもねき（近く）におりんさって見とりゃあしたけえ、嘘じゃがんせん」

雲州から荷を輸送するのは困難だという清左衛門と、たしかに雲州人から砂鉄を受け取ったと主張する職人頭――どちらも実直な人間だとすれば、話は矛盾する。

頼納戸役は清左衛門を信頼するに足る庄屋だと思っているようである。仮にこの庄屋に多少なりとも邪《よこしま》な気持ちがあれば、あのようなあばら家に住んでいるはずがないというのがその根拠に違いなかった。

「帳面に記載のあった雲州の鉄穴場へ、清左衛門を遣わして探らせてみよう」

納戸役の提案に与一は不満げな口調で応じた。

「そこまでやる必要がありましょうか」

「あの良助が養老の会の折に見せた心遣いをなんと解する？　敬老の意を表したいと思うわしの意にあの男が賛同したからか？　そうではあるまい。あ奴からすれば、あの宴の費《つい》えはわしに対する賂《まいない》の代わりとでも考えておるのであろう。良助め、散財したことで、わしの追及を逃れたとたかをくくっておるはずじゃ」

上村の良助を締め上げるのはいい。だが、おいそれと口を割るような相手ではない。与一は頼納戸役のやり方がうっとうしく思えてきた。そして、どうにでもなれという気持ちで、

「では、良助のまわりを搦《から》め手（＝相手の弱点）から攻《せ》めてはいかがでございましょう」

と言って、良助の係累や、使っている手代らを喚問してはどうかと提案してみた。

「それは妙案じゃ。ただし、耳にした話によれば、このあたりの百姓は女子《おなご》といえどもしたたかで、一筋縄ではいかんそうじゃぞ」

「多少手荒に扱こうてもよろしゅうございますか」

与一にしてみれば、なかば腹立ちまぎれだった。

「存分にやるがよい」

言いながら上役は、ゆっくりと与一にうなずきかけた。

二

藩庁内、郡御用屋敷《ぐんごようやしき》。

郡奉行《こおりぶぎょう》上席木村斎《きむらひとし》は、勘定方からまわってきた書類を読みながら不快げに舌打ちした。頼万四郎杏坪の手になる、北郡のたたら場をめぐる不正を告発する報告書は、地方の政事全般を管掌し、とりわけ徴税を第一義とする郡奉行所の幹部としては喜んで読める代物《しろもの》ではなかった。

報告書では、まず鉄座が砂鉄の生産者である百姓から買い入れる場合の不正が詳細に述べられていた。水引沙引《みずひきすなひき》という役人の匙《さじ》加減が不正の温床であり、不正に嫌気がさした百姓らが砂鉄採取をやめてしまった結果、産鉄量に多大な影響が出ていることも数値をあげて指摘していた。

――粉鉄《こがね》の受様改められて、百姓よりも水を乾かし沙をよくゆりすててくりあけ候へ、たたしくなりたれは、三次・恵蘇両郡にて一ケ年くりよる粉鉄の数凡《およそ》弐万五千駄と聞へけるか、その後ハ年々凡五万駄はかり取りて送るようなるへし。水引沙引の無理なることのやみたれは、その外やすみ居たる鉄穴も取りひらき、両郡にて弐万五千駄も出て、凡銀六七十貫も取り増せは、郡民の沢《たく》（＝恩恵）も大なるへし――

役人の不正によって、領民の懐《ふところ》ばかりでなく藩財まで食い物にしているとの記述に勘定方が神経をとがらせたであろうことは、容易に想像がつく。郡奉行木村としては、その批判の矛先が郡役所全体に向けられるのを恐れたのである。

不正の暴露は、砂鉄を雲州から越境して購入したという偽装工作にも及んでいた。雲州の鉄穴主《かんなぬし》を調査した結果、どの鉄穴場からも芸州備後の地に砂鉄を運びこんだという事実はないという。さらに、砂鉄を運んだとされる人足や代銀の受取り人らは、皆、鉄座に雇われた地元の百姓が雲州人のふりをしていたことも判明したと付記されている。

ここまで読むと、さしもの木村も苦笑を禁じ得なかった。

現地のことは現地の責任者に訊きただすほかなく、早速、木村は三次・恵蘇の代官である今中五郎衛門《いまなかごろうえもん》と一場武助《いちばぶすけ》を役所に呼びつけた。

二人は共に四十代後半で、北郡の代官に任じて十年以上になる。老練な官吏らは報告書の内容を指摘されると、一様に驚いた表情をつくった。そして、鉄座の不正に関しては当該役人の仕業であり、自分たちのあずかり知らぬことだと苦しい言い訳をした。

「知らぬ存ぜぬで済む問題か」

筆頭奉行木村斎は年上の代官らを一喝した。

「申し上げますが、あの広い北二郡をわたしども二人で巡察するのでありますから、多少は指導監督に手落ちがございましょう。まして、炉場・鍛冶場のある鉄山につきましては深山遠隔の地でござりますれば、短期の滞在では巡回するのもままならず……」

「黙れ、黙れっ」

郡奉行上席は声を荒らげて、今中五郎衛門を遮った。

代官は特別の業務でもないかぎり、任地での滞在はおおむね十日にも満たない。それも春秋の定期の巡察や徴税業務以外は現地の代官所の手付らに実務を任せていたから、村役や藩の出先機関の小役人による瑣末《さまつ》な不正にまで目をひからせるのは無理がある、との代官らの反論もわからないではない。

しかし、このたびの報告書に指摘された不正は、その気になれば代官が通常の職務のなかでたやすく摘発できるものである。現に、頼万四郎は旬日《じゅんじつ》（＝約十日）を経ずして鉄座役人の不正腐敗を摘発することができたのである。

開き直ったような代官今中に、木村奉行は業《ごう》を煮やした。

「落ち度はないと言い張るのもよかろう。じゃが、これほど明白な事実を突きつけられたとなれば、どう言い逃れようとも、郡御用屋敷がその怠慢を咎められるは必定。そのほうらはもとより、上役たるわしも無事では済むまい」

とりわけ、と奉行木村は一呼吸おいて、蹴然《しゅくぜん》（＝不安なさま）と端座する二人の部下をねめつけた。

「銀六、七十貫の利を産む、との文言は、裏を返せばそれを何者かが私腹したということなる。年に六、七十貫じゃぞ。それが長年にわたっていたらなんとする？　あるいは、そのほうたちや前任者らが利の分け前にあずかっておったとすれば、首を差し出すか腹を切るか、その決断を迫られるほどのゆゆしき事態じゃぞ。そのことがわかっておるのか」

木村斎は嵩《こう》じる気持ちを抑《おさ》えることができなかった。それでなくても、藩首脳内部が覇権を争って二分《にぶん》、三分《さんぶん》している昨今である。この北郡の不正腐敗は、藩庁の混乱に拍車をかけるような大きな問題になる可能性があった。

「うかがいますが、このたび頼万四郎殿に北郡を探索するよう指示されたのは、どなた様でございますか」

奉行が冷静さを取り戻すのを待って、おずおずと今中五郎衛門が口を開いた。彼は一場武助より北辺勤務が長い。それだけに自分のほうが厳しく責められているとの自覚がある。

「さてのう」

「大小姓組《おおこしょうぐみ》の山田様？　あるいは勘定奉行の筒井様でございますか」

わからん、と木村は今中の問いかけに、ぶっきらぼうに応じた。

頼一行の派遣について、木村が知らなかったのは事実であった。ただ、三次・恵蘇・三上・奴可《ぬか》四郡の支配を強化するらしいとの噂は耳にしていた。だが、郡役所を通さずに現地査察を実施するとは考えもしなかったのだ。

虚を衝かれたと思った。

今中の言うとおり、あの山田図書義隆《やまだずしょよしたか》ならやるだろう、と木村斎は軽く唇をかんだ。

山田図書は江戸留守居家老を務めあげ大小姓組頭筆頭役に任ぜられたが、それはほんの腰かけにすぎない。さほど遠くない時期に家老職に就くだろうと、もっぱらの噂である。

野心家であるにもかかわらず、清廉な性格で周囲の受けも良い人物であった。

わざわざ上層部が書類を届けてきたのは、郡務の先兵である郡御用屋敷よ、首を洗って待っておれという挑発ともとれる。潔癖症の山田図書ならばこそ、末端役人の不正が我慢ならないに違いない。

あるいは、筒井極人《つついきわめ》が仕掛け人とも考えられる。

現在の代官は不正に手を染めていないと言い張るが、額面どおりに信用できるものではない。もし不正への関与を歴代の代官にまでさかのぼって探るとなれば、何が出てきてもおかしくない。そうなれば、郡方の最高責任者として自分が責めを免れるはずはない。

あれこれ考え合わせれば、勘定奉行の筒井極人とそりが合わないことが木村斎には気がかりだった。筒井は上昇志向が強く、勘定方ばかりでなく蔵方、それに郡方の実権まで手に入れようと画策しているとの噂もある人物である。各役所の不手際を突破口にして支配の網を広げ、執政入りの実績にしようとしているとすれば、今回の北辺の査察もそうした筒井の思惑の一環ではと勘ぐることもできた。

とは言え、見えざる相手に対して、実際には対抗手段がない。せいぜい報告書をまとめた手付の大島与一を喚問して、例の養老の会なる催しの経緯を質《ただ》すぐらいのものである。代官所の許可もなく多数の村人を参集させたとなると、脱法行為ということで頼万四郎杏坪を咎める程度のことはできるだろう。この手付から頼万四郎の弱みを引き出せれば、あるいはこの査察を指示した相手が誰か探る糸口になるかもしれない。

ところが、木村奉行に呼び出された大島与一は、従順な井上新八とは逆にきわめて頑《かたくな》だった。その言動には小役を担う者が普段見せない、鬱屈した信念のようなものが木村には感じられた。

「井上新八は日限を守って戻ってきたのに、なぜおまえは現地に留まったのじゃ？」

「残りましたのは、頼様のご命令でしたので」

「おまえは郡方ではないか。直属の上司は郡奉行であって、納戸役ではなかろう。出すぎたまねをせず、井上新八同様、そのほうも帰広するのが筋というものであろうが」

「仰せのとおりではございましょうが、当時、現地での直属の上役といえば頼様でございまして、命令となれば拒むことはできませんでした」

大島与一の言うのは理屈であった。頼万四郎が残って調査を続行せよと命ずれば、手付大島はそれに従うほかはない。だが、木村奉行にしてみれば、郡方の下役が不正を暴く手助けをしたのが、わが身に弓を引かれたように思えて我慢ならないのだ。

養老の会について訊問すると、大島与一は開催の日時、場所、会の目的、集まった人数などをすらすら答えた。

「報告書に盛らなんだことが、なんぞあるか?」

「特別には、何も」

木村斎は与一をにらみつけ、隣でうつむいている井上新八をせせるように声を荒らげた。

「嘘を申すなよ。そのほうらが北辺で成したあれこれの所業、いずれも得心がいかぬ。奉行のわしに隠し事があるように見えてならんのじゃ。後々郡役所が恥をかくようなことのないよう、今のうちに言うべきは洗いざらい申せよ」

「報告書に記載されていること以外に、特にお話しするようなことはございません」

「井上、そなたはどうじゃ。このたびの調査にからんで特に申しおくべきことはないか」

急遽、佐伯郡から呼び戻された新八は上役の呼びかけに迷惑そうな表情をうかべながら、

「わたしが滞在しておる間は何事も順調で、あらためてご報告いたすようなことはござい

ません。ただ……」と、口ごもってみせる。

「ただ、何だ？」

責める糸口をつかんだと思ったか、木村奉行は厳しく新八に迫った。

「頼様があまりに前のめりになられるので、この大島には注意せよと忠告いたしました」

新八の妙に落ち着きはらった口ぶりに与一はむっとした。さらに継いだ言葉を聞いて、怒りをとおり越して唖然となった。

「どうでも咎人《とがにん》を捕まえる、との姿勢でのぞめば、無実の者でも罪人に仕立てなければ収まりがつかなくなるぞ、と大島には念まで押しました」

三次での別れ際の諍《いさか》いを根に持っているとはいえ、ここまで嘘をつけるものかと与一はあきれた。またしても新八の性悪《しょうわる》な一面に触れて、この男と半分血が繋《つな》がっていることを呪う気持ちにもなった。

「ということは、納戸役がこしらえた報告書は捏造《ねつぞう》で、良助ら鉄座の者の罪は濡れ衣である、そう言いたいのか、井上？」

「いえ、そうは申しませんが、ある一件をそれなりの書類にして提出する場合、ある程度の誇張をなしてしまうのはいた仕方ないことではと存じます」

「これを聞いて忸怩《じくじ》たる気持ちにはならんのか？　大島」

木村斎は鬼の首でも獲ったかのように、勢い込んで与一を問い詰めた。

「井上の言い条は、それこそ難癖というものにございます。件《くだん》の書き付けの内容を誇張したことなどさらになく、もとより咎人を求めて諸事を捏造したことなど、毛頭ございません。これは頼万四郎様の名誉にかけて申し上げておきます」

「頼万四郎の名誉にかけてじゃと？」

木村奉行は鼻孔を広げ、細い目をつり上げて与一をにらみつけた。

「なるほど、相わかった。おまえがその気なら、あとは頼万四郎からじかに訊くほかあるまい。奴に会うて、脱法行為があれば屹度《きっと》追及するつもりじゃ。さすれば、あの報告書も価値なきものとして撤回させるべき一助にもなろう」

「お言葉ですが、頼様が仮に報告書をお取り下げになったとしても、不正の存在を無にはできますまい。そもそも、明らかになった役人の不正を見て見ぬふりをすることなど、少なくともわたしにはできません」

豪腕でなる木村斎だったが、この若い手付には手を焼いた。押せば退くが、さらに押せば逆に押し返しもするのである。

「なに故、良助なる者が不正に関与したことをつかんだ？」

「お奉行様、あの恵蘇郡の神社で開いた養老の宴《うたげ》の費《つい》えを、誰が負担したと思われますか」

「良助じゃ、と申すか」

大島与一は無邪気そうにうなずいて、

「藩庁から派遣された頼様の仰せ付けとは申せ、一介の鉄座の元締が何の見返りも求めずに銀五百匁を越える出費に応じられるものでしょうか。この一事からですら、良助の魂胆が透けて見えるではございませんか。つまり……」

「つまり、何じゃ？」

「良助は、あの宴の費えを賄賂代わりとでも考えたのでございましょう。庄屋や村役がわたしどもに対して素直なのは、多くの場合、やましいことがある証左でございますれば」

良助は、頼杏坪をこれまでの役人と同じように鼻薬《はなぐすり》（＝賄賂）が効く相手と思い込んで、仕掛けられた策略にまんまと引っ掛ったのだと、若い手付は言いたいのだ。

木村斎は、悪徳な鉄座元締の浅はかさに腹が立つと同時に、巧みに作略《さりやく》にはめた頼万四郎に対しても憎悪に近い感情をいだいた。

「いずれにせよ、頼万四郎を喚問する。その結果いかんでは、郡役所に火の粉が降りかからんとも限らん。そのときは、おまえたち手付や代官らに真っ先に詰め腹を切らせるぞ。そのつもりで覚悟しておれ」

奉行木村は、手付という下役相手に生来の癇癖《かんへき》をさらさなければならないほど追い詰められた気分だった。

藩庁の出先機関のあちこちで役儀を隠れ蓑《みの》に不正が行われているのは事実である。とりわけ、北郡はなにかと目配りがおろそかになりがちだったから、その傾向は顕著だった。

加えて旧三次藩内の小役人は代官所付きであれ村役であれ、気性が荒くややもすると藩の役人をないがしろにする向きさえある。そのため萎縮した下級藩吏は結局、不正腐敗に目をつむることになるのだ。

向後《きょうご》は民と役人とを問わず、徹底して締め上げてやる。それにしても、今までよくもまあ北辺で大きな波風がたたなかったものよ。そう思いながら郡奉行上席役は手を振って井上、大島の二人の手付を退出させた。

憤怒《ふんぬ》おさまらぬ木村斎は、納戸役頼万四郎を喚問しようと奔走した。

喚問にさほど意味がないことは、木村自身もよくわかっていた。それでも頼万四郎杏坪の呼び出しにこだわったのは、郡方奉行上席としての意地と面子《めんつ》である。郡御用屋敷を貶《おとし》めるがごとき報告書を、黙って受けとるわけにはいかなかった。

木村は体面を保つためなら、藩庁のあちこちに圧力をかけて回るのに何のためらいもなかった。その結果、勘定方の筒井極人からようやく喚問の許可を得たのだが。

それが当日になって突然中止された。執政方のさる筋から「御納戸役聴取するに及ばず」とのお達しがあったのである。重役相手ではさしもの木村も歯がたたず、断腸の思いでこの屈辱に耐えるほかなかった。

報告書のとおり、鉄座元締である恵蘇郡の良助、三次郡の喜三郎は流川の牢屋に収監され、厳しい詮議を受けたのち、私財没取のうえ領外追放となった。

一場武助は咎めを免れたが、長年北郡の任に当たっていた今中五郎衛門は御調郡《みつぎぐん》の代官補佐に降格した。そして北郡担当だった奉行横手新九郎が隠居させられ、新たな郡奉行には、浦辺《うらべ》・島方《しまかた》五郡の郡廻り補佐を務めていた若き寺西監物《てらにしけんもつ》が昇進した。

これこそまさに異例の抜擢《ばってき》であったが、木村斎の思いとは別に、郡御用屋敷にまつわる人事面の処分は比較的軽微なものにとどまった。

大島与一は頼万四郎杏坪から、鉄砲町の私邸を訪ねるようにとの招待を受けた。気乗りはしなかったが、上役からの誘いは命令に等しい。覚悟を決めた与一は、指定された日の午前中、鉄砲町へ足を向けた。型通り挨拶だけ済ませて辞去しようとの腹づもりだった。

さほど広くはない敷地に建つ瀟洒《しょうしゃ》な屋敷は、学者であり詩人でもある主人の心ばえを映しているようで、楚々《そそ》としたたたずまいを見せていた。門をくぐって庭に立つと、案の定、庭は地面から植木まで一分《いちぶ》の隙もないほど手入れが行き届いていた。

出てきた下僕に案内を乞うと、すぐに居間に通された。ほどなく、くつろいだ様子の頼納戸役が着流しのまま書斎から出てきた。

「お招きのお言葉に甘えまして、厚かましくも参上いたしました」

与一はぬかりなく挨拶したあと、

「その節はたいへんお世話になりました」

と頭を下げながら、粗末なものですが、と口ごもって持参した包みを差し出した。

「ほほう。いま時分、干し柿とは珍しいのう」

「豊田郡の養母の里から送って参ったものですが、お口に合いますかどうか」

「いやいや、柿は二日酔いの特効薬とかいう。呑兵衛《のんべえ》のわしにはもってこいの土産じゃ。それに息子の佐一郎も干し柿が大好物での。ありがたく頂戴いたそう。母御《ははご》によしなに伝えてくれ」

老儒学者は、大切そうに包みを受け取った。

与一はやっと頬をゆるめた。

「ところで、恵蘇郡の宴会では、酔っぱろうて世話をかけたの」

「わしが広島へ戻ってからは、さぞや骨折りであったろうな」

いえいえ、と答えながら、与一はちらっと北辺の日々を思い出した。

北郡滞在も八日になって、ついに藩庁から頼杏坪に帰広命令が出た。おそらく、三次代官所手付の林幾助が異変を感じて郡役所へ訴え出たための措置であったろう。そのため、頼納戸役は指示に従わざるを得なかった。一方、与一は三次に残るよう納戸役から要請され、郡役所には発熱のため現地に残って養生すると報告されていた。

与一は探索を続けたが、困難をきわめた。事情聴取しようにも鉄座の関係者は、頼特使が帰広するのと相前後して、ほとんど領外へ出てしまったのだ。加えて鉄座と取引のある百姓らの口は固く、元締や村役による鉄山の不正について語ろうとする者は皆無だった。もとより三次代官所の協力は望むべくもない。やむをえず、与一は奇策に打って出た。恵蘇郡の鉄座元締良助の息子を三次代官所へ呼びつけた。そして、父親の横領に手を貸したとの容疑で、牢屋に押し込めた。三次郡の元締喜三郎については、妻を召喚した。夫の行き先を知らないと白《しら》を切っているという嫌疑をかけてのことである。

林幾助はやはりこの処置に強く反発した。二人とも鉄座の業務に関与していないとして、解き放つよう迫った。それに対して大島与一は、本人がいなければもっとも身近な身内から話を聞くほかないと林の要求を一蹴《いっしゅう》し、さらにだめを押した。

「元締らと同様、この者たちも他出するおそれがござるゆえ、頼様が当地に参られるまで牢に留め置くつもりでござる」

「大島さんに左様な権限があるんでがんすかの？」

「林殿。わしは頼様から。吟味勝手次第とのお墨付きをいただいておりますぞ」

「そうでがんすか。それで、頼様はいつ頃こっちに参られる予定ですかいなあ」

「さて、今月は無理でありましょうから、来月でござりますか。それとも頼様の都合によっては再来月《さらいげつ》になるものやら」

こう聞かされて、林幾助はにがにがしい表情になって、若い手付をにらみつけた。

三次代官所の関係者からこの情報を漏れ聞いた鉄座の関係者は、おぞけをふるった。これまでの査察とは役人のやり方も違えば覚悟も違うと心底、感じたのである。

喜三郎の妻は、三日三晩牢で過ごしたのち村に帰された。その妻の口から、良助の息子は連日、膝に石を抱かされているらしい、との話が伝わった。いわゆる拷問が行われているとの噂は、近隣の村から一気に鉄山まで広がった。

咎人《とがにん》の自白を最優先したこの時代、広島藩でも取り調べとして拷問を行うことは珍しくなかった。その拷問の種類は「さん木」「坐ぜん」「ほしなづり」「ながしづり」「てんびん」「やから」「てっぽう」「灸《きゅう》ぜめ」「木馬」「引きつり」「かにぜめ」「四足つり」「海老せめ」「水ぜめ」「ひしかたぎ」等、十五種類以上にものぼった。

与一が喜三郎の妻に牢の脇に建つ道具小屋にある、いくつかの責め具を見せたのは事実だったが、実際に良助の息子にそれらを使うことはなかったのである。

ほどなくして、一人のみすぼらしい身なりの百姓が佐渡屋を訪れて来たことで、雲州砂鉄のからくりはあっけなく明かされた。樵《きこり》で、炉場や鍛冶場むけに炭を焼いているというこの山男は、鉄座役人のやり口を熟知していた。

「わしは、熱い冷たいは我慢できやんすが、石を抱くような痛いんは我慢できんですけぇ」と言いながら不精ひげが伸び放題の炭焼きは、与一を藩庁のしかるべき役人と見なしたか、ぎこちない挨拶をして深々と頭を下げたあと、訥々《とつとつ》と話し始めた。

勘定方へ提出されたぶ厚い報告書は良助や喜三郎を問い詰める必要もなく、この男の証言に与一の見聞を付け足して出来上がったのである。

「あざやかな手並み、いやいや感服した。報告書には多少わしなりの解釈や意見もつけ加えておいたが、おおむねそなたの調査結果を反映しておいた。文面も読みごたえがあって立派な書類に仕上がっておった」

「恐れ入ります。それもこれも、頼様に好きにやれとのお墨付きをいただきました故でございます」

与一の言動はいたって遠慮勝ちであった。褒められるようなことは何もしていないと思っていたし、何より、これまでに上役から労をねぎらわれた経験などなかったから、少々、困惑の体である。

「多少やり過ぎの感なきにしもあらずじゃが、ともあれ、上首尾であった。大島与一なる人物、政庁のしかるべき部署に推挙したくなったぞ」

「ありがたきお言葉、いたみ入ります。ですが、もうわたしは頼様をお手伝いさせていただくことは、かなわなくなりました」

「ほう……」

「このたび、役目替えになりまして」

郡方御米蔵《おこめぐら》警護頭の任に就くことになったと明かした。

「役目が上がったわけじゃな。それはめでたいではないか」

「とんでもございません。頭《かしら》とは名ばかりで、これからはどこぞの郡《こおり》の御米蔵の番人でも仰せつかるのでありましょう。当分は猫のようにネズミと格闘でございます」

与一は苦い表情をしたあと、すぐに真顔になって、もうお務めすることもございますまいから、と前置きしてつづけた。

「口幅《くちはば》ったいことを申すようでございますが、このたびの一件、わたしは蜥蜴《とかげ》の尻尾《しっぽ》をつかんだようなものと思うております」

「つまり、どういうことじゃ？　尻尾を切っても胴体がうごめいておると申すのか」

「左様にございます」

三人目の鉄座元締である吉兵衛は元締中の元締ともいう人物で、頼杏坪一行が鉄山の査察に入ったと知ったときから、領外に出たままだった。家族や鉄座の関係者には大坂の鉄商人のところへ商談に行くと言い、代官所には伊勢参りをするからと称して通行手形をせしめたらしいという。

「ほとぼりが冷めるまで、しばらくは京、大坂あたりに身をひそめておるつもりのようでございます。ことほど左様に吉兵衛なる者はしたたかで、加えて財力もあります」

それに、と大島与一は、躊躇《ちゅうちょ》する口調になったが、すぐに、

「頼様や代官所の吟味など痛くも痒くもない、とでも言いたげな大胆な行為の裏には、それを支える後ろ盾《だて》があるのではと推量されます。つまり……」

「藩庁の重職にある者が、その吉兵衛なる役人と絡《から》んでおると言いたいのじゃな？」

「仰せのとおりにございます。わたしの勘ぐり過ぎでなければよいのですが」

手付大島与一は取り逃がした大魚を惜しんでいる様子だった。同時に、藩庁の巨大組織のなかに潜む得体のしれない妖怪を警戒している風にも見えた。

「のう、大島」

しばらく沈黙したあと、頼杏坪が呼びかけた。

「そのほう、学問をしてみる気はないか」

不意の言葉に一瞬目をみはった若者は、あわてて手を振り否を動作で訴えた。

「わたし、当年とって二十二になりますれば、学問するにはちいと薹《とう》が立ち過ぎかと存じます。それに、以前にも申し上げたかと存じますが、学問といえば寺子屋に通うた程度のこと、学ぶ資質も素養もございません」

体のいい拒否の返しである。杏坪はぐいと顎を引き、儒者の顔になる。

「二十二で薹は立たぬ。世に六十の手習いというではないか。学問を志すのに遅い早いなどない」

いやいや、と与一は頭《かぶり》を振った。すると、納戸役はつづけた。

「井上新八のことじゃ」

「……」

「木村奉行の前でやり合うたそうじゃの。そのほう、あの男に何ぞ弱みでもあるのか」

「いえ、とりたてて何もございません」

心の深いところをさとられてはと、与一はどぎまぎして語尾をにごした。それにしても納戸役が早耳なのには驚かされた。北郡で納戸役と二人の手付が一緒に過ごしたのはわずかな時間にすぎない。その間に、頼杏坪は、どこでどう与一と新八を観察していたものか。二人とも表立って内面をさらすような場面はなかったのに、老巧な学者の慧眼《けいがん》の前では与一と新八の関係はごまかしようがなかったらしい。

「聞けば、そのほうと新八は異母兄弟であるそうじゃが、まことか」

「左様でございます」

自分に関する出自や履歴は隠しようがないと思った与一は、覚悟をきめて答えた。

「新八は庶子《しょし》でありながら、井上家を継いだそうじゃの。藩の学問所に通うて、向学心も旺盛でなかなかに優秀じゃったと聞く。ところが、嫡子《ちゃくし》たるそのほうは大島家に入り、早くして郡役所の下役に就いたという。そのほうが学問もせず実務の道を選んだのは、もしや養家の家計に配慮してではなかったのかと思うてな」

「……」

「卑屈になって世をすねるより、学問をおのが世渡りの手立てとしてみる気はないかと申しておる。新八とそのほうの間にいかような経緯があるかは知らぬが、過ぎたことに拘泥《こうでい》すれば生きづらいものでの。先を見すえて、何んぞ目標をもって新八と競うてはどうじゃ」

「お言葉ですが、わたしには新八を相手にする気持ちなど毛頭持ち合わせておりません。向こうも、わたしのことなど歯牙《しが》にもかけておらんでしょうから」

「ならばよいのだが、あれは出世するぞ。そのほうが郡役所に出仕しておれば、いずれは新八が上役になる日もあろう。それを屈辱と思うことがあってはと案じてな」

「左様なお心づかいは、どうぞご無用に願います。わたしは、新八であれどなたであれ、上役となられた方にしっかりとお仕えするだけでございますので」

そうか、いやいや余計な節介であったの、と言いながら杏坪は顎のあたりをずるりと手で撫でた。

「ご親切を無にするようで申し訳ございません。お許しくださ い」

「許すも許さぬもない。この度のことは、そのほうの力添えなくしては成就《じょうじゅ》せなんだこと。不正が摘発できたのは、一にも二にも大島与一の働きじゃ。何かできることで報いてやらずばと思うて、わしが専らにする学問を勧めてみたまでのこと。気にいたすでない」

恐れ入ります、と与一は素直に頭を下げた。

下女が茶を替えにきた。大島与一はあわててあたりを見まわした。確かに日は高くなっている。午の刻が近いことにようやく気づいた。

「これを」と、長い対座を詫びたあと、与一は丁寧な手つきで風呂敷の包みを解いて、中から二枚の短冊《たんざく》を取り出した。

「頼様が、あの日、山王神社で詠まれた二首の歌でございます」

「『なからへていく春ここにきひの酒』か……」

受けとった納戸役は自作の歌を口ずさんだ後、

「見かけによらず、達筆じゃのう。筆の手性なら間違いのう、新八より上じゃな」

と褒めた。有能な郡方役人は、当代屈指の能筆家に手を認められて、やっと心の底から笑みをもらしたように見えた。

与一は納戸役から過分なほどの土産を持たされ、これ以上ない満ち足りた気分で頼邸をあとにしたのだった。

三

文化十年（一八一三）、広島城内奥の小書院。

淡い西日をうけた障子に庭の松枝《まつえ》があやしげな模様を描いている。しばらく使われていなかったのか、閉じ込められた空気が部屋の四隅に淀んでいるようで、そう思うほどに喉の奥が息苦しくなった。換気でもと立ちかけたとたん、廊下に足音がした。四半刻（＝約三十分）も待たされた寺西監物《てらにしけんもつ》は、緩慢な動きでくずしていた膝をなおして正座になった。障子が開いて小柄な老人が姿をあらわした。寒がりであるらしく、寒露（＝十月初旬）にはまだ間のあるこの時期、すでに厚手の袷《あわせ》を着こんでいて、おまけに後ろからずんぐりむっくりの茶坊主が手焙《てあぶ》りの火鉢をかかえて入ってきた。

年寄格用人は待たせたの、とも言わず上座の布団にどっかと腰をおろすと、ひとつ長い息を吐いた。障子に映じていた松影はすでに消え、四枚の半分が薄墨色に染まっている。

「父上は息災であるか」

年寄格付役川村喜一兵衛《かわむらきいちべえ》は尊大さを隠しながら、気さくな調子で言った。監物が父又右衛門《またえもん》の近況を伝えると、川村は堰《せき》を切ったように自分と又右衛門が無二の友人であり、若い頃はそれなりの蕩児《とうじ》で、色街で名をはせたものだなどと無頼の過去をひけらかした。

「屋敷での酒宴の折には、幼いそのほうを膝に抱いて呑んだこともあった。覚えておるか」

監物は苦笑しながら首を振り、しばらくは川村のたわいもない昔話にいやいやつき合った。だから「実はの」、と老人が本題らしい話に移ったとき、監物は正直ほっとした。

「――そういうわけでの」

話し終えて川村喜一兵衛がひと息つくと、寺西監物の腸《はらわた》がごろりと鳴った。儒者である頼杏坪を北郡の代官に起用する旨知らされて、感情より先に肉体のほうが反応した。短い日が落ちかかっていて、障子を透けた庭の照り返しが対座する年寄格川村の膝までのびている一方、上半身には部屋の暗がりが影をつくっていて、

「頼杏坪こそ適任じゃ」とつぶやいたとき、老人がどんな表情になったかは見逃した。

「どうじゃ?」

意見を強要されているのか、あるいは同意を求められているのかが判然としないうちは、安易に口を開くこともできず、寺西監物は二つほど空咳をして時をかせいだ。

頼万四郎杏坪を郡方へ引きずり出す。だからどうだというのだ、と監物は訝《いぶか》った。人事面の裏を平《ひら》の郡奉行の自分に明かすとなれば、頼杏坪を代官に任命するというのは上層部の既定方針であろう。ならば、今さらいかなる意見を述べようが意味がない。下手に異議をさしはさんで上を刺激したりすれば、藩庁内におけるおのれの立場に影響しないとも限らない。

監物はもうひとつ咳こんで、川村喜一兵衛のことばを待った。

「そのほうだから申すのじゃがな。実は殿より、北郡に人は足りておるのかと詰問《きつもん》されてな、執政方は返答に窮したそうだ。足りておると申し上げれば、では何故にかの地は騒擾《そうじょう》難治《なんち》なのじゃ、と問われよう。さりとて、足りておりませんとは口が裂けても申し上げるわけにはいかぬ。なにせ殿は今を去る八年ほど前に北郡を巡察なされて以来、かの地にい

たく御心を寄せておられるからの。故にたとえ代官職といえども、北辺に関しては下手な人事などできんということでの」

「なるほど……」

寺西監物は語尾を曖昧にして応じた。

北郡とは、広島藩領北部の三次・恵蘇《えそ》両郡をさす。広義には、これに奴可《ぬか》・三上を加えた四郡のことでもある。いずれにせよ、地勢や天候にめぐまれぬ困窮をきわめる地を意味する、いわば蔑称であった。

文化二年（一八〇五）、広島藩主の座に就いて間もない浅野斉賢《あさのなりかた》はこの北郡をふくむ領内巡省の旅に出た。これに随伴したのが当時御奥詰《おおくづめ》上席にあった頼万四郎杏坪であった。

時に頼杏坪、五十歳。八年前に伴読《ばんどく》を務めたのを機に斉賢から特別の寵《ちょう》をうけ、常日頃《つねひごろ》から経世済民《けいせいさいみん》の重要性を説いていた杏坪は、選ばれて十三日間におよぶ藩主巡行の旅に帯同することになったのである。

「北辺の事情に通じ、その施策を知悉《ちしつ》しておる点で、あ奴に優《まさ》る者はあるまい。のう、そうであろう？」

寺西監物の腹がまたかすかな音をたてた。川村家がいくら由緒ある家柄とはいえ、藩儒まで務め、御納戸奉行上席にすすんだ頼杏坪を「あ奴」呼ばわりする喜一兵衛の非礼ぶりに、監物の心はざらついた。

「郡奉行のそなたを前にして言うのもなんじゃが、辺鄙《へんぴ》な地の代官といえば、働き盛りではあるがさして取り柄《え》のない、総じてうだつのあがらぬ者と相場がきまっておる。それがだ、かの頼杏坪を任命するというのじゃから、話は別じゃ。歳も六十か？」

「五十八になられたばかりです」

「ともかく若くはない。詩文を能《よ》くし、和漢の文才に秀《ひい》でて頭脳明晰であるのは、国の外にまで聞こえておる。それほどの儒者を代官に起用するのは、それこそ異例ではあろうな」

だからと言うて、と川村喜一兵衛は監物を上目づかいで見た。

「寺西、なにも臆することはない。遠慮はいらん。そなたは北辺の総責任者として粛々と職務を遂行すればよい。新任の代官をきびしく指導するのも大事なお役目じゃ。よいか、決して頼万四郎の監督を怠ってはならん。しかと申しつけたぞ」

監物は軽く頭をさげながら応じた。

「ひとつ伺ってもよろしいでしょうか」

「なんじゃ？」

「頼様を代官職に推されたのはどなた様でございましょうか」

川村が渋面《じゅうめん》をつくった。それでも御用人は答えるのを嫌がっている風はない。

「誰彼の意向がこの人事に作用したというわけではない。首脳らの総意、とでも申しておこうかの」

訊かずもがなの質問であり、川村の答えは案の定、漠《ばく》としたものだった。

一介の、それも若輩の平奉行《ひらぶぎょう》ごときに藩の人事決定のいきさつなど明かされるはずはないのだから、黙って承っておけばよかったが、監物は役職を離れて一藩士の立場から、心のどこかでこの下命には異を唱えたい気持ちが働いたのだ。

「頼殿は、お受けになりましょうか」

「すでに下達《かたつ》済みじゃが、もとより拒むことはあるまい」

川村喜一兵衛は火鉢の上で無意味に両手をこすり合わせた。

「杏坪先生の藩儒としてのお立場はいかがなりましょうや」

「そのほうもよう存じおるように、代官職とは徴税をはじめ、領民の統制、村役らの掌握等激務であるから、あれもこれもというわけにはゆくまい。したがって、藩儒の席からははずれるほかなかろう」

確かに地方の代官、なかでも三次・恵蘇両郡の代官ともなれば雑務繁多は免れ得ない。普段は城下の郡役所で執務を行うが、年貢の徴収やもめ事の仲裁ともなれば、十七里余りの悪路をおして三次へ赴かねばならない。とりわけ北郡は気性の荒い土地柄で、領民は我が要求がかなわぬときは村役にはもとより、郡廻りや代官ら藩の役人にも平然とくってかかる。いつ一揆が勃発しても不思議ではないと噂されるほどの騒擾《そうじょう》の地である。代官は、かの地の安寧《あんねい》を保つためなら、いついかなる時でも城下を離れる用意がいる。

いかな三面六臂《さんめんろっぴ》（＝一人で数人分の働きをすること）の頼杏坪といえども、藩儒と代官の二足のわらじを履けば、いずれかおろそかにせずばおくまい。川村はそう言いたいのであろう。

自分なら固辞すると寺西監物は思った。郡務など、敬慕をあつめる儒官の地位を放擲《ほうてき》してまで引き受けたい役職でもない。頼杏坪ほどの名声と学識があれば、致仕して家塾を開いたほうが儒者としての体裁も外聞も保てよう。わざわざ下級官吏に身を落としてまで泥水を飲む必要などないのだ。

この国は三年前の文化七年を境に、大きく変質したと監物は思っている。中堅の藩吏が次々と交代させられ、閑職に追いやられた。知り合いのなかには、七歳の息子に家督《かとく》を譲らねばならなかった者もいる。そして今また、頼杏坪という、かつて先代藩主重晟《しげあきら》から儒学界の至宝とまで賞された学者を、一代官に押し込めようというのである。この人事こそ、藩庁内で何かが始まる兆しのように思われた。

「暫時《ざんじ》、待っておれ」

川村喜一兵衛はやおら脇息から身を起こすと腰をあげた。その様子から急に尿意をもよおしたものと知れた。ひとり残されると、寺西監物もうそ寒い心持ちになって下腹部をもぞもぞさせた。いったい、川村に呼び出された真意がわからないのだ。

監物は、頼万四郎を代官に起用するという重役川村の話を整理しようとした。

報復人事かとも考えられた。

頼杏坪は文化二年、江戸藩邸において家老の求めに応じて学事に関する論文を提出した。内容は多岐《たき》にわたり、「杏坪が講書舞文《こうしょぶぶん》（＝文書を手前勝手に解釈すること）の一儒者にあらず」との賛辞を得た。その評判はただちに広島まで聞こえてきた。

だが、地元藩庁の受け止め方は違った。その論述のなかの「御近臣にては御人《ごじん》之乏《とぼしく》敷御座候」という一条に鋭く反応した。首脳らのなかには自分たちが無能呼ばわりされたと曲解して、杏坪にだけではなく、国元を批判するような献策をさも当然のごとく受け入れた江戸藩邸内の重鎮《じゅうちん》らに対しても、怒りをあらわにする者も多かった。

「おのれがひとかどの人物だというなら、北郡の代官にでもしてやろうではないか」

執政の誰彼がこう叫んで、煮える腹を癒《いや》したとしても不思議はない。だが、果たしてそれだけなのか。

学問所内の対立が今なおつづいているとも考えられた。

天明元年（一七八一）、学問所設立に端を発した、いわゆる東学と西学との間のごたごたは、三十年を経た今日まで尾を引いている。熾烈《しれつ》な覇権争いをかろうじて生き残った東学派は、さぞや勝者となった西堂派の頼家を恨んでいることだろう。

学問界ばかりでなく、執政役のなかにも東学の出身者は多い。彼らは、斉賢の寵愛《ちょうあい》をいいことに頼春水、杏坪兄弟が増長していると不満をくすぶらせている。

「待たせたの」

こんどはひと言あった。川村喜一兵衛は袴の紐を結びなおしながら部屋に戻ってきた。

「歳はとりたくないものよ。ちいと冷えると下《しも》が近こうなっていかん」

老体川村は、湿った手を乾かすために火鉢にかざして擦《こす》り合わせた。

「最前も申したが、頼万四郎に対する指導監督をあだやおろそかにするでないぞ。代官としての職務をたたき込んでやれ。いかに見識が高かろうが、講書と政務とでは勝手が違う。いかな頼杏坪といえども、実務においては素人も同然であろう。腰を据えてじっくり教導してやるがよい」

「教えると申しましても、頼様は御納戸奉行上席としてすでに郡役所に出役されたこともございますし」

「こらこら。たとえ相手が年上だとしても、奉行が一代官を『さま』呼ばわりはなかろう。それこそ本末転倒じゃぞ」

「恐れ入ります。とは申しましても……」

「そう言えば、そちは頼弥太郎（春水）万四郎兄弟に師事しておったのじゃな?」

「いえ、わたしは修業堂で学んでおりましたので、直接にご指導を受ける機会はございませでしたが、わたしの同輩には頼家の方々に教えを受けた秀才もたくさんおり、皆、頼様への敬愛を口にしておりますので」

「学問をしておる時分ならともかく、今はそのほうも万四郎も政務をあずかる身じゃ。年齢の差や学問の多寡《たか》など問題ではない。地位や身分に応じて行動すればよい。ことに、そちは郡奉行などで終わる家柄ではないはず。業績によってはそれこそ首脳入りもあろう。それゆえ、些細な失態で身を誤ってほしくないのじゃ。頼万四郎ごときに北辺の地をひっかきまわされて、そなたが側杖《そばづえ》をくうようなことになってはならん。お互い、あ奴にはおとなしゅうしてもらわにゃなるまい。のう、監物よ」

寺西監物に、ようやく川村喜一兵衛から呼び出された意味が、おぼろげながら見えてきた。

郡奉行として新任の代官に気を許すなと言っているのである。それにしても、年寄昇進も近いほどの実力者が、一代官たる頼杏坪を恐れているように思えるのはなぜなのか。

「頼のことは発令前ゆえ、他言は無用じゃ……父御にはよしなに、な」

そう言い放つと、川村喜一兵衛は席をたった。

ついに呼び出しの理由は明らかにならず、川村が障子の向こうに消えたあとも、老人特有の湿気《しけ》た線香のような体臭だけが鼻先にただよった。ひとり残された寺西監物は端座して薄暗い部屋に居すわりつづけた。やがて部屋に入ってきた茶坊主が、怪訝《けげん》な顔つきで監物を見つめたあと、火鉢をかかえたまま一礼して去っていった。

七ツ過ぎ、寺西監物は京橋門外の私邸に戻った。お義父《とう》さまがお帰りになっています、と妻の妙《たえ》が言うので監物は少し驚いた。着替えをすませると父親の居室へ急いだ。

父の又右衛門は、いつものように着流しに袖なしを羽織って書見台に向かっていた。

「宮島はいかがでしたか」

帰宅の挨拶が済むと、監物はさっそく訊いてみた。

「命の洗濯をさせてもろうた。ええもんを喰ろうて、朝な夕な、弥山《みせん》のふもとまで散策したりして、すっかり英気を養のうた。釣りも満喫したぞ」

厳島神社の門前町である宮島は、いっぽうで悦楽の島でもある。桟橋沿いに栄える旅籠《はたご》は旅人ばかりでなく、周辺の遊蕩《ゆうとう》の者を悦《よろこ》ばせている。その悪所での芸子遊びをごまかすつもりか、釣りや山歩きを強調する父親に、監物は思わず苦笑いをもらした。

「もう二、三日逗留されるものと思うておりましたが、なんぞ御用でもおありでしたか」

「これといった用事はないのじゃが、四日も放縦に流れて生活しておると、なにやら書物が恋しゅうなっての。それで友人を残して、わしだけ駕籠を飛ばして戻ってきた」

監物は笑った。本音が出たなと思った。

みょうにかたぶつな父又右衛門が芸妓遊びをおぼえたのは奥祐筆《おくゆうひつ》の職を辞してからのことで、あまり酒が強いわけでもないのに、年配の悪友に誘われてはときどき狭斜《きょうしゃ》の巷《ちまた》（Ⅱ

色町）へとくり出す。連れ合いがない気楽な身だから、宮島まで出かけようが、誰に遠慮もいらない。嫁の妙などは、家でくすぶっていられるよりよほどましだと、むしろ舅《しゅうと》の悪所通いを奨励するかのような物騒なことを言って、監物を当惑させている。

歓楽地宮島での四、五日が我慢できず、酒肴《しゅこう》の膳を前にしているよりは書見台に向かっているほうが性に合っているという。父寺西又右衛門は自他ともに認める漢書の虫である。

「留守中、変わったことはなかったか」

特に何も、と監物は答えてから、

「本日、川村様よりお呼び出しがありまして……」

と口にしたあと、会談の内容をかいつまんで話した。

「頼様のこととはいえ、事はたかだか代官の人事ですよ。秘匿《ひとく》せよとか、他言無用などと申されましても、どうにも腑に落ちないのです。何やら裏があるようで、薄気味悪い心持ちになりました」

「人事ということに疎《うと》いおまえにとっては、政事の裏が不可解に見えることも多かろう」

又右衛門は茶に口をつけたあと、つづけた。

「じゃがのう、いったい藩庁がいかほどの組織で成り立っておるか、考えたことがあるか。大きな部署だけでも三十余り、その傘下にはそれこそ数十の関係機関がある。毎日、どこかの部署で人事騒動が起こっていよう。そう考えれば、一代官の去就ぐらいで、藩庁に混乱ありと判断するのは浅慮というものぞ」

「左様でしょうか…… 前任の横手新九郎様が若くして隠居を余儀なくされ、その後釜《あとがま》にわたしがあてられ、町奉行であった木村斎様が郡奉行上席役に就かれたのが三年前。それ以外にも、わたしの周辺ではしばしば首をかしげたくなるような人事が行われてきました。きわめつけは、父上の突然の致仕（＝辞職）と……」

「……」

「頼杏坪先生への代官下命は、いまなおお当時のごたごたが尾を引いている証《あかし》ではと思われてなりません」

「そうした疑問を川村殿に申し上げたのか」

「いいえ、訊きそびれました。と言うより、正確には訊けませんでした」

「賢明であった」

又右衛門は、書見台の下にある茶碗にまた手をのばした。

「正直申して、わたしは頼様が代官に任じられることに反対です」

又右衛門は音を立てて茶をすすったあと、表情をひきしめて息子をにらんだ。

「なぜじゃ？」

「学究の人を辺境の雑務にしばりつけるのは、藩にとって大いなる損失だからです」

「そうかな。そもそも頼万四郎は……」

と、父又右衛門は杏坪を呼び捨てにした。それもそのはずで、又右衛門は杏坪よりも二つ年長である。奥祐筆方筆頭という身分においても、代々浅野家に仕えるという家格においても、地方代官で賀茂郡竹原の紺屋《こうや》（＝染物屋）の四男である頼万四郎を凌駕《りょうが》しているとの自負がある。

「これまでにも数々の貴重な献策をなしておる。とりわけ地方行政に向けるあの男の目は確かじゃ」

「今年にはいっても、御勝手御米銀豊縮《おかってごまいきん》に関して具申なされたと聞いております」

「なかなか早耳じゃの」

「と言いますと、父上もご存知で？」

「先日、江戸の司馬《しば》から文が届いてな。頼杏坪が上申した策の内容を知らせて寄こした。『量入為出《りょうにゅういしゅつ》』なる御高説を披瀝したらしいがの。ただ、わしに言わせれば中味はさほど褒められたものではない気がするのう。論語を引用して粉飾しようが、あれの献策がとりたてて斬新というわけでもあるまい」

又右衛門の従弟で江戸勤番の寺西司馬が時折送ってよこす書簡には、しばしば頼杏坪の名が登場する。そのほとんどが、藩儒としての杏坪を称賛する内容である。そのときも、江戸留守居役家老石井内膳《いしいないぜん》から請われた杏坪が、「入《い》るを量《はか》って出《い》ずるを為《な》す」という原則論を持ち出して、収支の均衡を図れと述べたと褒めていたのである。

「つまり、万四郎が言わんとするところは、勝手不如意《ふにょい》は小手先の姑息な手段で弥縫《びほう》（＝とり繕うこと）に走っても改善しない、だから手にした米銀に見合った暮らしをと勧めておる」

「要は、質素倹約……」

「米銀をじゃぶじゃぶ使う江戸藩邸で頼杏坪の倹約論が受けているとは、これまた皮肉というほかないの」

と、又右衛門はいつものように江戸の重役らを非難する口ぶりになった。

「頼様は、『聖人（＝儒教でいう知徳に優れた人）の経済、他の手段ハなく只、量入為出《りょうにゅういしゅつ》の此四字にとどまれり』と申されたとか」

「聖人気取りというわけか」

妙が茶を替えにきたが、夫と義父の真剣なやりとりに気圧《けお》されたか、二人の前に茶碗だけ置くと、そそくさと部屋を出ていった。

「父上は、杏坪先生と肌が合いませんか」

「肌合いを云々《うんぬん》する以前に、そもそもわしはあの男と特段の付き合いがない。わしが知っておる頼万四郎とは、おのが善かれと思ったことはすぐ実行に移さずにはおれぬ短絡思考の持ち主、直情径行なる人物との印象じゃ。少なくとも、わしが祐筆《ゆうひつ》を承っておる時分に目にした頼杏坪の献策やら意見具申やらの書類から察するに、頼万四郎とはかような性格の持ち主に思えたがの」

「善政を布《し》くには迅速を旨とすべきで、時を食うてはなりません。頼様はそれを実践せんとされているのではありませんか」

「もとより、聞くまでもない。それがまこと善政ならば、の話じゃ。じゃが、つい先だって、おまえも申しておったではないか。頼万四郎が恵蘇郡で催した養老の会など、短慮にすぎる振る舞いじゃ、と」

「左様でしたか。確かに何やら口走った記憶はありますが、短慮にすぎるといった意味合いで申し上げたつもりはありません」

「わしには、そのように聞こえたがのう」

　又右衛門のいう養老の会というのは、北辺の鉄炉場を調査するために訪れた頼杏坪が、恵蘇郡において地元の古老を集めて飲食をさせた一件をさしている。

　三次代官所の代官補佐、いわゆる手付からこの宴に関する事後報告を受けた郡役所には衝撃がはしった。集まった古老はおよそ百数十、見物の若者や子ども、送り迎えの家族を加えると一揆にも等しい人数が群がったという。遊興目的とはいえ、みだりに群集・集会することを禁じている藩法に照らせば、これは聞き捨てならぬ問題であった。

　郡奉行上席木村斎は八方手を尽くして杏坪から事情聴取しようと奔走し、ようやく郡役所に出頭させるところまでこぎつけた。しかし、直前になって藩庁中枢から横槍が入り、代官頼が郡奉行の前に跪《ひざまず》くことはなかった。

その日、木村奉行付きの郡廻りとして、頼杏坪から領民饗応《きょうおう》のいきさつを聴取する役目を負っていた監物は、ひどく拍子ぬけしたものだった。

肩すかしをくらったとの思いは木村奉行も同じだったらしく、意気込んでいた奉行は郡政に容喙《ようかい》した首脳陣を口ぎたなく批判し、返す刀で杏坪をこきおろした。このとき奉行から感想を求められた監物は、いきがかり上、学者として敬う藩儒に対してやや非難がましい言辞を弄したのは事実だった。

後刻、そうした経緯を父親に説明したおり、監物は無意識に「短慮」なる言葉を口にしたのであろう。しかし、北辺のあらましがわかるようになった今では、御納戸役上席の頼万四郎が養老の会と称して酒宴を催したのを、短慮の末の所業、などとは思っていなかった。

「敬老の宴を催された場所が三十余年前に北郡一円を巻きこむ大規模な一揆勃発の地であり、打ち寄せ終息後、二名の発頭人が斬首された神社の敷地内であったとなれば、頼殿は民心をつかむために、うってつけの舞台を選ばれたのではないでしょうか」

息子の言葉に又右衛門はかすかに笑って目を庭に移した後《のち》、声をあらためて言った。

「その昔、かの唐土《もろこし》には領民を監督する郷官吏が貧民を呼びよせて飲食を共にしたという例がある。また安永年間には出羽国《でわのくに》米沢藩主上杉鷹山《うえすぎようざん》侯が、領内の九十歳以上の老人を城内に招じいれて養老の礼を行われたこともあった。さてさて、郷代官、鷹山侯、それぞれの狙いとは、何であるか？」

「わざわざそれをお訊ねになるとは、父上もお人が悪いですぞ」

おどけた口調で言いながら、監物も縁側の向こうに視線をなげた。うるさいほど繁茂していた夏草が勢いを失った庭は、今は広々として見える。

「頼万四郎が民心を慰撫し官民の和合を図らんとした気持ちは、まあわからんでもない。じゃが、藩主である鷹山侯でなくても、役人が領民相手に事をなせば、それはすなわち藩の意向を映したということになる。たとえそれが私利私欲のない行為だとしても、上司の判断を仰いでから挙におよぶが筋というものであろう」

「古格（＝古い仕来《しきた》り）を重んじよとは、かねてからの父上の持論ですが、さても果たして上役が件《くだん》の宴の開催を許可したでしょうか。先例がないからとて、善行を却下したらいかがなりましょうや」

「それは藩政の慣例上、善行ではないというだけのことよの」

やれやれ、と監物は内心で舌打ちする。右の口角を上げ、こけた頬を幾分引きつらせてしゃべるのは、むかしから父が息子を試したり挑発したりするときの癖である。

「養老の宴とか申しておるが、あれがまこと善行だと思うておるのか」

「少なくとも、村人が頼殿や代官所に悪感情をいだいたとは考えにくいのではありませんか。つまり……」

監物の語尾は父がもらすふっふふ、という笑い声にまぎれこんだ。

「逆じゃな」

「逆とは？」

「百姓どもは決して懐柔《かいじゅう》できるような相手ではない。一遍《いっぺん》や二遍、酒や粗肴《そこう》を振る舞《も》うたぐらいで手なづけられるほど甘い連中ではなかろうと思うがのう。むしろ、こうした下級官吏の安易な行動は、かえって百姓どもをつけあがらせ、ひいては郡奉行以下の役人が甘く見られ、舐められることにもなりかねまい」

「父上のお言葉とも思えません。いったい、いつから民百姓らに対してそのような愚民感を持つようになられましたのか」

「愚民感とな？」

「そうではありませんか。百姓とは、隠忍服従の態度を見せながら、その実、狡猾《こうかつ》で卑劣、おまけにずる賢い。そのような輩《やから》を懐柔するなど、それこそ愚の骨頂、そうおっしゃりたいのですね」

又右衛門は、こんどは咳こむようにして低く笑った。

「狡猾、卑劣、ずる賢い…… そのようなことを、わしはひと言も言うておらん。たった今の言葉は、それこそおまえの内腑から出てきたもの」

「……」

「百姓と聞いてあれだけの言葉を連想できるとは、すなわち、おまえこそが愚民感の持ち主だということじゃ」

監物は耳たぶまで赤くなるのを感じた。みごとに父の仕掛けにはまったのだ。

そのとき、縁側で軽い足音がした。

暗くなりましたから、明かりをお持ちしましょうか、と妙が言う。そうじゃの、と又右衛門が答えると、ここへ夕餉の膳をお運びしますか、とまた訊いてきた。

「向こうで、もらおうかのう」

妙は二人の男の間にある微妙な雰囲気には気を配る様子もなく、はい、と応じたなり、しのびやかな足音を残して勝手の方へ去った。

和助、と又右衛門はおもむろに立ち上がりながら言った。

「頼万四郎が代官になったなら、奴を学者だの藩儒だのと思うでない。代官の上役として手綱を締めてかかれよ」

久しぶりに父から幼名でよばれた監物は、言葉は違えど父親から川村喜一兵衛と同様な忠告を受け、去っていく父親の背を身じろぎもせずじっと見つめていた。

第二章　儒者代官

一

文化十二年（一八一五）九月十二日。夕刻。

珍しく広島を襲った颶風《ぐふう》は一昼夜吹き荒れて止んだ。大風一過の青空に引かれるようにして主人が戻ってくると、白島にある頼杏坪の別宅はにわかに緊張につつまれた。

加代《かよ》は荒れた庭のことも気が気でならなかった。落ち葉や折れた小枝が吹き溜まりになっていて、いっときも早く片づけたかったが、台所では夕餉の準備にかかった女中が手を必要としている。加代はいったん持ち出した箒《ほうき》と熊手を置いて裏口から中へ入った。

「忠吉《ちゅうきち》！」主人のよくとおる声は、書斎から勝手口まで響いてきた。

たまりかねて加代は庭に出た。

「菊はみな無事じゃったようだの」

縁側の前に並べられた二十余りの鉢を眺めていた杏坪は、予期せぬ人物があらわれたので、声音《こわね》を変えて穏やかにつぶやいた。

「はい。風が来る前に、家のなかに移しておきましたので」

言いながら加代はひざまずいて縁側の板ばりを手でなでた。鉢を軒下にもどしたあと、落ちた泥は拭き取ってあったから、不興をかうこともなかろうと思ったが、腕組みのままで庭をにらむ主人の表情はかたい。見ようによっては不機嫌そうにもとれる。やはり、手つかずの庭が気に入らないに違いない。

「あれは折れたのう」

加代は主人の視線を追って、庭の西側を見やった。大風の前、ひょろひょろと不器用に茎をのばしていた野菊が、地面にたたきつけられて無残な姿をさらしていた。

「まったく気がいきませんで、申し訳ありません」

加代はとっさに詫びを口にした。丹精している主人の大菊の鉢は風から守ったが、庭の隅に植わった野菊のことまでは気がまわらなかった。京橋門外の賜邸《してい》に生えていたのを、鉄砲町の新居へわざわざ移植したのだということは加代も聞いて知っていた。それをここへ持ってきたのは、単なる主人の気まぐれだろう、ぐらいに軽く考えていたのだ。

「今年は、あの可憐《かれん》な花が見られんか。なにやら切《せつ》ないのう」

「ほんとうに申し訳ないことをいたしました」

落胆したような主人の口ぶりにも、加代の気持ちは複雑だった。

言ってみれば、雑草にも等しい野菊である。数本の茎に野放図に枝をつけたその菊に、主人がこれほど心を寄せているとは加代は思いもしなかったのだ。

加代は菊の花が好きになれなかった。折りしも軒下では難を逃れた菊が大輪の花を開こうとしている。もう四、五日すれば見頃になるだろう。そうなれば、去年の秋、茎を挿し木して以来丹精して育てたこの菊は、鉄砲町の頼邸の庭に運ばれ、主人の病弱な奥方の目を楽しませることになるのだ。

虫もつかず葉を広げ、蕾を結ぶまで菊の世話をしたのは自分だと思っている。下男の手を借りることもないではなかったが、付きっきりで手入れをしたのは加代だった。ようやく花開いて労苦が報われようとする際《きわ》になって、菊は他人のものになってしまう。理不尽なことに思えた。それが日陰者の自分の宿命かもしれないと常に覚悟はできているのだが……。

十二年前、知り合いの紹介で頼邸に女中奉公にでた。婚家で姑《しゅうとめ》と折り合いが悪く、おまけに御歩行組《おかちぐみ》勤めの夫からも疎《うと》まれ、いたたまれず実家にもどった身には、肩身の狭い思いをせずにすむのなら牢屋暮らしでもいいとさえ思えた。それだけに、誰にも煩わされることのない頼家で、寝たり起きたりの主人の奥方の世話をするぐらい何でもなかった。

そしてほどなく、その奥方から屋敷を出て別宅で主人頼万四郎に仕えてほしいと頼まれた。

依頼の意味も曖昧なまま加代は、一年ほどのお勤めの間に尊敬の念をいだいていた主人にかしずく生活もわが運命かと思いなして、奥方の意に従った。それ以来、加代は万四郎を敬慕しながら、身も心も捧げてきた。気配りもしてもらい、慈《いつく》しまれていることで自分でも思いがけないほど長い間満ち足りて、妾という身に甘んじている。

学問所をはなれ、公務で城下を出ることが多くなった主人が別宅にいる時間は減ったが、加代に不満はなかった。主人がどこへいようが、いつも主人自身を身近に感じることができた。年を経るにつれ、いっそう気持ちの結びつきが強くなるのに驚いているのは加代自身であった。

「もうじき、御膳が調いますので…… そのあと、すぐにも片づけをいたします」

加代はなんとか主人の気を紛らわせようと言葉を選んだ。

うん、と言いながら主人は部屋に入って、書見台の前に座った。取りつく島もないその態度に、加代は仕方なく台所へと戻っていった。

加代が去ったあと、杏坪はしばらく呆然としていた。機嫌が悪いわけではなかった。任地三次から帰ると、必ずおそわれる無力感にさいなまれていたのだ。さらに別宅に寄る前に長兄の弥太郎春水に会ったことも、杏坪の気分を乱す原因となっていた。

兄の体調を気づかうかたわら、三次の新鮮な落ち鮎を届けてやりたい気もあって十七里ほどのきつい道中もものかは、疲れを訴える駕籠かきを励まして春水邸のある杉の木小路に向かったのである。

久しぶりに会う兄は顔色はすぐれなかったが、床を離れて書斎で弟万四郎の挨拶を受けた。ひととおりの話がすむと、春水は話題を変えた。いつ北郡の代官を辞職するのかという、いつもの小言とも問いかけともつかぬ、いわゆる愚痴になった。

「かの地の実務にかかわって、どのくらいになる？」

「代官職を拝命してからは二年ほどですが、郡役所詰になったのは文化八年ですけえ、足かけ四年ほどになりましょうか」

「もうじゅうぶんであろうが。そろそろ、頼杏坪と呼ばれる身に戻ってはどうじゃ」

兄は弟に、藩学を主導する場に復帰せよと言うのである。

「学問所をどうする？　わしはもう歳じゃ。おまえが専心せずして、なんぞの学問所か」

不満のついでに往時を語る兄の言葉に、杏坪は黙って耳をかたむける。

号を春水と称した頼弥太郎が、広島藩学問所と関わりもったのは、天明元年（一七八一）のことだった。三十五歳で広島藩に藩儒として迎えられたのである。

この年、藩主重晟《しげあきら》はかねてからの懸案であった学問所の設立を図った。藩主の命をうけた年寄堀田勘解由《ほったかげゆ》は広島町奉行林甚左衛門《はやしじんざえもん》、勘定奉行吉川禎蔵《きっかわていぞう》を御用掛《ごようがかり》に任じ、彼らに学問所設置案を作成するよう命じた。

御歩行組書翰方《おかちぐみしょかんがた》増田来次は学問所の子弟を監督すべく御小姓組に引き立てられ、同時に従来からいる藩儒植田守衛《うえだもりえ》、加藤三平、金子源内に加えて、あらたに外部から儒者を招聘《しょうへい》することになった。それが、古学の香川脩蔵《かがわしゅうぞう》（南浜《なんぴん》）と朱子学の頼弥太郎の二人であった。御用掛と儒者による開設計画の原案作りは順調にすすんだ。一方で教育の根幹となる学制に関しては、頼春水に草稿の作成が一任されたものの、学閥間の思惑《おもわく》が対立してなかなか結論を得《う》ることができなかった。

最後は御用掛吉川禎蔵の裁定で春水の案を採用することで決着をみたが、学問所はその設立当初から、新旧藩儒や学派間に抗争の種を宿していたのだ。

学問所には従来から世襲の闇斎《あんさい》（山崎）学三派がある。加えて朱子学の頼、古学の香川両学者を混在させたのは、学派偏重を避け、有為な学者を登用せんとした重晟の意向を反映したもので、それ自体はすぐれた考え方であった。しかし、教育の方向性は同じだとしても、教育の概念や指導方法は学者それぞれで、十人の教官がいればそれこそ十の教え方で覇《は》を競い合うことになる。

たとえば、春水は、初学の者には細かい字義の解釈をさせず、四書五経などの大意を理解させるという朱子学派の方針を頑なに貫いて、儒者らに同調を求めた。

当然、反発が起きた。吉川禎蔵と春水との間ではたびたび激論がくり返され、闇斎学派の金子源内にいたっては分離教授まで主張するしまつであった。

そのため、講釈を東西に分離して、西学では闇斎学、東学では古学と朱子学を学ばせることで妥協が図られた。ところが、古学と朱子学の合併教授は二派の対立を助長深化させるばかりで、学問所設立二年目には古学派は東学に、朱子学は西学にと分けざるを得なくなった。だが所詮、これも一時的な妥協策にすぎず、対立の激化にともない、翌年には西学の学生を東学に合併して混淆《こんこう》教授に戻すというどたばたをくり返した。

学意両端に分かれては仁意貫きがたく、かえって人心風俗を乱すべしとして、春水は藩上層部に教育効果が上がらないと訴えた。ところが、この一派教導には学問所頭取の増田来次も強硬に反対した。

こうした学問所の混乱によって、世間には「儒者は不和なる者」という悪評がたった。その世評を煽《あお》るように古学に特化した東学は、闇斎派、朱子学派の西学より多くの学生を集めた。その結果、対立は教授間だけでなく学生同士の反目をも招いて、抜き差しならぬ状況に陥った。そして学問界の混乱は藩政にも影響を及ぼすに至り、取り扱いに苦慮した執政部は、頼春水に世子斉賢の伴読を申しつけて、江戸勤番を命じたのである。

この措置が学問所抗争の緩和策であることはわかっていたが、弥太郎春水は地元から追放されたとは思わなかった。むしろ、世子の伴読に抜擢《ばってき》されたということは朱子学が藩主に認められたものと信じ、誠心誠意斉賢の教導に努めた。他方、江戸の多くの儒学者と親交を結んで研鑽に励み、白川藩主松平定信に講義するまでになった。

こうした活動によって春水は、藩主や要路の家臣に朱子学こそが「正学」であるという意識を浸透させ、天明六年には、学問所における教育を朱子学に統一することを藩に認めさせた。松平定信が老中首座として「異学の禁」令を発する五年前のことであった。

「おまえはわしの跡を継いで、立派に若殿の伴読としてその任をまっとうし、それなりの昇進もさせてもろうた。そのおまえがじゃ、よりによって北辺の代官とはのう……」

春水が伴読の任を勤め上げた手柄話をすれば、杏坪の脳裏にも兄に従って大坂や江戸へ遊学した頃の日々が鮮やかによみがえってくる。

三十歳で五人扶持《ぶち》をいただく藩儒に採用されたときの高揚感、御小姓組支配に属しながら精進《しょうじん》をかさね、十年をへて十五人扶持を得た日の喜び、やがて兄春水にかわって斉賢の伴読となったおりの達成感。まさに夢のような日々だった。

一方で、杏坪の歩みは学問所の混乱の歴史と軌《き》を一《いつ》にしているのも事実だった。

藩主から朱子学を正統とするとの口達《こうたつ》が発せられたあとも学派間の対立は解けず、首脳部は打開策を講じる必要性に迫まられ、寛政元年（一七八九）、ついに学問所の子弟分けを実施した。どの学生がどの藩儒の子弟かを明確化し、古学派の梅園文平《うめぞのたいれい》、香川南浜、駒《こま》井忠蔵《いちゅうぞう》は学問所への出勤を停止させられ、彼らの門弟は自宅で教育するよう命じられたのである。

こうして学問所における朱子学教育が実現されたのだが、藩は必ずしも古学を禁止したわけではなかった。それを証拠に、藩主重晟から「真儒」とまで評された香川南浜は常林寺小路に屋敷を与えられた。門弟らはその敷地内に学舎を建て、そこを修業堂と呼びならわした。参集した学生数は六百にせまる勢いで、学問所である西学を数で圧倒した。

香川南浜はみずからの学問が傍流に押しやられたことに悲憤しながら没したが、重晟は駒井忠蔵、梅園太嶺を教授として修業堂を存続せしめ、これを藩立の学塾と認めた。

こうした藩主の仁恵は学問界の混乱を長びかせる結果となり、ついに寛政九年、春水を中心に学問所の教授たちは、学問所と修業堂の統一を求めて意見書を藩当局に提出した。これには、杏坪も名をつらねた。

これは、結局、成就せなんだが――と、杏坪は記憶の底をたどる。

経済に一家言もつ儒者が多い修業堂をつぶせば、彼らが離藩するのは目に見えている。それによって藩の殖産政策が疎《おろそ》かになるのを恐れた執政方は、春水らの意見を黙殺した。

こうして東学と西学の対立感情は尾を引いていたが、その後、修業堂は儒者が亡くなって後継者が育たず、次第に往時の勢いを失っていった。その結果、藩主重晟、世子斉賢の頼兄弟への信頼は弥《いや》増《ま》し、『芸備孝義伝』の編纂《へんさん》、『芸備国郡志』の改修などの君命を賜るようになり、広島藩の学問界における頼家の権勢は揺るぎないものとなっていった。

そして、今があるのだ。

「なんぼうになった、今年？」

「兄上と十ちがいですけえ、五十九になります」

「還暦前か。それにしては若こう見えるのう。精力があり余っとるようじゃ。頭も明晰《めいせき》さを失うてはおらんじゃろ。今なら、まだ間に合う。代官なんぞ、早う辞めてしまえ」

語尾に力をいれたため、春水は咳きこんで話が途切れた。

杏坪が三次・恵蘇両郡の代官職を敢然として受けたうらには、藩主斉賢の領内巡行につき従ったときの強烈な印象があった。南部の藩庁にとどまっていては決して経験できないような領民の貧窮を目《ま》のあたりにして、儒学者の内面はおだやかではなかった。野邑《のゆう》にうち捨てられた田畑や、朽ちかけた無人の廃屋を見るたびに、朱子学にいう経世済民の理念を具現する兆しすらないことに愕然となったのだ。そのため、斉賢から郡制について諮詢《しじゅん》を受けたとき、杏坪は迷うことなく、北辺の政事をつかさどる人材が不足していると指摘した。

その一年後、杏坪は百十石に加禄された。それと時を同じくして川村喜一兵衛から北の代官への就任を要請されたのである。

固辞せよ、と忠告したのは兄の春水だけではなかった。春水の友人で相談をうけた福山藩の儒学者菅晋師茶山《かんときのりちゃざん》が、杏坪を説得するためわざわざ神辺《かんなべ》から広島までかけつけてきた。

茶山は春水より二つ年下で、十九で上京して医学や蘭学を修め、三十三歳の頃に帰郷して、黄葉夕陽村舎《こうようせきようそんしゃ》という私塾をひらいて教育活動をはじめた。現在、その塾は藩に献じられて神辺学問所（通称廉塾《れんじゅく》）となり、自らは藩儒官に準じられ、同学問所を主宰《しゅさい》している。

春水とは若い頃からの学友で、何かにつけて往来を重ね、今なお厚い親交を深めている。

茶山にとって杏坪は親友の弟という以上の存在だった。学識、詩才豊かな杏坪に茶山が惚れこんで交流が始まったのである。そのため、杏坪が儒官を離任して代官職に専心すると聞かされ、さぞや驚いたに違いない。

「頼家はいわば広島藩の至宝、さらに、これからは杏坪殿が藩学の舵取りをなされるお立場。されば、今さら代官職でもありますまい」

至宝、というのは多少の世辞であったろうが、行政官に転じようとする杏坪を思い止まらせようとする茶山の気持ちがこもった言葉だった。杏坪はそれを聞き流した。自分に藩学を主導せよというのは藩内事情を知らない、それこそ部外者の発言だったからである。

「ご心配はかたじけないが、儒者のわしが代官に転身するはまさに先知後行《せんちこうこう》（＝知識を深め、実践すること）。広くはござりませんが、それなりに知を致して事物の理もわきまえたつもりゆえ、これを実践せずば、なんぞの朱子学。茶山先生、そうではございませんか」

「相変わらず威勢のいいことよ、さながら青二才の言辞じゃのう」

杏坪の言葉は、大半が兄に向けられたものだったから、まず春水が皮肉まじりに反応した。

逆に、菅茶山は泰然と応じた。

「なるほど、先知後行とは陽明学者の言い分を逆手にとられましたな。それにしても、わたしは、杏坪殿の学問的な遅滞など毛頭案じてはおりませんぞ。それよりも、日常の些事が杏坪殿から詩作や学究にさく時間を奪うのではと危惧しておるのです。なにせ、詩をものすには、内省や創作に費やす静謐《せいひつ》な時というものが不可欠でござりますからのう」

漢詩において当代屈指との評判をとる学者は、話が詩におよんで俄然口調に力がこもった。

「ありがたき先生のお言葉、郡政に励むかたわら、せいぜい詩文をものす時間をこさえるよう努めてまいりましょう」

「どうでも、代官職を辞する気はないというんじゃな?」

「毛頭ありませんな」

「ならば致仕してはどうじゃ。後は佐一郎《さいちろう》を藩儒に推《お》して、おまえは家塾でも開いて前途有為な若い藩士らに薫陶《くんとう》を施せばよかろう」

「息子に学問は不向きじゃ。それは兄上もようご存じのはず。まして、わしは家塾なんぞに興味はありませんけえ」

「ああ言えばこう言う……まるでけつの青いかばちたれ（=生意気な奴）じゃのう」

まあまあ、と菅茶山がわって入った。老儒者には春水と杏坪のやりとりは、ただの兄弟の口喧嘩に映ったようである。

「殿さまから頂戴した職責じゃで、その信頼に応えるがわが務め。逃げるわけにはいかんですけえ」

杏坪は珍しく兄に対して声を荒らげた。

「さても、殿の信任が厚いのであれば、なぜゆえ殿がおまえを手放されるのじゃ？」

「兄上、殿様のそばを離れるというんは、ちと言い過ぎですぞ」

「常駐せずとはいえ、頻繁に三次まで出かけるとなれば、こっちのことがおろそかになろうが。殿に直接お仕えする機会が減ってしまうと言うとるのじゃ。片手間仕事はそこそこにして、本分をまっとうせにゃなるまいが」

「何を申されるか」

代官職を片手間仕事と断じられて、杏坪の辞色はさらにきつくなった。

「代官として徴税や領民統治に挺身《ていしん》するは、とりもなおさず、御殿《おんとの》にお仕えすることではござらぬか。軽々《けいけい》な発言は兄上らしゅうないですぞ」

人は変節する、と杏坪は思う。賀茂郡竹原のさして裕福でもない家に生まれ、多少なりとも下人の世情に馴れているはずの兄でさえ、高祿を食《は》むようになって民草《たみくさ》を慈《いつく》しむ情が薄れてしまったようだ。学問で一家をなした兄を敬う気持ちに変わりはないが、朱子学至上を唱え、政《まつりごと》の実務を賤職《せんしょく》とみなす兄の態度を、杏坪は認めるわけにいかなかった。

ともあれ、春水の苛立《いらだ》ちもわからないわけではない。おのれが築いた学問上の地位を保ち、さらに一族の家名を高めてほしいのに、その頼みの弟が、いきなり下級行政官に転身すると言い出せば、族長である春水の内心は決しておだやかではなかったであろう。

「そういえば、京の久太郎《ひさたろう》殿も近ごろは落ち着いて学問に励んでおられるようで、何よりですのう……」

茶山が険悪な座の空気を変えた。兄弟はにわかに黙った。久太郎のこととなれば、二人は茶山に頭が上がらないのだ。

頼久太郎（山陽《さんよう》）が無許可で京に上《のぼ》るという、いわゆる脱藩騒動をおこしたのは寛政十二年（一八〇〇）のことだった。その罰は、藩主重晟の慈悲もあって屋敷内幽閉ということに落ちついたが、合わせて長子廃嫡《はいちゃく》の手続きが取られたため、幽閉が解除された後も、久太郎が父春水の跡を継ぐことはできなくなった。

そこへ手をさしのべたのが、菅茶山だった。幼少より詩文に秀《ひい》でた久太郎の才能を高く評価していた茶山は、部屋住みの山陽に神辺の廉塾の塾頭を引き受けてほしいと申し出てくれたのである。親は大いに喜び、久太郎本人もやる気満々で福山へ向かったのだが。

事前に相談をうけた杏坪は反対した。自由奔放に行動し、枠にはまるのを嫌う型破りの甥が、福山の片田舎に安住するとは到底、思えなかったからだった。

案ずるほどに、わずか二年あまりのち、山陽は廉塾を捨てた。というより、生活が自堕落で、教習に身をいれぬ放蕩児に、茶山が業を煮やしたというべきであろうか。京、大坂で一旗あげるという野望を口にする山陽に、老師は失望して匙《さじ》を投げたのである。

久太郎山陽は茶山の元を去って京へ向かった。

恩人に後脚《あとあし》で砂をかけるような息子の仕業に春水は激怒し、友人菅茶山に対して誠意をつくして詫びたが、なにがしかの後ろめたさは拭いがたい。あれからすでに三年になるのに、茶山の前で久太郎のことが話題になれば、頼家の者は皆、下を向くほかはなかった。

「家塾もおいおいに繁盛しておるそうで、生活も安定してきたようですの。聞こえてくる頼山陽の名も年々大きゅうなっております。さても、頼家はますます安泰でございますな」

世辞ではないにしても、菅茶山の久太郎評は割り引いて聞く必要があった。養子にも、と考えていた山陽に逃げられた茶山の心の傷は、いまだ癒《い》えてはいまい。

春水は息子の不始末を陳謝したが、それも老儒者にとってはせいぜい慰め程度のもので、二人の友情をつなぎとめるほどの効果しかなかったろう。久太郎が山陽として名を挙げれば挙げるほど、茶山のなかにわだかまるものが積もっていっても不思議はない。

それにしても、と菅茶山はつづけた。

「山陽殿には、大望《たいもう》がおありじゃ。壮大な歴史書を書きたいというのが、あの人が京へ上られた目的でござれば、福山にはもとより、こちらへも戻られることはありますまい。だとすれば……」

広島藩の儒学は、頼家の次世代が育つまでは杏坪が主導すべきだと結んだ。

「お話はようわかりました。茶山先生のお言葉を肝に銘じて、たとえ二足の草鞋《わらじ》を履くような生活になろうとも、粉骨砕身努めてまいりましょう」

杏坪は最後屁《さいごっぺ》をはなって、代官職を放擲《ほうてき》せよと迫る二人の老学者の口をふさいだ。

「ほどほどにせえよ」

兄春水は苦々《にがにが》しそうにつぶやいたのだが……

あれからわずか二年、心身の衰えを自覚する六十九歳の春水にとっては弟の執政官勤めは長すぎると思えるのであろう。兄が弱々しい咳をして床に横たわるのを汐《しお》に、杏坪は義姉の静《しず》に挨拶をして屋敷を辞したのだった。

下駄をつっかけて庭におりた。

花をつけそうなのも残ってはいたが、ほとんどの野菊は折れていた。杏坪はしゃがんで何本かを手に取ってみた。枝先には小さな蕾がおのれの運命も知らずに、しっかりと萼《がく》をつむいでいる。旧邸の日陰から新しい庭に移されて、陽差しを享受して野放図に茎を伸ばした結果を、可憐な蕾たちはわかっていないのだ。

杏坪は地面に膝をついたまま、兄弥太郎春水のことを思った。

兄は老いた。時代の流れが理解できなくなった。というより、現状を認識しようとしなくなったのだ。おのれは加禄されて三百石となり、弟万四郎も百五十石にまでのぼりつめ、それぞれの嫡男《ちゃくなん》の餘一《よいち》、佐一郎も召し抱《かか》えられた。藩主二代の伴読役を賜るなど、特別な寵愛《ちょうあい》をうけてきた。久太郎脱藩事件が穏便な処分に落ち着いたのも、藩主の頼家への格別なはからいがあったからにほかならない。そうした往時を引きずって生きる春水にとって、頼家はいまだにその絶頂期にあるのだ。

高みに立てば足を引っぱったり、梯子《はしご》をはずそうとする輩があらわれる。藩主の寵臣《ちょうしん》と烙印《らくいん》されれば、妬《ねた》み嫉《そね》みの対象にされることも少なくない。とりわけ杏坪の場合、藩庁と学問所、修業堂の三者から標的にされているきらいがある。

政務に関する歯に衣着《きぬ》せぬ提言は、上司や重役から煙たがられた。杏坪の提言を採りあげようとする勢力がないわけではなかったが、たいていの場合、その献策はつぶされた。藩の執政陣はとかく旧来の仕来《しきた》りを優先して、革新的な施策をしりぞけるという旧弊に陥りがちだった。そのため杏坪の幾多の斬新な着想は、しばしば異端視されて顧《かえり》みられなかった。

そんな折、杏坪の郡制に関する建議が注目を浴びた。藩庁には統治能力にすぐれた人材が不足している、就中《なかんずく》、北辺の郡を治める役人は無能だと決めつけんばかりの内容に、上層部は激怒した。それは、口うるさい儒者を藩庁から遠ざけたい一派に絶好の口実を与えることになったのかもしれない。

頼杏坪に北の郡政を任せてみては、と考えた執政役もあろう。杏坪の政務能力を認め、北の安寧と繁栄を願っている斉賢の意に沿うことにもなれば、二つの事が一挙に片がつく。

学問界も変わった。政権が替われば政策も違ってくるように、松平定信が老中の座を去って二十年、異学の禁なる潮流は衰え、心学や蘭学など多様な学問がもてはやされるようになった。広島藩でも同様で、今では東学、西学の区別もない。それでも旧東学の儒者のなかには、頼兄弟に遺恨をいだきつづけている者も多々あろう。

現に、藩における儒者といえば頼春水、杏坪の名があがるものの、近年斉賢からしばしば諮詢《しじゅん》をうけているのは、実は修業堂の梅園順峰《うめぞのじゅんぽう》である。香川南浜の直系にあたり、古学から朱子学に転向して寛政異学の禁を生きのび、今では堂々と陽明学を信奉してはばからない人物である。

おそらく、この順峰にも師を追放した西堂の頼家に対する積年の苦い思いがあるはずだ。上層部に受けのよい彼なら頼家追い落としの一環として、杏坪を代官に転出させようと画策したことも容易に想像がつく。

何がどうあれ、代官職を投げ出して逃げるわけにはいかぬ。石にかじりついてもやり遂げるしかない、杏坪は野菊を手にしたまま、ひとりごちた。

菊にも、大輪の花を愛でるとて必要以上に丹精されるのもあれば、ひょろひょろと不器用に細い茎を伸ばして懸命に咲こうとするものもある。嵐を前に屋内に取り込まれ、葉の一枚も散らさなかった菊は自分たち武士であり、突風になすすべもなく茎をへし折られた野菊は、まるで北辺の民百姓の姿に思えた。

折れて倒れる前に、彼らの支え木となってやらねばならぬ。そう思いながら杏坪は雨にうたれた野菊をいとおしむように拾い集め、葉に着いた泥を払ってやった。

背後に人の気配がした。ふり返ると加代が箒《ほうき》と塵《ちり》取りを持って立っている。

「今、すぐに片づけますので」

「いんにゃ、もう日が落ちる。掃除は明日にすりゃええ」

言いながら杏坪は加代自身を慰めるかのように、そっとしおれた野菊を手渡した。

二

翌日、杏坪は前日までの疲れを引きずりながら、城内の郡役所を訪ねた。任地三次郡布野村の苦情を処理するためであった。

三次・恵蘇二郡の割庄屋に鳩の飼育状況を調査報告するよう通達があったのは、杏坪が任官する以前の文化八年頃のことであった。

各々の村では、何軒かの農家が野鳩を飼っていた。飼うというより、粗末な小屋を作り、鳩の帰巣本能を利用して栖《すみか》を提供するのだ。

たまには卵や鳩自体を食用に供する場合もあるが、主たる目的は肥料用として糞を集めることにあった。ところが近年、突然あらわれた役人が、苦心して餌付けしたその鳩を残らず召し上げてしまうという訴えが代官所にあったのである。

郡奉行所に鳩の飼育者とその数を調べるよう依頼したのは鷹匠《たかじょう》組頭であり、お鷹さまの威をかさに、鳩をまき上げているのは、配下の御餌差《おえさ》し役であった。

「餌差しには、百姓が飼育する鳩を遠慮会釈なく捕獲してもよいという許可が出ておるそうじゃが、まことでござるか？」

「遠慮会釈なく、というのはちと言い過ぎじゃが、たしかに農家の鳩も捕ってよいことにはなっておりますな」

杏坪の尖《とが》り気味の問いかけに、若い奉行付用人は、面倒くさそうに書類の束を繰り始めた。

「これでござる」

杏坪は下役人が示した書類に目をとおした。

――態《わざ》と申し渡す
鳩の糞、作方の肥に宜しき趣にて鳩飼育致せし候段、かねて申出候趣これあり候に付人名差し出させ、その筋段々申達《しんたつ》し、これまで議論中に候処《ところ》、近年御鷹相増し、飼鳩の分一《しきゅうぶん》円御取らせこれなく候ては、御鷹餌鳩差支《おたかえさばとさしつか》え筋これあり、然れども勝手次第差取《さしと》り候ては農家の差し支《つか》えに相なり候義、厚く申し達候趣もこれあり、かれこれ上向《うえむき》において厚き議論これあり、以来は御餌差しを郡中へ差し出され、寺院の外は軒内の分たりとも、半方づつ御取らせに相究まり候間、その旨承知仕り前章の通り拠無《きょな》き事に候へば、これにより心得違い申すまじく、もっとも御餌差しの者自然猥《みだ》らがましき様の議これあり候へば、役人共一条に付候ては、これまで触れ示しの趣もこれあり候へば、前条の通りこの度改めて申し付候間、組合村々へ洩れざる様触れ示し置くべきもの也——

「通達の主旨はようわかり申した」

杏坪はぶっきらぼうに書類を突き返しながら言った。

「つまり、寺院の鳩はともかく、百姓らが飼っているものについては、半分までは餌差し役人の勝手次第、取ってもよいとのことでござるの？」

「左様でござる」

代官は郡奉行所の支配下にあり、間には郡廻り役もあって、いわば下級官吏である。若輩の郡奉行付役は、代官頼万四郎杏坪を前にしても上下関係を盾にひるむ様子はない。

「ところが、農民らの言い分では、実情は違ごうておるようでござるぞ」

「さて？」

「農民は、餌差し共が半分残すどころか、根こそぎ鳩を持ちかえると嘆いておる」

それは通達違反ですな、と言いながら用人は鼻をほじるしぐさをした。地方役人の些細な苦情に辟易《へきえき》している体である。

「近年御鷹相増し、とあるが、その数はいかほどでござるか」

「さて、鷹匠組は管轄外ゆえ、即答はできかねますな」

杏坪は重晟につき従って一度だけ城の森の北にある鷹部屋をのぞいたことがあった。鷹場の脇の立派な小屋に、四羽の蒼鷹《あおたか》、いわゆる大鷹の雌がとまり木に鎮座しているのが見えた。雌は雄より大型で、飛翔する姿はさぞや美しかろうと想像された。端の方にはそれより小ぶりの鷂《はいたか》が数羽いた。大鷹の半分ほどの大きさだが、敏捷《びんしょう》に飛びまわることから鷹匠《たかしょう》の稽古用に使われるという。

世話役が四、五人ほど、つきっきりで番をしている。餌代や人件費のことを考えれば、たまさかにしか行われない鷹狩りのための費えは、さながら贅費《ぜいいひ》に思えたものだった。

あれから何年も経つ。数が増したというからには、五羽、十羽とかの単位で増えているのだろうか。

「それにしても、郡役所としてはいかが思うておられるのか。鳩を慰みのために費やすが賢いか、田畑の改良のために供するが偉いか、ちょいと考えればわかりそうなものではござらぬか。御鷹さまのために餌が入り用なら、百姓家の軒下をさらうのではなく、野山に出て鳩を捕らえればよろしかろう。かような通達などまったくの無益でござる」

「さても、頼殿。そのような苦情なら、われらを相手にせずとも直接鷹匠組頭か、管轄の重役らに申し上げられてはどうでござりますかな」

若い奉行付役は、うんざりしたように無精髭の顎をなでた。

「寺西様はおられんのか?」

「お奉行は登城中でござれば……」

小役人はぼそぼそと応じた。実際、郡奉行が登城しているのかどうか疑わしい。そう思いながら、杏坪は寺西奉行の在、不在を詮索するのをやめた。

どの部署の責任者もそうだが、頼杏坪が面会を求めると、時には煩わしさを避けようと、わざと会うのを拒むことがある。頼代官の直接の上司である寺西監物にしてからが、まさにこの体たらくであった。

郡御用屋敷を出た後、いつもの徒労感におそわれた。つい学問所に立ち寄ってみたくなって、本丸東側の裏門の堀端に向かって歩いた。学問所の建物は旧二之屋敷《にのやしき》を改築したもので、三百坪の敷地にどっしりとしたたたずまいを見せている。

玄関を入るとさっそく顔見知りの修習生数人から挨拶を受け、杏坪はわが家へ戻ったような心地よい気分になった。講堂では、互いに問題を出し合って討論する会読の最中だった。四十八畳ほどの部屋のあちこちに車座ができており、活発な議論がとびかっている。

衝立《ついたて》で仕切られた向こう側では、四書や五経だろうか、分厚い書物を黙読する若者の姿もあった。特に杏坪に気づいた者がいる様子もない。あるいは、気づいてもかつての教頭は無視するのが礼儀とわきまえて、気づかぬふりを装《よそお》っているのかもしれなかった。

早々に立ち去ろうとしたとき、御休息所に通じる廊下の端から近づいてくる人影が目にとまった。今を時めく梅園順峰《うめぞのじゅんぽう》であった。五十も半ばを過ぎて学問的にも経済的にも充実していると見えて、堂々とした貫禄ぶりである。

「お久しぶりでございます」

藩儒の順峰は、代官となった杏坪にもあくまでも慇懃《いんぎん》に応接した。頬をゆるめた表情になると、垂れた顎《あご》の肉が揺れた。

「お元気そうでなによりじゃの」

「頼殿こそ、ご壮健で。ご活躍のほどは重役方の口の端にのぼりますので、つねづね耳にしております」

「そう上手を言われんでもようござるよ、梅園殿。どうせあの方々が、苦情や陳情の多いわしを陰で揶揄《やゆ》されとるんは明らかじゃからの」

「とんでもございませんぞ。頼殿から献策がなされるたびに、重臣方は衆議をこらすと聞いております。ことほど左様に、頼殿の知見が政事を動かしておるのはまぎれもない事実……自戒をこめて申せば、城内に留まってばかりおれば、世情に疎《うと》くなるは必定でございます。頼殿のような有為な方に領内の隅々を治めていただけば、それこそ、お国は安泰でございましょう」

聞きようによっては歯の浮くような世辞にもとれた。朴訥《ぼくとつ》な梅園順峰を知る杏坪には、いつの間にか、人におもねるような処世術を心得てしまった儒者の変節が哀れであった。

「ところで、順峰殿。殿は最近、鷹狩りなどに興味をお持ちかどうかご存じあるまいか」

「鷹狩り、でございますか。はて？……」

梅園順峰は不意をつかれて、下膨《しもぶく》れの顔にきょとんとした表情をうかべた。

「大鷹を放って猟に興じる、あの鷹狩りでござる。さる文書によれば、近頃、お鷹の数が増えたような書きっぷりであったが、あの慈悲深い殿が殺生を道楽にされるようにでもおなりになったのかと思いましてな」

「はて、殿が鷹狩りを催されたなどとは聞いたこともございませんな。まして、鷹を集める趣味がおありだとも存じませんぞ」

頼代官の意図がわからないまま、儒学者は訊かれたことに率直に答える。

訊くまでもないことであった。杏坪が伴読を務めていた頃、江戸上屋敷の庭で雨蛙を踏みつけて殺したといって、二、三日食欲をなくしたほど殺生を嫌う斉賢である。鷹を使って鳥獣の命を奪おうなどと考えるはずはないのだ。

鷹が数を増やすのは、けっきょく旧式にこだわるからである。鷹狩りなどここ何年も行われたことがないとなれば、斉賢の性格からして、今後も鷹にまつわる行事が催されることはないであろう。

所詮、お鷹さま、とりわけ名鷹《めいよう》など無用の長物にすぎない。だからといって飼育が中止されることはない。なぜなら、鷹の飼育は鷹匠組の任務であり、旧来からある鷹匠組は現在も、そして将来とも存続しつづけなければならないのだから。

鷹は鳥獣狩りのために飼育されるのに、鷹狩りが未来永劫《えいごう》開催されないとしたら鷹匠組に存在意義はない。これを組織にしておくには、鷹を飼うことそのものを目的化するほかない。飼うことが主たる目的なら、鷹の数は増えるが当然である。古格や旧式のまえでは、組織の無駄や非効率の論議など意味がないのだ。

ただひとつ確かなことは、鷹に名を借りた組織が、それを維持するために民百姓を泣かせているという事実である。

「北郡の百姓らが、丹精して育てた鳩を、お鷹さま用の餌に取られると苦情を訴え出ましてな。ほんまのところを知りたいと思いましたんじゃ」

「なるほど、なるほど。いやいや、いつもながらの民に対する細やかな心遣い、感服いたしてございます」

順峰はとりあえず追従《ついしょう》らしい答えをした。

「して、鳩が何か?」

「つまり、その、鳩の糞でござる」

「鳩の、糞……」

さすがの順峰もからかわれたと思ったか、むっとした顔をつくった。

上司となった寺西監物が自分を避ける理由はいくつもある、と杏坪は思う。聡明な若い郡奉行は、高名な儒者の前で卑屈になるおのれが許せないのだろう。学問的にも、香川脩蔵の修業堂で学んだという彼の経歴が、西学の総帥《そうすい》であった頼家、つまり頼杏坪を忌避させる要因にもなり得《う》る。香川脩蔵南浜《なんぴん》から俊英と褒賞された寺西監物にしてみれば、代官頼万四郎を儒学者頼杏坪だと認めることで、おのが自尊心がうずくのが我慢ならないとしても不思議はない。

加えて、御調郡《みつぎぐん》大崎島の一件がある。ここでの争い事を解決する際にとった杏坪の言動が、寺西監物の自負心や藩吏としての矜持まで刺激したらしかった。

騒動のあらましはこうである。島内の中野村と地元の神社の社人との間で、銀の貸借をめぐって諍《いさかい》になった。借方《かりかた》の住民に対し、神社側は急な要り用ができたとして厳しく返済を迫ったのである。

双方に契約内容について解釈の行き違いがあり、怒った村民は城下へ訴え出んと大挙して竹原代官所へ打ち寄せる事態となった。郡役所が歩行組《かちぐみ》からの応援を得てようやく事態を収めたのだが、根本的な解決には至っておらず、依然として争いの火種はくすぶっており、一触即発の状態がつづいていた。

郡役所から事態の鎮定を命じられた頼杏坪は、陽光が和らいだ三月、係争の地である中野村へ向かうべく竹原へと出発した。

竹原といえば杏坪の故郷である。

生家には兄松三郎《まつさぶろう》（春風）が住んでおり、実家の紺屋は叔父に譲ったものの、彼は医者として、あるいは塩田の経営者として忙しい日々を過ごしていた。そのかたわらでは竹原書院なる家塾を設け、近在の若者を教育するとともに地域の文化普及にも貢献していた。

竹原の町に着いた日の夜、杏坪はさっそく春風を訪ねた。次兄は春水とちがって、一度たりとも杏坪の代官勤めに異を唱えたことはなかった。むしろ、弟が庶民の窮状を救わんと奔走するのを喜んでさえいるように見える。その温厚で兄弟思いの春風に会い、久しぶりに気の置けない会話を肴に大いに痛飲した。

「騒動のことはわしも憂慮しておったが、いかんせん、民間の手には余る。そのうちおまえでも出張ってくるのでは、と思っていたところじゃが、やはり当たったのう」

杏坪が出張の目的を話すと、兄は笑いとばした。

「交渉上手なのもええが、揉め事はどううまい具合にまとめたとて、半分を敵にまわすことになる。調停役とは、どっちに転んでも損な役回りよの」

同じ兄といっても、長男と次兄とでは話す内容が棘《とげ》と羽毛ほどの違いがある。次兄は酔えばさらに優しくなった。

「役向きのことはともかくも、女子《おなご》は、ことさらいつくしんでやっておるであろうな」

「もとより……。家内は病弱ゆえ、じゅうぶんに気を配っております」

杏坪は口ごもりながら答えた。

「加代のことも、な」

わかっております、と杏坪はつぶやく。

加代を住まわしているのを隠したことはない。さりとて、自らすすんで口にすることもなかったから、家族や親戚縁者らが加代を話題にすることはなかったが、この兄だけは違った。優しい心根のままに、妾の加代をねんごろに世話してやれ、と忠告するのである。

実はのう、と春風が不意に話題をかえた。

「なかなか、見どころのある青年がおってのう」

かなり酔いがまわった兄の顔が、真剣な表情になっている。

「大島与一をおぼえておるか」

酔漢の口からなつかしい名前が出た。

「北の郡でおまえに手を貸したことがあると申しておったが」

「ああ、あの大島ですか。あれのおかげで、みごと鉄座の不正を暴くことができましたんじゃが……で、そのことを、兄上は誰から聞かれましたのか」

「与一本人から、聞いた――」

あれは目下、ここの代官所に詰めておるぞ、と兄は勝ち誇ったように言った。

「あれが、あの大島が、ですか」

杏坪は、いっぺんに酔いが醒めるほど驚いた。

「それにじゃ、あれは今では竹原書院の塾生でもある」

「まことですか。与一が兄上の弟子になった、そう申されますのか」

言いながら杏坪は自分でも声が震えているのに気づいた。故郷で与一に再会できる偶然と、彼が学問をする気になったその変わり様に、杏坪は心わきたつほどの喜びを感じた。

翌日、杏坪は二日酔いの目をこすりながら現地の代官所に赴いた。もちろん、大島与一に会わんがためであった。

与一は蔵警備のため他出していたが、ちょうど居合わせた代官に、大崎島の一件に吟味調査役として与一の手を借りたい旨、申し出た。若い代官はものわかりのいい男で、さして詮索《せんさく》することもなく、与一を帯同させることを許可してくれた。

島に渡る朝。

竹原書院に現れた与一は杏坪に会うや、やや固い表情で挨拶した。

「また、お手伝いさせていただきます。ご指名、光栄に存じます」

二年ほどを経て青年はすっかり役人が板についていた。言葉や振る舞いの端々に自信のようなものさえ感じられた。そして、努めてよそよそしくすることで代官に最上の礼をつくしているように見えた。

翌朝、藩庁の特使を乗せた船は竹原港から島へ向かって出航した。瀬戸の海は凪で波もない。数人の水夫《かこ》が櫓《ろ》に力をこめて漕ぎ進んだ。

「天気に恵まれてようございました」

かたわらの郡廻り役手付が話しかけると、杏坪は大きくうなずいて言葉を返した。

「左様、晴れてほしい日には晴れる。さしずめ、わしには、天機を開く力がそなわっておるのであろうな」

まんざら戯れ言でもない杏坪の言葉に、話しかけた案内役の下役は目尻に皺をつくってぎこちない笑い声をもらした。一方、大島与一は、艫《とも》（＝舟の後方）のほうで所在なげに風に吹かれていた。島から島へ渡るのか、海鳥の影がいくつも視界を横ぎっていく。

「竹原書院に通い始めたそうじゃな」

杏坪は狭い船内を移動して、艫のほうにまわって与一に言葉をかけた。

「もう漏れましたか。春風先生も見かけによらず、口の軽いお方ですね」

「ああ、兄は昔からそうじゃ。知っておることならおのれの尻の毛の数まで他人にしゃべりたい質《たち》での。あの人に他言無用を願っても無駄というものぞ」

「そのようですね」

青年は真顔で上役に返した。

「よくぞ、学問をする気になったの」

「恐れ入ります」

「兄は師としてはいかがじゃ」

「温厚で実直な春風先生を尊敬申し上げております。それより、むしろ能も才もないわたしに困っておられるのではありますまいか」

大島与一は依然として、上役に心開かない態度をくずさない。答えの合間《あいま》には、目を波の向こうにあそばせたりしている。

海上に島影が大きくなってきた頃、与一が口を開いた。

「このたびの紛争でございますが、銀子《ぎんす》の貸し借りが因《もと》だとのこと。しかし、単にそれだけにしては騒動が大きすぎる気がいたします」

与一は、近くの郡廻りら他の役人を憚《はばか》ってか、杏坪の側に寄って低い声で言った。早耳の手付はすでに中野村の一件を下調べしていたらしく、杏坪があらためて説明するまでもなく係争のあらましを理解していた。杏坪は答えるかわりに、大きくうなずいた。杏坪も事態収拾を命じられたときから与一と同じ疑念をいだいていたのだ。

現地で調査した結果、中野村が神社から借りた銀高は二十二貫八百匁(約三八〇〇万円)であることが明らかになった。杏坪が事前に郡役所で入手した資料にあった銀額十二貫とはかなりのずれがあり、当時の調査が杜撰《ずさん》であったことをうかがわせた。

神社に集まった庄屋ら村民は、返済期限を三年も前倒しするのは合点がいかないと主張していた。仮に譲歩して返済に応じるとしても、用意できるのは半額ほどであり、残りは従来の取り決めどおり十年賦《ぶ》で返せばいいと譲らない。

「そうじゃいうても、あっちから返せとせっつく場合は、利息を半分にするいう決め事は守ってもらいますけえ。契約書類にそう書いてありましたけえな」

香具師《やし》（＝てきや・やくざ）の元締のような風貌の庄屋は元は浜の網元で、杏坪ら藩庁の役人に対しても遠慮のないきつい眼差《まなざ》しを向けて言った。

神社側からも聴取したが、応接した禰宜《ねぎ》（＝神主の下位の神職）は返済期限を繰り上げた理由をつまびらかにしなかった。さらに、諍いの直接の引き金となった、繰り上げ返済時の利息の扱いなどの特記事項のない書類を示して、利息割引という記載があったとする庄屋側の主張をでたらめだと決めつけた。

両者の契約書をつき合わせればこれほどの争いにならずに済んだであろうが、紛争当初、庄屋側は村役の交替時の不手際で書類を紛失したと申し出ていたのだ。

神社側は村が契約書を故意に隠したと言い、逆に庄屋ら村側は神社が自分たちが与《あず》り知らぬ書類を捏造《ねつぞう》したと述べたてた。

「代官所から、わたしどもの書類は正当であるとのお墨付きをいただいております」

白い着物に海老茶《えびちゃ》色の袴《はかま》をつけた禰宜は、胸を張るようにして言い放った。

手文庫の中に丁寧にしまわれている書き付けを、どういう経緯で代官が保証したのか。さらにその正当性を裏付ける根拠は何か。杏坪は喉まで出かかった言葉をこらえながら、神の使いとも思えぬ禰宜の貧相な顔をねめつけ、黙って聞いていた。

中野村は半農半漁の寒村である。ふつうなら村ぐるみで銀二十二貫余りの借銀などするはずはなかった。ところがある日、貧困から抜けだせそうなうまい話が舞い込んだ。

海岸線を埋め立てて三十町歩ほどの新田を造成するというものだった。それが完工すれば、徴税分を差し引いても十分に村の収入になるというのが藩の提案だった。これに中野村は飛びついた。利に目がくらんだ村は、藩から受益者負担として拠出銀の要求があった際も、後先考えずにこれに応じる気になった。

代官所請け負いの工事ではあったが、村も応分の負担をせよというのだ。もとより貧しい村を援助しようという奇特な分限者《ぶげんしゃ》や商人などどこにもいない。しかたなく彼らは神社に泣きついた。こうして新開地干拓のため、件《くだん》の貸借契約が結ばれたというわけであった。

翌日、さっそく杏坪は新開地と呼ばれる一帯を見て回った。

海沿いに砂地のない部分が広がっている。沖合に堤防を築いて海水を干し上げて、その上に肥沃《ひよく》な土をいれて農地にしようという計画は、現地を眺めるかぎり遠大な計画であるように思えた。なにもかもほったらかしの一帯は、今は荒れて沼地のようになっている。

「わしら、ここを『ぼらしんかい』いうて呼んどりますじゃ」

視察に同行した村の古老がつぶやいた。

「ぼらしんかい？」

「ときどき鯔《ぼら》がの、湧いたように泳ぎよりますけえ、いつの間にやら鯔新開いう名がついたんでありましょう。工事がこのまんま止まるんなら、ここは鯔にとっちゃあ、ほんまええ遊び場でしょうで」

杏坪の問いに老人はため息まじりで答えた。

工事は豊田郡奉行所の監督下で着工した。この計画を積極的に推進したのが、当時郡廻り補佐役であった寺西監物である。二の足を踏む庄屋や村役の尻をたたいたのも彼だった。始まったものの、材料の運搬や人手の確保に苦労するなど、工事は初手から難航した。七度目の春がめぐってきた頃には、工事の完了を信じる者はほとんどいなくなった。こうした状況を目の当たりにして、神社側が多少の利子を得るよりは元銀の回収を急いだ方がいいと判断したのもうなずける。

村民は今でも竣工に一縷《いちる》の望みを賭けている。ここで神社側の借銀の返済に応じれば、その望みまで根こそぎ奪われるような気がしたに違いない。あわせて、工事を再開しない代官所に対する不満もつのって、予想外の大規模な打ち寄せ騒動に発展したのであろう。

杏坪は兄春風の推薦で、竹原の廻船問屋賀茂屋《かもや》直十郎《なおじゅうろう》を同行させていた。直十郎は海上輸送業だけでなく土木建築業も手がけていて、でき損ないの新開工事の現状と将来の見通しを彼に判断させようとしたのである。

「川の砂州《さす》のように陸の砂が流入して自然に海が干上がるのを待つのならともかく、今のままでは山のひとつも切り崩して埋め立てるよりほかありますまい。そもそも、さして遠浅でもないここを新開地にしようとされた計画に無理があったのではと思われます」

賀茂屋の見立ては辛辣《しんらつ》だった。

「無謀な計画、か」

「相当の銀を積まれましても、わたくしどもには請け負いかねる工事でございます。埋め立てるだけならまだしも、ここを農地として使うには塩抜きをしなければなりません。それをいきなり、土だけ入れて作物を作れとは、いかがなものかと存じます。いったい、郡奉行所には、先を見すえて竣工する本気の覚悟があったのでございましょうか」

覚悟のう——とつぶやいて、杏坪は草鞋が濡れるのもかまわず、ぬかるむ湿地のなかを歩きまわった。直十郎が工事を引き継ごうとでも言い出すのではと杏坪は期待したが、その思いはいともあっさりと裏切られた。

しゃがんで無意味に水たまりをかきまわしてみた。鯔かどうかはともかく、たしかに、いくつもの魚影が水面をうごめいた。

「百姓らにしてみれば、だまされたようなものでございましょう」

直十郎の言葉が杏坪の頭の上に降ってくる。

だまされる者は、だます者がいてこその犠牲者である。工事を計画し、中途で投げだすまでには、多額の銀が動いただろうことは容易に想像がつく。だました者たちのなかには秘かにその甘い汁をすすった者がいる、賀茂屋直十郎は暗にそう言いたいのだろう。

村民と神社の紛争は、村民側が今調達できるぎりぎりの銀八貫をただちに返済し、残債も村民が主張するように十年賦、利息も年利一割七分にして決着させた。むろん、杏坪の提案に神社側は強硬に反対した。

「裁定はわしに一任されておるが、そのわしの最終提案を呑めんというのであれば、藩庁にたち帰ってご重役らをまじえて審議いたそう。慎重な討議を要するゆえ、裁定には何年もかかろう。五年でも十年でも待つというのであれば、気随《きずい》（＝好きに）にいたせ」

神社側責任者の禰宜は顔色《がんしょく》を失った。この度の吟味役はこれまでの郡方の役人と違って、自分たちに加担する気がないとわかって狼狽《ろうばい》した。後刻、神社側はしぶしぶ提案を受け入れる旨を申し出たのである。

「いつもながらのみごとなお裁きでございました」

杏坪の行くところ、影のようにつき従っていた大島与一が短く労をねぎらった。

「とはいえ、百姓らが借銀返済を免れたわけではありませんから、中野村の呻吟《しんぎん》はここ何年もつづくことになりましょう。そう思うと、何やら、切ない気がいたします」

「禰宜《ねぎ》が後生大事にしておった書類を偽物と断じて、貸借関係そのものを反故《ほご》にしてやらんでもなかったがの」

「先生もあれが拵《こしら》え物じゃと気づいておられましたか」

「ということは、そのほうもあれがまがい物じゃと思うたのか」

「はい。備後福山藩の城下では、家系図や骨董品の鑑定書、あるいはあまたの書類を偽造する手練《てだれ》の者がおって、それを商売にしておるやに聞き及んでおります。百姓らが、あながち虚偽を申し立てるとも思えませんから、あるいは、神社のは偽物かと…… さすがは杏坪先生、恐れ入ります」

与一は人懐《ひとなつ》こい笑みをうかべて杏坪を見た。頼様という呼称は、いつのまにか「杏坪先生」、あるいは単に「先生」へと変わっている。

「それにつけても神社仏閣とは金持ちよのう。賽銭や祭礼の寄付だけで新開工事に貸し付けるほどの銀子が積みあがるのじゃからの」

「先生、実はそのことなのですが……」

与一は声をひそめた。人気《ひとけ》のない旅籠の一室だから話がもれる恐れはなかったが、与一はひと膝、杏坪のほうへにじり寄った。

「この一件、上下銀《じょうげぎん》の関与が疑われます」

「ほう、上下銀とな?」

天領上下宿の陣屋が、領内のあちこちに銀借させているのだという。郡役所詰になって間もなく、杏坪もこの上下銀の噂は耳にしたことがある。上下陣屋の銀貸し出しが、庄屋や割庄屋（＝いくつかの庄屋を束ねる村役）などを貪欲な銀融資へと駆り立てているという。

上下陣屋とは、神石《じんせき》・甲奴《こうぬ》両郡二十二カ村が石見国《いわみのくに》大森代官所支配、いわゆる天領になったため、その村々を管轄するために設置された出張所のことである。大森の石見銀山で産出する銀が赤名・三次・吉舎《きさ》を経て笠岡へ至る道中を監督する役割をも果たしていた。

この陣屋が、大森の銀を元手に在所の有力商人を介して銀貸付業を展開し、その利潤をもって銀山産出の銀量低下を補填《ほてん》するという仕組みを作り上げていた。ところが、この銀融には商人、町人、それに庄屋らが「口入れ」と称して銀貸しを斡旋《あっせん》しており、取引の裏には不透明な部分があり、あやしげな輩《やから》どもも暗躍していた。そのため、利子や返済をめぐる訴訟騒ぎも後を絶たなかったのである。

こうした事態を憂慮した郡役所は、各郡の代官を通じて、上下銀に関わり合わぬよう町村にたびたびお触れを出した。だが、たやすく手に入る銀が利を産むとなれば、禁を犯そうとする者があらわれるのは世のならいである。

「実は、北辺の鉄座元締の吉兵衛を探索した際にも、上下銀の影がちらついておりました」

吉兵衛は北辺のたたら製鉄に関わる大立者《おおだてもの》であり、各地の鉄座を束ねる影の実力者である。先祖は旧三次藩時代から鉄取引にかかわり、苗字帯刀を許され、黒鉄《くろがね》屋という屋号を持つほど家格も高い。先年、その吉兵衛への探索が中途半端に終わったことを、与一は今でも悔やんでいる様子である。

「もしや、今回の係争にもこの銀貸しが絡んでいるのではと思われます。先生も申されましたように、寄進やお賽銭《さいせん》だけで何十貫もの銀貸しができるほど神社が蓄財できるとは考えられませんから」

「左様に上下銀は広く出回っておるのか」

「そのようでございます。以前、上下陣屋は誰彼となく貸付けに応じていたようですが、焦げつきや取り立てによる係争などが相次ぐようになって、最近では安全な借り方を物色しておるやに聞いております」

「さすれば、神社や鉄座の役人などは無難な借り主ということよのう。すると、陣屋と借り主の間を仲介する者がおるということじゃが、それは誰じゃ？」

さて、と大島与一は小首をかしげるふりをする。

「藩の関与があると申したいのか。さしずめ、あちこちの代官所などは恰好の橋渡し役よの」

頼代官のこの言葉にも、与一は表情をゆるめたままで聞いていた。

広島へ帰参したその足で、杏坪は郡御用屋敷を訪ねた。紛争解決を報告するためであったが、目的はほかにもあった。

屋敷の玄関を入って左側の部屋に向かった。郡役所九局のうち、ここでは北郡の三次・恵蘇をふくむ四局が事務を執《と》っていた。そこへ郡奉行寺西監物を訪《おとな》った。

「ご苦労でございました」

杏坪が大崎での件をあらまし説明し終わると、寺西奉行は鷹揚にねぎらいの言葉を口にした。壮年の域に達したやり手の奉行はますます貫禄を増し、杏坪が御納戸役上席の役にあったとき、御用部屋設立をめぐって屋敷の設計図面や呼称に関してやり合った頃より、一回り成長したように見えた。

郡屋敷の図面は杏坪の素案が採用されたが、呼び名は監物が諸郡役所《しょぐんやくしょ》がよかろうと申し出たのに対して、杏坪は惣郡務所《そうぐんむしょ》ではと提案したけれどもいずれも採用されず、現在の郡御用屋敷と呼ぶことに落ち着いたのである。

「早い解決、祝着にございます」

寺西奉行はとりあえず年長の代官をたてる言い方をした。杏坪はそれにはかまわず、

「双方に屹度《きっと》（=きっちりと）言い聞かせましたゆえ、騒動は一応収まったようでございますが。それよりもお奉行」杏坪は背筋を伸ばした。

「鰡新開のことでございます」

「ぼら?……」

寺西監物は困ったような顔つきで訊き返した。

「あの島内で中断したままになっておる、例の新開地のことでありまする。さても、あの工事は、いつ再開されるのでござりましょうや。いや、そもそもあれを継続なさる予定がおありなのかどうか、伺いたいのでございます」

「いや、あれは……」奉行はまたも口ごもった。

「再開されるかどうかは、ご重役方、とりわけ勘定奉行、ならびに普請方らのご判断いかんでござろう。直接に郡役所が口をはさむことではありますまい」

「平《ひら》たく言えば、郡方としては上層部にせっついてまで工事の再開を望むものではない、そういう見解でありましょうや？」

「上の考え方はともかく、わたしの見解としては、おっしゃるとおりです」

「それでは、あまりに無責任にすぎましょうぞ。こたびの係争にしても元を糺《ただ》せば、あの工事をめぐって起こったもの。工事を始めた藩庁が、しかと始末をつけるのが筋というものではございませんか。甘言を弄《ろう》して領民をたぶらかし、泣きをみるあれらを放擲《ほうてき》して頬かむりするなど、為政者として許されることではございませんぞ。さらに申せば、お奉行は郡廻り補佐の職にあった折、工事の旗振り役までなされたそうではございませんか」

「言葉がすぎますぞ、代官殿！」

杏坪の厳しい言い条に、さして短気でもない寺西監物もさすがに腹にすえかねたとみえて、ぴしゃりと話を遮った。

「民に対して甘言を弄したこともなければ、頬っかむりをしたこともない。まして、民百姓をたぶらかしたおぼえなど、毛頭ござらん。頼殿、妙な言いがかりは無礼ですぞ」

無礼はもとより承知のうえでござる、と言って杏坪はつづけた。

「わしが島に連れていった土木業者は、山ひとつ削っても埋めたては不可能と申しておりましたぞ。工事が中止されるとなれば、新開地に賭けた百姓らの気持ち、彼らが血をしぼるようにして工面した銀子、藩が投じた血税はどうなりますのか。始めたものは責任を持って全うする、それが為政者の本分ではござらんか」

儒者から正論で責められては寺西奉行には一言《いちごん》もない。計画の意義も解せず、工事の見通しなど考えたこともなかった。ひたすら上司から指示されたとおりに、百姓らを工事に駆り立てたのは事実だった。甘言を弄し、旗振り役を演じたと断じられれば、実は抗弁の余地はない。それでも代官に抗《あらが》うのは、借銀騒動の解決のかたわら、新開地の件にまで手をつっこむ頼杏坪の周到さに悪意さえ感じられるからであった。

代官頼の追及はなおもやまない。

「それとも、工事を中止したのには、なんぞ裏でもあるのではございませんかな」

裏も表もありゃしませんよ、と言って寺西監物は立ち上がった。

「ただただ難工事だということで、ただいま中断のやむなきにいたっておるだけのこと、なんで裏などありましょうや。頼殿、邪推もほどほどになされよ」

寺西奉行は引きつった表情で、内に湧く憤怒《ふんぬ》に耐えているようで、無理に笑いをつくろうとしてはいるが、反論する語気の荒さが受けた屈辱感の大きさをあらわしていた。そして、まだ何かを訴えようとする杏坪をあとに残し、壮年の奉行は憮然とした態度で部屋を出ていった。

三

林半五郎《はやしはんごろう》が訪ねてきたとき、寺西又右衛門は着流しのまま、縁側で番茶をたて好きな干菓子を楽しんでいた。午刻《うまのこく》前まで城下の表具屋や道具屋をまわって書画や骨董《こっとう》を見て目を悦ばし、昼寝で疲れた足を休め、目覚めて舌を潤《うるお》しているところであった。

お客さまです、と息子の嫁の妙から林の名を告げられて、又右衛門は天の一角がにわかに曇ったような気分になった。

思ったとおり、林半五郎はずかずかと書斎に入ってきて、

「お久しぶりでございます」

とかすれた声で挨拶した。ご無沙汰じゃ、と又右衛門は応じて、座布団を勧めながらま

じまじと目の前の客を見つめた。会うたびに全身に肉がついて、藩塾である修業堂の塾頭から年寄付用人役まで昇りつめた今では、顎が二重になるほど容貌も変化している。

「きれいに咲いておりますな。あれは秋海棠《しゅうかいどう》ですか」

半五郎は手入れの行き届いた庭を褒めて、一角に群生する花をも褒めた。相変わらず抜け目のない男である。

「よくご存じじゃの。いつぞや川べりを散策中に見つけて一株持ち帰ったのじゃが、名は嫁に教えてもらい申した……いつの間にかあのように繁ってしもうたが」

言わずもがなと思いつつ、又右衛門は赤い花をつける野草にまつわるいきさつを説明した。

「いかがじゃな、近頃は」

「なかなかに難しゅうございます」

用人は又右衛門の問いかけに困った顔をつくろうと、役者のように眉を上げ下げした。

「林都賀夫《つがお》をもってしても難しいとは、さても経世とは複雑なもののようですな」

いやいや、と半五郎は照れ笑いをうかべた。

林半五郎は、経済感覚にすぐれた学者が集《つど》うことでも知られた修業堂のなかにあって、ひときわ異彩を放っていた。その理論が藩の重役の眼鐘にかなない、政策が転換するその場面ごとに重用《ちょうよう》され、今では衰退気味の修業堂からは距離をおき、藩政の知恵袋として仕えている。都賀夫とは、そんな半五郎が学問を捨て、執政に転じた際に改名した、いわば地位を象徴する呼び名でもあった。

又右衛門から都賀夫と呼ばれて、客は上機嫌である。

化政期に入り、藩は国産自給・殖産興業等の国益政策を加速させた。その中核となったのが、林都賀夫の提言によって勘定所に設置された諸品方《しょしながた》であった。あらゆる産業の振興を図るという名目で生産者に前貸しを行い、実質的に生産・流通を統制し、中間利潤を搾取しようと設けられた機関である。

この政策を実行するため資銀元として太田屋、長門屋《ながと》、世並屋《せなみ》など六つの豪商を御用聞《ごようきき》に指定して、国産品の開発と助成をまかせ、あわせて製品の独占買いと京・大坂での販売権を認めていた。

「莫蓙《ござ》、草履《ぞうり》、槇皮《ひわだ》、線香などはうまくいきましたな」

「それなりの成果をあげておるようですが、まだまだ方途があると思うております」

「ほう、何です?」

「現在取り組んでおるのは油、つまり綿実油《めんじつあぶら》・菜種油《なたねあぶら》でございます」

「なるほど、なるほど」

又右衛門は強い口調になって相槌を打ち、得意げになる半五郎を制した。どんなに派手やかに語ろうが、城下の豪商と執政方が組んだ手柄話となれば、丹精した製品を買いたたかれる民百姓の辛苦がしのばれる。林都賀夫が怪気炎をあげる陰で、やがて綿を植え、菜種を蒔《ま》く百姓らが泣きをみることになるのだ。

「油とは、またよいところに目をつけられた。林殿には、まさに油断なしじゃな」

又右衛門は駄洒落をとばして相手を皮肉った。

また油方なり油会所《かいしょ》なりをこしらえ、商人をあてがって運上銀を召し上げ、百姓らからはそれこそ利をしぼり取るのだ。どこまでいっても侍は侍なるかな、と又右衛門は思う。

「ところでしばらくお会いしておりませんが、監物殿は壮健でご活躍でございましょうな」

「ああ、北の貧郡ゆえ、人心は荒く、徴税もままならんと苦労しておるようだ。気儘な郡廻り補佐のほうがよかったとか、戯《たわ》けたことを申したりしての」

「なるほど、わかる気がいたします。三次・恵蘇・奴可・三上といえば、民百姓もそうですが、村役も気が荒いうえ、こすっからいと聞いております。さらに、あの頼杏坪殿が代官ともなれば、監物殿の労苦も並大抵ではありますまい。胸中お察し申します」

又右衛門がただ耳を貸しているふりをしたので、話が途切れた。

頃合いを見計らって妙が茶を替えに入ってきた。半五郎は鷹揚な態度で茶の礼を述べ、妙が去るのを待って、

「これを――」

と言いながら、懐から包みをとり出して又右衛門の前に置いた。

「お納め下さい」

又右衛門は一瞬、表情を曇らせたあと、いやいや、と手の平を客に向けて強い拒絶の態度を示した。

「林殿、わしも隠居してはや八年、すっかり政事には縁遠くなり申した。ここいらであらゆる世俗の煩悩から離れたいと思うております。お心遣いはありがたいが、これはお持ち帰り願いたい」

又右衛門は中身をあらためもしないで、まるで汚物を扱うかのように、絹の袱紗《ふくさ》に包まれた品を手にした扇子で押し返した。

「これはどうも、弱りましたな」

林半五郎は心底、困ったという顔つきになって言った。又右衛門はそれを無視するかのように、視線をあらぬ方向へむけた。

どんなにもったいつけようが、包みの中身は所詮、民からかすめ取った銀子に変わりはない。かすめ取る仕組みが存在することを知り、その組織を大きくするために加担したことがある。若く野心があったがゆえに、地位にも汚れた銀の魔力にも魅せられた。目の前にある妖しげな包みは、又右衛門自身が在職中に尽力した、そのことへの報酬なのだ。

「持ち帰れと申されても、わたしが困ります」

「どうぞ、上の方々にはよしなにお伝えいただきたい」

どうか、いやいや、との押し問答が何度か繰り返された。やがて根負けした体で、そうですか、と半五郎は折れ、緩慢な動作で包みを元の懐にしまい込んだ。

「では、後継はご子息に？」

又右衛門はまた、いやいやと応じた。

「あれは幼少より、ケンモツ、カタブツとからかわれておったとおりでの。融通のきかぬあの性分では、とても方々のご期待には沿えんであろう」

又右衛門は語尾に力をこめた。もはや汚辱《おじょく》にまみれた組織に関わりたくなかったし、何より清廉をよしとする嫡男をこの半五郎などと交わらせたくはなかったのだ。

林半五郎はそれから半刻あまり四方山の話をしたあと、又右衛門の頑《かたく》なな態度のまえに訪問の目的も果たせないまま、肩を落として帰っていった。


監物はその夜遅くに屋敷に戻った。二人の息子はすでに床についていたが、父が夕餉《ゆうげ》もとらず待っていたのには驚いた。

「たまには酌み交わしたいと思うてな」

居間にしつらえた膳の前にすわった又右衛門は、照れたように言った。

「昼間、半五郎が訪ねてきた」

「ああ、林様ですか」

「相も変わらずの羽振りの良さじゃ」

「噂は郡御用屋敷にも聞こえていますよ。飛ぶ鳥を落とす勢いというのは、まさにあの方のことをいうのかもしれませんな」

修業堂に通った監物にとって半五郎はかつての師である。又右衛門は、その恩師を「あの方」と軽く呼ぶ息子の胸中を推し量った。執政を陰で牛耳り、商人を重用《ちょうよう》して利を吸い上げる仕組みを作り上げていく儒者づれに、嫌悪感さえいだいているに違いない。

「して、いかような御用でした？」

「所用で近くまで来たので、ついでに立ち寄ったと申しておった。まあ、わしのような者にも手柄話をしてみたかったのであろう」

「忙しい林殿がわざわざ出向かれるとは……」

監物は後の言葉をにごしたが、林半五郎の来訪には何やら裏があるように思った。その息子の気持ちをはぐらかすように、又右衛門は話を変えた。

「こんどは油を手がけると言うておった」

「あれもこれも藩の直轄になさるのもわからないではありませんが、売買に関与できなくなる百姓にとっては辛いかぎりです。汗水たらしても、十分な銀稼《かねかせ》ぎにもならないのですから。現に、北郡では鉄や紙に関わる百姓のなかには仕事をやめてしまう者も多く、生産高はまさに頭打ち、直轄になることで、むしろ藩にとっては減収ではありませんか」

息子に言われるまでもない。奥祐筆の職にあったおり、又右衛門もいやというほど耳にした話である。

単に増産を督励するだけだった鉄蔵《かねぐら》や紙蔵が、それぞれ御鉄座、御紙座となり、銑鉄や紙は藩指定の商人に独占的に買い上げさせ、砂鉄・炭、三叉《みつまた》・楮《こうぞ》などの原料は藩がその売買を管理するようになった。そのため生産者たる百姓らが値を操作する余地がなくなり、その利潤を商人と藩がかすめ取る仕組みができあがったのである。

その伝《でん》で、北郡の製紙・製鉄業はあっという間に衰退した。現在も鉄も紙も生産されてはいる。ただそれは惰性で続いているようなもので、役方がどんなに百姓らの尻をたたこうが、利益を手にする機会を失った百姓らに増産への意欲はなく、生産の場に活気はない。

油は庶民の日常生活に直結するだけに、極端に生産が落ちこむとは思えなかったが、林半五郎らが藩庫（＝藩の財政）を潤そうと手をつっこめば、やがて製油の仕事も鉄や紙と同じ運命をたどるだろう。そんな仕組みの土台作りに助力した我が過去を、又右衛門は癒えぬ傷のように思い返している。

又右衛門は座り直して訊いた。

「ところで、頼万四郎とはどうじゃ？　折り合いをつけてやっておるのか」

「まずは可もなく不可もなく、といったところです」

父親の問いかけが曖昧だったので、監物もあやふやな答え方をした。答え終わって、奉行の自分が代官に膝を屈する必要があるものか、と軽い怒りが湧いた。いつぞや、父が言った「頼とは肌が合う合わんを云々せず」という言葉がわかる気がした。だが、儒者頼杏坪が稀にみる能吏であるのは、隠れもない事実である。

そして今しも、その頼代官の力を借りたい事態が出来《しゅったい》しているのだ。

「あの方には、またまたお出まし願わねばなりません」

「今度は何じゃ？」

「またぞろ、山境《やまさかい》の争いですよ」

監物はうんざりした様子で、盃の酒を飲み干した。

境界をめぐる村どうしの争いを収める杏坪の手腕には定評があった。長年もめて代官所や村役を総動員しても収まらなかった諍《いさか》いも、頼万四郎杏坪が関わると数日を経ずに両者の間に和解ができあがることがある。御調郡の本庄村と植野村の件しかり、佐伯郡の浅原村と小栗村の一件、しかりである。

このたび、同じ佐伯郡内の宮内《みやうち》村と玖嶋《くしま》村の間で境目争いが顕在化した。二年前からもめていたもので、ここにきて村全体を巻きこむほど激しく対立した。事態の深刻化をうけ、扱いあぐねた地元の代官所は、その下駄を郡役所へ預けたのだった。

五人の郡奉行らの衆議は頼杏坪派遣でたちまち一致した。執政方に打診したところ、もとより異論は出ない。派遣期日は、頼杏坪の直接の上司である監物に一任された。

好きこのんで顔を会わせたい人物ではないから、監物は気が重い。あの学者然とした渋みのある声さえ聞きたくないと思う。それゆえ、任地の陳情に訪れた頼代官を避けて居留守を使ったことも一度や二度ではない。それでも、佐伯行きを伝えるのは直属の上司である監物の務めであり、どうあっても逃げようがない。

「紛争解決の勘どころはよく心得ておいでですが、まずもって、ご要望の多い御仁でして、毎度頭をかかえております。最近も、やれ柿の木を植えさせろ、楮《こうぞ》（＝紙の原料）の苗木を買う予算をつけろと矢のような催促で、ほとほと閉口いたします」

「よい提案ではないか。柿の実は薩摩芋の効用と同じように飢饉《ききん》の出来時には大いに頼りになろう。楮は一本でも多く植えておくに如《し》くはない。樹木も人間のように老いては成長も遅くなるでな。樹勢盛んな時分に次の苗を植えておくという考えは、なかなか並の者では思いつくまい。そういう意味では、万四郎の要求はいずれも至当あろう」

「ですが、先だっては、鳩の糞をめぐっても――」

「鳩？　糞とは……」

夕餉の膳にはそぐわない話題に、又右衛門も眉をしかめた。ばかばかしいかぎりです、と監物は話を切り上げた。

「改まって尋ねるのもみょうなものだが、おまえに野心なるものはあるか」

唐突な言葉に、監物は酌をとるのをやめて銚子を膳に戻した。

「さても、野心、でございますか？」

「執政の中枢で力を奮うてみようなどと考えたことがあるのか、と訊いておる」

「まずもって、なくもございませんが」

「慎重居士《しんちょうこじ》のおまえらしい、もってまわった言い方じゃのう。して、あるのか、ないのか」

「ある、と申し上げておきますが、父上のおっしゃる意図がわからぬうちは断言はできません」

「高い位への役替えを要請されたら、どうする。受けるか？」

「高い位、と申されますと？」

「たとえば、年寄付用人、とか中小姓組頭などじゃ」

「林様がそう申されたのですか」

「それはない。仮りの話じゃ」

「果たして、わたしに務まりますかどうか」

案の定、息子の答えは又右衛門の期待を裏切らなかった。

できのいい息子であることは認めるものの、未《いま》だ清濁合わせ呑むという懐の深さは持ち合わせるに至っていない。理非曲直に敏感な気質も、大局的な判断を求められる政事の舞台では疵《きず》になる。こいつはやはり、大きな権力の座には近づけない方がいいのではないのか。

「役替えのことは戯言《ざれごと》ゆえ、忘れよ」

はい、と監物は割り切れない気持ちのまま答えた。

「さても権力とは恐ろしいものよの。林半五郎ほどの儒者でも権力におもねれば、ああも変節するのだからのう」

又右衛門は言いながら、息子の大きめの盃にあふれるほど酒を注《つ》いだ。


郡御用屋敷を退出しようとしていた杏坪は、後《あと》から追ってきた小役に呼び止められた。奉行がお呼びだという。急いで北郡事務局へとって返した。案内を請うて部屋に入ると、城からさがってきた寺西奉行はお茶をすすっているところだった。

早速ですが、と奉行は杏坪の挨拶を遮るように用件をきり出した。

「佐伯の郡《こおり》へ、でございますか」

「当該地の紛争収拾に目途《めど》をつけよ、との申し付けでござる」

奉行は、近寄って受け取れと書類を示しながら手を振った。詳細はそれを読めというわけである。

「いつ発《た》てますか」

杏坪が手早く読んで、山境争いの仲裁だと理解したのを見て取ると、奉行は出発の日を催促した。

「準備に二、三日いただきます。その前にひとつお願いが……」

「なんです?」寺西監物は、やっと老代官の顔を直視した。

「竹原代官所に常駐する手付の大島与一をつけていただきたいのですが。こたびも、あれの手を借りたいと思いますので」

「わかりました。どうなるものやらわかりませんが、御調《みつぎ》の郡廻りに連絡だけはとっておきましょう」寺西奉行は事務的に応じた。

佐伯郡の争いと聞いて、杏坪の頭にまっさきに浮かんだのは、紙漉《かみす》きにまつわる騒動であった。浅野氏入封以来、広島藩は製紙業を重要な産業として位置づけ、はやくから専売制を採用して育成と統制に乗り出してきた。なかでも佐伯郡は紙漉きが盛んな土地柄で、調べてみると、延宝《えんぽう》年間(一六七三〜一六八一)には紙蔵が設置されている。原料の楮はすべて藩で買い上げて紙漉き人に支給した。漉いた紙も紙蔵が買い取り、それを特定の商人に販売させた。紙蔵では需要状況に応じて、漉く紙の種類などまでも指定したという。さらに勘定方からは厳格な生産割り当てが課せられ、完納できなければ不足分は翌年に持ち越されたりもした。

過酷な労働条件のもとで紙を生産しながらも、楮の木一本、紙一枚まで紙座に管理された百姓らが、潤沢な利益を手にすることなどなかった。

こうした状況から、紙の自由販売を求めて、紙漉き人らはたびたび訴えを起こした。ときには強訴《ごうそ》に及んだこともあった。だが、そうした実力行使にも藩側が軟化することはなく、むしろ騒動のたびに抜け荷などへの監視が強化されただけだった。

利益を根こそぎ収奪する専売制は、鶏から卵を採るだけとって餌を与えないようなものだったから、生産現場は次第に疲弊していった。そのため、紙の生産額は享保年間（一七一六〜一七三六）を境に急速に減少に転じた。当時に比べれば佐伯郡の零細ぶりは目をおおわんばかりである。

杏坪は急ぎ情報を集めた。その結果、今回の騒動は純然たる地境《ちざかい》争いであり、直接紙にまつわることではないとわかった。

下調べや旅の準備に三日を要した。依然として寺西奉行からの連絡はなく、大島与一のことでわざわざ御用屋敷に顔を出すのもはばかられて、杏坪はひと足先に佐伯へ向かうことにした。

大島与一は来ないだろうと思った。手付としてきわめて優秀な彼は、おのれの才覚をひけらかすどころか、むしろ韜晦《とうかい》（＝自分の能才・地位などをつつみ隠すこと）をよしとするようなところがある。そんな与一を杏坪が評価して引き立てようとすればするほど、与一は自分の殻に閉じこもろうとするのだ。

与一抜きもいた仕方なし、そう思いながら佐伯へとつづく往還《おうかん》をたどった。

村方の係争を収めるには、まず現状を把握することだという信念が杏坪にはある。ことに地境争いや水争いといった類《たぐい》の悶着は、第三者の目で現場を確認するにかぎる。山に足を踏み入れて地形を眺め、川べりや堤の縁に立って水の流れを見てみれば、どちらの言い分に理があるか、かおおよそ判断がつく。あとは理不尽な側を理詰めで説得すれば、それで決着する場合が少なくないのだ。

まず宮内村に入った。戸数三十余の小さな集落で、北郡の村落ほどではないが、貧村であることに変りはなかった。山間に広がる農地にへばりつくように家々が点在している。他方の玖嶋《くしま》村も宮内村と似たりよったりの状況だった。田に積み上げられた藁《わら》ぐろの大きさや数からすれば、今年の収穫も豊作だった様子はない。

二つの村とも古くから紙漉き業の盛んな土地であるが、低賃金のため、裕福そうな家などめったに見当らない。

杏坪は藩庁の書庫でみつけた古い書類のことを思い出した。それによれば、佐伯の小方《おかた》村の場合、正徳《しょうとく》二年（一七一二）に納入した紙は四百五丸で、その買上げ代銀は二十貫八百六十匁、これから仕入れ銀十八貫百六十匁、楮代四百六十六匁七十九、運賃二百二匁を差し引くと、収益はわずかに一貫三十六匁七分となっていた。紙漉きの人数の記載はなかったが、だいたい三百余人とすれば、一人当たり年間の手取りは、わずか三匁余り（約五千円）にしかならないという。

杏坪はその数字にあきれた。要するに紙蔵の買上げ価格が安すぎるのだ。ちゃんと買い取るなら七、八割増しでもいい、いや二倍、三倍でも高い値だとはいえないと杏坪は思う。百姓らに同情すると同時に、抑圧に慣れきった村人に軽い怒りさえおぼえた。

狭い往還で行き会う村人は杏坪らの一行を徴税役人と間違えてか、おどおどした様子で見送った。その卑屈な態度にも、杏坪の心はいっそうささくれだった。

現地を管轄する代官所の手付の案内で、係争の地を踏査した。夏場に鬱蒼《うっそう》と茂る樹木のなかに分け入るのと違って、ほとんどの広葉樹が葉を落とした今は、山歩きには恰好の季節であった。あけびの蔓《つる》や雑木の小枝を切り払いながら、見晴らしのよい場所をもとめて登っていった。

実際、論地である野貝原《のかいばら》という山上に達してみると、一面、何町歩もある広い原野になっていた。丈の低い雑木林が広がり、絶好の草刈場になっている。小高くなった所から眺望すると、北に下れば玖嶋村である。原野は南西方向に傾いており、谷川を探してみれば、水は宮内村の明石方面へ流れ落ちていることがわかった。

「なるほど……」

杏坪は山奉行所の手付が差し出す竹の吸筒《すいづつ》（＝水筒）から水を飲みながらつぶやいた。

翌日も山を歩いた。村人に境界を示して見せるには、入念に調査しておく必要があった。曖昧な説明では訴人らは納得しないばかりか、場合によっては諍いの火を煽るようなことにもなりかねないからである。

この日、廿日市の代官所に戻ってみると、大島与一が待っていた。

「先生、たいへん遅くなって申し訳ありません。向こうにどうしても片づけておきたい仕事がございましたので……」

与一は杏坪と顔を合わせると開口一番、遅参を詫びた。そしてその後、疲れた足を休める間もなく、杏坪が止めるのを振り切って、自分でも検分しておきたいからと係争地の山へと入っていった。

翌日から代官所に両村の庄屋を召して、意見聴取が始まった。

もめ事は当事者に発言を許すと、とめどない中傷合戦となる。このたびも例外ではなかった。宮内側は玖嶋が境目を侵していると言い、玖嶋は今の境が正しいとして譲らない。確かに玖嶋の山帖《やまちょう》には係争の地となっている野貝原の名が見える。宮内村のそれと照らし合わせてみると、それは実は原野の北縁の一部をさしているだけのようでもあった。

いつの時代かは定かでないが、玖嶋の村人が巨岩や大木を勝手に山境と決めて、だんだんに山草や雑木を刈る場を広げていったと、宮内村の庄屋は証言した。

昼間の聴聞《ちょうもん》を終えて、八ツ刻《どき》には当事者らを帰した。その後、杏坪ら郡役所の関係者は、代官所が用意した本陣宿の一室に移った。杏坪はただちに与一を部屋に呼んだ。

「あの原野は、どうやら宮内の領内とする方がよろしいのではありませんか」

手付が先に言葉を発した。

「やはり、そう思うか」

杏坪は大島与一がどう判断したかを興味深く待っていたのだが、機先を制せられた。

「して、その根拠は?」

「古来、境というのは、陸地であれば山の稜線《りょうせん》に沿って引かれ、大小の川をもって分けるもの。稜線がはっきりしない場合は、水落ちの地点をもって頂として、そこを境としたに違いありません。玖嶋の主張はその原則に反しています」

「したり」杏坪は短く強く言い放った。

「大島与一、さすがにただ者にあらず、じゃ」と杏坪は短く褒めた。

杏坪の見解も、まったく与一が述べたことと一致していた。境は自然にできあがる。岩石や樹木をもって境界とするとすれば、それは人の作為の結果である、与一はそう言いたいのだ。

代官の褒め言葉にも与一は軽く頭を下げただけで、

「ところで、先生。玖嶋はどうして今頃になって、あの原野の領有権を主張しだしたのでありましょうや」とつづけた。

どうやらこの問いかけにも、手付自身すでにその答えを用意している風である。

「玖嶋は薪炭にする雑木も元肥《もとごえ》や餌になる下草も、わが土地のようにして刈り取っていて、それについて宮内はこれまで苦情を申し立てたことはないそうですから、今さらどうしてわざわざ争いの種を蒔《ま》くのか、その意図がわかりません」

と、わが不明を敢えてひけらかすような言い方をする。では、問答につき合ってやるか、と杏坪は長口上で応じた。

「村落から遠く離れている宮内は、もともと薪炭や下草をあの山に頼っておらなんだ。そういう意味では、野貝原は玖嶋が実効支配しておったわけで、宮内が我慢できんほどむやたらと山を荒らすはずはない。境地争いを仕掛ければ、宮内が売られた喧嘩を買うだろうということも玖島はわかっている。それを承知でつっかけて、なお勝算があると玖嶋が考えた根拠、それは、両村の支配のあり方の違いじゃ」

「支配のあり方……」

「そのほうも知ってのとおり、宮内は家老上田喜十郎様二千八百石の所領であろうが」

対する玖嶋は藩の直支配《じきしはい》地である。考えようでは、藩庁が百姓らを使って上田家老の知行地を簒奪《さんだつ》しようとしているようにも映る。それにしても、開墾地にもならない山野のことで、耕作が不可能なら争ってまで所有権を主張するほど価値ある土地とも思えなかった。

「いずれにせよ、野貝原は宮内領で決着させざるを得まい」

境目争いに折衷案《せっちゅうあん》はない。宮内領と確定した後、玖嶋村は宮内の了解なしに山に足を踏み入れることはできなくなる。争いを仕掛けた方がすべてを失うのだ。

翌日午後、代官所の近くで待機していた庄屋、組頭、百姓代ら、いわゆる村の地方《じかた》三役を部屋に呼びいれた。

判決を言い渡すと、双方とも驚きを隠さなかった。宮内の三役らは満面に喜色をうかべて杏坪に謝辞を述べた。

対照的に玖嶋村の代表は、申し渡し後も代官所を動こうとしなかった。二、三の書類を示して、代官に再考を迫った。だが、彼らが後生大事と提出した煤《すす》けて古めかしい書類も、杏坪はひと目見ただけで取り上げようとはしなかった。

頑然として要求を拒む代官らに根負けした村役は、しぶしぶ引き揚げていった。ところが杏坪の裁定に不満を爆発させた玖嶋村の百姓らは、藩庁の特使が帰広する日、広島藩庁へ訴え出んと村を出発した。当初百余人だった群衆は街道沿いの村々の百姓を糾合《きゅうごう》して、たちまち三百ほどの数に達した。

驚いた廿日市代官所は手付、小者などを総動員して道筋を固め、併《あ》わせて村役らに命じて出訴《しゅっそ》を思いとどまるよう説得させた。

この騒動で杏坪ら特使一行は、廿日市に釘づけされることとなった。

二日後、佐伯郡担当奉行自ら代官所に出張ってきた。先導役は浦辺《うらべ》・島嶼《とうしょ》地区郡廻り補佐に昇進した井上新八であった。

「またまた難儀なことじゃ。おまえと頼様が組むと厄介ごとばかり起こる。もっと事を穏やかに済ますことはできんのか」

与一を見つけた新八が寄ってきて、耳元でささやいた。

「言うではないか。そもそも佐伯の代官所が手際ようやっておれば、われらが出張ることもなかったであろうが。それを棚に上げておいて、穏便もへったくれもあるものか」

与一は逆にくってかかった。二年前からもめていたとすれば、佐伯の代官所にいたことのある新八は、この一件のことを熟知していたはずである。

「もともと、おまえさんがいた佐伯代官所の怠慢であろうが」

「何を言うか。代官所に落ち度はない。わしがいた頃はの、二つの村とも仲よう暮らしておった」

新八はせせら笑うように与一に応じた。与一はだんだん腹が立ってきた。

「嘘を申せ。見て見ぬふりをしおって、よくもぬけぬけと言えたものよ。どだい、尻ぬぐいするこっちの身にもなってみろ」

「尻ぬぐいが首尾よういったのなら、褒めてもやるがの。じゃが、火に油を注ぐがごとく領民が騒ぎだしたとなれば、さほど威張れたものでもなかろう。所詮、おまえらがやれるのはこの程度のことよ」

新八はにたにたした表情で、与一の怒りをいなした。

当地担当の奉行である榊惣右衛門《さかきそうえもん》の態度に至っては新八の比ではなかった。杏坪を代官所に呼びつけるや、細い目をつり上げて、

「拙速なうえに、配慮を欠いた裁定といわざるを得まい」と非難の言葉を口にした。

代官所の奥座敷。上座に着いた惣右衛門は、尊大さでは筆頭奉行の木村斎をもしのぐ。当年五十二になる奉行は頼杏坪に年長の礼をとる気もなければ、元藩儒に対して敬意を払おうなどと思いもしない。ただただ相手の役職が下だということで、めっぽう高飛車であった。

「村人をなだめるには、これまでの吟味と裁定を白紙に戻すほかあるまい。これはわし個人の意見ではなく、藩庁の総意である」

最前とはうって変わって、重々しい口調でつけ加えた。

「従いまして、特使の方々は早々に広島にお戻りくだされたく」

榊惣右衛門のかたわらに控えていた郡廻り補佐の井上新八が口をひらいた。与一にはその言い方が勝ち誇ったように響いた。

「手ぶらで帰れ、と申されるのでございますか」

与一が甲高い声を発した。背後から聞こえてきた言葉に驚いたのは杏坪だった。わが上役の立場を守ろうとの気概かどうか、杏坪にもはかりかねる。だが、出すぎた振る舞いであることに変わりはない。

「お奉行は、ただちに広島へ帰参せよと申されておる」

榊に代わって、新八が答えた。敬語を省いたその言い方は、与一に向けられたというよりは、代官頼杏坪を軽んずる新八自身の心をあからさまにしたものだった。

お奉行様に申し上げます、と与一はひと膝乗り出すようにして言った。

「榊様、この度の特使には紛争解決のため全権を付与されておったのではありませんか。それゆえ、頼お代官は意をつくして事に当たられ、先のようなご判断を下されました」

「その判断が理屈に合わんとすれば、取り消すまでじゃ」

これも新八が奉行を代弁した。

「拙速で配慮を欠いておるとの言い条、得心がゆかぬのでございます」

「そのために百姓らが騒いでおるのであろうが」と榊惣右衛門が与一を睨《ね》めつけた。

だが、与一にひるむ気配はない。

「では、伺いますが、藩特使の任務とは何でございましょうや。裁定を下してこその特使であって、その裁定を領民が不承知だと騒いだからとて撤回するとなれば、そもそも政事はたちゆかないのではございますまいか」

「だから、熟慮いたし、衆議をこらして裁定に至るのじゃ。さすれば、領民とて納得しようというものぞ」

されば、と言いかけた与一を、待て、と杏坪が抑《おさ》えてつづけた。

「お奉行殿。熟慮の果てとか申されるが、諍いが始まってはや一年あまり、その間、当該代官殿はいかが両者の仲介をなされ、問題解決に尽力されたのでござろうや」

それは、と榊は言いよどんだあと、

「立派に務めたと聞いておるが」と、取って付けたように応じた。

「左様でござるか。さても係争中の当事者にとっては一年はおろか、ひと月でも長《なご》うござる。つまり、当地のお代官は迅速を旨とすべき判断をできかねたという点で、無為無能と言えるのではござるまいか。ひいては、この地方をあずかる奉行も無能と言わざるを得ますまい」杏坪は傲然《ごうぜん》と言い放った。

「頼殿、代官の分際でわしを無能呼ばわりされるか。それもけっこう。じゃが、早々にここを立ち去り、日を置かずに藩庁に出頭なされ。どちらが無能で、誰が利口か、そのうち決着するでござろう」

榊惣右衛門が懸命に怒りを抑えているのが与一にも伝わってきた。奉行と同じように新八も唇をかんでいる。

結局、杏坪の下した裁定は取り消されることとなった。

この藩庁の決定は杏坪や与一ら、山境争いを収めようと骨を折った者たちの面目を失わせた。あまつさえ、杏坪は代官所に押し寄せた群衆の前に引き出され、自らの口から裁定の無効を宣するという屈辱に耐えねばならなかった。

この結果に満足してか、廿日市代官所に迫ろうとしていた玖嶋の群衆は、打ち寄せを中止して我が村へと引き上げていった。

「やられました」

与一は佐伯郡奉行をはじめ、藩庁の重役らのやり方に憤懣《ふんまん》やる方ないといった表情でつぶやいた。

「わたしどもの活動を徒労に終わらせ、なおかつ先生の面子《めんつ》をつぶすとは、いったい藩庁は何を考えているのでございましょうか」

「当面、打ち寄せの危機を回避できればいいのであって、向後のことは二の次なのであろう」

「善後の策を持ち合わせないとは、なんとも嘆かわしいかぎりです」

与一は険しい表情をしている。そして、気を取り直すようにして言った。

「ですが、これでかえって問題の核心が明らかになったのではありませんか」

うむ？　と頼杏坪はうなった。

紛争解決のため特使を派遣しておきながら、その特使がまとめた解決案を葬り去ろうというのだから、そこには藩庁内の大きな力が働いていると考えざるを得ない。政事の裏を読むことに長じた手付は、やがてその横槍を入れた者が現われ出るというのだ。

「これで済んだと思うなよ」

広島へ戻る前、新八は与一に向かって、まるで捨て台詞のような言葉を吐きつけた。与一は、またかと無視を決めこんだが、実際、事は新八が脅したとおりにはこんだのである。

藩庁は混乱の経緯を吟味するという名目で、頼杏坪と佐伯郡担当代官二名、それに郡廻りの四名を勘定奉行筒井極人の屋敷に呼び出した。いわゆる、吊し上げである。

杏坪は屋敷へ到着して驚いた。なんと、大島与一までも控の間の端に連なっているではないか。さても恐れ慄《おのの》いているかと思いきや、この手付は杏坪と目を合わせると、にこりと微笑《ほほえ》む余裕があった。

吟味役は筒井奉行付役《つきやく》の飯島勘十郎であった。勘定奉行の懐刀《ふところがたな》と噂のある人物である。飯島は型通り杏坪が山境を確定した根拠を質《ただ》した。それに対して杏坪は境地決定の原則を述べて、今回もそれを運用したと証言した。

「それを玖嶋村は納得しがたいゆえ、あのような打ち寄せ騒ぎになったのであろうが」

奉行付役飯島は小柄な肩をそびやかし、低い鼻の孔《あな》を広げて声を荒らげた。

聴取とは名ばかりで、さながら審問のような雰囲気に部屋は静まり返った。

「玖嶋が拒んで騒ぐから、裁定を取り消せとの仰せでございましょうか」

頼杏坪に臆した気配はない。逆に問うて飯島に迫った。

「そうは申しておらん。しかしながら、決定の過程に不明瞭な点があれば、これを糺《ただ》さずにはおけまい」

「恐れながら、こたびの一件は藤原源七郎さま係にて調停がなされたものの、一旦は頓挫したものと聞いております。その膠着《こうちゃく》した状態を解消するために、わたしめが遣わされたものと認識いたしておりますが、寺西様、それに相違ございませんか」

代官頼杏坪の直属の上司として陪席していた寺西監物は不意に名指しされ、無言でぎこちなくうなずいた。

「さすれば、裁決はわれらに一任されておるはず、百姓らが騒いだとて決定を見直すなど無用なことと存じます」

「その決定の根拠が脆弱《ぜいじゃく》ではないのかと申しておる」

「これは、飯島様とも思えぬお言葉…… 何をもって根拠が弱いなどと申されるのか」

代官頼が言葉を強めたのを受けて、飯島も気色《けしき》ばんだ。

「では、この書き付けはどうじゃ」

言いながら一枚の書類を差し出した。廿日市の代官所で杏坪が黙殺した、例の地境を確定する旨の文言《もんごん》を記した古い書類の一部である。

「これによれば、あの山の大半が玖嶋に帰属すると明かしておるではないか」

「さても、その紙きれに効力はござらん」

飯島の言葉も終わらぬうちに、杏坪はぴしゃりと言い放った。不遜とも思える老代官の口調に、奉行付役はいっそう激昂した。

「効力がないとは何事じゃ。れっきとした証拠であるぞ。なにゆえ効力がないなどと申すか、その理由を詳《つまび》らかにしてみよ」

「それは偽物にございます」

「何だと？」

飯島は手に持ってひらひらさせていた紙きれをあわてて凝視した。

「何を根拠に、偽物じゃと言い立てるのか」

「それが書かれたという年月をご覧頂きたい……甲卯《きのえう》五月《さつき》となっております」

飯島は凝《こ》らしていた目を書類から転じ、だからどうしたという目付きになった。

「おおよそ、干支《えと》の組み合わせに甲卯《きのえう》などという年はございません」

「そのようなことがあるか。千年も二千年もの巡り合わせでは、甲卯なる年があってもなんら不思議はあるまい」

「これはこれは、勘定奉行付役様とも思えぬお言葉ですな」

杏坪は相手をなだめるように低い声で応じた。だが、受ける飯島は怒りの表情をかくさない。飯島様、と杏坪は相手を見すえ、声音《こわね》をかえて重々しく言った。

「釈迦に説法を承知で申し上げれば――」

十干十二支《じっかんじゅうにし》は、甲《きのえ》に子《ね》を合わせ、乙《きのと》には丑《うし》を、次の丙《ひのえ》には寅《とら》を組み合わせるもの。すなわち、干の一に支の一を、二に二、三に三を対《つい》にしてできあがっておる。甲子に始まり、癸亥をもってひと巡りするをみれば、すべてを組み合わせてみるまでもなく、一と十二、二と五など合わさるべくもない。されば甲卯の年とは甲は一、卯は四にて、いかに年が巡ろうとも決して互いに組み合うことのないものでござる——

「ゆえに、その書き付けは偽作にござるっ」

杏坪は、最後は投げつけるように言った。

座の空気は一転してしらけた。

「では、これをこしらえる折、書き付け役が年まわりを間違えたのであろう」

飯島は劣勢を挽回せんと二の矢をくり出したが、

「何を申されますのか、飯島様！」

代官は、声が裏返るほどの勢いで言葉を発した。大島与一は初めて、頼杏坪が尖《とが》るのを目の当たりにした。

頼三兄弟を評して長男春水を四角、次男春風を丸にたとえる者もいる。公私の生活にわたって形式を重んじる春水、人当たりがよく情に厚い温和な春風、まさに言い得て妙である。そして杏坪をたとえて三角という。直情径行、短慮の面があり、ときに角《かど》をたてる頼万四郎杏坪をみごとに言い表していると人は言う。

その三角とあだ名される男が辞色を強めて、ひと膝前に乗り出した。

「かように重要な書類ですぞ。それを、作成した年を間違えて書き付けるなどということが、まこと出来《しゅったい》するとお思いでござるか」

「……」

「いついつ何事かを決定したという書類なら、決定事項の次に重要なのは、その作成の年月日でござりましょう。よしんば、百歩譲って、年月を書き違《たが》えたとすれば、そもそもそれは書類としての体をなさざるもの、効力なきものでござる。かようなものを事の証拠とせば、正しかるべき書類や書き付けの類《たぐい》すら、信用ならざるものとなりましょうぞ」

学問所での講義のような理路整然とした代官の説明に、飯島勘十郎は返す言葉を探しあぐねてか、

「九右衛門《きゅうえもん》め……かようなものでわしらをたばかり（＝だます）おって」

と、書き付けをさし出した玖嶋村百姓代の名を口にして、やっと後の言葉をしぼり出した。苦々しく杏坪を睨《ね》めつける飯島の目が、受けた屈辱の大きさを如実にあらわしていた。


この日をさかいに、藩はこの件の決着を急いだ。

在国中だった藩主斉賢が百姓らの諍いを聞きつけて、側近らに不興をもらしたのが大きな要因だった。人心の安寧を求め、とりわけ民百姓が争いごとで傷つくのを忌み嫌う藩主である。重役らとしては、わが執政能力を疑われないためにも、できるだけ早期に事を収める必要があった。

再び杏坪に役目がまわってきた。時をおかずに廿日市の代官所に出向き、前回同様二つ

の村の三役を呼び寄せて、あらためて裁可を申し渡した。

むろん、杏坪の決定に変更はなく、以前の裁定どおり件《くだん》の原野は宮内村領と決まった。

広島の藩庁での吟味内容が伝わっていたらしく、玖嶋村も、もはや不満を口にすることはなかった。

「ただし、玖嶋が従来どおり雑木や下草を刈るのは勝手次第とする。宮内は、玖嶋が節度をもって山の産を採るかぎりは、これに異を唱えないこと。よいな」

杏坪の温情ある裁きを、村人は大いに喜んだ。来年からさっそく薪炭や下草の確保がむずかしくなると思っていた玖嶋村は救われた。

利は玖嶋村ばかりではない。山に遠い宮内村は、旧来どおり玖嶋に山の手入れをしてもらうことで荒廃を防ぐことができるのだ。

「誂《あつら》えた鞘《さや》のように、刀は元のままに収まりましたが、いったい、あの騒ぎは玖嶋にとって何だったのでしょうか」

「『しんどが得』という言葉もあるが、まさにあの村は骨折り損のくたびれ儲けじゃな」

最後までつき従った大島与一をねぎらいながら、杏坪は嘆息した。

「あの九右衛門の騒ぎようと落胆ぶりを見ていると、どうも腑に落ちないものを感じます」

「事を突き詰めねば済まん性分よの。わしのように時には見て見ぬふりができぬか」

「例の甲卯の書類のことですが、廿日市の代官所でご覧になった際に、すでに偽作とお気づきでございましたか」

杏坪は小さくうなずいた。

「できれば大ごとにしたくなかったからのう……」

このときばかりは、酒に赤らんだ老代官の顔に後悔の表情がうかぶのを、大島与一は見てとった。そこで、与一は話題を変えた。

「あけすけに申し上げますが、こう考えてはどうでございましょう」

玖嶋村は宮内村の山を、ただ雑木や下草を刈る以外の目的で使いたかったのではないかというのである。杏坪は与一の発想に同意した。

「わりに平坦だとはいえ、まさか開墾して田畑にするとは思えませんから、あとは、植樹つまり、楮《こうぞ》なり三叉《みつまた》なりを植える……」

玖嶋村には紙の里ならではの事情がある。原料の入手がむずかしくなった昨今、わずかばかりの収入を紙漉きに頼らざるを得ない百姓には、楮・三叉を植樹する話は朗報と映ったであろう。

「それにしても、植樹ともなれば、食うや食わずの百姓らには手に負えまいぞ」

「むろん、村役らの思いつきでありましょう。とはいえ、地境を言い出せば騒動になるのは必定。玖嶋はそれも折り込み済みだったのではと思われます」

「騒動を抑え込む見通しがあった。さすれば、藩のしかるべき部署が一枚かんでおる、そう申したいのか?」

かつて代官藤原源七郎の調停が失敗におわったのも、今回、杏坪の介入を中止させようとしたのも、藩庁のどこかの部署が裏で糸を引いていたとすれば合点《がてん》がいく。

「あの山をめぐって事業が展開されると聞けば、玖嶋の村役らは小躍《こおど》りしたはずで、なんらかのおこぼれに預かろうと、宮内村に喧嘩を売った……吟味の場に、勘定方の飯島様がご出座になったというのも、今にしてみれば執政上層部の関与があったのではと勘ぐることもできます」

代官所に押し寄せた多くの百姓らは、わが暮らしを少しでも楽にせんとの思いを表出したにすぎない。しかしそれは、欲や得のためではない。ただただ、わが家族の暮らしをよくせんがための行動であった。

「大崎島の鰡《ぼら》新開の一件と同じにおいがするのう」

訴えられた宮内村を知行地とする家老上田喜十郎は、温厚な人柄で人望があった。そうした家老の性格もふまえて、地境争いを画策したに違いない。現に、所領地が侵蝕されようとする事態に、上田家が当局に苦情を持ち込んだという話は聞こえてこない。

「調べてみましょうか」

こういうときの手付大島は、猟犬のような目つきになる。

「無理はいたすなよ。虎口《ここう》に頭をさし出すことにもなりかねんぞ」

「しかし先生は、あの吟味の場において、すでに虎の尾を踏まれたのではありませんか」

虎に虎で返されて、杏坪はさも愉快そうに笑みをもらした。

甲卯なる年号の書類を偽作と断じて、いってみれば飯島勘十郎には恥をかかせた恰好になった。それはすなわち、主人筒井極人の恥辱でもある。それでなくても頼一家を快く思っていない勘定奉行を面罵《めんば》したに等しい。だとすれば、
虎は動きだす――

筒井奉行の後ろには、大小姓組頭関蔵人もいる。年寄格番頭の川村喜一兵衛も筒井を贔屓《ひいき》にしていると聞く。

いずれが、虎なるや――

「尾を踏んだとなれば、早晩、虎は藪から尻尾どころか首まで出すであろうな」

杏坪の戯言《ざれごと》に、こんどは与一が少し頬をゆるめた。

第三章　暴れ玄武

一

三次町奉行所から「北辺に騒擾《そうじょう》の兆しあり」との連絡が郡役所に入ったのは、六月も半ばのことであった。

三次・恵蘇郡一帯では三月の末から始まった日照りが五月いっぱいつづき、六月になっても曇る日はあったが、雨は一滴も降らず、ほとんどの畑の麦は実ることなく枯れた。このため、餌食《えじき》をこの麦の収穫にかけていた貧農は、飢餓の恐怖にさらされているという。すでにあちこちの村役の屋敷に百姓らが押しかけたとの報告も届いていた。

麦もさることながら、水稲《すいとう》にも被害が出始めていた。丈は伸びず、穂の生育が遅れていて、水争いが頻発している。その川も、今や大川以外は渇水状態にあった。

三次町奉行吉田新三郎は不意の騒動に備える一方で、郡御用屋敷および藩庁に対応策を求めてきた。

善処を一任された寺西監物は頭をかかえた。現地の町奉行もそうだが、監物とて相手が金烏《きんう》（＝太陽の異称）なる自然の営みであってみれば、打てる対策などないに等しい。だが、手をこまねいているわけにもいかず、とりあえず三次・恵蘇の担当の代官を現地に急派することにした。とは言え月番の一場武助では心もとない。奉行はまたまた頼杏坪を呼び出した。

「まこと、わたしでよろしいのでございますか。北へ出かけるにやぶさかではございませんが、一場殿の手前もございましょうし……」

「いやいや、一場のほうからはすでに承諾を得ておりますゆえ、安《やす》んじて北へ向かってくだされ」

寺西奉行は今回もまた苦手とする代官に頭を下げざるを得なかった。

思いがけず北上を仰せつかったという話を聞いて、息子の佐一郎は顔をしかめた。

「晴天はすでに七十日を越えておるそうで、この時期かくも長いあいだ雨がなければ、今年も北郡の不作は必至でありましょう」

天候にかこつけながら、佐一郎は父親の三次行きを案じている風である。

「父上が出向かれても、単なる視察だけということになりはしませんか」

「何もできずに戻ることになるのでは、と心配しておるわけか。いや、そうもいくまい」

杏坪は息子をなだめるようにつぶやいた。

「かような大事になる前に手を打っておけばいいのです。北辺の灌漑《かんがい》工事や防水対策が手つかずというのは、普請方はもとより、執政方のお歴々にもわかっておりましょう。前もってこうした日照りや洪水、天変地異に備えておくことこそ、まさに政事の要諦《ようてい》ではありませんか」

二年ほど前に御蔵方に出仕がかなった佐一郎は、若い正義感を口にした。

正論だ、と杏坪も内心うなずく。

藩庁の施策はおおむね、南厚北薄に偏重《へんちょう》している。それは、藩が利を得やすい南部地域を厚遇するからで、徴税が滞りがちな北部一帯はおのずとお荷物扱いされるのである。それは無能な師匠ができのいい弟子をかわいがり、劣等な者を疎《うと》んじる姿に似ていた。

飢饉《ききん》に際しては、社倉という制度がある。半官半民で倉庫に備蓄米を蓄えておくのだ。だが、それとて万全の策ではなかったから、大規模な凶作には無力である。とりわけ、このたびのような日照りは作物全般に影響が及ぶのだから、根本的な備えが必要だというのは誰の目にもあきらかだった。

「『渇《かっ》して井を穿《うが》つ』というが本当じゃな。予め危機緊急に備えよ、との戒《いまし》めがむなしいのう。さても、佐一郎。おまえなら、この干天にどう立ち向かう？」

問い返されて、佐一郎は口ごもった。目下、炎天にさらされて右往左往している百姓らがいるのだ。こうあるべきだった、とか、こうすべきだとかいう理想論の前に、具体策は何かと訊かれて困惑する。学問で得た知識など、自然の威の前では蟷螂《とうろう》の斧《おの》（＝カマキリの爪）にも劣る。

降参つかまつります、と佐一郎は素直に無能無策を認め、問い返した。

「父上なら、いかがなされます？」

「訊くまでもないこと、雨乞いをするまでじゃ」

朗らかな表情で言い放つ父親を、息子は呆然と見つめた。


城下を離れる前、一日は必ず白島に泊まることにしている。加代を安心させるためでもあるが、実は杏坪自身が気持ちを鎮め、出立への弾《はず》みをつけたいがためである。

お気に入りの場所である南向きの縁側に座布団を敷かせて端座《たんざ》し、小さな築山《つきやま》のあたりに目を遊ばせていると何もかも忘れて心なごむ。

部屋では加代が茶の用意をしている。

雨乞いの話をすると加代は驚きもせず、薄曇りの空を見上げて、

「こちらの雨を少し分けてあげとうございますね」と言ったあと、

「お仕事が首尾よういくよう願《ねご》うております」と少し他人行儀な言葉を口にした。

「おまえも碗を持て。共に啜《すす》ろうぞ」

いつになく杏坪は加代を茶に誘った。

「いえ、今はご遠慮いたします」

加代は素っ気なく言い置くと、居間の方へさがった。気をはずされた杏坪は、ちょうど庭に出てきた忠吉に茶を飲めと勧めた。

「加代を誘うたのじゃが、袖にされて（＝冷淡にされて）の」

ああ、と下男は主人手ずからいれた茶の碗をおしいただくようにして受けとると、

「加代さまは、茶断《ちゃだ》ちをされておりますんじゃ」

と、ぼそりと言った。

「茶断ち？」

「へえ。旦那さまが任務に向かわれる前からこちらに戻ってこられるまで、加代さまは茶を一滴も口にされませんけえ」

忠吉がこともなげに言うその言葉を、杏坪は虚をつかれる思いで聞いた。加代が、自分のために茶断ちまでして道中の無事を願っているなどとは思いもしなかったのだ。長い間情を通わせながら、いまだ加代という女をじゅうぶんに理解していないことに驚きもした。

本宅に戻る際、

「無事に勤めて参るからな。達者にしておれよ」

杏坪は門の外まで出て見送る加代に、やさしい声をかけた。常にない主人の言葉に、加代はただ黙って頭をさげた。

その二日後、代官頼杏坪は三次郡へ入った。
町奉行所は、旧三次藩の藩庁であった御館《おやかた》の屋敷の一部を改修して役所として使ってい
た。文化十年（一八一三）に奉行所が開設されてすでに四年になるが、仮の屋敷が新築さ
れる様子はない。手入れも満足でない広い庭は、初夏の強い陽を浴びた雑草が、枯れて茶
色になっている。踏みつけると草鞋の下でぱりぱりと乾いた音をたてた。
吉田新三郎は奉行執務部屋で杏坪を待ちかまえていた。五十前の新三郎は頬がこけ、長
身を折り曲げるようにして猫背で歩くため、歳よりいっそう老けて見えた。
吉田家といえば、三次藩時代、郡奉行として悪名高かった吉田孫兵衛の縁戚にあたる。
その孫兵衛は領民を容赦なくいたぶり、「鬼兵衛《おにべえ》」との異名をとるほどの苛斂誅求《かれんちゅうきゅう》ぶりで、
その在任中、その言動により何度となく一揆や打ち寄せを誘発したほどの悪吏であった。
その血をひく吉田新三郎が、百年を経て先祖の悪行を拭うべく百姓らの窮状を救わんと奔
走しているのは、まさに歴史の皮肉とでもいうべきか。
「梅雨の時期だというに、いやはや毎日この暑さでの。曇る気配もござらん」
杏坪が到着の挨拶を済ますと、吉田新三郎は空を見上げるしぐさで言った。広島では一
昨日もかなりの量の夕立があったと杏坪が伝えると、新三郎は、
「左様か、左様か」と二度もくり返した。
吉田は騒ぎが大きくなるのを極端に警戒していて、郡方からの応援を心待ちにしていた

から、老代官に奉行とも思えぬ低姿勢で応接した。

杏坪は、麦を餌食《えじき》にと当てにしていた百姓らへの手当をどうするつもりか、と奉行に質《ただ》したあと、

「社倉を開く動きがございましょうや」と訊ねた。

「村によってまちまちでございますが、社倉の頭取はなかなか蔵を開けて施すのに踏ん切りがつかんようですな」

飢饉だからといって、いわゆる表向き民営の社倉に奉行所がとやかく容喙《ようかい》もできない現状を吉田新三郎は嘆いた。社倉をあずかる支配役や頭取は、百姓らの圧力によって蔵を開けば、その後は際限なく備蓄の米麦を放出することになるのではと恐れているというのだ。

社倉という本来民百姓を救うべき仕組みが時を経て硬直し、肝心の飢饉に臨んでその用をなさなくなっているのを、奉行所もじゅうぶん承知している。

「まったく、お天道さまも罪作りでござるよ」

吉田奉行は、またひとつ愚痴をこぼした。

午刻《うまのこく》を過ぎると暑さはさらに増した。この真夏を思わせる陽差しに、百姓らも群集して騒ぐ気をそがれてでもいるのか、今のところ騒擾の気配は収まっているという。

吉田新三郎からはさまざまな情報を得たが、町奉行所は村方の騒ぎを鎮《しず》めることには関与するが、百姓らの不平不満、苦情の処理はあくまで郡代官の職域である。担当の代官が

出張ってきたことで、奉行所はひとまず下駄を郡方へあずけた恰好になった。

杏坪は対策を練るため、さっそく代官所へ向かった。

代官所は旧御館《おやかた》から三町ほどいったところにあった。古くから郡役所が管轄する建物だったから、設置間もない奉行所よりはるかに手入れが行き届いている。

屋敷に近づくにつれ、杏坪は任務のうっとうしさとは別に、気分は軽くなってきた。

先年、杏坪の要請で常駐の手付は二名から三名に増員され、そのひとりに大島与一が抜擢されたのだ。杏坪は寺西監物に竹原代官所を説得させ、与一の配置換えを勝ち取ったのである。あの小賢しい手付と談話できると思うだけで、胸内が熱く騒いだ。

しかし、お目当ての与一は、三次郡北部の藤兼《ふじかね》、入君《いりぎみ》村、櫃田《ひった》村方面へ巡察に出ていて、まだ戻っていないという。

「昨日《きんのう》は、四、五里も歩いて布野、作木あたりまで行きよりましたでな」

手付の林幾助は説明した。

老練な幾助は腰の重い男で、命令がなければめったに代官所を離れることはなく、まるで役所の主のように執務用の部屋でごろごろしている。土地の風土、風俗、俗習に精通しているから、何かにつけて頼りになる。そのため、歴代の代官ですら、幾助に正面きって説諭しなかったらしく、生来のずぼらな態度が習い性になってしまっていた。

「大島はおとつい（一昨日）はの、恵蘇のほうへ出たようでがんした。げに、ほんま、しんびょうに（熱心に）歩きまわる男じゃ、と、皆で言うとりますんじゃ」

杏坪には、この四十半ばの手付林の北部弁が耳障《みみざわ》りだった。先祖は武家で、本人も武士の自覚はあって、百姓らにはその威厳を恫喝に使うこともあるのだが、上役に対するときは作ったような地元弁でとり繕うのである。土地の言葉を韜晦《とうかい》の手段に使って杏坪ら代官に憶することもない幾助の様子には、土着してぬるま湯につかっている小役人の傲岸《ごうがん》さが如実にあらわれている。

与一が帰参して挨拶にきたのは、杏坪が五右衛門風呂からあがって狭い代官所の庭にたたずんでいるときだった。

連日あちこち歩き回って日焼けした与一は、背中まで汗びっしょりになって、脛巾《はばき》（＝すね当て）を脱ぐのももどかしげに、杏坪の前にひざまずいた。

「どこぞで雨が降ったらしいの」

「いつもながら、冗談がきつうございます。汗ですよ、汗、汗……」

代官の心づかいを知ってか知らずか、与一はむきになって答えた。そして、額の汗を袖で拭うとすぐに真顔になって任務の話をつづけた。

「水源を大川に頼って堰《せき》がちゃんとしている所はまだましですが、堤や池、それに谷川から水を引いている田畑は、壊滅状態にあります」と、各地の実情を説明した。

「そうなると、秋の収穫は半作に満《み》たんか」

「とんでもございません。おそらく三分も危ういかと思われます」

大島与一の報告はけっして大袈裟ではない。風が吹けば畑からは土埃が舞い上がり、芋や豆の茎が干からびた姿をさらしている。田は渇いてひび割れ、不気味な模様をえがくなかで、茶に変色した稲が断末魔の声をあげている。

三次までの道中で、杏坪自身がいやというほど目にした田畑の情景からも、与一の見通しは間違っていないように思えた。仮に七割もの減収ともなれば百姓らは年貢を納めることはできず、飯米《はんまい》など残すべくもない。

「麦もだめか」

「これも半作とはいきません。百姓のなかには、実のない麦に見切りをつけて、畑ごと焼き払った者も多くおります」

「餌食を麦に頼っておった連中は、辛いのう」

杏坪の言葉に与一は大きくうなずいた。去年、年貢を完納するため、飯米を半年分しか備蓄しなかった百姓は、秋までの食料をこの初夏の麦に頼っていた。

「秋を待たずに、必ずや飢える者が出ます」

与一は眉根を寄せて、険しい表情で断言した。

「仮に百姓らが打ち寄せるようなら、社倉はどうなります？　米麦を拠出《きょしゅつ》するでしょうか」

「いや。町奉行も申しておったが、どんなに群集して騒いでも、社倉役人は倉から救い米を出すつもりはないようじゃ」

「やはり、内部を明らかにするのを恐れているのでございましょうか」

「各社倉に十分な麦米、雑穀が備蓄されていないのかもしれん。社倉が元締や支配役らの銀貸しの隠れ蓑《みの》にされているとも考えられる。わが兄も言うておったが、この社倉制度は理念はすぐれてはおるが、運用側が善人でなければ必ずや不正腐敗の温床になろうな」

「現状もさることながら、秋はさらに悲惨なことになるは必定。そこで役に立たずば、何のための社倉でありましょうや」

「それまでには、藩庁もなんらかの手を打つであろうがの」

果たして、そうだろうか。北辺が照ろうが降ろうが、南の藩庁にとっては遠い他国の出来事に映るのではないか。そう思いながら、杏坪は盆地の山際に沈む夕日をうらめしそうに眺めやった。


北の朝は早い。代官所の裏手で鳴く雄鶏《おんどり》のけたたましい声で目覚めると、障子には晴天を予告する夏の光が反射していた。

裏の物音にうながされ、杏坪は床を離れて庭から台所へまわってみた。朝餉《あさげ》の支度が始まっているらしい。中をのぞくと、たすき掛けに前垂れ姿の娘が竈《かまど》のまわりで忙しげに立ち回っている。湯気が上がっているところを見ると、味噌汁の準備中であろうか。

「お、お、おはようございます」

不意にふり向いて杏坪と目が合った若い娘が、口ごもりながら挨拶した後、ぺこりと頭を下げた。先月、出張した際には見なかった顔である。杏坪は気さくに声をかけた。

「新しい女中か?」

「はい。清《きよ》といいます。よろしゅうお頼《た》の申します」

勢いよく辞儀をした拍子に、娘の全身から一陣のさわやかな風が吹いたような気がした。杏坪が少しえくぼのできる愛くるしい瓜実顔《うりざねがお》をまじまじ見つめていると、娘ははにかんで、あわてて言った。

「じき、ご飯ができますけえ、待ちょってつかあさい」

「それにしても、早いな」

「はい。夕《ゆん》べ、大島さまに、今朝は早めに支度せえと言いつけられましたけえ」

娘は何を思ったか、媚《こ》びるように笑った。十五、六だろうか、いやもっと幼げに見える。小柄な少女は、全身からはじけるような生気を放っている。整った顔はまぶしいほど白く、まんざら生粋《きっすい》の百姓娘とも思えなかった。

「大島さまは、まんだ来とられんですか」

「まだのようじゃの」

「うちにゃ、早よう来い、いうて言いんさったのに……」

娘はわざとふくれっ面をつくって、そのまま竈の方を向いて薪《まき》をくべた。杏坪は竈口の火がぱっと燃えあがったのを見とどけると、手水《ちょうず》を使うため裏の井戸へと向かった。

朝餉《あさげ》をすませ、娘が膳を片づけていったあと、杏坪が濃いめの味噌汁の後味を茶でごまかしていると、やっと大島与一が顔を見せた。

「不覚にも、寝坊いたしました」

手付は一礼したあと、軽く言い訳をして持参した書き付けを杏坪の前に置いた。

二十帖ほどの紙が綴じられた書類はすでに報告書の体裁が整っており、そのまま郡役所に提出することもできた。めくってみると丁寧な筆遣いで、昨今の渇水状態が克明に記述してあった。これを仕上げるために、大島与一は夜更かししたものらしかった。

「なるほど――」

代官があらまし読み終わるまで、与一は指示待ち顔で控えている。

「恵蘇の動向が懸念されると書いてあるが、何ぞその兆候でもあるのか」

「騒ぎを煽るような噂が流れております」

「いかなる噂じゃ？」

「先生は、かの山王原を覚えておいででございましょうか」と、与一はきり出した。

もとより杏坪が忘れるわけはない。それは、あの養老の宴《うたげ》を催した上村の神社の裏手にある丘の名であった。

「天明の一揆のおり、その地で発頭人《ほっとうにん》二人が処刑されたのもご存じのとおりでございます。さても今年は、その源右衛門、市三郎の死を顕彰してからちょうど二十七回忌にあたっております」

「それで？……」

「この日照りは、まさに二人の処刑された首謀者の祟《たた》りだというわけでございます」

「何を申すか。百姓のために一揆を指導して処刑された者の魂が、同じ百姓を苦しめたりする道理があるものか」

杏坪は吐き捨てるように言った。

聡明なおまえが、どうしてそのような噂を信じるのかと言わんばかりである。

「処刑の際に、首謀者二人が水を欲しがったにもかかわらず、役人が耳を貸さず、喉の渇きを訴えながら死んでいったその霊魂が、かような日照りをもたらしているのだといった尾ひれまでついておるのです」

「ますます噴飯《ふんぱん》ものじゃ」

「とは申せ、窮状を訴えて騒ごうとする百姓らにとっては、きっかけは何でもよいのではありませんか。道理もへったくれもなく、ただ騒ぐに足る大義が立つとなれば、昔の義人を担ぎ出すのに何の躊躇もないのでありましょう。村々がそれほど切羽詰まっておるということです」

「どうでも騒ぐ、か。して、その兆しがあるということじゃな」

杏坪は長嘆息して、虚空《こくう》をにらんだ。

人智を超えた天変地異を政事のせいにされたところで、どうなるものでもない。さりとて、天変地異に備えろといわれても、食うや食わずの領民にその力はない。だとすれば、やるべき灌漑施設の不備、食料備蓄の不足等は為政者がその責めを追わねばならぬ。

「町奉行所はすでに打ち寄せや騒擾《そうじょう》に備えて体制を整えておりましょう」

大島与一は答えた。昨日顔を合わせた際には、吉田奉行はそうしたことはおくびにも出さなかった。たとえ藩庁から派遣されたとはいえ、代官ごときに町奉行所の手の内など見せないという、吉田新三郎の奉行としての矜持《きょうじ》が感じられた。

「明日、恵蘇へ向かうぞ」

与一が、えっ？という顔つきになった。

「奉行所の手を借りるまでもない。代官所で片づけられるものは、われらが措置いたそう」

とは申しましても、と手付は口ごもった。百姓らが群集しているなら、代官のお出ましも暴徒を説得するという意味はあろう。しかし、今は打ち寄せも噂の段階にすぎない。それに、相手はお天道さまである。たとえ代官頼杏坪が出張ったところで、さしたる成果も得難い。与一はそう思って、意表を突かれたのだ。

「ところで、あの娘はいかがした？」

「娘？　ああ、あの女中ですか。お清と申します」

　不意に話が変わって、与一が少し照れたような表情になった。

「以前いた賄《まかな》いのばあさんが体を悪くしたものですから、そのばあさんの知り合いということで、半月前に林殿があれを雇い入れられました。なんでも原村の庄屋の遠縁にあたる家の娘とのことですから、身元はしっかりしておるようです」

　与一はまるで前もって用意していたかのように、すらすらと清の素性を説明した。

「よい娘じゃ。まだ若いのに、飯も菜もよう炊《た》けておった。嫁にするなら器量より何より、料理上手が一番じゃ。のう、与一、そうであろう」

「恐れ入ります」手付け大島は場違いな返答をした。

　業務については、うるさいまでに饒舌《じょうぜつ》な男だが、話がおのれのこととなると、とたんに口が重くなる。いまだわしに心を許しておらぬ、と杏坪は思いながら、それでもくだけた会話に努める。

「あの娘、器量よしで料理の腕もよいが、味噌汁はちと、辛かったぞ」

「寒さのせいか、こちらの味噌は広島のあたりとは違うて、少々塩気が強ようございますゆえ……では次からは薄口にするよう申しつけておきます」

　新米の女中の弁護をしたあと、与一はあわてて付け加えた。

「ところで、恵蘇行きにあたって、あれこれ用意するものがございますか」

「雨乞いの準備をせよ」

はあ？と手付はきょとんとした表情になった。

「雨乞いじゃ」

老代官はきっぱりと言った。


翌朝、あさまだき。いささか薄味の味噌汁をすすり終えると、杏坪は与一、林幾助ほか二名の小者を連れて上村へ向かった。与一が町中《まちなか》の商人に言いつけて準備したのは、酒が一斗樽三つ、塩一樽、味噌一樽、川魚一荷、芋一荷で、運送するため三十人ほどの町人が雇われた。米三十俵は恵蘇の代官所で用意させた。

杏坪が恵蘇郡に足を踏み入れるのは久しぶりというわけでもない。去年の秋、定例の巡回の折には、郡内一帯をくまなく歩いた。だが、山王原あたりに近づくのはあの養老の宴を開いて以来、四年ぶりのことだった。

日吉神社の境内をとりまく樹木の丈が心なしか伸びたように見えた。強い陽差しを浴びた広葉樹が鬱蒼《うっそう》と葉を繁らせている。目を転じれば、境内脇の草は茶色になっており、あたり全体に漂う焦げ臭いような匂いが鼻をくすぐる。

この前見たときは神社の裏手の谷では清流が音をたてていたが、今は乾いた石が川底にむき出しになって転がっている。ここでも渇水は一段と深刻な状態にあることがわかった。

代官所に役人がやって来たと庄屋から聞き込んだ百姓らが、三々五々、神社に集まり始めた。その人数は時とともに増していき、与一は危険な状況になるのではと懸念しながら、頼代官が神社の神官との面会を終えるのを待った。

代官一行が拝殿から境内に出てきたときには、群衆は五、六十人ほどにふくれあがっていて、役人らを遠巻きにして見つめていた。

「どがあされます?」段取りがわからない林幾助が訊《たず》ねた。

「雨乞いじゃ」

「雨乞い? なんとまあ、雨乞いでがんすかい」

たいそうな荷を単に百姓らへの施《ほどこ》し物だと思っていた林幾助は、代官の真意を知って当惑の表情を浮かべた。鈍重な手付をよそに杏坪は群衆の前に出ると、あたりをはばかることもなく大声を張り上げた。

「皆の衆、よう聞くがよい。わしは三次代官所の頼万四郎である。本日、この地で神々に告文《こうもん》を奉《たてまつ》って雨天・慈雨を乞い願い上げるつもりじゃ」

杏坪は言うと同時に与一に合図して、三次から持参した告文を書いた額を境内に運び込ませた。その板木《はんぎ》を示しながら、

「祈れば、その思いは天に通ず。さすれば、雨は降る、必ず降る。そのためには、皆の衆の気持ちも訴えねばならぬ。さてさて、村に経ち帰って、すべての婦女子に告げよっ」

と絶叫した。代官の声そのものが神がかっているように与一には聞こえた。

「晴れ着があればそれを身にまとい、こぞりてこの山王社へ参集せよと告げて参れっ」

老代官の発する腹の底を揺するような大声が、境内の四隅まで轟いた。

百姓らはざわついた。雨乞いだの、婦女子のみ社《やしろ》へ参詣せよだのと命ずる役人の意図が理解できないのだ。それでも、杏坪の真剣な面持ちから、何かを感じとった村人たちはひとりが駆け出すと我も我もと村の方へと散っていった。

二刻《ふたとき》(＝四時間)ほどあって、誰も見たことのないような奇妙な儀式が始まった。

境内に大きな祭壇が設けられ、積み上げた米俵を中心に酒樽、塩味噌、大小の鯉や鮒などの川魚、有り合わせの野菜が並べられた。

神官と禰宜《ねぎ》が代わるがわる長い祝詞《のりと》を上げ始めると、老若《ろうにゃく》の婦女子は祭壇のまわりに集められ、手を振りながら踊るよう命じられた。女どもは言いつけられたとおりに精一杯着飾ってはいたが、さあさあ、と踊りを促されても表情は固く、動きもぎこちない。

なんでもええ、盆踊りの要領でええんじゃ——神官らからそう言われて、やっと女どもはもぞもぞと手足を動かしだした。

ひとりの子供が前の女の腰をつついた。すると女が笑い、その笑いが後ろのばあさんの手足を動かした。その動きは波紋が次の波になるようにどんどん先へ伝わっていき、次第に何やら踊りらしい動作になっていった。

初め心もとなかったその踊りの輪は時間がたつにつれて、徐々に奇声を発する一団と化していった。女どもは、着物の裾がわれて太腿《ふともも》が露わになるのもかまわず、必死の形相《ぎょうそう》で声を発し、髪をふり乱して踊りまわった。

そのうち男ら数人が、祭太鼓を持ち出してきて打ち始めた。鳴り物に勢いづけられたか、それまで境内をとり巻いて見物していた男衆も加わり、太鼓の音に合わせて踊りだす。さながら狂気の群れと化した百姓らは、てんでに好き勝手な叫び声さえあげている。

わっほう、それ、ふれ

わっせえ、どら、ふれ

えっさあ、さて、ふれ

杏坪はといえば、雑踏と奇声に包まれながら、祝詞があがる間じゅう祭壇の前に額《ぬか》ずいていた。大島与一は群衆が暴徒化するのを警戒しながらも、かつて経験したことのない不思議な感覚で、この奇妙な雨乞いの儀式に見とれていた。

もしや、ほんとうに雨が降るのではないか——与一は全身の肌に粟を吹くような深い感動をおぼえた。

喧騒はおよそ半刻ほど続いた。

祝詞が済むと、半裸姿の男らも太鼓を打つのをやめた。すると、群衆はいちどきに憑《つ》き物が落ちたごとく、にわかにおとなしくなった。激しい疲労のため、誰もかれもくずれるように地面に腰を下ろし、ある者は寝転がったりもしている。

「お代官さま、ほんまに雨が降るん?」
七、八歳ぐらいの女の子が、あどけない顔に汗をかきながら訊いてきた。
「ああ、降るぞ。そなたも雨が降ってほしかろう」

杏坪が答えると、女の子は無邪気な表情で、うん、とうなずいた。

杏坪は、祭壇の供物《くもつ》を村人に分け与えるよう手付らに命じた。わずかばかりの米や塩味噌、野菜を手土産に、村人は疲れた体を引きずるようにして村へと帰っていった。

代官所一行は後片づけが済むと、休息と遅い昼餉《ひるげ》をとるため、隣の尾引村の庄屋宅へ招かれた。

「暑いなか、ほんまにご苦労でありました。村の衆にとっちゃあ、とりあえずありがたいことでございますで」

老庄屋は給仕を務めながら、ねぎらいの言葉をかけた。その口調には徒労をあざけるような響きも感じられたのだが。

半刻ほど体を休めたあと、杏坪ら一行は庄屋の屋敷を出て三次に向かった。

異変が起きたのは、一行が和知《わち》村にさしかかったときだった。午前中、あれほど照っていた天空が、山際の方から曇り始めたのである。灰色の雲は次第に色を増して、村をぬけるあたりでは湿った風さえ出てきた。

「雨か……」

誰かが小声で言った。

「雨じゃろ」

「頼様、雨でがんすで」

林幾助が叫んだ。

うそじゃろうが――手付の誰かがまた叫んだ。


後にこの時の様子を杏坪は次のように述懐している。

――山王社のかなたより天俄《にわか》にかきくもりて雨沛然《はいぜん》と降りだしけれは……

（頼杏坪著・老いの絮言より）


さあーという音とともに、細い雨足があたりを白く染めていった。焦げたような匂いに、足許から立ちのぼる牛の尿《いばり》にも似た臭いが混じった。

雨はさらに勢いを増していく。

「先生、奇跡でございます」

与一も感極まったか、杏坪の馬に近寄って言った。

「そうよな、奇跡じゃ。まさに奇跡じゃ」

杏坪は淡々と応じて、つぶやく。

「さても与一よ、奇跡とは起きるものにあらず、起こすもの。誠をつくせば鬼神も心を動すかすということじゃ。よう覚えておくがよい」

「はい……しかと」

と答える与一の顔にも雨粒があたって、まるで泣いているかのように見えた。それは頑固な若者が心底、杏坪に心を許した瞬間でもあった。

雨は次の日も断続的に降った。三日目には、天が抜けるほどの土砂降りとなった。備北盆地を囲む山々は頂《いただき》から麓《ふもと》まで雨に洗われ、あっという間に生まれ変わったように生気を吹き返した。

恵雨は六日間つづけ様《ざま》に降った。その後も、曇りの日が巡りきて、めっきり梅雨らしくなった空からは適時に雨が落ちてきた。麦の収穫には間に合わなかったが、田畑の稲は根を張り穂を出し始め、秋の収穫への被害は最小限にとどまるように見えた。

しばらくして、三次代官所に広島の頼代官から、山王神社の境内の周辺に杉の苗百本を植えよとの連絡がきた。告文が叶ったことを神に感謝すべしとの書き付けも送られてきた。

大島与一には、別途、飛脚便で小さな荷と手紙が届いた。荷の中身は、羊羹《ようかん》であった。

――降る雨はさなから縄をかけまくもかしこき神の恵みなりけり

と歌を書き付けた文の後には、
――粗菓なれば、自ら食すもよし、清《きよ》と分かつなら尚よし
と、締めくくってあった。杏坪先生、参りました、と内心でつぶやいたあと、与一は清の喜ぶ顔を想像しながら、独りにやけていた。

二

文化十二年が明けた。三が日は風があったものの、その後は冬晴れの穏やかな天気が続いた。

数日あって、年寄格川村喜一兵衛の使者から登城せよとの呼び出しをうけた。その朝、庭には珍しく昨夜降った雪が三寸ほど積もっていた。

杏坪は重役からの急な召し出しよりも、三次・恵蘇の積雪のほうが気にかかった。積もったのは一尺二尺であろうか、いや、所によっては三尺を越えているかもしれなかった。正月早々から、あばら家に降り籠《こ》められる百姓らの惨めさが思いやられた。

身仕度を整えているところへ、佐一郎がやってきた。

「川村様は、父上に何用でございましょうか」

「はて、わしにもようわからん。郡方のことなら寺西殿掛かりにて、あのお奉行から連絡があろうが、年寄格様じきじきのお召しじゃから、もっと込み入った用件かもしれん」

「心当たりでもおありですか」

「なくもないがな」

父親の答えを聞くと、佐一郎は神経質そうに眉間《みけん》に皺をよせた。

去年の暮れ、上司の寺西監物から、勘定方が杏坪の言動に重大な関心を寄せているらしいので振る舞いにはくれぐれも注意するようにと、釘を刺されていたのだ。

「北郡へ肩入れするあまり無用な陳情ばかりなさると、勘定奉行をはじめ、重役らの心証を害しますぞ」

年上の代官に対する忠告ではあったが、寺西奉行の言い方はまるで叱責調《しっせきちょう》であった。

確かに杏坪が上申する陳情は、年貢軽減から堤《つつみ》の新設・改修、はては柿の木・楮などの植栽にいたるまで、その多くが勘定方を刺激する。そのため、頼万四郎杏坪は藩庁内でとりわけ煙たい存在になっていて、そのことは杏坪自身もじゅうぶん自覚していた。

だが、川村喜一兵衛は、直接には勘定方や郡御用屋敷とは無縁な役職にある。

ふと、大島与一が調べている上下銀のことが、杏坪の脳裏をよぎった。

与一は執拗なまでに不正な銀貸しを追っていた。その地道な調べから、幕府の力を背景

にして、郷村の銀融にがっちり食い込んでいる上下陣屋の銀貸しの実態が、おぼろげにわかりかけているという。だが、

「わたしの手には負えないかもしれません」と、与一が弱音を吐いたことがあった。

上下銀という銀貸しは長年にわたって築き上げられた仕組みであり、藩内のどれほどの範囲まで及んでいるかわからず、下っ端の者をつついて出てくる事実だけでその実態を解明するには、限界があると述懐したこともあった。

「ご重役らのなかにも、この融資に手を貸している方がおられるやもしれません。もしや、わたしが探偵していることに気づかれておられましたら、わたしや先生をうるさく思われている方々もございましょうや」

与一は口にこそ出さなかったが、このまま上下銀を追いかけるのは危険だと言外ににおわせ、気配りを欠かさぬよう自戒をこめて杏坪に進言していた。

こうした諸事情を勘案し、頼杏坪は覚悟を決めて川村喜一兵衛との面談に臨んだ。


城内、小書院。

川村は寒そうに部屋に入ってきて、上座に座った。ご苦労であった、と挨拶する年寄格は、十数年前、学問所で何度か顔を合わせていたときよりもすっかり老けて見えた。杏坪とほぼ同年配の六十過ぎであったが、役職が上がるのに合わせるかのように、顔の皺も

めっきり増えたようだった。

「――さっそく本題に入ろう。急な話ではあるが、長崎まで出向いてもらいたい」

抑揚のない口調で、川村はもぞもぞと言った。

長崎、と杏坪は低い声をもらした。それにはかまわず川村は、遭難して漂流中、南洋で救助された漁民を受け取りに行ってこいというのである。

上下銀の一件でもつつかれるのではとの予想をはずされた杏坪は、拍子抜けした表情になって、川村の次の言葉を待った。

「昨年、豊田郡の代官石原司馬丞《いしはらしばのじょう》を遣《や》って漂流民一人を連れ帰ったのは、そのほうも存じておろう」

「郡御用屋敷にて、聞き及んでおります」

「では、その折には残りの二人は連れ帰ることができなんだのも承知かの?」

杏坪はゆっくりとうなずいた。

領民漂流の顚末《てんまつ》は概《おおむ》ね次のとおりである。

甲戌《きのえいぬ》の年、豊田郡御手洗島《みたらいじま》の漁船が嵐に遭って漂流し、呂宋国《るそんのくに》あたりまで達した。幸いにも、通りかかった清国の商船に救助された。乗っていた三人のうち一人は、清の劉培原《りょうばいげん》という商人が長崎に交易に来る際、彼の商船に乗せられて戻ってきた。他の二人は衰弱がひどく、清の港町でしばらく静養することになった。その後体力が回復したので、再び来航する劉培原に従って長崎に帰ってこられたのだという。

「担当からすれば、再度、石原司馬丞を派遣するのが筋ではあるが、去年のまた今年ということになれば、あれにまたも長旅を強いるのも忍びないという重役方の意見もあってな……」

年寄格川村は膝を揺すってひと呼吸おいた。

「それに、石原の報告によれば、かの長崎奉行の、ほれ、何と申したかな――」

「遠山佐衛門尉《とおやまさえもんのじょう》様、でございますな」

「それそれ、その遠山奉行というのが、なかなかに曲者《くせもの》らしゅうてな。石原が言うには、とても手に合わん、というわけじゃ」

「手に合わん、と申されますのは？」

川村喜一兵衛は手焙《てあぶ》り用の火鉢の上に両手をかざして、暖をとるしぐさになって、

「あの奉行殿は漢詩、漢学、書画、茶道華道に弓槍《きゅうそう》、なんでもござれの御仁《ごじん》だとかでの。漂流民一人もらい受けるのに、石原はその遠山奉行から、昌平坂《しょうへいざか》の学問所の口頭試問ほど質問されて辟易したそうな。そこでじゃ……」

と言って、また話を切った。さほど言いにくい話でもなく、かと言ってもったいをつけているわけではない。要するに、儒者頼杏坪をじらしてやろうとの魂胆に見えた。

「わが藩において、左様な奉行と対等にわたりあえる知恵者があるとすれば、さても、頼

万四郎杏坪をおいてほかにあるまい――との意見で衆議一致をみたというわけじゃ。ご足労ではあるが、早速に長崎に赴いてはくれまいか」

年寄格は眼光鋭く杏坪に迫った。依頼口調とはいえ、厳命であることに変わりはなく、

「仰せつかまつりました」と返答するしかなかった。

後《のち》になって思えば、高齢を理由に長崎行きを固辞することもできた。事実、息子の佐一郎、それに兄弥太郎春水、静夫婦も長旅を懸念して、杏坪にいい顔をしなかった。とりわけ病弱の妻玲瓏子《ゆらこ》は狂ったようにこの任務に反対した。

「このまま旦那さまに再び会えないような気がしてなりません」

気丈な妻は、江戸勤務に赴くときでさえ励ましの言葉をかけて不安な杏坪を鼓舞してくれたものだったが、このたびにかぎって不吉な言辞をまじえてまでも、夫に長崎行きを思いとどまらせようとする。

「せめて、佐一郎に肩代わりさせるわけには参らないのでしょうか」

少し冷静になっても、妻はあらぬ提案をした。

「あれには、荷が重かろう」

「では、どなたか別なお方に代わっていただいては……」

「受諾の返事をした今となっては、それもままなるまいのう」

「お足だって、お悪いというのに」

「せいぜい馬や駕籠に乗るようにして、いたわりながら勤めよう」

あれこれ理由をあげて翻意を迫る妻を、杏坪はなんとか言いくるめようとした。

やがて玲瓏子は夫を説得するのをあきらめて床に横たわった。はげしく感情を刺激したため、血の気を失った彼女の顔はふだんよりも白っぽく見えた。杏坪は、急に妻がいとおしくなって言葉をさがした。だが、

「江戸勤務と違ごうて、ひと月もすれば果たせる任務じゃ。元気で戻ってくるゆえ、安気にして待っておれ」と、口にしたのは平凡な慰めの言葉だった。

それを聞いた玲瓏子は黙ってうなずき、目尻の端から一筋涙をこぼした。

家人の抵抗で水をさされた恰好になったが、杏坪自身は旅が嫌いではなかった。というのも、父親の弥右衛門《やえもん》は、頼家の三人の息子たちに幼い頃よりこう教えていたからである。

——学問をせよ、家を建て替えよ、富士山を見よ、と。

学問は、今も途上にあるとはいえ、それなりに身につけた。家は昇進して俸禄《ほうろく》が上がるたびに、大きな屋敷に住み替えることができた。富士の霊峰は遊学や藩命で江戸を往来する途中、たびたびその雄姿を眺めたものだった。

父の言う富士を見よとは、すなわち旅をせよ、見聞を広めよ、そして、その土地の名物を食し、銘酒を痛飲せよ、そういう意味だと杏坪は解釈している。だから旅となれば、たとえ公務であろうが、どこへでも喜んでいくつもりでいるのだ。まだ見ぬ長崎への旅とな

れば、もとより拒む理由などない。

やっとのことで心配する家族や友人を納得させると、杏坪はあわただしく旅の支度にかかった。郡役所から世話役として従者を同行させてもよいとの許しを得たので、その三人のなかに大島与一を加えるよう申し出た。

急遽、郡御用屋敷へ呼び戻された与一は、長崎行きを告げられて驚いたが、旅の目的と一行の頭が頼杏坪だと知らされ、安んじて任務を引き受けることができた。与一はその足で頼代官宅へ急いだ。

「わたしのような者でお役に立ちましょうか」

「なんの気遣いは無用じゃ。道中、酒や話の相手を務めてくれればそれでよい。わしには用務じゃが、そのほうは遊山の気分でついて参れ」

杏坪はそう口にしたが、本音は、長崎を訪れることで大島与一という若者に見聞を広めさせたいと思ってのことだった。そんな上役の心中を察したかどうか、与一は深々と頭をさげただけだった。

出発は正月十一日と決まった。

杏坪は与一をふくむ郡役所下役三名、および御手洗《みたらい》島《じま》与頭《くみがしら》善右衛門、それに用心棒代わりとして郡役所から推薦のあった府中の大庄屋十兵衛の息子又兵衛をひき連れ、六ツ前に府を出て宇品から船に乗り込んだ。

旅立ちを祝うかのように晴れわたった朝ぼらけのなか、一行は宮島口で船を降り、頼家の家僕が餞《はなむけ》の謡《うたい》を詠ずるのを背にしながら陸路を西へと下《くだ》っていった。

急ぐ旅でもなかったので、九州に渡ると太宰府天満宮《だざいふてんまんぐう》まで足をのばし、嬉野《うれしの》の温泉では湯と地酒を満喫して、まるまる十三日を要し、長崎へは同月二十四日に到着した。

町に入って、まず暖かいのに驚いた。広島の寒さに慣れた肌には、地元の者が首をすくめるような寒風も心地よく感じられた。さらに家並や行き交《か》う人々の風情《ふぜい》が他の町、とりわけ江戸や広島とは違っているように思えた。男といわず女まで、背筋を立てるようにして歩いているし、町なかの景色といえば柱や桟《さん》を赤や青に塗りなした家が多く、江戸よりけばけばしい印象を受けた。

賑《にぎ》わいの豊かな町に心動かされる杏坪ではなかったが、異人が寄りつき住まいする町というだけで、長崎を別の目で見ている自分に気づいて、またまた驚いたのだった。

逗留先は、現地で広島藩御用聞きを務める中尾長三郎宅に決まっていた。坂の中ほどに建つ屋敷は、藩の家老宅にも匹敵するほど豪奢《ごうしゃ》なもので、長三郎が唐物《からもの》や銀の輸出などで潤う羽振りのよさを如実に物語っていた。

齢《よわい》五十半ばの長三郎本人は、細身で踊りの師匠のような撫《な》で肩の男だったが、とき折り見せる鋭い眼光は、彼が利に聡《さと》い商人である証のように杏坪には思えた。

翌二十五日、その中尾長三郎の手引きで、長崎奉行所へ進物《しんもつ》を送達すべく杏坪自身が使者にたった。長三郎が用意したのは、絹三十反、白銀二百枚、廿日市産の紙三駄であった。応対にあたったのは遠山奉行用人長谷川某《なにがし》で、その場で漂流民の受け渡しを二十八日とする旨の申し渡しがあった。

引き渡し当日、高い門を備えた奉行所を訪ねた杏坪と長三郎が通されたのは、長方形をした大ぶりの机がある、いわゆる蘭風《らんぷう》の間と呼ばれる一室であった。座りつけない椅子に腰かけて待つほどに、扉を押して開けて遠山佐衛門尉景晋《とおやまさえもんのじょうかげみち》が姿を見せた。長三郎はすっと立ち上がって奉行を迎えたが、杏坪は商人とは違って漫然と座して目礼した。

「遠路はるばる、お役目ご苦労にござる」

五十代に達した遠山景晋は、堂々たる押し出しの体躯そのままに声量も豊かで、豪放磊落《ごうほうらいらく》な性格がじかに伝わってきた。後に江戸町奉行所の名奉行となる遠山の金さんこと、遠山佐衛門尉景元がこの奉行の息子であることなど、もとより杏坪は知る由《よし》もない。

「芸州広島藩、郡御用代官を務めおります頼万四郎にございます。本日は拝謁の栄誉を賜り、恐悦至極《きょうえつしごく》に存じます」

杏坪は額が机につくほど恭《うやうや》しく頭を下げた。

いやいや、と遠山は顔の前で手刀を横に振った。お互い、堅苦しい挨拶は省《はぶ》こうとの合図に見えた。

「浅学ながら、頼杏坪殿のお名前はよう存じ上げております」

挨拶が済むと、奉行遠山は声をかけた。

「畏《おそ》れ入ります」

「長兄の春水殿はご壮健でございますかな」

「歳はとりましたが、いまだ藩史編纂《へんさん》などに心をくだいております」

「それはそれは、重畳《ちょうじょう》（＝喜ばしい）……江戸にて春水殿の御高説を拝聴いたした頃が懐しゅうござる」

「兄の拙《つたな》い講釈をお聞き及びとは存知あげませんでした」

「いやはや、春水殿の博学ぶりには心底、感服つかまつりましたぞ」

「お褒めのお言葉、恐縮に存じます」と杏坪は深く答礼した。

中尾長三郎は遠山を評して、無頼な性格の人物と言っていたが、なかなかどうして、杏坪には幕府の並みの役人にない繊細な心根の持ち主に映った。

春水のことでうち解けた二人は、漂流民の件など忘れたかのように、しばらくは江戸の話で盛りあがった。杏坪が藩の上屋敷がある永田町や昌平坂学問所へ通った湯島などを話題にすると、負けじと遠山景晋も浅草界隈《かいわい》の名所・遊所を口にして、大いに御府内をなつかしんだ。

「杏坪殿は、詩歌《しいか》をも能《よ》くされるとの評判でござる。道中、なんぞお作りになっておればひとつ、ふたつご披露願えませんかな」

杏坪が請われるままに漢詩を朗詠したあと、和歌を二首を書きつけた短冊を渡すと、自らも詩人をもって認ずる遠山奉行は、満足の表情を浮かべて賞賛の言葉を口にした。

「ところで、もう漁民どもとは対面なされましたかの」

遠山奉行が本題に入ったのは、すでに挨拶をかわしてから半刻《はんとき》がたった頃だった。

「いえ。まだでございますが」

左様か、と言いながら遠山景晋は太鼓腹をゆすって、椅子にかけた腰の位置をかえて言った。

「近頃、めっきり漂流者が多くなり申して、奉行所としてもその取り扱いに苦慮いたしておるところでございましてな。船も大きゅうなって、大漁を求めて外洋へ出かける漁民がひきもきらないのは確かではござるが……」

漂流民の増加はそればかりではない、と奉行は言う。海上で密漁・密輸などの法度《はっと》を犯した者が、役人の船に追われると逃げのびて、そのまま漂流漁民をよそおうのだと説明した。

「つまり、朝鮮、それに清や呂宋《ルソン》などとの密交易を生業《なりわい》にしておる無頼者が増えておる証左でござりましょうな」

と言いながら遠山奉行は、先月も朝鮮と密貿易中を摘発された博多の商人が、船の荷を捨てて逃げまわり、二日後、別の探索船に漂流した漁民だと偽って救助された例を披瀝した。

「利のためなら我が命を懸けてもと思うのは人情なれど、板子《いたご》一枚地獄の暮らしをしてまで悪銭を稼ごうというのじゃから、思えば哀れな話でござる」

杏坪は、遠山の話の真意を測りかねた。わが藩の漁民が密貿易をしていたとの疑いありと述べているのか、それとも単なる世間話なのであろうか……

「ところで、当地ではすでにどこぞ見物でもなさいましたかな」

そんな杏坪の胸中をはぐらかすかのように、遠山景晋は平然と話題を変えた。

「これまでは雑務繁多にて、いまだいずこへも参っておりませぬ」

「では遠慮なく、お好きな所を申されよ。掛かりの者に案内《あない》させますゆえ」

と遠山奉行が勧めるので、ではと、杏坪はさっそく異人たちの生活を見聞したい旨申し出て許された。

漁民を引き取って中尾邸に連行した翌日、如月朔日《きさらぎついたち》、さっそく出島にある唐館と蘭館の見物に出かけた。中尾長三郎に先導させ、慰労の意味もふくめ、与頭《くみがしら》の善右衛門、与一ら下役も連れていくことにした。案内役には奉行所の与力二名があたり、漢語と蘭語のわかる通事（＝通訳）も同行した。

まず蘭館では、カピタン服で正装した商館長から丁重な出迎えを受けた。頭頂部まで禿げあがった上背《うわぜい》のある蘭人が、何かを言うたびに厳めしい口髭が動くのを滑稽に思いながら、杏坪は通事の翻訳に聞きいった。

三階建ての楼に招かれた。青色に塗りなした階段を昇ると、眺望がひらけた。周囲の景観に目を遊ばせていると通事が寄ってきて、蘭人から受け取った何やら筒のような物を杏坪に渡した。目に当てて覗《のぞ》いて見ろという。言うとおりにして驚いた。遠くにあった家や木々が眼前に迫ってくるではないか。海に浮かぶ船にまで手が届きそうに見えた。千里鏡《せんりきょう》というものだと、通事は笑いながら説明した。かつて杏坪はこの種の器具を手にしたことはあったが、ここまで鮮明に映る千里鏡を体験するのは初めてであった。

ひととおり蘭館を見物してまわったあと、応接の間に招かれた。壁には大きな油絵がかかっていた。湖のまわりで若い男女が気だるげに休息している風景画である。狩野派などの絵に比べてもさしてうまい絵だとは思わなかったが、色彩豊かに遠近法で描かれた人物や、草花のごつごつした感覚が新鮮な印象だった。

召使が皆のギヤマンの小さな器に茶色の酒をついだ。ウイスキーというものだという。口をつけると、泡盛よりも飲みにくい。長三郎はさすがに当地の生活に慣れていて、その琥珀色の液体を平然と飲み干した。杏坪もそれを真似て薬草臭さを我慢して嚥下に及んだところ、咳き込むほどむせかえった。末席にいた庄屋の善右衛門にいたっては、はなから呑むのをあきらめたか、蓮根を砂糖漬けにした肴ばかりをつまんでいた。

与一は、と見ると、臆することなく器に口をつけ洋酒を舌で味わっている。一行のうちもっとも年少の彼は、見るもの聞くものすべてに若い好奇心を刺激されるらしく、それを五感に刻みつけている様子である。

突然、杏坪の背後でぼん、ぼんと金鉄をたたくような音がした。

「自鳴鐘《じめいしょう》でございます」

と長三郎が杏坪の耳元でささやいた。それで時刻がわかるのだという。その音が合図でもあるかのように、案内役の与力がカピタンに別れの挨拶をした。

商館を出て門に向かう道すがら、崑崙奴《こんろんぬ》の一団と出くわした。浅黒い肌をして異様に目が大きく、杏坪には蛮人に見えた。商館の下働きをしているという。与一は身を乗り出して彼らが通りすぎるのを凝視している。

庭の一角に牛と羊が囲いのなかで飼われているのを見た。牛は一頭だけだったが、羊は十数頭はいただろうか。こうした獣を日常的に食す蘭人が、杏坪にはいっそう野蛮に思えた。

その感情は唐館を訪ねると、さらに嵩《こう》じた。

敷地内に入ると、まず神殿が目についた。この二月朔日は神の祭日とかで、神殿には野菜・果物・穀類など幾種類もの供物《くもつ》が積み上げられていた。そのなかでひときわ目をひいたのは皮を剥がれた小羊だった。まるで陶器の置物のようにつやつやして、口に柏《かしわ》の枝葉をくわえている。杏坪は美しいとは思ったが、それとて残酷な外国の仕来りに映った。

船主である劉培原の館を訪ねる前に、財福《ざいふく》という役人の家に立ち寄った。ここは唐風のたたずまいで、土間に平らな瓦のようなものが敷いてある。土間を抜けてさらに奥に入ると、豚を料理している場に立ち会った。

これも凄惨《せいさん》であった。弁髪《べんぱつ》の男が四肢を縛られた豚の首筋に青龍刀《せいりゅうとう》を突きたて、断末魔の鳴き声をあげるのを聞きながら、もうひとりの男が盥のような容器に流れる血を受けとめるのである。さらに腹をあけて中の臓物を別な盥にとり出した。その後、大盥にしつらえた馬の鞍のような台に豚を乗せ、上から熱湯を注ぎかけた。蒸気とともにあたり一帯に血なまぐさい空気がたちこめた。

笹のようなもので毛がそぎおとされる死豚は、白蝋《はくろう》の置物に似ていて、とても食用に供するものとは思えなかった。杏坪ら初めて屠殺現場に臨んだ者たちは、こみあげる嘔吐感をおさえるのに懸命だった。さしもの与一も、この光景には顔をしかめていた。

劉培原邸では、蘭館と同じ机と椅子のある間《ま》でもてなしをうけた。大きな弁髪を結い上げた交易商は、思っていたより若く三十代半ばに見えた。

杏坪は通事を介して、丁重に漁民を救ってくれたことへの謝意を伝えた。

「謝謝（シェシェ）」

「不客气（ブークーチ）」

——ありがとうございます。

——どういたしまして。

これが、杏坪と劉培原が直接交わした唯一の会話であった。

唐人は腰高の机、いわゆるしっぽく台の椅子に座ったが、杏坪ら客人にはふつうの脚の短い卓袱台《ちゃぶだい》が用意されていた。

まず抹茶が出され、それが済むと、卓上には唐人が誇る山海の珍味が並べられた。熊の手、猿の頭、海老、蟹、鮫の干物、赤青黄色の野菜、果実——日頃めったに見られないものが盛られた皿を前に、杏坪一行は度肝をぬかれた。通事の神尾某が、酒は到来物がいいか、それとも伊丹《いたみ》の生一本《きいっぽん》がいいか訊いている、と杏坪に告げた。

「清の酒は梅酒と申して、ちと酸っぱい味がいたします。伊丹の酒にされてはどうかと思いますが」

「いやいや、唐人館まで来て清の酒を試さぬまま帰ったのでは、上戸《じょうご》の沽券《こけん》に関わり申す。是非にも、その梅酒なるものを所望いたしたい」

杏坪は、珍味に目がないと付け加えた。珍奇なものにも臆することのない与一に対抗する気持ちも働いてのことだった。出てきた酒は匂いはあったが思ったほど酸味もなく、口当たりは上々で、酔いはすぐにまわった。

言葉が通じないぶん、もてなす側の唐人に気を使う必要もなく、付き添いの与力、通事ともども、杏坪ら一行は時のたつのも忘れて宴会気分を満喫した。通事に促されて劉培原の館をあとにした頃には、短い冬の日はすでに暮れかかっていた。

邸の門脇に改所《あらためどころ》があり、出入りの前後にはそこで役人から持ち物の検査を受けるのだが、土産にと持たされた珍しい書画や菓子類は、すべて持ち出しが許された。

「劉培原殿には、謝礼の品を届けられたほうがよろしいかと存じます」

中尾の屋敷に戻ると、長三郎が忠告した。さすがに商人だけに抜け目がなかった。

「それがよかろうな。前もって用意せなんだのは、わしの不覚であった」

何がよいかと相談すると、長三郎は錦絵をほどこした値の張る番傘（＝竹骨に油紙を用いた傘）はどうかという。

「それはよかろう」

長三郎は杏坪が得心したので、翌日、傘二十本、鰹節二箱を劉培原の館へ届けさせた。

その夜、杏坪は善右衛門も立ち会わせて、漁民らから正式に漂流の顛末《てんまつ》を聴取した。二人の健康に問題はなく、庄屋の善三郎の見立てによれば、帰りの旅にはじゅうぶん耐えられそうだとの報告を受けていた。

三人の漁師は、豊後《ぶんご》の佐賀関《さがのせき》付近の海上で鯖漁をしていた折に嵐に遭《あ》った。激しい暴風雨のなか、船は西の大洋へと一気に流され、何日か漂流したあと、たまたま通りかかった清の商船に救助されたのだという。

「食べ物は？　水はどうした」

「ええ按配《あんばい》に雨が降りましての、有り合わせの桶《おけ》や碗《わん》に溜めて使いました」

「食べたんは、おおかた魚ばっかりでの。晩げにゃ、船の中に飛びこんでくる小魚や烏賊《いか》がおるもんで、これにゃ、たまげたり喜んだりでしての……」

杏坪は男たちの話を聞きながら、彼らが本物の漁師だと信じる気になった。異国にあって広島言葉を聞くのも心地よかったし、何より男らが純朴であるところが、杏坪を安心させた。引き取った漁師らが抜け荷や密貿易に関わっていないことを自ら確認して、それだけで遠山奉行に対し、顔が立ったような気がした。

同時に杏坪は素朴に運命論を信じる気になった。

嵐は長くはつづかなかった。あとは天候に恵まれ、程よく晴れ、程よく降った。船は浸水も免れ、風に吹かれて暖かい南に流された。そこへ異国の船があらわれた。

偶然が重なれば、海の藻屑《もくず》となるべき命さえ長らえるとは、なんたる奇跡か。

赤銅色《しゃくどういろ》に日焼けした二人の漁師を前にして、杏坪の内に運命の妙《たえ》なるいたずらを喜ぶ気持ちも湧いてきた。

「よかったではないか。さぞや、家族は帰りを心待ちにしておるであろう」

「ありがとうごぜえます。流されている折も、嬶《かかあ》と伜《せがれ》のことばかり気がかりでやんした」

「こがんして生きて帰りゃ、まっこと親父もおふくろもたまげるこってしょうで」

「早よう元気な顔を見せてやれ。これからも家族を大切に思うて、稼ぎに精を出せよ」

代官のやさしい言葉に、漁民らはぎこちなく頭を下げた。

長崎最後の夜は、中尾長三郎が杏坪ら一行のために、円山町の妓楼《ぎろう》で別れの宴《えん》を張った。遊廓とはいえ、上がったのは外見はごくふつうの旅籠屋《はたごや》風の建物であった。むろん、旅人相手の旅宿とは異なり、内部には遊びの興趣を盛り上げる仕掛けがこらしてあった。階段や手すり、柱などを青朱《あおあか》に塗り分け、天井には男女の秘め事が錦絵風に描かれている。阿蘭陀《おらんだ》や清《しん》の製品とおぼしき調度品が、室内のあちこちに飾りつけられていた。

善右衛門をはじめ小役人らは感嘆の表情を浮かべていたが、江戸の吉原を知る杏坪にとっては、こてこてとした装飾がむしろ雑然としているように映った。蘭人や唐人らを相手にするからか、机の前の椅子に座るという姿勢も、青楼の風情に欠けるような気がした。

酒を酌み交わしてほどなくすると、遊女らがばたばたと入ってきた。きらびやかな衣裳を身に着けているわりには躾にも行儀にも欠けているようで、がさつで低俗な感じは否めなかった。

「ああら、こちら、椅子引いておくれでないんかえ」

杏坪を一座の頭目と思って脇についた女が、頓狂な声を出した。あわてて、長三郎が立って女のために椅子を座りやすいように後ろに引いた。それが礼儀っちゅうもんにゃわ、と杏坪に向かって言い、つんとすました表情で女は悠然と椅子に腰をおろした。

「蘭人もそうですが、唐人も、客がきたら椅子から立って答礼するのが礼儀でございます」

蘭館と唐館の見物を終えて屋敷に戻った際、中尾長三郎がわざわざ説明したのを、杏坪はやっと思い出した。遠山奉行や唐人らに対しても座したまま答礼していたから、すっかり礼を欠いていたわけで、遅まきながら杏坪は当地の行儀に無頓着だったことを大いに恥じたのである。

長崎の遊女はよく飲み、よく食べた。口は客を喜ばすより、わが胃袋を癒すために使われるようで、吉原の娼妓《しょうぎ》がしゃべったり黙ったりする間で客を楽しませるような、そんな風情は微塵《みじん》もなかった。

杏坪は酔いが総身《そうみ》にまわると、たちまち退屈した。あとのことは長三郎に任せて、さっそく駕籠を呼ばせた。

「わたしもお供します」立ちかけた杏坪に与一が声をかけた。

「そのほうは残れ。若い者が遊ばずして、なんぞの色街か」

「いえ、いえ、ここでの見聞はもうじゅうぶんに尽くしました」

「なにがじゅうぶんなものか。わしが若い時分は…… それはまあ、よい。さても与一、おまえは誰ぞに操《みさお》をたてるつもりじゃな?」

「とんでもございません。わたしには左様な高尚なまねはできかねます。ともかく、身も心もすっかり満たされましたゆえ、お供いたします」

「まったくもって欲のない男よのう」

あおるような言い方をしてみたが、効果はなかった。どうでも帰ると言い張るので、しかたなく杏坪は与一と連れだって妓楼をあとにした。

屋敷に戻って床に就くと、先日唐人館で目撃した豚の屠殺の情景が、まざまざと眼前の闇に浮かび上がってきた。獣を刺殺することも、屍肉《しにく》をむさぼることも、人の業《ごう》のように思えた。何かに取り憑《つ》かれたように殺し、食べる。そして殺した側も、やがて死ぬべき時を得て、死ぬ――

全身の肉は綿のように疲れているのに、心地だけは脳天に氷の刃を差し込まれたように冴《さ》え冴《ざ》えとしていた。


出立《しゅったつ》の朝、ちょっとした事件がもち上がった。

ことは前夜に起こった。妓楼を出た長三郎、善右衛門ら一行は駕籠で戻りかけた。ところが、この駕籠かきらがひと癖ある者だったらしく、途中で酒手《さかて》をはずめと要求したのだ。客を田舎者と値踏みして、料金をふっかけてきたものらしかった。

これに激怒したのが、用心棒役として連れてきた又兵衛であった。平生《へいぜい》から腕力におぼえのある大男だったから、酔いも手伝って駕籠かき相手に大立ち回りを演じてしまった。町方の役人が駆けつけて止めに入るほどの事態となり、些細なもめ事はいっそう紛糾した。

町奉行所の世話になるようでは、遠山景晋に面目がたたない、と杏坪は憂慮したが、そこまで事が大きくなることはなかった。とはいえ、天領である町方の役人は、又兵衛を重罪人扱いして容赦がなかった。四、五日番所に留め置いて、又兵衛が罪を認めるまで解放しないとまで言い出したのだ。

「あれらも、ちょっとした難癖《なんくせ》をつけているのでございますよ」

長三郎は豪商らしく、泰然として言った。

又兵衛に罪を認めさせるのはたやすいことだったが、天領の誇り高い町方役人と駕籠かき仲間が、そうやすやすと又兵衛を寛恕《かんじょ》、放免するとも思えなかった。しかしながら、四、五日も帰国を先延ばしにすることはできない。ましてや地元の町方と騒動になったのが妓楼からの帰りだったことが藩庁に知られれば、言い訳にも窮する。できるだけ穏便に収めるしかなかった。そのため中尾長三郎の忠告をいれ、下手《したて》に出て怪我をした駕籠かきには治療費を渡し、町方には協力金を払うことで決着をはかった。要した出費は十五両であった。

大柄で腕力自慢の又兵衛がいることで道中、頼りに思うこともあったが、危険もなく旅ができたあとでは、彼のような粗暴な男を帯同させたことを杏坪はひどく悔いた。

印象深い長崎の旅は、その終わりにきて杏坪にほろ苦い感慨を残した。

帰路、疲れが見える一行の中にあって、与一だけが溌剌《はつらつ》として見えた。

「ここは何もかもが異国でございます」

長崎の感想を尋ねる杏坪に、与一がひと言で答えた。

「同じ人間でも住む場所が違えば、こうも生活や言葉が違うものかと驚くばかりです」

「なにやら野蛮で節操に欠ける気もするがの」

「まったくそのとおりですが……それにしても、あの通事らの技量には感服いたしました。ああ易々《やすやす》と異人と意思を通じ合うのですから。何やら、わたしも蘭学を学びたい気持ちになりました」

「蘭学のう。それもよいではないか」

杏坪がよくする朱子学とは趣《おもむき》を異にする蘭学だが、好学の志をつき動かされたらしい与一を矯《た》めるつもりはなく、むしろ若い手付がこの旅を通じて目標らしきものを得たのを喜ぶ心持ちになった。

「では、江戸へでも出て、本気で学問でもしてみるか」

そう水を向ける杏坪に、与一は、

「とんでもございません…… 今のところ、わたしには三次の水が合っておりますゆえ」

と意外な言葉を口にした。

「そうよな、江戸にも長崎にも清《きよ》のような娘はおらんでな」

代官の戯《ざ》れ言が聞こえなかったかのように、与一は先になって歩を進めた。

三

代官一場武助《いちばぶすけ》は三次・恵蘇郡を任されて長い。郡廻りまで務めた父親の跡を継いで郡役所に出仕がかなった。凡庸《ぼんよう》で棘のない性格は役所内では評判がよかったが、それが職務遂行上、有利に働いたかといえば疑問で、しばしば決断を先送りすることで、役所や領民を混乱させることもしばしばだった。

杏坪が郡御用屋敷に出向くと、三次・恵蘇部局の部屋に珍しく一場の姿があった。

「頼殿――」一場はここぞとばかりに声をかけてきた。

「ご存じでござるか、少々騒ぎがあったのを」

「何でござるかの？」

聞けば、月番に当たっている代官一場は、北部の巡回を終えて帰着したばかりという。

「いや、実際は騒ぎは起こらなんだのじゃが」

もぞもぞとしゃべる一場の話から、三次郡の百姓らが社倉の頭取宅を襲おうとしたのだということがようやくわかった。

「事前に企みを漏らした者がおりましてな、町奉行所が頭取宅あたりに待機しておって、集まってきた連中を追い返しましたんじゃ」

「いつのことでござる？」

杏坪が長崎へ出発してすぐ後のことだという。

結局、町奉行所の説得に応じて打ち寄せは成就《じょうじゅ》しなかったのだから、問題はないように杏坪には思えた。

「実は、その計画を漏らした百姓らが、他の連中から村八分の目におうとります。どうにかならんかと代官所に訴え出ましたんじゃが、わしの一存でどうにかなるものでもなし。さて、どうしたものかと思案しながら戻ってきたようなわけでしての」

三次郡櫃田《ひった》村の社倉を襲おうと計画したのは、同村の貧農らであった。主導的役割を果たしたのは六人で、そのうちの二人、久兵衛《きゅうべえ》と藤次《とうじ》なる者が怖《お》じ気づいて計画を奉行所に通報した。このため暴徒は、あらかじめ社倉付近に潜んでいた奉行所の小者や役人によってあえなく撃退された。

襲撃が失敗したあと、村人らはただちに密告者探しにかかった。あまりに見事に目論見《もくろみ》がばれていたので、裏切り者がいることは明らかだったからだ。

久兵衛と藤次はすぐにつきとめられた。三十五になる久兵衛と二十八の藤次は、村の若い衆から殴る蹴るの暴行を受けたうえ、二人の一家は雨戸を締めて外から釘を打ち、戸口にも板を打ちつけるという戸〆《とじめ》の懲《こ》らしめをも受けたのだった。

その後も両人らへの嫌がらせは止まず、村の行事や協力事からはことごとく締め出された。普段の生活もままならず、たまりかねた密告人らは何とかしてくれと代官所へ泣きついてきたのだという。

「それで、いかように措置されたのでござるかの？」

「いやいや、特段、有効な策も思いつかぬままこっちに帰る日限がきましてな……」

策が思い浮かばなかったのではない、考えようともしなかったのだ、と杏坪は苦々しい思いで一場の言葉を聞いた。

「厄介事を順送りするようで心苦しゅうは存ずるが、ここはひとつ次の月番の頼殿に、よしなにおとり計らい願いたいのでございます」

優柔不断な一場武助には密告した百姓らに同情はしても、救おうとしてまで行動する気はなかったらしい。

「では、来月早々にも三次へ参って、じゅうぶんに事態の把握に努めてみましょう」


卯月初旬。

広島の風が水を温ませる頃になっても、三次盆地から遠望できる山々の峰にはあちこちに雪が残っていた。それでも平地には確実に春の息吹を感じる草の芽吹きがあった。

代官所では、大島与一以上に手伝いの清が杏坪を喜んで迎えてくれた。

少女は杏坪と顔を合わすやいなや、羊羹《ようかん》の礼を口にした。

「羊羹？　あれはもうずいぶんむかしのことじゃぞ」

「まあ、先生。つい先月のことじゃのに、忘れちゃったんですか。長崎から帰られた大島さまが、先生からうちにお土産じゃいうて渡されたと言いんさって……おいしゅういただきました。ありがとうございました」

そうか、そうかと言いながら得心した。若い手付は「杏坪先生からじゃ」とでも言って土産を清に渡したに違いない。その不器用な愛情表現に、杏坪は思わず苦笑をもらした。

居室に落ち着くと社倉の騒動に関して聴取すべく、さっそく与一を召し出した。

杏坪は話のまえに羊羹の件をからかってやろうと思ったが、与一の神妙な顔つきを目の前にすると、そんな遊び心はすっと消えた。

有能な手付は、わが留守中に出来したこの事件を知るや、ただちに調査したという。だが、事の顛末を説明する与一の言葉には、いつものような歯切れのよさがなかった。

「気の重い一件です。二人の百姓は、騒ぎを防いだという点では善行をなしたと言えます。ですが、村人の団結を乱したことは明白で、これは人情として許し難い裏切り行為でございましょう。したがって、村八分にされてもいたし方ないと思われます。ですが、村人が寄ってたかって貧民をいたぶっているわけですから、訴えて出られれば代官所としては黙って見過ごすわけにもいきませんし……」

一場武助とは思いに違いはあれど、扱いかねている点では与一も同じらしかった。

「どうなさいます？」

沈黙を続ける杏坪に痺《しび》れをきらした与一が、先をうながした。

「計画を漏洩《ろうえい》したという二人の百姓らを、旌賞《せいしょう》してやろうと思う」

「旌賞？　つまり褒め称《たた》えるということですか」

杏坪はうなずいた。本気ですか、という言葉が与一の表情のなかに見えた。

「郡役所を通じて、藩庁に旌賞の申請をするつもりじゃ」

「納得できません」

とっさに応じた与一の声は、少し怒気を含んでいた。

「あの密告におよんだ者どもは特段、褒められるようなことはいたしておりません」

「結果として、騒ぎを未然にくい止めたではないか」

「勇《ふう》を奮《ふる》って訴え出たわけでもありません。臆病、怯懦《きょうだ》にかられたゆえに卑劣な行為に走ったまでのこと。久兵衛も藤次も、いわば、沈む船からわれだけ助かりたくて、他の者を差し置いて飛び降りたようなものでございます」

「そのために騒動にならなかった、つまり、飛び降りたがゆえに、船は沈まなかったのであろうが」

「とはいえ、密告は義に悖《もと》ります。おおよそ、人の道にはずれるもので、とても旌賞に値する行為とは思えません」

このまま若い手付に思うところを吐かせてみよう、と杏坪はさらに挑発してみた。

「そのほうが言う義の、在《あ》り処《か》はどこじゃ」

「はっ？」

「密告が義に悖ると言うのであれば、その義は騒ぎを画策した百姓らの側にある。――そうだな？」

「仰せのとおりにございます。多数がことを成就せんと一致団結することは、人の道を踏み外《はず》すことにはなりません。ゆえに、義は村人の側にあります」

「わしが二人の密告者を旌賞せんとする理由は、村人に犠牲者が出るのを未然に防いだからじゃ。この場合、義はその二人にあって、騒いだ村人の側にはない。そうであろうが」

「つまり、義は判定する者の立場によって異なるということでございますか」

杏坪はうなずいた。

「頼杏坪先生ともあろうお方が、貧窮の百姓らに種籾《たねもみ》すら貸さない社倉の頭取の味方をなさるわけですか……得心がゆきません」

「社倉のことは、ひとまず置くとしてじゃ、仮に騒ぎになっていたとすればどうじゃ？」

「鎮圧せずばなりますまい」

「当然ながら、首謀者は責任をとらねばならぬ。悪くすれば、打ち首もあろう。されば、密告により騒動を予防した久兵衛と藤次は、それらの者の命さえ救ったことになるではないか」

「お言葉ですが、それは、理屈というものでございます。裏切りはどんな場合も義に悖るもの、情においても許せません」

「黙れ」杏坪は軽く与一をたしなめた。

「われらの身分で、騒ぎ立てる百姓らの肩をもっていかがする。われらは、領民が安寧な暮らしを営むをもって義とする立場ではないか。そのために精勤すればこそ、そのほうもわしも藩の禄を食《は》んでおるのであろうが」

与一は口をつぐんだ。

「わかりました。いえ、すべてを了《りょう》としたわけではありませんが、先生のお立場は理解できました。とはいえ、あの者どもを旌賞するという先生のお考えには賛成できかねます」

そこまで言うと、大島与一は立ち上がって隣の執務の間に入り、一冊の書物を手にして戻ってきた。

「申すまでもなく、これは先生がご編纂なさいました『芸備孝義伝』にございますが」

大島与一は言いながら、ぱらぱらと本をめくった。

『芸備孝義伝』とは、前藩主重晟がめざした領民教化の一策として、領内の孝行者や義人を選んで略伝化して刊行されたものである。一編は九巻九冊、二編は七巻七冊で、それぞれ二百二十、百八十九人の「孝子順孫忠臣義婦《こうしじゅんそんちゅうしんぎふ》の類、凡賞蒙《こうむ》る者」が収録されている。主に杏坪が編纂を担当し、藩主の意図を広く流布《るふ》するため社寺、村役らに配って、ことあるごとに領民に読み聞かせるようにしたのである。

与一はある箇所で手をとめて、やおら文章を読み上げ始めた。

――庄三郎は原村の民なり。本性うるはしくよろづに厚《あつ》くして公の掟を慎み親戚はいふに及ばず広く人を愛して人の為に力を惜しまず己《おのれ》はまた人に煩《わずらい》をかけざるように常に心を用ひけるひとりの女あり。名をいちとよぶ。これまた親を思ふこと深く父年老いて目をさえ病《やみ》けるが内に居てはなでいとおしみ外に出ては耕作して養ひをゆたかにし貢《みつぎ》をも自らはこびおさめしとぞ享保九年親子共に褒章を蒙る――

読み終えると、与一はひと呼吸おいてまた口を開いた。

「こういう話も収録されております。さる村の百姓の妻は夫が亡くなってからは舅姑《しゅうとしゅうとめ》をわが親のように養った。調度を売り払い、雇われ仕事をし、草の根まで採って食べさせた。仕事のないときは三次の町で物乞いまでして義父母を養って、表旌《ひょうせい》を受けたとあります」

「言わんとするところは、何じゃ？」

杏坪は、ややむっとした表情になった。

「かようなことが旌賞に値するのでございましょうか。わたしの養母の親戚には、ここに書かれた女どもと同じような暮らしぶりの者がいたと聞いたことがございます。むしろ、貧しさでは、原村のいちよりはるかにまさっていたのではないでしょうか。それなのに、わたしの親戚が表旌されるということはございませんでした」

「手短に申せ」

「この孝義伝に書かれたような暮らしをしておる者は、領内に満ち満ちておると申し上げたいのでございます。それをいちいち褒めたたえていたのでは……」

「わしが民を安易に旌賞しすぎると申すか」

代官に話を遮《さえぎ》られて、手付は口をつぐんだ。

「よいではないか。孝子、義人、良人が表旌されて何が悪いか。おまえは、そんな一人二人を褒めたたえてどうなるものでもない、と言いたいのであろう。じゃが、頭に花を飾り、身に絹をまとうておっても、心怠りて父母や知人に不義を働く者の多い世の中では、清い心を持つ一人一人の行いが国の基《もとい》となるのだ。ゆえに、孝行、税の完納、互助など奨励するために、わしはこれからもすすんで旌賞を行うつもりじゃ。むろん、こたびの二人の百姓らも、そうしようと思う」

「それでは、密告を奨励するということになりはしませんか」

「そのとおりじゃ。騒ぎなど起こしてはならぬ。誰にとっても益にも得にもならんでな」

「お言葉ですが、騒動を誘発する領民の不平不満の種を除かねば、何も解決したことにはなりませせぬ。故に、しいたげられた弱者が、実力行使に訴え出るのもまた義でございましょう。その行為を妨害するような密告があからさまに許されるとなれば、もはやわたしにとって義は死語でございます……。僭越ながら、わたしは今後とも密告・裏切りを許すつもりは毛頭ありません」

この手付にしては珍らしく決意のこもった目つきで長口上を述べ、儒者でもある上役との論争を自ら収めた。しかし、うつむいた彼の膝の上では、しっかりとこぶしが握りしめられていた。

このとき杏坪は何も返さなかった。若い手付の固い信条に対し、一抹の危うさを感じはしたのだが。

翌日、杏坪は林、大島の二人の手付を伴って櫃田村に向かった。林幾助は老婆心よろしく、警護の小者を連れていくべきと主張したが、杏坪は足手まといだとして、これを一蹴した。

村内にある神社に村人を集め、騒動を煽動しようとした六人のうち四人を、杏坪は強く説諭した。そして、密告した二人に対する村八分などの嫌がらせ行為をやめるようにと言い渡した。

「皆、仲良《よ》ういたせ。互助してこそ、暮らし向きもようなるのじゃ。弱い者をいたぶってどうする。何の益もないではないか」

「へえじゃけえ言うて、お代官さま、社倉のことはどうなりますんか。わしらの助けにならん社倉なら、主役や頭取はもとより社倉そのものがいらねえんじゃあがんせんか」

ひとりの若者が発言した。その甲高《かんだか》い声と鋭い目つきに、うちに秘めた憤懣《ふんまん》の大きさが見てとれた。

「おまえたちの意に沿うよう、主役や頭取をわしが説得してみよう。さらに、社倉への不平不満は、必ずや藩庁へも報告いたすつもりじゃ」

杏坪は本音で百姓らと向かい合った。管轄違いの社倉のことゆえ、代官としての歯切れの悪い説明はいたしかたないことだった。集まった百姓らは、役人の話を神妙な態度で聞いてはいたが、神社をとりまくとげとげしい空気は集会の最後までゆるむことはなかった。

四日間の公務を終えて広島へ戻る杏坪を、与一はいつもどおり岩神の渡し場まで送りにきた。

「社倉の現状を調べてもよろしいでしょうか」

三次を離れる日、渡し船に乗り込もうとした代官に、与一が耳打ちした。

「社倉を懲《こ》らしめなければ、今回の村八分の騒動が解決したことにはなりませんから」

「気の済むようにいたせ」

与一は杏坪の言葉にうなずいたが、そのあとは堅い表情のままで、これまでになく寡黙で代官一行を見送った。

広島への道中、与一のよそよそしい態度が気になった。民百姓に心寄せの強い手付だけに、義に関して為政の建て前をとおした上役を許せないのだろうかと思った。

若いということじゃ――と、杏坪はひとりつぶやいた。

広島に着いてからも、社倉の件は杏坪の頭を悩ませた。

社倉とは、備荒貯穀《びこうちょこく》、つまり飢饉に備えて穀物を備蓄しておく倉のことで、闇斎学派をたてた、かの山崎闇斎が「朱子社倉法」を紹介したことで全国で関心が高まっていったのである。直接には藩の関与はなく、各村ごとに自主的に管理運営され、飢饉に際しては、倉を開けて粥を施したりする救援活動の一翼を担っていた。

制度自体はすぐれた機能を有していたが、実態は、藩が下げ米などすることもあって、藩の役人が管理に口をはさむ余地があり、さらに社倉を取り仕切る社倉主役や頭取といった村役人がその実権を握っていたので、不正がはびこる温床ともなっていた。

このたび櫃田《ひった》村で未遂に終わった騒動の発端は、その頭取が貧農に種籾《たねもみ》の貸し出しを拒んだというものだった。社倉は穀類の備蓄を増やすため種籾を貸し出すことが許されており、多くの社倉では、二分から三分程度の利子で村民に貸し与えていた。

ところが、櫃田村では貸し出しはするものの、貸し出し基準が厳しく、多くの貧農は籾を借りることができなかった。つまり頭取としては、食うや食わずの百姓に貸したのでは利子が取れないばかりか、貸し倒れになる恐れもあるので、要求を拒んだのである。

一般的に社倉の貸し出しは、比較的余裕のある富農ばかりがその恩恵を享受し、もっとも種籾を必要とする下層農家は制度の外におかれていたのだ。それは櫃田村でも例外ではなく、長年の不公平感が嵩じて、ついに百姓らが叛乱しかかったというのが、事の経緯であった。

櫃田村の社倉はともかく、各地の社倉で穀物は銀融取引の対象にもなっている。利率も社倉主役や頭取に任されていたから、利益の実態も明らかになることもない。緊急時に倉を開けてみてはじめて、備蓄されているはずの米麦がほとんどないという事態が発覚することも珍しくなかったのである。

与一は以前から社倉の内実を口にしていた。杏坪が村八分の一件を問題視する前に、郡内のすべての社倉を代官所の権限で調査すべきと主張していた。その際には、社倉と上下銀が密接につながっているとの噂も披露したりしたのだった。

調べるだけなら火遊びのようなものだが、解明してその実態に手を突っ込むようなことにでもなれば、それこそ社倉を管轄する大目付が黙っていまい。下手をすれば、火傷《やけど》程度では済むまい……杏坪は、国泰寺東の屋敷に帰りつくまでひたすら大島与一のことを考えつづけた。

密告者を褒章するという杏坪の提案は、広島の藩庁でもちょっとした物議をかもした。郡御用屋敷では、寺西監物が郡役所として褒章してもよいと、いとも容易《たやす》く許しを与えたが、この話が上層部に伝わるや、執政方は激怒したという。

「裏切り者を褒めたたえるとは何事か、とわたしが叱責をくらいました」

寺西監物は苦い顔をした。毎度、杏坪が持ち込む問題に辟易している様子である。

「二人は、騒動を未然に防いだのですぞ。立派な行いではありませんか。まさか褒章銀を出し惜しんでいるわけではござるまいが……」

杏坪は郡奉行の弱腰を暗に皮肉った。

「騒ぎは騒ぎ、裏切りは裏切り、と峻別《しゅんべつ》して取り扱えとのお達しでござる」

「武門の出の方々には、何としても裏切りは許せぬものと見えますな」

「頼殿、それはわたしにではなく、勘定方の筒井お奉行に申し上げなされ。褒章まかりならんとの申し渡しは、筒井様から発せられましたのでな」

「では、わしの懐からでも出しておきましょう」

「なりませんぞ」寺西監物は顔を赤らめて叫んだ。

「筒井奉行から、裏切り者には鐚銭《びたせん》一文与えるのも、片言隻句《へんげんせっく》、褒め言葉をかけてもならぬと釘をさされてござるでな」

杏坪は、しばらく監物の顔を凝視していたが、やがて黙って頭を下げた。

四

父が庭に菊を並べ始めた。いよいよ開花が近いらしく、寺西監物は父親がたすき掛けになって、甲斐がいしく鉢植えの植物を世話するのを漫然と眺めていた。

「近頃は竹刀を振る姿をとんと見なくなったな」

「素振りに熱中するほど若くもありませんよ」

「さりとて、まだまだ老けこむ歳でもあるまいが」

監物の答えに、又右衛門はすぐ切り返した。

「よほど公務繁多と見えるな」

父親は無駄葉の剪定《せんてい》をやめて、鋏《はさみ》を手にして縁側に端座する監物の脇に腰をおろした。

「またぞろ、頼杏坪のことか」

又右衛門は下男が火を運んでくると、さっそく愛用の煙草道具を用意しながら言った。

「あの御仁には、お手あげです」

「歎願書や上申書を連発しておるそうではないか」

「さすが、よくご存じで」

「元部下だった菊仲間からの情報じゃ。祐筆方も、万四郎が提出する文書を書類にするのに大忙しと、こぼしておるというぞ」

「頼殿も、管轄する郡が増えたので、いよいよ本気になられたのではないかと、郡役所ではもっぱらの噂で……」

「あれが本気になったのは、北部四郡の代官になったからではあるまい」

「と申されますと？」

監物は父親の横顔をのぞき見た。

「腰の重い執政方に牙をむいたということじゃな」

「執政に？　牙を？」と、監物はおうむ返しになった。

この年文化十三年（一八一六年）、頼万四郎杏坪は三次・恵蘇郡に加えて、奴可・三上両郡の代官を兼務するよう辞令を得た。執政側に頼杏坪を北辺に縛りつけておこうという意図があったかどうかは、定かではない。だが、老代官としての北郡に関する雑務が二倍になったことは事実で、儒者として学芸はもとより藩庁内の動向に心をふり向ける時間は確実に減った。

杏坪は粛々として辞令を受けた。六十一歳という高齢を理由に致仕を言い出すのではと期待したとすれば、執政側の思惑は外れたことになる。

「頼殿は、いったいどうされたいのでしょうか」

「土地政策のことか」

「はい。頼殿が提言されておる地概《じならし》、均田制など到底、一朝一夕になることではありません。もとより郡御用屋敷には、それの是非を判断する機能も権限もありませんし」

「それが頼万四郎の狙いじゃ。郡役所に属しながら、おのれの上役らに解決能力のない政策の実行を促すというのじゃから、実に手がこんでおる」

「問題はそこです。そもそも地概が百姓らにとっての良策なのか、わたしには今もって判然としません」

監物も煙管《きせる》を口にくわえ、大きく吸いこんでちょっと煙を吐いた。

地味（＝土地の良し悪し）を勘案して田地を上中下に分けて課税しようとする地概は、三上・恵蘇の二、三の村で実施された。上《じょう》の田は富農が所有している場合が多く、生産力が低い下《げ》の田と同じ税率では不公平だというのが着眼点であった。

杏坪はその効用の結果を次のように説明している。

村の年貢の総量は変えずに土地の生産力に応じて税を徴収するので、上の田では負担は増すが、中・下の田の所有者らの税額は低くなる。したがって、百姓の半数以上は地概を歓迎し、反対するのはせいぜい二割ほどの富農である、と。

「万四郎がどんなに力説しようが、この施策が領内全村で実施されることは、まずあるまいな」

父親の言葉に、監物はうなずいた。

富農の多くが代々の村役か、あるいは旧家である。村民を威圧し束ねることのできる地位にある彼らの支援なしには、郡政は成り立たない。そのため、仮に八割の村民が地概に賛成したとしても、藩庁は二割の富農の利益を優先せざるを得ないのだ。

「地概の地味判定の段階で、隠田《おんでん》が見つかるという副産物もある、と万四郎は申しておるそうだな」

「そのとおりです。隠し田を持っているのも大抵、富農ですから、うまい汁を吸えなくなってはと、彼らは頼殿の策に異を唱えましょう」

「それで、郡役所は万四郎の提言をどうした？　放置したのであろう？　すると、万四郎は直接勘定方へ訴え出る。そこで、勘定方はどうする？」

「どんなにすばらしい案件でも、古格に抵触するなら却下、あるいは無視……　梨のつぶて、というのが勘定方のいつものやり方ですな」

監物は苦《にが》そうな顔で煙を吐いた。

頼杏坪の提言に諸手《もろて》をあげて賛成するわけではないが、儒者代官のいう「浦辺成都《うらべせいと》」「奥筋衰郡《おくすじすいぐん》」、つまり南の海沿いは繁栄し、北の町村は衰退していくという分析には首肯すべきものがある、と監物自身も認めてはいるのだ。

頼杏坪は重役らに提言を行う前に、必ず監物にそれを臭わす発言をする。たとえば、藩庁中枢を揺さぶった領内総検地実施を要求する際には、杏坪と寺西監物のあいだで次のような会話がかわされた。

「お奉行は、ここ百年の間に北辺四郡の人の数がどれほど減少したか把握しておられましょうや」

「定かではありませんが、五、六千人ほどだったように記憶してござる」

「とても、とても、その倍の一万二千以上減っております」

代官職を務めるかたわら地誌編纂《へんさん》にも携わっている杏坪は、過去の資料に精通している。そうした知識の点では監物の及ぶところではない。

「天候や貧窮のせいで子供が死亡するというのも人口減の原因のひとつではありましょうが、主たる理由は生産条件が整っていないため、食い詰めた百姓らが他国へ罷《まか》り越《こ》して渡世するようになったからでございます」

「それに関してはよう認識しておるつもりです」

と、監物はむっとして答えて、

「北の生産条件が脆弱《ぜいじゃく》だということは、郡役所では古くから周知の事実でございますゆえ」

と紋切型に返した。

「では、ご存じでありながら奉行はさしたる施策も打たなんだ、とおっしゃる?」

「頼殿、それはちと暴言ですぞ。何もしなかったわけではござらん」

「例えば、どのようなことをなされたと?」

と言いながら、頼万四郎杏坪は監物に鋭い視線を投げつけた。思わず寺西監物は無言になった。一瞬、奉行が代官に射すくめられる。

「民から、たたら場の鉄を取り上げ、紙漉きの紙を取り上げられた。徴税のやり方も検見《けみ》をやめて定免《じょうめん》に変えられた……」

「代官殿、そう皮肉を申されますな。鉄や紙はともかく、徴税手段において検見法が定免法に変わったがゆえに、村役や郡方の役人の不正は減ったのではありませんか」

検見法とは村内の数カ所の田で坪刈りを行ない、籾の量を計かってその年の年貢を決めるやり方である。そのため長年、田の選定や籾量の算出をめぐって村役や代官所の役人とが駆け引きをくり返してきた。結果、賄賂《わいろ》が横行し役人の不正腐敗の温床となり、徴税方法として必ずしも優れているとはいえなかった。

それにくらべ、定免法は例年の収穫高をもとに豊凶に関係なく、一定期間、定額の年貢を徴収するというものである。

「定免が優れた方法のような申されようでございますが、わたしとしては百姓にとっては検見法が理にかなっておると思うておりますぞ」

「ですが、民百姓は、それでは役人が不正にはしると申して、検見に反対したではありませんか」

「それは役人が性悪《しょうわる》だからで、彼らが聖人のごとく職務に精励すれば、百姓は検見法を喜ぶに決まっております。それをあたかも百姓の側が定免を望んだかのように申されるのは、ちと状況認識が甘うござる。さらに申せば――」

と杏坪はかつて藩庁が実施したいくつかの政策を批判した。その長口上《ながこうじょう》にさすがに温厚な寺西監物も顔色を変えた。かつて自らも関与した施策のいくつかもやり玉にあがるに及んで、奉行の唇は怒りでかすかに震えだした。

「頼殿、われらを愚弄なさるおつもりか」

「滅相もないことでございます。ですが、郡役所が、古くから周知であった様々の矛盾を改善なさらなかったのは、いかなる所為かと申し上げたいのでございます」

「それは、わたしに訊かれても返答いたしかねる。なぜなら、その頃、わたしは生まれておらぬか、または幼く、さらに役職にも就いておらぬゆえ」

「これはお奉行とも思えぬお言葉…… かくも軽佻浮薄な言い訳が通用するならば、奉行をはじめ郡廻り、われら代官、それに手付などは、何用のための役職でありましょうや」

監物は目の前の老儒者から試問を受けているような気分になって、一刻も早く追っぱらってしまいたくなる。いつものように、真綿で首を絞めるように、じわじわと搦手《からめて》から攻めたてられるのだ。

奉行は代官の問いに口を閉ざす。とてもひと言で答えられるような質問ではないのだ。すると、代官頼杏坪は、問いかけの切り口を変えた。

「例えば　北の免《めん》（＝租税率）は租税率のうえからも、高すぎるとは思われませんか」

　南の税率と比べれば、北郡の村々が不公平感を抱いているのは否めない、と監物も思う。

「年貢が定免になり、その年貢米を銀納しなければならなくなってから、北の百姓らはますます不利になっております。たとえば、浦辺《うらべ》では米一石《いっこく》が銀六十五匁の値がつくのに対して、山辺《やまべ》の奴可郡では四十五匁になればいいほうで、そのため、二十匁を足してやっと年貢率に換算できるのでございます」

「北郡を担当する奉行のわたしとて、それは納得できないところです。とはいえ……」

監物はすんでのところで後の言葉を呑み下した。

　それは上の決定ゆえに、いた仕方ないことではありませんか――頼代官は郡奉行にそう言わせたいのだ。寺西監物は奥歯をかんで耐えた。

　儒者代官の陳情や苦情は、その多くが藩庁の一部署にすぎない郡御用屋敷が取り扱える範囲を超えていた。地概《じならし》といい、税率の均衡《きんこう》といい、郡役所の一存で片がつくような問題ではない。先に、騒動ありと垂《た》れ込んだ百姓らを表彰せよと頼代官がねじ込んだ折も、郡役所はこれを許そうとしたが、上から横槍が入って立ち消えとなったのをみても、それは明らかであった。

「詰まるところ、頼万四郎はおのれが思う理や義を通そうと、郡役所を間にはさんで上層部ともみ合っているのであろうな」

又右衛門は煙草盆の縁にぴしゃりと煙管《きせる》を打ちつけて、つぶやいた。

「とりわけおまえは、万四郎の直属の上司だから、何かとあ奴の的にされやすい」

「そう考えると、わたしなどはよくよく損な役回りですな」

郡御用屋敷には九つの局があり、それぞれ奉行が管轄している。穏やかな地域もある一方で、他方、北の貧郡を担当する自分が、もっとも貧乏籤を引いているように監物には思えるのだ。

「しかし、このたび万四郎が献策したという隠田自訴の奨励や、総検地の実施などというのは、これまでの陳情の類《たぐい》とはちと趣が違ごうておるぞ」

浦辺《うらべ》と山辺《やまべ》における税率不均衡を是正せよとさんざん監物をやり込めたあと、頼杏坪は執政部に対して、領内の隠し田を一掃せよと訴え出た。隠田を所有しているのは、その多くが富農である。彼らが好んで隠田を申し出るわけはないから、正直に申し出た者には、それなりに褒賞銀を与えよというものであった。

「田畑を隠し持っているのは、百姓だけとは限りません」

「さて、そこじゃ」

又右衛門は息子の言葉に我が意を得たりとばかりに話をつづけた。

「家老をはじめ、重役らの知行地にも隠し田はある。それが表に出れば、石高《こくだか》を削られるは必定じゃ。それゆえ、みすみす我が隠し財産が暴かれかねない施策の実施を、重役方が許すわけがなかろうぞ」

総検地など論外じゃ、と言いながら又右衛門は、指先で吸い口をひとなでするると、器用な手つきで煙管《きせる》を胴乱にしまい込んだ。

「百年以上実施されていないからこそ、検地をやるべきだと頼殿は訴えております」

「四十二万六千石といわれるほどの土地じゃぞ、総検地をやるとなると、完了するまでにいったい何年かかると思う？」

「百年の大計を成すのに数年を惜しむべからず、というのが杏坪先生の主張です」

「似非《えせ》（＝いんちきな）儒者が言いそうなことじゃのう」

思わず息子が頼万四郎のことを先生と呼んだので、又右衛門は皮肉で切り返した。

「北の代官風情がどんな善言を口にしようが、犬の遠吠えに似て、今度もまた執政のお歴々は誰も耳を貸すまいのう」

北の郡代官の提言書や嘆願書、陳情書、献策書など、名称は変われどつねに立派な書類に仕上がっている。それらが頼杏坪の名で出されたと知るや、碌《ろく》に中身を吟味されることなく等閑《とうかん》に付されるのだから、寺西監物には儒者代官の行為はまるで徒労に思えるのだ。

それにしても、一代官が臆することなく執政役に挑んでいくその胆力に、監物はいつも舌を巻く。

「わたしが重役なら、呼びつけて一喝してやりたくなりますな」

「おまえは万四郎の上役ではないか。今でも喝を入れようと思えば、できるのではないか」

なぜ、やらぬ？　と又右衛門は息子を挑発する。

「それは……」

「できまい、できはしないのじゃ」

「ご家老や、年寄格の川村様、それに勘定奉行の方々なら、頼殿を諫《いさ》めることができるのではありませんか」

「頼万四郎の言い分が理にかない、義に沿うているのに、どうやって喝破する？　うるさい、分《ぶん》をわきまえろ、とでも叱責するか？」

父親は慈《いつく》しむように監物に笑いかけた。

百舌《もず》が塀際の庭木のなかで監物の胸の内をつつくようにけたたましい鳴き声をたてた。

「このたびの献策が無視されるようなら、万四郎は必ずや牙をむくぞ」

又右衛門は、手にこびりついた泥をはらうと、やっと茶碗を口にはこんで言った。

「牙をむく、とは？」

「それは、わしにもわからん。ただ、もう万四郎も若くはないから、心身ともに丈夫なうちに言うべきは言い、やるべきはやる、と心を決めておるのではと思うのじゃが、さて、どうであろうな」

「上役としては、うかうかしておれませんな」

監物も父親につられて碗に手をのばした。

「誰ぞ、おまえの手足となって働く者に当てはないのか」

「手足、とは?」

「いわば、子飼いのような部下のことじゃ」

監物は、又右衛門から北郡の動静をつぶさに報告してくる連絡役を三次代官所に送りこめ、と言われているのだとやっと気づいた。間諜《かんちょう》(=スパイ)を放てと進言する父親も珍しい。

「頼万四郎という男のあしらい如何《いかん》におまえの将来がかかっておるとすれば、あれのやり口、やり様を知る必要があろう。さすれば、おまえの手足になって動く人間がいてもよかろう」

久しぶりに父親と長い話をかわし、やっと父の言わんとするところが見えてきた。

「ひとり、それらしき者に心当たりがあります」

監物の言葉に、又右衛門はただ無言でうなずいた。

広縁に軽い足音がした。その歩き方だけで誰がやってきたか、わかる。

「お代官さま、ちょっと、ええですか」

案の定、清だった。返事も待たずに部屋の障子を開けて入ってくるや、

「こんど来ちゃった人じゃけど……」と口をとがらせた。

手入れをさせた庭先の植込みの躑躅《つつじ》の枝ぶりに目をやりながら詩作にふけっていた杏坪は、ひと息に現実に引き戻された。下役の者が闖入《ちんにゅう》したのなら、静謐《せいひつ》な時間を邪魔されていい気分はしないのだが、清が北部の方言でしゃべるのを聞いていると、なんとなく京娘がそばにいるようで、不思議と心がなごむのである。

「井上新八のことか」

杏坪は筆を置いて言った。清は素直にうなずいた。

「うちゃあ、あの人は、ずんど（それほどは）好かんです」

「あれのどこが気にくわぬと言うのじゃ？」

「どこいうて、だましにゃ（急には）、思いあたらんです……うちのことを妙な目で見とられる気がして、うちゃあ、いびせえ（こわい）ですけえ」

新八は、三次の代官所に常駐するよう郡役所から命じられ、先月、郡廻り補佐に昇進して、佐伯郡から三次・恵蘇郡へと転任してきたばかりであった。初めて顔を合わせた折、清は新八から世話を頼むと言われた。その言い方も物腰も気に障《さわ》るほどではなかったが、若い娘の扱いは心得ているといわんばかりの自信のようなものが鼻についた。

与一も朝夕の食事を代官所でとるのだから、新八ひとり増えたところで、さして手がかかるわけでもない。ただ、新八のために料理するのは何やら気がすすまなかった。

「ほんまはええ人で、親切げにしてくれてんじゃが、どがあしてもあの人とは、うちは仲ようやっていけん気がするんです」

「清でも仲ようなれんか」

代官はからかうような口ぶりだったが、清は真剣だった。新八にじっと見つめられたりすると、身がすくむような心持ちになることさえある。このまま新八と顔をつき合わせていれば、いつかとんでもないことになるのではと悪い想像をめぐらした。そのため、たびたび代官所の手伝いをやめてしまおうかとまで思った。その決心がつかないゆえに悩んで、代官に直訴しているのである。

「では、清は誰となら仲ようやっていけるのじゃ？　与一のような男か」

「まあ、お代官さまも好かんけえね」

清は杏坪からずばりと言われ、あわてて顔をそむけるしぐさになった。代官は新八のことは、どこまでも冗談のつもりで聞いている。だが、清にしてみれば、新八がやってきたことで、代官所での平穏な日々がこわされるような気がしてならないのだ。

井上新八には妻子があったが、単身で赴任してきた。事情はともかく、家庭が広島にあるということで、ふた月に何日かは帰広が許されている。彼が三次からいなくなると、清は雨が上がったような晴れやかな気分になるのだが、さすがにそんなことまでは代官に伝えられなかった。

新八はそれこそある日突然、三次代官所に出向してきた。与一や、佐伯郡の一件で杏坪らを追い詰める役を演じたことを思えば、新八のほうにもわだかまりがあっても当然だったが、郡廻り補佐役に昇進した彼は、平然と北の任地にとけ込んでいる。

これまでの行きがかりはともかく、村役などの不正を暴きたい杏坪にとって、ここへきて新八を得たのはありがたいことだった。

果たして、与一はどう思っているのだろうかと杏坪は思った。

彼は新八が来てからというもの、郡周辺部への巡回に出ずっぱりだという。清が新八のことをこぼせば、負けじと林幾助が与一の不在に不平を鳴らした。

「あっちこっちの村へしんびょうに（せっせと）出かけるんもええんじゃが、ここにも仕事はえっと（たくさん）ありますけえなあ」

新八と与一の関係を知らない手付林は、代官所内の雑用をやろうとしない与一が気に入らないらしかった。

「それにくらべてこう言うちゃあ何じゃが、あの井上いう若いんはようやりますで。頼んだら、まず、いんにゃ（いやだ）、言うたことがないですけえな。さすが、郡廻り補佐役いうんは、まんざら伊達《だて》じゃがんせんの」

幾助は反《そ》った前歯の間から、言葉といっしょに唾を飛ばして杏坪を閉口させた。いったいこの男が、清と同じ三次弁をしゃべっているとは、どうしても思えないのだ。

新八は前任地で文書関係に携わっていたということで、林幾助は、ここでもいわゆる祐筆役のような仕事をさせたいと杏坪に提案してきた。与一に一応相談してみると、

「先生さえよろしければ、わたしに異存はありません。あれは学もあり、筆も達者ですから」

と、あっさりと賛成した。その淡白な口ぶりから、新八のことには極力関わりたくないという雰囲気がありありと感じられる。

「そのほうは、いかがする？」

「わたしはこれまでどおり、泥臭くあちこちへ出向いて情報を集めてまわりましょう。知れば知るほど、この北郡には解決すべき問題が山積しておりますから、誰ぞが目配り、気配りをしておかねばなりますまいゆえ……」

「確かにな。それはともかく、そのほうが、あまり出歩くので清が寂しがっておるぞ。たまには、あれの相手もしてやるがよい」

「先生には、何でも言うらしいですね。いつまでも子供ですから、困ったものです」

「そうでもないぞ。大島与一のことが心配でたまらんと見える。武士らしく振るまうのもよいが、清にかぎらず女子《おなご》というのは、ときにはやさしい言葉をかけてもらいたいものじゃぞ」

与一は眉根を寄せて、いかにも困ったという表情になった。

杏坪は大島与一の変化を敏感に感じとっていた。上辺《うわべ》はさほど変わったようには見えなかったが、村八分の一件以来、代官に対するときの彼は、少し距離をおくような態度をとっている。大島与一という人間が、ひとまわり小さくなったような気がするのだ。

人は伸びる前には縮んで見えるものだ、と杏坪は何かの壁を越えようとしている与一の心根を思いやった。

「井上新八とは、どうじゃ?」

「と申しますと?」

うまくやっておるのかと聞かれて、与一は日焼けした顔を少しゆがめた。

「私情を捨よとは言わぬが、職務を遂行するからには、できるだけ過去のいきがかりは忘れて励めよ」

もとより、そのつもりでございます、と手付は応じたあと、

「そもそも新八は何用とて、ここに派遣されたのでありましょうや」と訊いた。

「北辺の業務を円滑にするためであろう。寺西お奉行のありがたいご配慮じゃ」

「あれほど備北の政事に冷やかだった郡役所が、にわかに仏心を起こされて新八を遣わされた、というわけですか?……何やらうさん臭い気がいたします」

杏坪の言葉に、与一は不満顔を隠そうともせず言った。

「北辺での勤めをつつがなくこなした後、井上はいずれ代官補佐にでも昇進することに

なっておるのではないかの」

「先生とわたしを監視する役を負うておるのではありませんか」

与一の言葉に杏坪は怪訝《けげん》な顔つきになったあと、やや頬をゆるめた。

「監視役とは言いえて妙じゃの。それならそれで、じゅうぶん監視させればよい。ただし、たとえ井上が密《みそ》かな命《めい》を帯びておるとしても、わしにとっては部下のひとりにすぎん。存分に働いてもらうまでじゃ」

「それはともかく、と与一は笑みで返したあと、声をあらためて、
恐れ入ります、先生からご指示のあった例の調査でございますが……」

手元にあった書き付け帖に目を落としながら言った。

「三次・恵蘇の両郡内における孤老はおよそ四百余、十五歳以下の孤児は三百を越えております。奴可・三上を加えると、倍近い人数になるやもしれません」

「そうか」と、杏坪はやおら腕組みの恰好になった。代官が深刻そうな態度を示したので、与一はやや大袈裟《おおげさ》な数字を口にしたのを悔いた。

杏坪は救民策の一環として、まず子のない老人と親のない子に援助の手をさしのべようと考えていた。そのために、この手付に命じて、対象となる老人や子供の大雑把《おおざっぱ》な人数を調べさせていたのである。

孤老は野垂れ死にするほかなく、孤児は盗賊やごろつきなどの犯罪者になりやすい。と

もに国にとっては大いなる損失であり、経世済民を実現するためには、この問題の解決こそ急ぐべきである、というのが代官頼杏坪の考えだった。

「わしが懐から出せる銀子では心もとないな」

杏坪は自分の貯えから百石ほどを出資して、これを村方へ貸し出し、年二十石ほどの利子を救済に当てようと考えていた。しかし、与一のあげた窮民の数からすれば、米穀二十石程度の利子では間に合わないのは明らかだった。

「予定どおり具申なさいますか」

「たとえ焼け石に水、ということになっても、何もしないよりはよかろう」

「具申されたとしても、上からお許しが出ないのではありませんか」

「そうか？」

「何とはなしに、そう思われます」

と、手付大島は持ってまわった言い方をした。

与一の懸念をよそに、頼代官は井上新八に命じて救恤《きゅうじゅつ》（＝救い、恵み）の企図《きと》を文書にまとめさせ「鰥寡孤独救方《かんかこどくすくいがた》に付《つき》申上《あぐ》る書付」と銘打って、勘定方へ提出することにした。

鰥寡孤独とは、老いて妻のない夫と、夫のない老女、年老いて子のない者、孤児をいうもので、孟子《もうし》は四窮民として救いの手をさしのべるべきと説いている。杏坪はこの考えを実践しようというのである。だが、大島与一は、代官の提案はすぐれた施策ゆえに許可されないだろうと思っていた。

　杏坪が広島へ戻る前日、代官所の一室で代官と手付の間で業務の確認が行われた。その場で与一は、井上新八の手によってできあがった上申書のことに触れ、提出に反対した。

「大島、頼お代官のお考えのどこが不満なのじゃ？」

　与一に難色を示されて、自分がこしらえた文書が貶《おとし》められたとでも思ったのか、新八は色をなして声を荒らげた。

「おそらく、村方の反発が予想される」

「なぜじゃ？　利子の安い銀子を用意されたお代官の志は、村方にとっては心強いことではないのか」

「その安い利子が問題なのじゃ」

　与一は新八には目もくれず、杏坪を見すえて答えた。

「ご存じのとおり、社倉も米銀を貸し出しております。その利子は概ね二割でありますから、先生が二割を下まわる利子で貸し出されれば、社倉の利を食うことになります。となれば、各地の社倉頭取などが反対の声をあげるは必定でありましょう」

　それでなくても気性の荒い土地柄である。利、不利にはことさら敏感に反応する村役らが、この施策にはげしく抵抗するだろうと予想されるという。

「社倉などの貸し出し行為にくらべれば、百石など些細な規模だぞ」

新八はさらに語気を強めて与一に迫まった。

「規模の大小が問題なのではない。頼代官という役人がこれに関わっていることを、村方は警戒するのだ」

「どういうことだ？」

ここでは新任の補佐役であっても、井上新八には与一に対抗する意識がある。さらに、経済規模の大きな郡で幾多の任を務めあげたという自負もあり、容易に与一の意見に屈伏するつもりはないらしい。

与一はかまわず自説を主張する。

「役人や役所が銀貸しをするというだけで、村方を刺激する」

「それはどうかな。いや、たとえ村役どもが反対しようが、多くの貧民がその恩恵を受けて救われるのだぞ。誰に遠慮がいるものか」

新八はせせら笑うような口調で言い返した。その嘲《あざけ》りには与一も皮肉で応じる。

「補佐役殿はまだこちらに来て日が浅いから、当地の人気《じんき》がわかっておられんのだ」

「なんだと、ちいっとばかり長い勤めをひけらかしたいのか？　ならば、申せ。おぬしが北辺の社倉について知っていることを洗いざらい申してみろっ」

短気な新八は、異母弟《いぼてい》から北の事情に疎《うと》いと指弾されて、烈火のごとくまくしたてた。

手付の与一が、郡廻り補佐役という上役の自分に非難めいた言葉を返すのも、新八の癇にさわった。

「さあ、申せ、申してみよ」

「井上、まあ、待て」と、杏坪が二人の間にわって入った。

「大島の言い分もわかるが、とりあえずこたびはわしの考えを訴え出てみるつもりじゃ」

「ですが、先生。社倉がこぞって先生の案に反発するのは必定です。それどころか、大目付をも刺激することになりましょう」与一は言い切った。

しかし、杏坪は井上新八の意見を容れて、彼の手になる陳情書をもって広島に戻り、ただちに藩庁上層部に提出した。その結果は四日の後、郡役所へ出向くと寺西監物から伝えられた。

「頼殿自身が個人に銀貸しをなされるのであればともかく、藩としては、百姓相手に高利貸しをするようなやり方にお墨付きは与えられぬ、というのが勘定方の意見でござる」

「高利貸しではござらん。むしろ、低利ではございませんか」

杏坪はむっとして答えた。

「いやいや利率はおくとしても、個人が出資する場合は会計が不明朗になりがちで、まして郡方の役職にある者を胴元と認めるなど、前例がないとの判断でござろう」

杏坪は鼻白んだ表情で郡奉行の言葉を聞いた。会計が不明瞭なのは、勘定方が管掌する組織も負けていないはずだった。たとえば、毎年、藩庫から社倉へ下げ渡される御救い米などはその典型で、その米をどう使うかは社倉主役や頭取らの善意善行にゆだねるという曖昧さである。手付大島与一は、まさにそこを問題にして調べようとしているのだ。

「役人個人による領民への銀貸しはまかりならん、と勘定方の筒井奉行じきじきのお達しでござれば、このことは頼殿においても厳守なされよ」

寺西監物は命令口調で付け加えた。またも筒井極人《つついきわめ》の鶴のひと声で貧民救済の芽がつぶされたのである。

父から相談を受けた当初、お救い銀の貸し出しに大いに賛同した息子の佐一郎は、提案が拒まれてさぞや落胆しているだろうと思ったが、役所からさがってきた父親はさほど気にしている様子もない。いつものように穏やかな様子で夕餉の膳についた。

「なかなか父上の陳情が日の目を見ませんね」

「百年河清《かせい》を俟《ま》つ（＝いくら待っても実現しない望み）というが、的を射た言葉じゃな」

杏坪は淡々と応じた。気落ちした風もない。

佐一郎にはむしろ、父親は勘定方に計画を却下されたのを楽しんでいるようにも見えた。

「それにしても、父上の具申を大抵は重役の方々が決裁されるというのは、ある意味、愉快なことではありませんか。つまり、父上が改革案を具申されるたびに、藩庁はそれなりの対応を迫られるわけですからね」

「具申も、お取り上げになってはじめて喜ぶべきでな。あの方々がわいわい論議されるだけでは、改革案もへったくれもない。ただ、頼の爺《じい》め、うるさい奴じゃと思われるのがせめてもの慰めではあるがの」

「それにしても、このたびは早々と結論が出たものですね」

佐一郎の言うとおりだった。これまでの例では、具申なり陳情なりに対して上層部から回答があるのはひと月、ふた月なら短いほうで、半年、一年待つのもあたり前だった。

「何らかの企みを思わせます」

出仕して数年もたてば、佐一郎もしだいに政事の裏が読めるようになっている。

「勘定奉行の筒井様との間に、確執の種でもございますか」

「確執などない。そもそも確執などというのは身分・格式が対等である間柄どうしでの反目であろう。筒井殿と頼家とでは、はなから戦《いくさ》にならん」

「それでも挑まれるのでございますね?」

佐一郎がからかうような目をして言った。杏坪はこれを黙って受け流した。

五

三月下旬、定例の北郡巡察を済ませたあと、杏坪は許可を得て石見国《いわみのくに》の温泉津《ゆのつ》までの旅に出た。目的は近頃症状が悪化してきた脚気《かっけ》の治療であった。

脚気は杏坪にとって持病のようなもので、だましだまし薬を使って養生に努めてきた。しかし近年、地誌編纂の機運が高まり、その資料集めや現地踏査などのため領内各地を歩きまわったのがたたって、日常の歩行にも難儀するようになっていた。

この総郡通志刊行については、杏坪のみならず兄春水にとっても悲願ともいうべき事業で、文化元年（一八〇四）に藩主斉賢の命で事を起こしてから既に十余年を経ようとしていた。もともと広島藩には儒者黒川道祐《くろかわみちすけ》が編纂した『芸備国郡志』があったのだが、その内容に精緻《せいち》さを欠き、必ずしも信頼に足るものではなかった。そこで、よりよい国郡志をめざして、杏坪を中心に修志事業が始められたのである。

弟子の加藤棕盧《そうろ》ら若い儒学者らの助力を得て開始してはみたものの、編纂は初期の段階でつまずいた。まずすべての郡から下調べ帖なるものを提出させる必要があったが、その費用をめぐって勘定方がかみついてきたのだ。緊縮財政のなか、不急不要な出費には応じられないという。

万《ばん》やむを得ず、杏坪は余暇を利用し、独自の下調べ帖を作って提出した。しかし、結局は郡方、村方へ負担をかけることになるとして、上層部は再び異を唱えた。このたびの指摘では、出費のほかに、下調べの段階で村境争いや水争いなど、領民のあいだに無用な摩擦を生じかねないなどの理由も加えてあった。おそらく、藩庁の中枢はこうした騒動を恐れて、編纂に待ったをかけたのではと思われた。

この国郡志編纂は、杏坪が江戸滞在中に斉賢からじきじきに託された任務であり、万難を排してもやり遂げねばならない事案であった。兄春水が達者なうちは、助言や支援をあおぐこともできたが、その敬愛してやまない長兄は、杏坪が四郡の代官を命じられた文化十三年（一八一六）にあっけなく亡くなった。

最期まで学問に専心せよと説いて、末弟が代官職にあることを嘆いた兄春水は、杏坪にとっていかなるときも心の支えであった。一族を担っていた柱を失って、こんどは杏坪に頼家を背負《しょ》って立つ責任がのしかかった。そして、藩主斉賢の思いや頼家の体面を具現するという意味においても、兄の悲願でもあった通志発刊をなし遂げる必要があったのである。

やがて時が経つにつれ、次第に藩庁内外の風向きが変わり始めた。

干鰯《ほしか》・油かすなどの肥料の充実、水稲・野菜等の品種改良、流通機構の拡充等もあり、領内産業も興隆期にさしかかった。すると各地で、地境・山境争い、水争いなどが頻発するようになって、早急《さっきゅう》に正確な郡志が必要との声が上がりはじめたのである。加えて、財政が持ち直したことで、藩庁に通志編纂作業にかかる費用を盾に、発刊を先延ばしする理由がなくなったのだ。

こうして、編集責任者である杏坪に各郡からもお呼びがかかって出歩くことが多くなり、脚への負担が増して痛みを訴える日々がつづいた。そのため、佐一郎の妻かね子が毎夜、義父から按摩を頼まれて閉口していた。

「足の気《け》にゃ、温泉が覿面《てきめん》じゃ。四、五日のんびり湯に浸かって、安気にしてみい」

甥の嫁が困っているのを聞きつけて広島に出てきた竹原の次兄松三郎春風が、医者らしく脚気の養生を伝授して言った。このひと言で旅好きの杏坪はさっそく、今回の北辺出張を機に、郡役所に湯治療養の許可を申し出て受理されたのである。

旅には大島与一と清を供に加えることにした。この機会にかいがいしく世話をしてくれる娘と、黙々と職務に励む手付を慰労してやりたいとの気持ちもあってのことだった。

「げに、ほんま、うちも一緒に行かせてもろうてええんですか」

旅の話を冗談だと思って聞いていた清は、杏坪が本気だと知ると目をまるくした。与一も行くぞ、と知らせてやると十九になるうら若き娘が子供のようにはしゃいだ。

「七日か　八日ほど逗留するつもりゆえ、何かと世話を頼みたいのじゃ」

「お代官さまの世話やらなんず、みやすい（簡単な）ことですけえ、なんでもいたします。

どうぞ遠慮のう申しつけてつかあさい」

と快活な笑顔を見せた。その一方で、大島与一はそれほど乗り気ではない様子で、

「やりかけの仕事もありますから、わたしは――」

と断る素振りを見せた。迷惑そうな顔つきを隠しもせず、井上新八を推薦したりする。

「あれは妻子がおるゆえ、特別に休暇を与えて広島へ戻してやるつもりじゃ。その点、そなたは独り身ゆえ、旅につき合え。命の洗濯という言葉もあろうが。たまには肩の力を抜いて、気分を休めて英気を養うのもよかろうぞ」

律儀な手付は、命令ならば、という表情でしぶしぶ承諾した。

「それに、女連れじゃから、腕力のある男は何かにつけて頼りになるからの」

杏坪はそう説得した。だが、本心では温泉宿で酒を呑むなら与一と酌み交わしたいと思てのことだった。この手付は酒が強い。呑んで酔えば彼の話はさらにおもしろいのだ。

弥生二十八日早朝、荷物持ちの中年の小者を加えた一行四人は三次を発って、銀山街道を北へとたどった。

天気もよい。一行の足は進んだ。

「間もなく赤名《あかな》の峠です」

街道の勾配《こうばい》がしだいに急になると、先頭の与一がふり返って言った。

「布野《ふの》には何度か足を運んで麓《ふもと》まで来たこともあるが、この峠を越えるのは初めてじゃ」

「わたしもです」

杏坪と与一は馬から降りて話しながら、後ろからくる馬車を待った。もうじき峠の中腹にある番所にたどりつく地点である。

「石見大森からくる銀銅は、ここを通って三次まで運ばれるのですね」

杏坪は与一に向かって大きくうなずいた。

「そう言えば、この峠の先にある赤名宿が銀銅の助郷《すけごう》負担をめぐって布野《ふの》宿を訴えたのであったの……いやいや、聞きしにまさる難所じゃ」

歩いてみれば、この急勾配の隘路《あいろ》を馬の背に二十貫もの銀銅を積んで通行するのは、さぞや難儀なことであろうと、杏坪はあらためて赤名の百姓らの労苦に思いをはせた。

文化十一年（一八一四）、赤名二十一カ村は、三次まで直送《じきそう》している銀銅輸送の夫役《ぶやく》を布野までにして、それから先の三次までは、布野宿が継ぎ立ててほしいと幕府へ訴え出た。七里（＝約28㎞）の遠路をひとつの宿場が荷送りするのは経済的、人的負担が過酷すぎるというのが訴願の主な理由であった。

加えて、銀銅輸送の助郷はもともと布野宿も参加しており、赤名は布野宿が火災に遭って輸送が困難になったので一時的に肩代わりしただけとの歴史的経緯も示し、布野宿の助郷参加を懇願して訴訟に持ち込んだのである。

国境をはさむ訴訟だけに二つの宿村は江戸での対審を余儀なくされ、数年にわたって対立した。しかし、幕府はなかなか裁可を下さず、両宿は、江戸までの路銀、滞在費、役人への賄賂等の出費がかさむだけの長く辛い消耗戦をつづけることとなった。

この訴訟の判決を前に、公儀が現地調査を実施したことがあった。その折には、杏坪は三次郡を代表して大森陣屋の役人や公儀の特使とわたり合い、銀銅賦役《ふえき》を布野が肩代わりすることに強硬に反対して、自藩の宿村を擁護した。大森陣屋と赤名が提案した銀銅の海上輸送にも、布野宿や沿道の村に手間賃が入らなくなるとの理由で賛同しなかった。

文政三年（一八二〇）に下された裁可は、助郷は従来どおり赤名宿が三次まで銀銅輸送を担うというものであった。赤名近隣の七か村が新たに助郷に加わることになったものの、訴えは赤名宿の全面敗訴と言えた。

馬を休ませながら、杏坪は赤名の百姓の呻吟《しんぎん》を思って、胸がふさがった。係争当時は自藩の百姓の負担軽減ばかりに意を砕いたが、この峠を越えなければならぬ赤名二十一カ村の百姓らにも思いをいたしてやるべきだったと、胸の奥がちくりと痛んだ。

「ああ、しんど。ほんま、しんどい」

馬がかわいそうじゃけえ、歩きましたでな、と、旅笠を脱いだ清が、杖をついて肩で息をするようにして追いついてきた。

二度、三度と休憩をとりながら、やっとの思いで険阻な峠を越えて広瀬藩領へ入った。

ひどく照りもせず雨にもたたられず、順調な旅がつづいた。九日市の宿場で一泊して、翌日午後には温泉津に着いた。

山の中腹には四、五軒の宿があって、一行はその一軒に投宿した。ひなびた宿で、長湯治の客は、裏の離れ家で自炊をしながら滞在していた。杏坪と与一は母家にあがり、清と小者の久作は離れに草鞋をぬいだ。

宿に着いてからも陽光降りそそぐ穏やかな日がつづいた。

兄春風に教えられたとおり、杏坪は一日に何度も露天の湯で脚をぬくめた。湯から出ては詩作にいそしんだ。詩に飽きると書を読み、脚に負担をかけない程度にあたりを散策した。夜は与一と心ゆくまで呑んだ。

「どうじゃ、楽しんでおるか。退屈ではないかな」

「すっかりくつろいでおります。心身の垢を洗い流して、生まれかわった気分でございます」

「言うとおりじゃのう。して、清はどうじゃ?」

「あれもあれなりに楽しんでおりましょう」と、与一は素っ気ない。

「まだしばらくは逗留するつもりじゃから、どうだ、清を連れてどこぞへ出かけてみては。そのほうら若い者が宿でぶらぶらしておるのも、手持ち無沙汰で退屈であろう。ちと遠いが、出雲大社へ詣《もう》でるのもよいぞ」

「いえいえ、わたしは部屋でごろごろして、時に書物とたわむれているほうが性に合っております」

与一は気のない返事をしたが、杏坪にはまんざら清と外出することに関心がないわけではないという表情に見えた。それでも容易に腰をあげるような男ではなかったから、こんどは清をたきつけることにした。清が湯から上がるのを待って杏坪は声をかけた。

「もうそろそろ里心がつく頃ではないか？」

「とんでもねえです。こがあな贅沢は一生できんですけえ、窮屈な三次にゃ帰りとうない気になります」

若い娘とは思えない老成したことを口にする。杏坪は苦笑した。

「ところで、清は与一をどう思うておる？」

清は、きょとんとした顔つきになって、手拭いで首のあたりをせわしく撫でつけた。

「与一のことを好いているかと訊いておる」

まあ、と娘は驚いた表情になった。日頃、与一に接するときの態度を見れば、清があの手付に寄せる思いのほどは、手にとるようにわかる。それを知らぬはずはないのに、与一は清の気持ちを斟酌《しんしゃく》しようとはしない。杏坪にはそれが歯痒《がゆ》い。少しはかまってやれないものか、と思う。とはいえ、男と女の機微に上役がえらそうに口をはさむのも野暮ったい。思ったことは口に出し、行動せずにはいられぬ性分の杏坪には、どうにも与一の清に対する接し方がまだるっこしくてならないのだ。

「嫁にしてくれ、と与一に言うてみよ」

「そがあなこと、言えませんけえ」

清は手拭いで顔を覆うしぐさになってつぶやいた。

もとより杏坪も冗談のつもりである。いくら清が与一に懸想《けそう》しても、出自の違いで添いとげることなどできようはずはないのだ。清とて、もう子供ではない。与一の嫁になるなどかなわぬことだと、とうに承知しているはずだ、と杏坪は思ってはいるのだが。

「大島さまは、うちなんぞ相手にしてくれてんないですけえ」

「では、清はなにゆえ今日《こんにち》まで嫁にゆかんのじゃ？　おまえほどの器量なら、縁談話はたんとあるであろうが」

いつぞや林幾助が清に見合い話があるらしいと言っていたのを思い出して、杏坪はからかってみた。

「うちのようなもんをもろうてくれんさる人は、おってんないですけえ」

娘は顔を赤らめて答える。

「そうではあるまい。清には好いた男がおるのであろう？」

「うちゃあ、もう知らんですけえ」

清はすねたような口ぶりになった。その真剣な眼差しに杏坪はからかうのをやめて、

「ともかく、与一に出雲大社へ連れて行ってくれと頼んでみよ」と言った。

「出雲大社へ、でございますか」

「そうじゃ。もし、連れて行くと言えば、それは、与一が清のことを憎からず思うておる証拠じゃ」

「まさか、そげなことが……」

と清は絶句したあと、夕飯の支度がありますけえ、と言って、主人に一礼するのも忘れて去っていった。

清は下男久作と食事も離れ家でとる。母家で一緒に食べるように杏坪が誘っても、遠慮してか膳や茶を共にすることはなかった。洗濯は清の仕事だったから、汚れ物を取りに来た折は、しばらく話しこんでいくのが常だった。

「お代官さま」洗濯物を風呂敷に包んでさがろうとして、清が言った。

「大島さまから聞いちゃったですか」

「なんだ?」

「明日、出雲大社へ連れてってもらえるんです」

それだけ言うと、清は杏坪の答えも聞かず部屋を出ていった。

夕餉の膳で与一は、明日出かけてもよろしいですか、と言ったが、清を連れて行くとも、行き先が出雲大社だとも言わなかった。杏坪とて、もとより聞く気などなく、

「行ってまいれ」と、努めてぶっきらぼうに言った。

翌朝、杏坪が起きだしときには二人はすでに宿を出たあとで、朝餉の済んだ頃合いを見計らって、久作がやってきた。

「大島さんが、清を出雲大社へ連れて行くけえ、お代官さまにそう言うてくれえと頼まれましたんじゃが」

「ほう、清も出かけたか」

「へえ。清にかわって今日は、わしがお世話をさせてもらいやすけえ」

「そうか、頼んだぞ。それにしても二人で縁結びの大社に参詣したとはなあ。与一もなかなか隅におけんよのう」

何くわぬ顔で答える杏坪の言葉を、久作はにやにやしながら聞いている。

近頃の清を見ていると、杏坪にはしばしば加代のことが思われた。身近に仕える男を慕い、尊敬の心をいだいているという点で、清は加代に似ていた。思慮深いところは加代が上で、万事に屈託がないのは加代にはない、清の取り柄《え》のひとつだった。

清に比べれば加代はもう若くはない。これまでの人生の大半を自分に捧げてきたことを加代自身はどう思っているのだろうか、と杏坪は思いやった。日陰の身を嘆かせるような扱いをしたことはない。無事に育つことはできなかったが、婚家の者から石女《うまずめ》といわれた加代との間に子をもうけもした。その子は流行病《はやりやまい》で亡くなったが、短い間にせよ、母親としての実感を味合わせてもやれた。だが……

幸せなのであろうか——杏坪は、そっとつぶやきながら、加代のために何か土産でも求めてやろうと思った。杏坪がそうした感情を加代に対していだくのは初めてで、若い清と与一のことを考えると、彼らのこと以上に自分と加代との行く末が案じられた。

二人の若者が戻ってきたのは、二日後の夕方だった。

「楽しかったか」

汚れ物を取りにきたので、杏坪は清に訊ねた。

「はい、楽しかったです。大社いうだけあって、大きな神社ですのう」

娘は文《ふみ》を棒読みするような口調で答えた。

「初めて海を見ましたけえ」

「海を？　初めて見た、と」

どうやら清と与一は大社詣でのあと、稲佐の浜へと向かったらしかった。川とは趣を異にする波と砂浜に、清は感動したのだろう。それにしても、十九の歳まで一度も海を目にしたことがないという娘のほうに、むしろ杏坪は心うたれた。

「して、夕べは与一と同じ部屋に泊まったのか」

「まあ、先生。そがあなこと言うて、ほんま好かんですけえ。別々の部屋で寝ましたけえ」

清は、まだ何か訊こうとする杏坪の前に、土産だという大国主命《おおくにぬしのみこと》と因幡《いなば》の白うさぎの木彫り人形を置くと、あわてて洗濯場のほうへ下りていった。

夕餉《ゆうげ》時。一献《いっこん》かたむけながら、杏坪は与一に小旅行の感想を訊ねた。

「はい。留守中、不便をおかけして申し訳ありませんでした」

と、与一はあらぬ詫びの言葉を口にした。さらに杏坪が何か言おうとしたその機先を制するかのように、

「ところで、先生……」

と声をあらためた。話をはぐらかす様子である。

「いちど奴可郡までご足労願えませんか」

「奴可郡？」杏坪は手付の顔をにらんだ。

小奴可《おぬか》村の鉄山師《かなやまし》が、自分の山を代官所に寄贈したいと言っているという。

「三次に戻ってからでも遅くはないのですが、できれば早めにお耳に入れておきたいので」

と与一は付け加えた。どうやらこの休暇中の徒然《つれづれ》に思案をめぐらしたものらしかった。

「鉄山というと、炉場と鍛冶場、それに炭焼き場まで含めた一帯を譲ると申すか。それはまた奇特な申し出じゃが、まことの話か」

休暇中の話題にはふさわしくないと思いながらも、杏坪はつい話に引き込まれた。

「巡回の折に、その鉄山を経営する板倉屋が茶飲み話のついでに口にいたしたことでございますが、まんざら戯《ざ》れ言《ごと》や冗談ではないようでございます」

板倉銀右衛門は板井谷という所に広大な鉄山を所有していたが、近年、藩から買い取る砂鉄や薪炭が高直《こうじき》であるため、維持費のわりに利益が出ないと訴えたという。

「そのため、代官所が管理して、多少の利益を村民のために役立ててほしいと申しておりました」

「鉄穴場や鍛冶場を藩庁へさし出したという話は聞いたことがあるが、鉄山ごと譲渡してもいいとは、なんとも太っ腹な申し出よの」

「それだけ、藩といいますか、役人どもが利をむしり取っているということではと存じます。板倉屋が言う代官所が管理せよとは、取り引きの無駄を洗い出して、利を百姓や職人に分け与えよということではないでしょうか」

「やはり、不正腐敗か……」

杏坪は、一気に酒が不味《まず》くなった気がした。

「あるいは、板倉屋には別な意図があるのかもしれません」

「別な意図、というと?」

「やはり違法な銀貸しではないか、と思われます」

与一の言葉に、杏坪は小さく二、三度うなずいた。

銀繰りに窮した板倉屋は、借銀のかたに鉄山の実権を握られるよりは、代官所に引き取ってもらったほうが寝覚めがいい、とでも思っているのかもしれない、と有能な手付は解説してみせた。

「板倉に銀を貸した者を知りたいものじゃ」

「その鉄山を代官所預かりにすれば、黙っていてもその黒幕が姿をあらわすのではありませんか。鳶《とんび》に油揚《あぶらあ》げをさらわれるわけにはいかないでしょうから」

「では、お望みどおり、代官所で鉄山を運営できるように骨を折ってみようではないか」

静かに言ったあと杏坪は、おもむろに与一の盃に酒をつぎながら、

「それで、出雲はどうであった？」

と話を変えた。すると、こんどは腹を決めたらしく、与一は照れたように口を開いた。

「それにしても、清にはまいりました。まるで小娘のように、あっちこっちであれを食べたい、これを買いたいとか申して立ち止まるのですから、往生しました」

あとは、一泊二日の出来事がすらすらと語られた。旅は与一がうんざりした口調で説明するよりはるかに楽しい道中のように、杏坪には思えた。

杏坪は早い酔いにからめられ、与一の話の場面に応じて、無意味な相槌を打った。頭のなかで鉄山の話と清のことが絡《から》まっている。昼間何度も湯に浸かったせいか、いつになく全身に快い疲れがひろがっていき、身も心もとろけるようなひと時であった。

温泉津《ゆのつ》での八日間にわたる逗留《とうりゅう》が終わった。

杏坪は爪のあいだの垢まで落ちたような心持ちで、鈍い痛みがあった両足も膝から下が

何やら軽くなったような感じがした。なんといっても、久々の詩作三昧に心が洗われた。

来た道をたどって三次に戻った。道中、雨に遭ったが、雨脚は蓑笠《みのかさ》を通すほどでもなく、無事に赤名の垰を越えて芸州領内に入ることができた。

清は旅の間じゅう黙々と歩いた。馬車に乗ることもあったが、たいていは車につないだ綱に引かれていった。


「お代官さま」

職務復帰を報告するため広島への帰り支度をしているところへ清がやってきて、代官の居室の障子へ声をかけた。入れと杏坪が言うと、いつになく深刻な表情の清が姿を見せた。

「どうした？」

何か言いかけては口ごもるので、杏坪は清をうながした。

「与一のことか」

清はこくりと首を動かした。

「大島さまには好きな人がおられたそうです」

「そうか……」

突然の話にどう答えていいかわからず、杏坪も思わず同情するような言い方をした。

「許嫁《いいなずけ》みたいな人じゃったた言うて」

「……」

「その民江さんいう方は、親の言いつけで大島さまの思いを振りきって井上さまのところへ走られたんじゃそうです」

「井上？　あの新八の妻になったと申すのか？」

「そうです。先に出仕なされた井上さまのもとへ、民江さんは嫁がれたんじゃいうて」

杏坪はわが耳を疑った。

二人が異母兄弟で、妾腹《しょうふく》の新八が井上家を継ぎ、実家で産声《うぶごえ》をあげた与一が父親の遠縁にあたる大島家へ養子に出されたのは耳にしている。理不尽な扱いを受けた与一のなかに、わだかまるものがあることはわかっていた。与一がしばしば激しく新八にくってかかるのも、それが理由だろうと思っていた。だが、実は確執の種は別にもあったということなのか。

いつか杏坪が与一に井上新八との仲を訊いた折、「恋敵」と冗談で答えたのを思い出した。許嫁をさらわれたとなれば、そのとき与一が口にした言葉はまんざら嘘でもなかったのだ。面と向かっていきさつを質《ただ》してみるわけにもいかなかったが、恋敵だと口にしたときの与一の内心を思いやることができなかったのを、杏坪は悔いた。

ともあれ、これで大島与一と井上新八の間にある微妙な距離感の原因がまたひとつ明らかになったと思った。

「それで、与一は、その許嫁であった女が今でも忘れられんとでも申したのかな」

いいえ、と清はかぶりを振った。

「では、なぜそのような顔をしておるのだ？」

「そがあな話をなさるんですけえ、たぶん、大島さまはうちのことを嫌うとってです」

女中は今にも泣き出しそうな顔を横にそむけた。

「そうかな。与一がおまえに他人には言えん心の内を明かしたということは、おまえを信頼しておるからぞ。清のことをいとおしいと思えばこそ、清に自分のことをわかってほしい、与一は、そう思うておるのではないのかの」

「ほんま、そうでしょうか」

「ああ、間違いない」

杏坪にそう言われても、清はうかぬ表情のままうつむいている。

今、彼女はせっぱつまっていた。粟屋《あわや》村の百姓代の息子との見合い話がすすんでいたし、加えて、新八からの囲い者にされかねない強引な誘いに耐えきれなくなっていたのだ。

頻繁に顔を会わすようになって、新八が思ったほど嫌な男でないのはわかったが、与一にはくらぶべくもない。獣のようなぎらぎらした新八には、どうにも親近感を持てずにいる。夢にも、この身を新八に差し出したりはしたくないのだ。

「温泉津の宿で話したのじゃが、与一の口ぶりから、あれが清のことをいとおしく思うておることがようわかった。安心しておれ、与一はどんなときでもおまえを守り、いつくしんでくれるはずじゃ」

少し固い口調で杏坪がそう言うと、清はやっと表情をなごませ、いつもの笑顔を見せた。

庭の隅の黒竹《くろちく》の小さな藪から葉擦《はず》れの音が聞こえてきた。風が出てきたらしい。寒いと思う間もなく、加代が部屋にやってきて、開け放った障子を閉めていった。

ほどなくして加代は茶の支度をして入ってきた。ちょうど喉《のど》の渇きを感じていたので、杏坪はさっさと書物を閉じた。

こんど国泰寺東に賜った屋敷にくらべれば、白島の別宅はなにかと不便は多い。とはいえ、家族が同居する本宅の邸では息子夫婦に気づかいする場合もあるし、幼い孫が思索の邪魔になることもある。それにも増して、病弱な妻を身近に感じながらも、何も支えになってやれぬ無力さに息がつまる。

その点、白島ではそうした世俗の煩わしさを感じることが少ない。それもこれも加代の気配りのおかげだと、杏坪はやっと近頃思えるようになった。何もかも、杏坪が訴える前に、加代がすべてお膳立てしてくれるからだった。

「何かほしいものがあるか」

唐突な杏坪の言葉を聞いて、急須の茶を碗にそそいでいた加代は、ちょっと手をとめて小首をかしげるしぐさになった。

ほしいものじゃ――杏坪がもういちど口にしようとすると、それを制するかのように、

「わたしは、あれでじゅうぶんでございます」と加代はほほえんだ。

あれ、とは、杏坪が温泉津の湯治宿で土産にと求めた孫の手のことだった。

「おかげで下女に背中を掻《か》いてもらわなくてもようなりました」

「なんと安上がりなことよ。ほかにほしいものでもないのか」

「とんでもございません。わたしは何もいりません。じゅうぶんに満ち足りております」

加代は心からそう思っているという気持ちを表情であらわした。その様子を見ながら、
杏坪は、「幸せか」と聞いてみたい衝動にかられて、あわてて茶でその言葉を流し込んだ。

加代がどう答えようが、質問したことを後悔するだろうと思ったからだった。

「たまには、いっしょに茶を飲まんか」

加代は首を横に振った。

「茶断ちをしておるそうじゃの」

忠吉が申しましたか、と加代は大袈裟に眉をひそめる顔つきをして言った。

「こうして無事に帰ってきたのだから、もうよいではないか」

「いいえ。旦那さまいまだ任務の途中でございます。忠吉が旦那さまを無事に国泰寺のお屋敷にお送りしてきたと申してのちに、安《やす》んじてお茶をいただくつもりでございます」

それだけ言うと加代は、なにがしかの感情を振り切るように、さっと立ち上がって部屋から出ていった。

温泉津の宿で耳にした鉄山のことが気になった。

目端《めはし》の利《き》く与一のことだから、よもや一場武助に話を漏らすとは思えなかったが、他言は無用だと釘をささなかったことも気がかりな点だった。それに加え、板倉屋には隠す理由がなかったから、代官所の役人なら誰にでも同じ提案をするとも考えられたのだ。

なるだけ早く三次へ出かけるつもりが、雑事に追われて出立できないでいた。藩志編纂事業が軌道に乗りかけており、責任者として杏坪は藩庁や書物方との応対に忙殺される日日がつづいていた。

三次から戻った一場を郡役所で見かけたので、それとなく小奴可村の様子を訊ねてみたが鉄山の話は出ず、杏坪はとりあえず安堵した。

やっと三次行きがかなったのは、すでに街道沿いは田植えが終わった頃で、田園地帯は束の間のやすらぎを得て、のどかなたたずまいを見せていた。

代官所に着くとすぐに、大島与一を呼んで奴可郡行きの準備を命じた。暇だから同行するという林幾助と新八をなだめすかして代官所に残し、杏坪は手はずどおり与一と二人だけで北へ向かった。

あらためて小奴可村に入ってみると、浦辺には見られないほどの寒村であった。田植えの季節にもかかわらず、行く先々で打ち捨てられた田が目についた。あばら家が朽ちて崩れかかっているのも珍しくなかった。

板倉屋の屋敷も思ったほど豪奢《ごうしゃ》なものでもなく、むしろ並みの百姓家とも見えた。主人銀右衛門は七十過ぎだろうか、腰の曲がった老人で、跡継ぎもなく番頭も仕事をやめたがっているので、この際隠居して、まだ使える設備は代官所で管理してもらえないだろうか、と杏坪が与一から聞いていたのと同じ内容の話をした。

「わしの祖父《じい》さんの頃にゃ、鉄山はええ儲けになったそうでがんすがの。鉄穴《かんな》で粉鉄《こがね》を拾うても、炭を焼いても、みんなが皆、だいぶの銀になったそうでの。鋼《はがね》は鋼で、あっちこっちから買い手がついて、言い値で引き取ってくれたもんじゃったとか……」

口の端に泡をためながら、歯のない口をもぐもぐさせて、老人は往時を懐かしむ言葉を吐きつづけた。

「おえらいさんがの、たたら場のことをもっとしゃんと考えてくれてんなら、わしらもええ目ができるし、百姓らも喜ぶんじゃが、いま喜んどりゃあすん（喜んでいる人）は、鉄座のお役人さんと鉄を売り買いする商人《あきんど》だけですけえな」

銀右衛門は単なる老人には見えなかった。代官を相手に、言いたいことは言おうという気概が、杏坪にも伝わってきた。つまり、鉄座や蔵方の役人が原料の納入、製品の販売に関わって、私腹を肥やすのをしっかりと批判しているのだ。

「そのほうの言い条、相わかった。申し出のとおり、件《くだん》の鉄山はしかと代官所で管理運営いたそう。利はできうる限り村民に分かち与えるとも約束しよう」

「よろしゅうお頼み申しますけえ……」

ひとつだけ条件がごぜえます——と板倉屋は口をゆがめた。

「たまっとる借銀を肩代わりしてもらえれば、わしはそれでじゅうぶんですけえ」

「誰から、いくら借りておる?」

「貸手の名はご勘弁願いますが、銀額は四十貫匁ほどでございましょうか」

「なるほど、そうか。なんとかそなたの意に沿うよう取り計らおう」

杏坪が言い切ったのを耳に手を当てるようにして聞いていた老人は、急に穏やかな表情になって頭を下げた。

杏坪は行きは駕籠を利用したが、長い間膝を曲げて揺られるのは足に負担がかかった。そのため、帰りは馬を使うことにした。道幅はせまく、三次までは長い。杏坪はたびたび馬から降りて膝をさするために休憩をとった。

「与一、どうじゃ。あの鉄山のこと、どう思う?」

「やはり、板倉屋はどうあっても銀貸し元の名を口にする気はないようですね、おそらく、言いたくても言えんのでありましょう」

「やはり、上下の銀がからんでおると申すのか」

「どうやらそのようでございます。あの借銀はなかなか取り立てがきついとの評判でございますから、おおかた、銀右衛門も音をあげたのではと思われます」

手付はいつも以上に能弁だった。

「それにしても先生、鉄山を代官所預かりにするなど、まこと可能でございましょうか。そもそも、前例などないに違いありませんし」

「何事にも初めてはあるものじゃ」

「しかし、藩庁が古格・旧式を盾になされば、そうそうお許しが出るとも思えませんが」

「だから、やるのよ。陋習《ろうしゅう》・陋弊《ろうへい》なんぞ、打ち砕いてやればよかろうぞ」

道中で休息をとるたびに、杏坪は与一にこと細かに計画を説明した。

「代官所預かりということになれば、あらゆるところに目配りがきく。とりわけ帳簿などは吟味しようと思えば、毎月でもできる。粉鉄・薪炭は適正な値で納入させる。玉鋼《たまはがね》やずく鉄もできるだけ高値で売り渡す」

「わたしら手付の数にも限りがありますから、そこまで手がまわりますかどうか」

「役人の首をすげ替えて、比和村の庄屋清左衛門のような清廉な者に役職を与えればよかろうぞ」

西城川の流れを望みながら、杏坪はきっぱりと言った。

「これまでに不正に手を染めたことがある者は、みな替える。蓄財などしておれば、それこそ縄を掛ける（＝逮捕する）までじゃ」

与一は上役の並々ならぬ決意を感じた。それをさらりと口にする代官頼杏坪の胆力に、あらためて敬服した。一学派をたてるに足る学識、当代屈指と称えられる詩歌《しいか》の才能、能書、老いてなお、みなぎる改革への意欲、どれをとっても与一の敬意の的にならないものはなかった。

与一は杏坪から上申書の草案をまとめるよう指示をうけた。文案もさることながら、板井谷にある板倉屋の鉄山に関するあらゆることを調べるよう命じられた。

「この件は表沙汰になるまで他言無用じゃ、よいな」

杏坪は広島への帰りぎわ、与一をわざわざ代官所の居室に呼んで言いつけた。

「清のこともかわいがってやれよ」

代官は独り言のようにつぶやいた。

六

弥太郎春水の三年祭（大祥忌《だいしょうき》）、いわゆる三回忌のため、京から久太郎《ひさたろう》（山陽）が帰郷して、国泰寺東の屋敷を訪ねてきた。

杏坪がこの型破りの甥に会うのは、久しぶりのことであった。利《き》かん気の強いとげとげした表情の青年だった久太郎も、いまや四十前の中年の域に達し、頼山陽としての言動にはそこここに分別臭い雰囲気が感じられた。

父親の春水が江戸詰めで留守がちだったため、山陽の学問的指導は幼い頃から叔父である杏坪にまかされた。利発ではあったが、浮き沈みのはげしい気性の山陽は、長じるにつれて手に負えない状態になった。俗にいう、気鬱《きうつ》を病んだのである。

小忠実《こまめ》な叔父の春風は山陽の病状を心配して、薬事療法に加え、温泉治療や転地療法などを試みるようことあるごとに勧めてきた。そのため杏坪は甥を石見の有福《ありふく》温泉へ連れて行ったり、気分を変えるため江戸へ同行させたりもした。

寛政十二年（一八〇〇）、二十歳になった久太郎が無断で京に出奔するという、いわゆる脱藩騒ぎを起こした時も、江戸に滞在中の弥太郎に代わって事態の収拾にあたったのは、杏坪であった。藩庁の許可なく他出するということは、本人が言うように、

「三都（京都・大坂・江戸）のいずれかへ出て、学問にて天下に名を知らしめる」

という理由であろうと、決っして許されることではなかった。

家を出て学問をしたいというやむにやまれぬ気持ちにかられてのこととはいえ、武門の者が無断で藩領を出ることはご法度で、藩儒の嫡男とて例外ではなかった。そのため、頼

家は断絶、久太郎は切腹の瀬戸際にたたされた。この難局に臨んで、春水は江戸で、杏坪は広島で、頼家存続と久太郎助命のためにあらん限りの力をふるわなければならなかった。

このとき、世嗣《せいし》斉賢《なりかた》の存在が大きかった。伴読を務めた春水、杏坪と接するあいだに斉賢は、心から頼兄弟を師と仰ぐようになっていた。とりわけ学識と行動力を併わせ持つ杏坪に対する信頼は絶大で、このお世継ぎの思い入れもあって、頼家と久太郎に対する最悪の処罰は避けられたのである。

一件は、久太郎を屋敷内に押し込めることで決着した。久太郎は敷地に建てられた離れ家に籠《こ》められ、二年あまりの幽閉生活を送って許されたのだった――。

「京の暮らしはどうじゃ」

膳を前に、久々に酒を酌み交わしながら、杏坪が言った。

「家塾も順調で、わしの揮毫《きごう》（＝書画）もそれなりに売れるようになりましたから、まず食うには困ってはおりません」

甥は叔父に控え目な答え方をした。近頃、京以西では頼山陽の名はかなり広く知られるようになっており、その謙遜気味な口ぶりには気鋭の学者としての自負心がにじんでいた。

「さてもそれは、重畳《ちょうじょう》じゃ。脱藩騒ぎに巻きこまれた折には、この先どうなるものやらと案じたものだが、ええ男になって、まことめでたい」

「若い頃を思えば、叔父上の前では頭も上げられません。ほんまに、あの時分は御苦労おかけいたしました」

「わしだけではなかろう。親父《おやじ》殿はもとより、母御《ははご》、それに茶山殿らにも多大な骨折りをしてもろうた。その恩は忘れるでないぞ」

「ようわかっております」山陽は首をすくめるようにしてうなずいた。

幽閉後、身の振り方に悩んでいたところを引き取ってくれ、暮らしの建て直しに尽力してくれた恩義ある菅茶山、大望のためとはいえその恩師のもとを突然去った悔恨は、今も山陽を苛《さいな》んでいる。それを暗に指摘されては、山陽の旗色は悪い。

「ところで、例の著作はどうじゃ？　うまい具合に進んでおるのか」

叔父は、甥の心持ちを察したかのように話頭を転じた。

「銭稼ぎもせにゃなりませんから、なかなか筆の進捗《しんちょく》も思うにまかせませんが、まずは、道半ばというところでしょうか」

叔父の言葉に、甥は相変わらず自信ありげに答えた。

その著作というのは『日本外史』と題し、久太郎が離れ家に幽閉中から執筆している、源平二氏から徳川までの武家の歩みを描こうという壮大な歴史書のことである。かつて草稿を目にした杏坪は、甥の分析力と筆力にあらためて驚いたものだった。

司馬遷の『史記』に範をとったとおぼしき文体を駆使して、随所で独自の表現をとりながらみごとな論述になっていた。全体の構成は新井白石の『読史余論《とくしよろん》』を模したきらいもないではないが、完成すれば『日本外史』が後世に残る名著になるのは間違いないと杏坪は思っていた。

「脱稿するまで、あとどのくらいかかる?」

「三、四年でしょうか、あるいは数年かかるものやら」

山陽は盃を干して、さらりと答えた。

「それほどかかるか……それで、以前申しつけておいたことだが、親父殿の行状記を書いてみる気になったか」

「親父殿が亡くなった折は気が動転して、叔父上の申し出を断ったのですが、今なら書いてもええ、いや是非にも書かにゃならんと思うとります」

「そうか、書く気になったか。親不孝の万分の一でも返そうとすれば、おまえは筆をもってするしかあるまい。気張って、頼春水の足跡をものしてみよ」

「承知いたしました。九州から戻ったら取りかかるつもりゆえ、どうぞ期待しておってくだされ」

「待っておるぞ。して、九州へ行くと申すか?」

「はい。友人を訪ねたり、あちこちの素封家《そほうか》から揮毫を頼まれたりしておりますので、修業と遊山《ゆさん》をかねて旅をしようと思うております」

「そうか、旅はよいものじゃ。せいぜい見聞してまいれ」

杏坪は言いながら甥の盃を満たした。甥が旅に出ると聞いて、にわかに心が躍るように感じた杏坪は、先年長崎へ旅したときのことをおもしろおかしく語って聞かせもした。

「ところで叔父上、代官所勤めを始められて何年になりますかの」

「六、七年かのう」

「地方の官吏などというんは、苦労が絶えんものと決まっておりますから、さぞや、難儀されておるのではありませんか」

「おまえを前にして愚痴を言うわけではないが、民の労苦は歴史を外から見るように眺めるわけにもいかん。日々、民百姓らに寄り添うようにしてはじめて見えてくる真実というものがある。わしはのう、久太郎、領民にお上《かみ》の誠を示してやりたいのじゃ」

「お上の誠？　それは藩主さまの仕事ではありませんかの」

「誰の彼の仕事、というは、つまり誰もやらんということでな。わしは、それが我慢ならんのじゃ」

やれやれ、と山陽はわざとうんざりしたような表情をつくって、つづけた。

「わしが脱藩騒ぎを起こした折も、叔父上にはこっぴどく殴られたものですが、今もあの時のまんま、ますます意気軒昂《けんこう》じゃ。精力横溢《おういつ》で、これなら、さぞや加代殿もお悦びでございましょう。とはいえ、叔父上。老婆心ながら、くれぐれもご自愛なされよ」

そして、山陽はからからと笑った。

「笑い事ではないぞ。下は村役から、上はお奉行、ご家老までわが身を肥やすことに汲々《きゅうきゅう》としておるご時世じゃ。わしのような下級官吏がしゃんとせずば、誰が民を救うというのじゃ。わしが気張るほかあるまいが」

御説《おんせつ》、ごもっとも、と山陽は言ったあと、

「下級役人といえば、大坂でおもしろい男と知り合いになりましての」

と、ひとりの町奉行所与力の話をはじめた。

「大塩平八郎という男で、熱心に陽明学を修めとります。これの性格が直情径行、思い込んだらやらずにゃおれんという質《たち》で、まるで叔父上とおんなじで……」

「猪突猛進《ちょとつもうしん》、とでも言いたいのか。わしはそれほど浅慮な男ではないぞ」

「それはともかく、清廉、謹厳にして実直。立派な男です。与力などという小役を放擲《ほうてき》すれば、自らの学派をたてるのも夢ではありますまい。まだ二十六、七でしょうが、まずは見どころのある人間じゃというわしの見立てに狂いはありません」

「久太郎が太鼓判を押す男じゃな。大塩平八郎か、覚えておこう」

その後、二人の話はあちこちに飛んだ。

久しぶりの叔父と甥の交わりは、北辺の外気もゆるむほど温かであった。

山陽が九州へ下って行って半月ほどあって、正式に地誌編纂の許可が出た。修史事業を本格化するため学問所に藩史局が設けられ、当然のごとく杏坪がその責任者に任じられた。

「大丈夫ですか」

佐一郎は父親の体のことを気づかった。それでなくても脚気の具合が思わしくないのに、代官の仕事に資料収集・分類等の作業まで加わったとなれば、息子としては激務のほどが案じられるのだ。

「久太郎殿も言われておったではありませんか、くれぐれも養生するようにと」

「代官職はともかく、藩誌刊行は斉賢さまの命であるから、何としてもやり遂げねばならん。それにしても気になることがある」

杏坪はうめくようにつぶやいた。

小奴可村の鉄山のことだった。三次へ赴いて鉄山の代官所預かりへの道筋をつけたいと思うが、しかし当面は藩史局の仕事もなおざりにはできなかった。八面六臂《はちめんろっぴ》の杏坪であったが、あれもこれもこなすのは還暦を過ぎた身には少々こたえた。

その日、学問所に郡御用屋敷から使いの者がやってきたとき、杏坪はいやな予感がした。求められるままに役所に駆けつけ、急ぎ寺西監物に面会した。

「このたび、奴可郡の鉄山のひとつが藩営に帰することになりました」

奉行の口から出た言葉を聞いて杏坪は呆然となった。

「鉄山、と申しますと？　小奴可村の山でございますか」

杏坪はやっと声をしぼり出した。

「左様です。先般、鉄山の持ち主である板倉屋銀右衛門が、藩に寄贈を申し出ました」

「お待ちください。いまだお奉行には申し上げておりませなんだが、実は、その銀右衛門なる者はかつてわたしに、鉄山を代官所預かりにしてほしい旨の話をもちかけたことがあるのでございます」

「さて、そこです。頼殿にご足労願ったのは、板倉屋から提案があった際に、なぜただちに御用屋敷なり藩庁なりに報告なされなかったか、その理由を承りたいからなのでござる。奉行上席の木村様もおかんむりだが、とりわけ勘定方では頼殿にいたく立腹なされておるそうで…… ともかく、頼殿からその経緯を聴取せよとの申し付けがあった次第でございます」

寺西監物の言い方には棘があった。勘定方から何やら言い含められている様子である。杏坪は答えに窮した。小奴可の鉄山の件を隠していたのは事実だが、杏坪に他意はなかった。正式な具申書を調《ととの》えてのち、しかるべき筋へ願い出ようとしていただけなのである。だが今さら、言い出すべき時宜《しぎ》を計らっていた、などとは弁明できそうもない状況だった。

今しも、勘定方にも銀右衛門が代官所預かりにしてほしいと進言したことは伝わっているという。この一件を代官頼万四郎杏坪が秘匿していたのは、かの鉄山を利用して私腹を肥やす意図でもあるのではと、上層部は勘ぐったからに違いない。寺西奉行はそのあたりを探れとでも命じられているのだろう。

「板倉屋が心変わりしたとおっしゃるのでございますか」

「心変わりも何も、第一、鉄山を代官所が管理運営するなどできようはずもありませんぞ」

「なにゆえ、できないのでござろうや？」

杏坪はむっとした表情になった。

「まずもって前例がござらん。まして、そのようなことを勘定方が許すと思われますか」

「銀右衛門は、鉄山のあがりを困窮する村民のために役立ててほしいと訴え出ました。わたしは、その考えにうたれたのでございます」

「方々が問題視なされているのは、話を聞かれた頼殿が、いかなる理由で報告を上げられなかったのか、という点でござる」

「腹蔵のないところを申し上げますが、かようなことになるのを恐れていたからこそ、話を詰めるまではと控えておったのでございます」

「かようなこととは、何でござろうや」

と、寺西監物は勝ち誇ったように言い放った。

「奇特な申し出も、勘定方が知るところとなれば、藩預かりになるは必定。そうなってはせっかくの板倉屋の心遣《げ》いも無になり申す」

「無になる？　はて解せぬこと。炉場や鍛冶場を返上するとなれば、管理が勘定方へ移るのは当然の仕来りではござらぬかな」

「そうなれば、村民が鉄山の利の恩恵を受ける機会が失われると申し上げたいのでござる」

杏坪はいっそう辞色を強めた。

「頼殿のお考えがようわかりませんな」

寺西監物は代官の気分をはぐらかすように細い声を出した。

「お奉行、板倉屋銀右衛門が鉄山を手放したい理由は何だと思われますのか」

「一場武助が申すには、あの老人は年老いて、跡継ぎも次の担い手もないゆえ藩に預かってほしいと申したそうだが」

「それは表向きの言い条でございます」

「表向き、でござるか」

寺西様、と杏坪はひと膝前にのり出して言った。

「銀右衛門は、鉄座の役人や出入りの商人が、自分の鉄山を利用して私腹を肥やすのが我慢ならないのでござる。そうした奸吏貪商《かんりどんしょう》に利をかすめ取られるぐらいなら、代官所に直接運営してもらって、いくばくかでもその利を百姓らに還元してやってもらいたい、それが板倉屋の偽らざる気持ちでありましょう」

「板倉屋が、そう申したのでござるのか」

「言わずともわかります」

「思い過ごしでござろう」

寺西監物は軽くいなした。この奉行の態度に杏坪の腹が煮えたぎった。

「寺西様っ。鉄座の役人が鋼や粉鉄の量目《りょうめ》をごまかし、薪炭なら商人から安く買いたたいたうえ、たたら場には高く売りつける、出入りの商人からは賂《まいない》をまき上げる。もしや、そうした実態をお奉行はご存じないとでもおっしゃるおつもりか」

突然の剣幕に寺西奉行は、思わず背筋を伸ばして代官を凝視した。そして、いたたまれずに奉行は目をそらした。

「知らぬ存ぜぬとおっしゃるのなら、寺西様、あなたの目と耳は節穴でござる」

「知らぬわけではござらん」

「では、認知しておられながら、なおその不正腐敗を放置しておられるのか」

「……」

「ならば、寺西殿。あなたはまこと郡奉行の器にあらず。職務怠慢ゆえ、即刻致仕を願い出られるがよろしかろう」

寺西監物は言葉を失った。地位も家格も無視され、奉行は儒者頼杏坪から一方的な口撃を受け、当惑を隠せずにいる。あまつさえ、役儀を返上しろとまで迫られているのだ。

「上の方々にお伝え願いたい。この頼万四郎に一片の私心などなく、一点のやましいところもござらんと。ただ、鉄山の寄進など例にないことゆえ、これを領民に益するべく道筋をつけてやれぬものかと思案しており申した。藩直轄で経営なされるもけっこう。ならば、その利は村民のために使われんことを、せつに祈るばかりでござる」

とはいえ、寺西様、と杏坪は言葉を切って穏やかな口調にもどった。

「かの鉄山が代官所預かりとなれば、どれだけの百姓が飢えずにすむことか。藩営になれば藩庫はそれなりに潤うでござろう。しかしそれは、百姓の血を吸いとるようなものでござるぞ。お奉行は、左様な愚策に手を貸して、それで満足なさるのか。嗚呼《ああ》、善行をなしたとて、今宵も枕を高くしてお休みになるおつもりでございますか」

言い終わると、杏坪は一礼してすっと座をたった。

広い部屋に郡奉行ひとりが、呆然となって端座している。


同日夕刻、寺西邸。

「頼万四郎の奴め、おまえに致仕せよと申したか。一介の代官づれの言いぐさではないのう。それこそ奉行の言葉であろうが。おまえと万四郎の立場とは、まさに本末転倒そのものじゃな」

寺西又右衛門は書見台をはなれて、息子のいる縁側まで出てきて言った。

「おっしゃるとおり、郡奉行の面子《めんつ》、まる潰《つぶ》れにございます」

庭に目を遊ばせたまま恬淡《てんたん》（＝あっさり）と答える息子の横顔を又右衛門はあきれたよ

うに見つめた。

庭の隅に置かれた大輪の菊は、ほとんどの鉢で枯れかかっている。丹精して花にしても、枯れる時期には、みな一斉に命を散らすのだ。

茶色になっていく花弁をみるたび監物には、何ヶ月も菊に尽くした父の丹精がはかないものに思えてくる。

「杏坪めを論駁《ろんばく》してやればよかったではないか」

「できませんよ、天下の杏坪先生相手ですから」

又右衛門は監物の話から、郡役所での二人のやりとりが、大まかながらわかった。民百姓の側に立てば杏坪の言い分が正論で、否定する余地はない。だが、それでは政事はたちゆかない。ひとつの鉄山を代官所が預かって民が潤えば、どの鉄山も代官所が運営すればいいと、民衆は騒ぎたてて歯止めがきかなくなるだろう。

「民ばかりに利する施策を行うとすれば、そもそも藩庁など必要ないことになる。つまりわれら武士は、無用ということじゃ」

「仰《おお》せのとおり」

監物はすぐ降参した。又右衛門からすれば、線の細い息子である。清濁合わせ呑むほどの器量も度量もない。なまじ知力に恵まれているだけに、味方の粗《あら》まで見えてしまう。おまけに敵の長所さえ認めてしまうのだ。

「それで、勘定奉行の筒井殿にご報告したのか」

「いえ、まだです。頼殿の言い条を書面にせよ、とのことでしたので、いまだ思案中でございます」

又右衛門には、頼万四郎が息子監物を相手にしていないのはよくわかっている。郡奉行という立場は、代官頼にとっては出城のようなもので、本丸は別にある。それがわかっていない息子は、老代官の攻撃を真正面から受けとめ、矢玉をまともにくらっているのだ。根回しや駆け引きといった小細工を弄《ろう》するのを是《ぜ》としない監物は、得られた情報で人を操るということさえ思いつかないらしい。

学問をさせるべきだった、と又右衛門は悔やむ。幼少の頃から利発であった監物は、長じるにつれてさらにその学才にみがきがかかった。順調にいけば将来、藩庁の重職に就くだろうと信じ、又右衛門は安心して隠居したのだ。ところが、期待の息子は四十を前にしても、郡奉行どまりで、昇進の兆しもない。そこへきて、あの頼万四郎が監物の前に立ちはだかっている。老代官にとっては潰れても一向にかまわない奉行職でも、寺西又右衛門にとっては息子の業績にこそ、まさに寺西の家運がかかっているのだ。

「勘定方へさし出す書面は、わしが手を貸してつかわそうか」

「とんでもありません」

監物は出し抜けの父の言葉に、あわてて否と返した。能筆、能書で鳴らした父なら、勘定奉行をうならす文面をつくるのはお手の物であろう。だが、ここで頼《たよ》っては、それこそ子が親に喧嘩の助太刀《すけだち》を頼《たの》むようなものだったから、さすがの監物も、

「しっかり練り上げて、お奉行に満足していただけるものをこしらえてみたいと思います」

と、父の申し出を断った。

「三次代官所に大島とか申す手付がおったの。有能じゃということであるが、その手付を万四郎はいたくかわいがっておると聞いたが」

「よくご存じで……。大島与一はまさに頼殿の懐刀《ふところがたな》、とでもいうべき男でございます」

「あれを、どこぞへ転任させることはできんのか」

「むずかしゅうございますな。あの手付を三次に置くというのが、頼殿が北部四郡の代官をお引き受けになる折の条件の一つでしたから。して、あれが、何か？」

「あれやこれや、探っておるようじゃぞ」

「あれやこれや、と申しますと？」

「役人らの不正腐敗じゃ。それも…… いや、まあ、その話はまたにいたそう」

又右衛門は言いかけて急に口をつぐんだ。話せば長い話になるし、中途半端な情報なら、息子に無用な気苦労をかけることになるだけだと思ったのだ。

「大島の行動についてはあらまし把握しておりまして、しっかり気配りをするよう現地に手配済みですので、妙な動きがあればただちに対処いたしましょう」

「手の者を配しておるのじゃな」

監物は無言で深くうなずいた。

ならば、よい、と又右衛門はぽつりと言った。

「それにしても、北郡は藩庁から離れているぶん、支配が粗くなり、何かと村役などが横着に走りがちで、このたびも、頼殿からそこが手つかずとの厳しい指弾をうけました」

「万四郎らしいのう。誰にでも理や義にしたがって生きるよう求める。人はのう、杓子定《しゃくしじょう》規《ぎ》な規範だけで暮らしていけるはずもないのだがな」

「ただ、上に立つ者の心得としては至当かと思われますが」

そうかの、と又右衛門は不満げにつぶやいた。それを無視して監物は、一歩踏み込んで訊いた。

「さても、大島が探索すると何ぞ故障がありましょうや」

「いや、なに、あの手付がちょろちょろつきまわって、あらぬ事態が出来《しゅったい》しておまえが責めを負わされてもつまらん、と、そう案じたまでじゃ。まあ、それも杞憂であろうがな」

又右衛門は答えたが歯切れは悪く、その生煮《なまに》えの態度に監物はあらためて父親の横顔をまじまじと見つめた。

第四章　天翔《あまが》ける志

一

書物方奉行浅田忠兵衛は『芸備国郡志』を数年以内に完成させよとの命を受けていた。そのため、編纂責任者の頼杏坪に一年以内に道筋をつけるようにと指示した。

藩庁が修史事業に本腰を入れてからというもの、各地から膨大な下調べ帖が届き始めた。それを精査・分類するのに忙殺され、北辺の状況が気になりながらも、杏坪には三次へ赴くゆとりはなかった。

「頼殿のお働きぶりには感服のほかござりませんな」

学問所の都講である梅園順峰だった。

順峰は、大事業の進捗《しんちょく》状況が気にかかるのか、たびたび編纂が行われている部屋にやってきては、本音とも世辞ともつかぬ言葉をかけてくる。

「いやいや、この郡志編纂に対する頼殿の熱情と活力、まさに何人《なんびと》も及ぶべくもありますまい。さらに北郡にあっては、雨を降らしたり、はたまた長雨を止めてみたり……ほれ、昨年じゃったか、あの春の長雨が晴れ上がった一件を知るわたしとしては、頼杏坪、またの名を玄武《げんぶ》の化身、とでも呼びたくなりましたぞ」

と、藩儒はおもねるような声音《こわね》になった。

玄武とは、青竜《せいりゅう》・朱雀《すざく》・白虎《びゃっこ》と共に天の四方をつかさどる神のひとつで、北の方角に位置する水の神として知られている。梅園順峰としては、杏坪の雨乞いや晴天乞いをその神にかこつけて洒落《しゃれ》たつもりであろう。

「晴天乞いをしたのは一昨年のことでござるよ、梅園殿」

「ほう、そうでござったか。もう、あれから二年にもなりますのか。いやはや、早いものじゃ」

順峰は凝った言い方も無視されて、照れた表情で答えた。

杏坪は帖面や書き付けの山から離れて、胡坐《あぐら》になった。邪魔が入って緊張がゆるんだ。ついでに休息を取る気になったのである。

梅園順峰が言う長雨とは、文化十四年（一八一七）に北辺を襲った雨のことであった。厳寒の季節が過ぎ、穏やかに春を迎えて順調に田植えの時期になったが、やがて北の空は連日雨に見舞われた。

桜の季節が過ぎても陽《ひ》がのぞくことはなく、五月になると雨はぶちまけるように降りつづいた。せっかく植えた稲苗は水に漬《つか》ったままで、やがて根腐れの懸念も生じる有り様だった。

定期巡回のために三次に入った杏坪は、盆地を流れる増水した川を目《ま》の当たりにして愕然となった。三次の町場に渡るのでさえ、濁流逆巻《さかま》く川を必死の思いで越えなければならなかった。町の対岸に位置する原村や上里村には、すでに長土堤から水があふれて、あちこちの家屋敷まで浸《つ》かっていた。

代官所へ到着するや、杏坪は林幾助と大島与一を執務部屋に呼びつけ、各地の被害状況を報告させた。二人が語る村々の様子は、予想以上に深刻であった。

「水神《すいじん》さんが、ごつうこきんさったんかいの（お怒りになったのでしょうか）」

幾助は長雨にうんざりした気分をなんとか紛らそうと剽《ひょう》げて（＝おどけて）みせたが、大島与一は表情ひとつ変えず、先輩の手付を黙殺した。

杏坪は手付らの話に丁寧に耳をかたむけた。そして、ややあって、口を開いた。

「さっそくじゃが、ひとつ相談がある。実は、晴天恢《かい》復《ふく》を祈願したいと思うておる」

「ありゃ……」

林幾助は遠慮のない声を上げて、露骨に不快な顔つきになった。

またでございますか、と、与一もあきれたという表情になって代官を見つめている。

「あの恵蘇の雨乞いはええ塩梅《あんばい》にいきましたがのう、そうたんびゅう（たびたび）うまい具合にいくとはかぎりませんで」

口調はやわらかだが、幾助の言葉はじゅうぶん辛辣《しんらつ》であった。

「わたしも賛成できかねます」

珍しく、与一も反対した。上役の一途《いちず》な性格は重々わかっていて、ときに思いがけない行動が予期せぬ好結果を生むことも知っている。恵蘇郡で見た雨乞いの奇跡は、何年たっても与一の記憶から消えることはない。

「先生、またも、奇跡をお望みなので？」

頼杏坪がいかな傑物といえども、二度も三度も天を動かすことなどできようはずもはない。

与一は、わざと上役に聞こえるように大きなため息をついて、あらためて諫める気持ちを露《あら》わにした。とはいえ、言い出したら後に引かない上役の性分をわかっている手付らは、命じられるままに準備にかからなければならなかった。

場所は、三次郡下布野村の知波夜比売《ちはやひめ》神社に決まった。雨乞い神事を行ったのと同じ山王神社でと杏坪は思ったが、渡られぬほど増水した川がそれを思いとどまらせたのだ。

「雨風のことなら、うちの祖父《じい》さまがよう知っとってですけえ」

祈晴告文《きせいこうもん》の文案を練っていると、茶を運んできた清が唐突にに言った。与一から杏坪の企《くわだ》てを耳にした清も、その成果に気をもんでいる様子である。

「雨が降る日も、雨が上がる時も、祖父さまはよう当ててです」

「それで、祖父御《じじご》はいつ雨が上がると申されておるのじゃ？」

「なんにも言うてんないですけえ、雨は、まんだちっとなかあ（しばらくの間）、つづくんじゃありませんかの」

清は遠慮のない言葉でしめくくった。

翌日早朝。

「杏坪先生」と、清が一大事とばかりに居室にやってきた。近頃では、お代官さまという代わりに、呼び方は与一の口真似になっている。

「祖父さまが、明後日《あさって》ごろにゃ、雨が上がるいうて言いんさったです」

「それは、まことか。では、これは無用になったな」

杏坪は、昨夜書き上げた告文をささげて見せた。

「へえでも、年寄りの言うことやなんぞ、あてんなりゃしませんけえ。杏坪先生、どうぞ、存分に祈ってつかあさい」

清はあわてて言ったことを打ち消そうとするが、今の杏坪にとっては、たとえ嘘でも雨が上がるという清の祖父の予言めいた言葉は、心強い味方のように思えた。

杏坪は清の言うように、二日後に神事を行うよう与一ら手付に指示した。

布野に向かう朝、与一が深刻げな顔つきでやってきた。清がどうしても連れていけと言って困っているという。杏坪はすぐに同道を許した。清は清で、祖父の言葉を持ち出して晴れると口にした手前、責任でも感じて気をもんでいるのだろうと思ったのだ。

布野まで三里あまり、雨はやむ気配もなく、進むにつれて雨脚は一段と強まったように思われた。代官所の一行は、蓑笠が役に立たないほどずぶ濡れになって神社へ到着した。近隣から招集された村役らによって、神前に供物が調《ととの》えられ、百姓らは言われたとおり、鞍の代わりに赤い布をまとわせた馬をひき連れて集まってきて、神事が始まった。

神官《じんかん》の祝詞《のりと》さえ激しい雨音にかき消されるなか、蓑笠を着けた百姓らが、十五、六疋の馬を曳《ひ》いて境内を練り歩いた。ただ、黙々と歩く。だしぬけに一疋の馬がいななくと、つられるように三疋、四疋といななきが連鎖した。

男どもはやがて祈り疲れ、歩きくたびれて空を見上げた。天球をおおう厚い雲は雨を運びながら、ゆっくりと西から東へと流れていく。動きをやめた馬が雨に打たれながら、ときおり地面を脚でかきむしる。裏山の木々の葉が雨にたたかれて悲鳴を上げている。

一刻もすると、天空の景色がかすかに変わった。

北の黒雲がゆっくり流れて、西から白い雲が顔を出した。あれほどうるさかった雨音が、心なしか静かになったように感じられた。かなたの山々が見えるようになった。笠を脱ぎたくなった。境内にいた村人が、ひとりまたひとり、と手の平を上にむけて天を仰いだ。

やんだ？

やんだん？

やんだかっ！

やんだでっ！

風が出てきた。湿った空気が頬をなでた。肌に雨粒が触れる感じはなかった。馬が胴震いするのを見て、百姓らは馬の背から布をはぎ取った。馬の耳がいっせいに震えて、また小さな風が起こった。

村人は天に向かって両手を広げ、腹の底から喚声を上げた。

「先生、杏坪先生。雨が、雨が……」

叫びながら、清は泣いていた。後は言葉にならなかった。境内の隅にたたずむ杏坪のもとへ歩み寄りながら、喜びの気持ちをあらわそうと懸命に笑顔をつくりながら涙を流した。与一といえば、境内のあちこちにできた大小の水たまりを足で蹴散らし、まるで雨水の余韻を楽しむかのように、いつまでも社《やしろ》のあたりを歩きまわっていた。

夕方までに、雨は完全にやんだ。

翌日からしばらくは曇天が広がったが、もう雨が降ることはなかった。川や田んぼからは一気に水が引いていった。作物はすんでのところで根腐れをのがれた。

泥水をかぶった地域もあったが、雨が上がって後は晴天の日がつづき、土中の水分は靄《あい》霧《む》のように蒸発していった。その結果、北郡はおおむね凶作状態を脱したのである。

この頼万四郎杏坪の事績は「布野の奇跡」として、北辺一帯では今日なお多くの人々によって語り継がれている。

「一度ならず二度までも、頼殿はみごとに天機を開かれた。とても人間業《わざ》とも思えんとて、あちこちで語りぐさになっておりますでな」

梅園順峰は、まるで市井《しせい》の凡人並みのおべんちゃらを口にする。

「念ずれば通ずとは申せ、まぐれ当たりでござれば、そう持ち上げんでくだされ。誰でもやればできるもの、順峰殿も一度試されよ」

「いやいや、とてもとても…… わしには頼殿のような神通力はござらん」

切り返された順峰は、本音をはいた。そして儒官は編纂工程の進捗《しんちょく》を確かめたいと立ち寄ったものの、頼杏坪の存在感に圧倒されてその目的も果たさないまま、必要以上に笑顔をつくって部屋から出ていった。

杏坪も順峰につられて、別の部屋へ出向いてみた。そこでも津村聖山ら若き儒学者らを中心にして編集は行われていた。講義の合間をぬって修習生もやってきて、書物方の役人らが書類や帖面と格闘している作業の様子を見物していった。なかには編纂に興味を持つ者もおり、編集・出版方針さえ明確になれば、彼らの力を借りることも可能だと杏坪は思った。

杏坪が積年気にかけていた問題がひとつ、解決に向けて前進しているようだった。

数日後。

自宅で遅い夕餉の膳を終え茶を喫《きっ》していると、佐一郎がばたばたと駆け込んできた。

「三次代官所から手付の大島が来ておりますが、いかがいたしましょう。すぐお会いになりますか」

「無論じゃ。ただちに通せ」

大島与一と聞いて、杏坪の気分はたかぶった。晩酌の酔いがひと息に吹き飛んだ。

夜分に申し訳ありません、と言いながら与一が部屋に入ってきた。広島までおよそ十七里、無理な道中をしてきたらしく、手付の全身に疲れが見てとれた。

「最前、広島に着きましたが、役所で尋ねると、先生は学問所におられるとかで……あまり人目につきたくなかったものですから、日が落ちるまで自宅で待機しておりました」

湯を浴びるか、それとも呑むか、と杏坪が訊くと、与一は、では茶づけを一杯いただけませんか、と求めてきた。すぐに膳を運ばせ、若い手付が豪快に碗から飯をかき込むのを眺めながら、杏坪はかいつまんで三次へ行けない現状を嘆いて聞かせた。

「資料収集のためと断って北辺出張を願い出たのじゃが、編纂の目処《めど》をつけるのが先じゃと許しが出ないのだから、どうにもなるまいぞ」

与一は口をもぐもぐさせながらうなずいた。

じゅうぶん頂きました、と食事を終えると、膳が片づくのを待って与一はすぐ本来の話に移った。

「先生を広島に足どめしようという、何らかの力が働いているのではありませんか」

「藩庁に、わしが北へ行くのを快く思わん者がいると申すか……然《さ》もありなん」

「そうに違いございません。わたしが少々しっつこく嗅《か》ぎ回るので、それをうるさく思われた方々が、わたしと先生を引き離すよう、郡役所や藩庁へ圧力をかけられたのではと推察されます」

「村役のなかにも、わしとそのほうのことを煙たがっている者はおるじゃろうからの」

「仰せのとおりに存じます。わたしを先生の手先とみなしている庄屋らは、今では、わたしの姿を見ただけで隠れたりしますから」と、与一は自虐の笑みをもらした。

「ところで…… このところ郡内の社倉関係者の間に妙な動きがあります。それに、何人かの割庄屋《わりしょうや》らが密に連絡を取り合っておるのを確認いたしました」

与一の話が本題に入ったので、杏坪は座り直した。

「社倉の矛盾点については春水先生がすでにご指摘になっており、執政方もあれこれ是正に取り組んできたやに聞いておりますが、実態はますますひどくなるばかりです。社倉の役人どもはネズミ同然で、いったん好物のうま味を知った者は、なかなかその餌を離さないようでございます」

困ったことじゃな、と杏坪はぼそっと応じた。

「商売を営んでいる割庄屋らも、社倉の不正に関わっている場合も少なくないようで、ある庄屋に出入りしている商家の手代によると、村役、社倉主役、庄屋らに食い物にされている社倉もあまたあると申しております」

「よく聞く噂話の類ではないのか」

「そうとも言い切れません。わたしが懇意にしているその手代は、たいていの社倉が開けてみれば備蓄すべき定量の米麦《べいばく》はないはずだと断言しました。つまり、社倉の帳面を操作できる者らが、備蓄穀類を低利で借りたことにして、他所に又貸しして利ざやを懐にしているのだと明かしました。そうした談合の現場を見たこともあるそうでございます」

これをご覧ください、と与一は、大事そうに持参した風呂敷の包みを解き、書き付けを取り出して杏坪の前に置いた。

「三上郡の泉田村の例ですが……」

この村では穀類を利子八分の低利で商人らに貸し出しているという。一割五分が定めの利率だったから、その無謀ぶりは明らかである。そして商人はその米麦を、二割以上の利益が出る値段で売却するのである。

「その商人というのが、村役だったり庄屋だったりすれば、これはもはや看過できません」

「村役や庄屋らは、その資銀をどこから調達する？」

「上下銀ではと思われます」

やはり、そうか、と杏坪はうなった。

「確証はまだですが、村役らが多額の銀子を調達できるとすれば、他の方途は考えられません。それに、上下銀はなんといっても低利ですから。そこで、これをご覧ください」

与一は書き付け帖にはさんであった古びた書類を抜き出して、杏坪に手渡した。

「三次郡布野村の割《わり》庄屋平左衛門が、代官所に提出した意見書にございます」

「平左衛門？」杏坪は弾《はじ》かれたように与一を見た。

その平左衛門とは、代官頼万四郎にとって忘れられない名前だったのだ。

代官就任早々の杏坪のもとに、布野村の庄屋がお上《かみ》から下されるお救い米銀を多年にわたって着服しているとの訴えがあった。吟味のためさっそく呼び出しにやったところ、その庄屋は出頭する日の前夜、納屋《なや》の梁《はり》に縄をかけて縊《くび》れて死んだ。それが平左衛門だったのである。そうした行きがかりを知らない与一にとって布野の平左衛門といえば、奸吏だったとしてその名前だけを耳にしていただけだったが。

この割庄屋の「郡町一統追々逼迫仕《いっとうおいおいひっぱくつかまつ》り、恐れながら後《のち》内々に愚考申上試み奉る書付」という具申書には享和元年（一八〇一）の日付があり、もう一通の「先達って御領分一統困窮者凌《しのぐ》仕方《しかた》御願申上候処御免無之《ごめんこれなく》、弥増《いやまし》農民ハ極《きわめて》難渋ニ及候ニ付、恐れながら再応《ふたたび》愚意御歎キ申上る書付」、との長い題の意見書は、文化七年（一八一〇）に出されたものであった。

内容は郡内の窮状を縷々《るる》述べたあと、農村振興策をあげてある。その献策は多岐《たき》にわたっているが、要約すると、酒、質株、藍玉《あいだま》、食用油などを取り扱う商人からの冥加金《みょうがきん》の徴収、富籤《とみくじ》（＝宝くじ）の販売などを列挙し、これを資銀として年一割から一割五分程度で貸し付け、その利益を領民救済にあてるよう進言するものとなっていた。

「これを、どこで見つけた？」

「代官所の書庫の隅に眠っておりました」

「あの庄屋がこれほどの企てを模索していたとはのう……」

杏坪はつぶやいた。歴代の代官たちは、関わるのを面倒だと思ったか、あるいはまっとうに扱っても無駄だと見なしたか、いずれにせよ、こうした具申を一顧だにせず、他の書類のなかに放り込んでおいたのであろう。

この部分を、と与一は書き付けの一部を指さして読み上げた。

「私自力ニテ無利又安利ニ銀子貸出、以其利《そのりをもって》郡中干損所新古雨池《あまいけ》井手《いで》水抜水除《みずよけ》其他地起《じおこし》仕リ候」

「つまり、藩でやらなければ、おのれの資銀を貸し付けて、その利子で池や土手、堤などの農業施設を整備すると申しておるのだな」

奇特な庄屋がいたものだ、と杏坪は思った。その提案はまさに杏坪自身が、かつて私財を投じようと企図したことと同じ理念を蔵していたからである。

「それほどの篤志家《とくしか》である平左衛門が下し米銀をくすねて、わが腹を肥やしたとは考えにくいのう」

「わたしもそう思います。そこで気になったのが、『自力ニテ』の下《くだ》りです。自力と見得を切るからには、それだけの裏付けがなければなりません。平左衛門の家屋敷はそれほど大きなものでもなく、村内で話を聞いても、平左衛門が分限者《ぶげんしゃ》（＝金持ち）だという者はひとりもおりません。庄屋の息子の幸兵衛にも会ってみましたが、一家はつましい生活をしておりまして、あの庄屋が自由に使えるほどの財産は、なかったものと思われます――」

さらに、これです、と与一は別の帳面を風呂敷からとり出した。表紙に「諸控帖」とあり、平左衛門が生前につけていた出納帳《すいとう》であるらしかった。幸兵衛から借りてきたものだと言いながら、与一はそれを繰った。

「たとえば、文化八年六月、三次郡東入君村《ひがしいりぎみむら》の庄屋与右衛門《よえもん》に年利一割五分で銀五貫を貸し出しており、翌年四月には恵蘇郡三日市の馬借の加賀屋へ銀二貫二百匁を貸し付けております。これも月利が一割五分です」

「既に企てをやりかけていたのか。して、平左衛門は、どこからその銀子を調達した？」

杏坪はつぶやくと、与一は、そこです、という目で謎かけをするような表情になった。

「なるほど、そこにも上下銀がからんでおるか……考えられんでもないの」

「平左衛門の息子は、父親は首をくくって死ぬような男ではないと申しておりました。代官所から呼び出しを受けた折も、前日はお代官と会うのを楽しみにしている様子だったそうです」

「自死じゃのうて、変死じゃったと申すか」

「平左衛門が銀貸借のからくりを明かすのを恐れた何者かが、平左衛門の口を封じたのではと考えてはどうでしょう……ともかく、平左衛門が偽善者だったのか、はたまた善行の者だったのかは何とも申しかねます。ただ、はっきりしているのは、庄屋や村役にまつわるこうした怪しげな噂は枚挙にいとまがないという現状です」

「いったい民百姓は、何を考えておるのじゃ。庄屋、与頭《くみがしら》、百姓代、社倉頭取、鉄座御用……みな、もとは百姓であろう。それが役職についたとたん、我勝ちに利をむさぼる悪人になり下がるとでもいうのか。情けないことじゃが、あれらは、もともと悪性の持ち主だったとさえ思えるの」

「そう一概に言えますかどうか」

大島与一は珍しく代官に異を唱えた。この若い手付は老代官が百姓を褒貶《ほうへん》するときは、いつも以上に真顔になる。

「民百姓は子供のようなものじゃ、手厚い保護を与える必要があろう。だが、あれらとて考えを持たぬわけでもあるまい。おのれらの長《おさ》が不正をなせば、騒いでしかるべきであろうにの。鶏でも群れに狐が迷い込めば、鳴き声を上げるではないか」

「お言葉ですが、先生がおっしゃる子供の親とは誰でございますか」

反論されて杏坪は、うぬ、と目をむいた。

「いうまでもない。藩主様じゃ」

「では、ご家老様以下、お役の方々はさしずめ民百姓の兄上とでも申せましょうか。それにしては、この家族は腐りきっております」

「黙れ、言葉が過ぎるぞ。殿まで愚弄するつもりか」

「先生のおっしゃる民百姓がすなわち子供というのが寓意《ぐうい》（＝他の事にかこつけて遠回しに表すこと）であるなら、藩主はさぞや面倒見の悪い親で、重役方は出来の悪い兄だと申し上げておるのです」

杏坪は、手付の発言のうちに宿る鬱屈した憤怒《ふんぬ》を感じ取った。村役らの不正に憤ると同時に、無策にすぎる重役を非難しているのだ。あるいは、自らの二親《ふたおや》や異母兄を責めているのかもしれなかった。

「領民に安寧秩序を保障するのがわれらの果たすべき役割じゃが、それにしても非を鳴らさぬ百姓らの無為無言が歯痒《がゆ》いと申したまでじゃ」

巨悪に立ち向かおうとしている健気《けなげ》な手付を相手に、無用な論争を仕掛けるつもりはない。杏坪が先に鉾《ほこ》を収めた。

「樹木になぞらえれば、下の根より、上の幹や梢《こずえ》の方が腐りきっている、というのがわたしの本音です」大島与一はつぶやいて、

「先生がわたしを北辺の任務におつけになった目論見《もくろみ》は何でございますか」

「今さらわしの口から言えと申すか」

気骨のある手付は、小さく首を横に振りながら、

「もとより、伺うまでもございません。村役の不正腐敗を暴《あば》けよとのお心からでございましょう。しかし、村役らの悪行ぶりをあぶり出したからとてどうなりましょうや。せいぜい当事者を代官所に呼びつけて説諭するなり、多少の過料を課すのが関の山…… わたしには林殿のように、中途半端に手付の仕事をこなすような真似はできかねます」

おおよそ小一年、北郡に足を踏み入れもせず、何らの指示もないことに与一が痺《しび》れを切らしているのが杏坪に伝わってきた。

藩庁内でいま頼杏坪がどのような立場にあるのか、わからない与一ではない。ただ、何か斬新な施策を打つのであれば腹をくくってくれ、と代官に訴えているのである。

「大島与一――」杏坪は珍しく手付の名を口にした。

「いつぞや、炉場の不正糾明に努めた際にも申したことがあるが、よいか、北辺にある不正腐敗の病根を徹底して調べ尽くせ。いかなる些細なことでも見逃すでないぞ。そのほうの労苦が報われるよう、わしも胆《きも》をすえてかかるつもりじゃ」

「しかと、承りました」

その言葉、待っておりました、という響きが与一の答えにこもっていた。

「上下銀については相手が大きゅうございますので、先生の方で対処願えればと思います」

「あいわかった」

大島与一は杏坪の返答に満足したか、きりりとした表情になった。

話が一段落して酒を用意させようとした杏坪を与一は制して、三次へ帰るからと断った。

「明日にいたせ」

「いえ、わたしの居場所は三次ですので、一刻も早く戻りたいと思います」

昨夜遅く向こうを発ってきた与一が疲れていることはわかっていたので、屋敷に泊まっていけと重ねて勧めた。だが、与一は固辞した。杏坪はそれ以上止めなかった。

後刻、与一を三次へ行かせたことで佐一郎は杏坪を責めた。酒肴を振る舞えとは言わないが、せめて一晩、ゆっくりさせてやるのが人情というもので、あまりに下役を軽んじる扱いだと、息子はいつになく険しい口調で父親を非難した。

「大島には、些少なりとも銀子を持たせてやったのでしょうね」

「おお、そうであったのう。これまた、迂闊《うかつ》であった」

杏坪は息子に二度、叱られた。

二

一年半にわたる『芸備国郡志』の編纂作業も大詰めを迎え、正式な名称も『芸藩通志』とすることに決まった。杏坪は安心して、あとを書物方に引き継ぐことにした。

次に気になるのは北部四郡の動静で、杏坪は郡御用屋敷に寺西監物を訪ね、郡方の業務をおろそかにしたことを謝した。その上で近々、通常業務に復帰したいと申し出た。

「頼殿を欠いてもよろしいのですか。修史作業はなかなかに難事と聞いておりますから、今しばらくは書物方の業務に専心いただいてもけっこうですよ」

郡奉行の言葉は歯切れが悪く、老代官の職場復帰を歓迎する様子ではなかった。寺西監物は、頼代官が鉄山を代官所預かりにしようと目論んだ一件以来、杏坪とは距離をとっていて、できるだけ接触を避けようとしている風に見えた。

「書物奉行の許可もいただいておりますし、編纂作業の手順は確認済みで、あとは加藤、津村、それに吉田、正岡らを中心にして学問所の学生らの手を借りればじゅうぶんでございます。ときたま顔を出すつもりではおりますが、まずは郡役所の業務に差し障りはございません」

「それはそれは……」

寺西監物は堅い表情のまま、間の悪い相槌をうった。近日中に北辺に出向くという杏坪に郡奉行は、それはかまいませんが、と前置きして、

「手付の大島与一はこちらに召喚しますよ」

と、杏坪と目を合わせないようにして言った。

「どういうわけでございますか。何か、あれが不始末でもしでかしましたか」

「代官所の業務を怠業《たいぎょう》して困る、と同役の林幾助から苦情の申し出がありました」

「これは異なことを……。大島に限って、役務《えきむ》を蔑《ないがし》ろにするような男ではありません」

「まさか、上役の林が嘘の申告をするはずはありませんから、頼殿が不在のあいだに、大島が横着をすることをおぼえたのやもしれませんな。いずれにせよ、大島は郡役所詰めにするよう木村様に報告して、すでに諒承《りょうしょう》されましたので……」

納得しろと言わんばかりに、寺西監物は上役としてやや高飛車な言い方をした。

「お言葉ではございますが、林は上役とは申せ同じ手付役で、その手付ひとりの申告を鵜呑みになさるのはいかがなものでございましょうや」

「頼殿は、木村ご奉行のご判断に異を唱えるおつもりか」

「そうは申しませんが、大島与一はわしが見込んで三次に迎えた者。わし自身があの者から聴取してみますゆえ、わしの意見もご判断の一助にしていただきたいのでござる」

寺西監物は代官がいつもの頑な態度に出たのを見て、やれやれ、という表情になって、

「では、頼殿ご自身で木村お奉行に談判なされればよろしかろう」

と投げ捨てるように言った。

その日の夜、息子の佐一郎は役所から遅くなって帰宅した。御蔵奉行付になった佐一郎も、中堅の官吏として業務上の責任が増したようだった。

「仕方ないではありませんか」

佐一郎は、大島与一が広島の役所に戻されることになったと告げる父親に、上の指示には逆らえないのでは、と応じた。

「余程のことがないかぎり、あれを三次から出す気はない」

「なぜですか。たかが手付の一人や二人、どこへ異動になってもかまわないではありませんか」

「何を言うか。大島をそこらの役所でくすぶっている有象無象《うぞうむぞう》の下役と思うでない。あれは、稀《まれ》にみる高潔で清廉な男での。わしにとってだけでなく、北辺にとってもかけがえのない人材なのじゃ」

佐一郎は父親に冷ややかな目を向けて、

「北の困窮が、あの手付一人の働きで救えるとは思えませんが」

とつぶやいた。それには、あまりに北部四郡に固執する父親を諫めようとする意味合いも込められていた。

「ともかく、近々、木村殿に会うて大島のことは撤回を申し入れるつもりじゃ」

「それはお勧めできません」

佐一郎は、まるで子供をたしなめる口調になった。

「漏れ聞いた話ですが、父上が編纂作業に専念されていたあいだに、父上を北郡の代官職からはずそうとする動きもあったようですぞ」

「そのようなことは寺西殿に接見した折、何も申されなかったがの」

「結局、さる筋から頼杏坪動かすべからずとの指図があって、この人事は立ち消えになったと聞きました。父上の異動を強行に主張されたお一人が木村様だったそうです。それに同調された重役らも多かったとか。もしも木村様にお会いになれば、話がこじれるは必定《ひつじょう》ですから、こうしてお止めしておるのです」

杏坪は黙った。どうやら、自分が修史編纂室に縛りつけられていた一年半で、政情は大きく変わったように思えた。

「大島が北辺で不人気なのは、あれがちょろちょろと動き回るからなのではありませんか。代官所の有能な役人ともなれば、村役らにとっては迷惑千万なだけでしょうからな。その手付が父上の後ろ楯を頼みに動いているとすれば、大島ばかりか、父上も異動させようと思う勢力があっても不思議ではありますまい。いったい父上は、あの手付に何をさせようとなさっておいでなのですか」

「言うまでもない。村役らの非行・悪行を暴くことじゃ」

非行・悪行を暴く、と佐一郎は、言葉を区切りながらくり返した。

「暴いてどうなされます?」

「それ相応の責めを負わせる」

「第二、第三の不心得者が出てきます。それも次々と叱責なさいますか…… それでは、まるで土竜叩《もぐらたた》きではありませんか」

「おまえが言わんとするところがわからんでもない」

杏坪は柔和な顔つきで佐一郎を見つめて言った。

「奸吏《かんり》（＝不正をはたらく役人）を多少咎めたところでどうなるものでもない、そう思うておるのであろう。では、そのままに捨ておけと申すか。そうではあるまい」

「学問だけしておるうちは、わたしも人の心根は導けば多少曲がっていようととりあえず、まっすぐになるものと無邪気に信じておりました」

佐一郎は低い声になった。

「居敬《きょけい》をうながし窮理《きゅうり》を実践すれば、人は人格ある行為に及ぶものと勝手に認識していたものの、出仕して実業を扱う政事《まつりごと》に関わってみれば、毎日は苦行の場でしかありません。皆が、多かれ少なかれそうした日々に妥協しているのだとすれば、わたしもそうしていこうと思います」

「おまえがどう生きようとかまわんが、わしの考えは変わらん。それにしても、さほど長いお勤めでもない間《ま》に、すっかり宗旨《しゅうし》替えしたように見えるが」

「どうすればよろしいと言われますのか？」

「邪《よこしま》な心を許さず、との気概を帯びて民の上に立つべし、と申しておる」

「書物の一条を政事に当てはめようとしても詮《せん》ないことでは、と今申し上げたばかりではありませんか」

杏坪はため息をひとつ吐いた。

息子とて父親相手に論争を仕掛けるつもりなどないに違いない。ただ、内向きの言葉を連らねることで、暴走しようとする父に歯止めがかかればとでも思っているのだろう。

「わしが北辺四郡から身を退《ひ》くことはない。その昔、斉賢さまに随伴して北の貧郡を巡って以来、わしは運命のようにかの地に関わることを受け入れてきた。退く時期は何度もあったが、その都度わしは踏みとどまった。おまえもそうであろうが、兄春水はわしが何故役務を抛擲《ほうてき》して学問界へ戻らないのかと訝《いぶか》っておったものじゃ。だが、書を読まんとて、なんじょう飢えて泣く子を置《お》いてきぼりにするような真似《まね》ができようか」

「父上のご意向、ようわかっております」

佐一郎は、根負けしたように表情をゆるめた。

「大島与一は、そんなわしを理解してくれている数少ない下役のひとりなのだ。だが、それが理由で、あれをわしの元に縛りつけておきたいと思うておるのではない。大島が北辺にいることこそが、まこと民百姓のためなのじゃ」

たかが手付のことにこれほど熱くなる父親を、佐一郎はあきれたように凝視している。


四ツ前（午前十時頃）にいったん上がった雨が、午後になって再び本降りになった。

代官所に呼び出された三次・恵蘇両郡の八人の割庄屋は、屋敷の庭にある吟味の場に臨んだ。雨のため室内に上げられるものと思っていた庄屋らは、羽織や着物の裾《すそ》が濡れるのを気にしながら、庭に敷かれた茣蓙《ござ》の上にひざまずいた。

しばらく生暖かい雨にうたれていると、村役らを気の毒がってか、天の一角から明るい光がこぼれ始めた。

あらわれた代官頼杏坪は、いつになく腰に小刀を帯びて端座した。

「遠路、ご苦労であった」

ねぎらいの言葉を口にしたが、代官の表情は昏以外、ひくりともしない。

「さて、わしが当地の代官職を拝命したおり、民百姓に安寧と秩序を与えるため、そのほうらに口達を発したことがあった。よもや忘れてはおるまいが、いま一度、くり返しておこうと思う」

杏坪は、重々しい口調で村の長《おさ》としての心得を述べたてた。

民の頭として心正しく行状を慎むこと
民には親切を旨として、憐愍《れんびん》をもって接すること
村人の利を優先し、不利は即刻取り除くよう務めること
賂《まいない》を求めず、村方勘定にいささかの私利私欲を望まず、諸経費を節約すること
不正を犯さず、身を歳寒《さいかん》の松柏《しょうはく》のごとく清廉《せいれん》に保つこと

「ざっとかような内容であった。しかるに、昨今、そのほうらの中に仕置き荒く、不正腐敗に手を染めた者があるやに聞いておる。まずは、左様な不心得をはたらいた者の有無を吟味する所存ゆえ、覚悟いたせ」

新たな施策に対する説明か何かだと思っていた庄屋らは、予想外に峻厳な代官の言葉に、一様に頭《こうべ》をたれ、息をつめて聞いていた。

「まずは、向泉《むこういずみ》村の寛右衛門《かんえもん》…… そのほう、村人をいたぶったりしてはおるまいな?」

列の端にいた恵蘇郡の割庄屋は、わが名を呼ばれ、背中をぴくりとさせて、

「そのようなことはございません」と口ごもった。

「藤兼《ふじかね》村の甚兵衛《じんべえ》はどうじゃ？」

この庄屋も自身は潔白だと述べた。頼代官は残る六人も同様に質した。すでに全員が代官の思惑を察したらしく、時間がたつにつれて庄屋らは重苦しい気分を強《し》いられた。

代官が奥に向かって声をかけると、障子が開いて一人の手付が書類の束を持ってあらわれた。

寛右衛門、前へ出よ、と代官は声音を強めて端の庄屋を顎でしゃくった。

「そのほう、清廉にして潔白だという申し立てはまことか？」

頼代官は、一通の書き付けを手に、老練な庄屋をにらみつけた。

「去る年、本郷村において溜め池を築造した折、お上から費《つい》えとして下しおかれた米七十石を村役らに無断で借用させ、それを貸し出して利息ばかりか、七十石の大半を私腹したというのは、まことであるか」

「とんでもございません……」

「ここには、そのほうが犯した数々の不正が書かれておるぞ」

かの池を自財で築造したと偽り、その水を使う百姓らから、水年貢と称して米銀をまき上げた。また、百姓らに紙漉《す》きの道具を買えば、できた紙を定価より高く買い取るとだまして銀子を貸し付けたうえ、漉いた紙を買い取ることもしなかった等々――

寛右衛門は読み上げられる罪状におぞけをふるってぶるぶると肩を震わせている。

「三次郡作木村《さくぎむら》の民蔵、おのれは、藩に再三にわたって村民の窮状を訴え、お救い米を得たにもかかわらず、その事実すら村人に知らせず、着服したことは明々白々――」

頼代官が書類の罪状を口にすると、民蔵は傍《かたわ》らの庄屋らをはばかることなく、違います、間違いでございますと大声を上げた。この庄屋も後に待ちうけている事態が想像されて、気持ちの動揺をおさえきれなくなったのだ。

恵蘇郡小和田組の割庄屋勘左衛門は、賑貸《しんたい》と称する、いわゆる窮民のために無利子で米銀を貸し出す制度を悪用して、わが借銀の返済に当てたことを断罪されると、

「たちの悪い噂でございましょう」

と一蹴した。杏坪は険しい表情でこの庄屋を一瞥したが、とりあえず先を急いだ。

「上布野村の平三郎。おのれは、過ぐる年、銀銅輸送をめぐる赤名宿との助郷訴訟で江戸に赴いて長逗留いたしておったところ、淫蕩し酒色に溺れて、公銀を浪費したる由、聞いておる。その銀子はいわば村民の血であり汗であろう。それをよくよく知る立場にありながら、平然と私用するとは、なんたる不埒な行いであるか」

「恐れながらお代官さま、それはまったくの流言でございますれば……」

頼代官から指弾されるたびに庄屋らは異口同音に否《いな》と答え、首を横に振った。

「さて、和知村庄屋、善助、そのほうは社倉の頭取も兼務しておったの」

「仰せのとおりにございます」

「先般、代官所の役人が村の社倉を訪《おと》なったおり、帳面を提出せよとの命を拒んだというが、なにゆえじゃ？」

「お代官さまもご存じのとおり、社倉は凶作や飢饉に備えよとの下知のもと、わたしどもの裁量にて営まれております。さらに、本来社倉は大目付さまの管轄となっておりますれば、差配違いと存じましたゆえ、お断り申し上げた次第にございます」

「代官所の手出しは無用と申すか」代官は眉をつり上げた。

「善助、かかる言辞をなすとは、おまえはこの頼万四郎をただの老代官とあなどってか」

「滅相もございません」

「黙れ。大目付の管轄じゃと申すなら、その筋の許可を得て、おまえが頭取役を務める社倉を開いて、書き付け一枚、麦米ひと粒にいたるまで調べるが、よいか」

「恐れ入ります」

と、それまでの威勢は失せて、善助は背をまるめた。

「おそらく和知村の社倉には定量の米麦が備蓄されておらぬであろうのう、善助」

代官が声を低くしてつぶやいたので、庄屋や村役らはいっそう首を縮めた。

「寛右衛門は下《くだ》し米《まい》を私腹、民蔵しかり、勘左衛門も横領した……のう、平三郎、そのほうらはいったい、村役か、それとも盗人か」

根も葉もない噂でございます、流言蜚語《りゅうげんひご》の類に違いありません、わしらを貶《おとし》めようとする誹謗中傷でございます、と誰ひとり代官の申し条を諾《だく》とする者はいなかった。

「わしは、代官就任当初にも口達したとおり、これまで不正に手をそめたと正直に申し出れば、咎めはせぬと約した。しかし——」

頼万四郎は、いったん言葉を切って口調を変えた。

「相わかった。代官所の調査・吟味が不十分であったらしいの。じゃが、そのほうらにかかった嫌疑が晴れたわけではない。そこで、この三次では埒《らち》が開かぬゆえ、そのほうらを広島の流川の吟味屋敷に連行して調べなおす所存じゃ。仮に十日が二十日になろうとも、その身が潔白とわかるまで、何日でも留め置くぞ。わかったら、早急《さっきゅう》に我が家にたち帰り家族と別れを惜しんでまいるがよい」

代官は、二日後に広島へ発つと庄屋たちに言い渡した。

連日空を覆う厚い雲はきれず、時おり冷たい雨が降りそそいだ。盆地の田に揺れる稲に例年の勢いはなく、百姓らは不安そうに空を見上げた。

先日呼び出された割庄屋ら村役ら六人が、初夏だというのに震えながら再び代官所に出頭した。皆、おのれが犯した罪の数々を告白して、流川に連行しないでくれと訴えた。その謝罪の意を斟酌した訳ではなかったが、杏坪はこれらの村役らについて詳しい調書を作成し、私財の拠出を約束させ、すべての役職を解くと言い渡して放免した。

八人のうち、上布野村の平三郎と和知村の善助は姿を見せなかった。記録によれば、平三郎は赤名を越えて松江領あたりへ、また、善助は備後福山へそれぞれ出奔して、二度と生まれ故郷の地を踏むことはなかったという。

「頼様、このたびはどえらいことをやりんさったですの。ようあれだけのごんぞう（＝無頼者・悪人）らに引導を渡されたもんじゃ言うて、誰んもかれもたまげとりゃあすでのう」

林幾助はあきれ顔で言った。

「それもこれも、皆々が鋭意、調べ上げてくれたおかげじゃ」

「いんにゃの、わしも井上も、なんもしゃあしませんで。こんながひとり駆けずりまわったようなもんじゃやで」

と、老手付は、新八の隣にすわる与一を振り返った。

確かに、村役らが犯した不義・不正の多くは、大島与一が丹念に集めた情報から得られたものだった。老獪《ろうかい》な林幾助は北辺にはびこる腐敗を摘発するでもなく、むしろ長年、見てみぬふりを通してきた下役の頭目だった。ひたすら愚鈍をよそおうこと、それが、村役らに嫌がられもせず、上役から疎まれることも避けられた彼の処世法だったのである。

井上新八はと言えば、三次に移ってきてからは、杏坪にとっては目立たない存在だった。上役の指示や言いつけには忠実に従い、書類の作成・管理の面では同役の大島与一よりはるかに器用さを発揮した。

その手付はしばらくは杏坪から距離をとる素振りを見せたこともあったが、近頃では与一が杏坪と会談する場には必ずといっていいほど同席していた。

「ほいで、頼様。あの庄屋らが貯めこんどった米銀は、どがあされるつもりですかいな。かなり、がいな（大きな）もんになりますで」

林幾助は無礼なほどきつい北部弁でまくしたてた。

「こんどばかりは代官所の力によって得られた米銀であるから、代官所預かりとして領民のために有効利用すべく活用したいものじゃ」

「ええ考えじゃが、頼様。やっぱし小奴可村の二の舞になるような気がしますのう。あんな役立たずの鉄山でも、あれだけのすったもんだじゃけえ、またもめますでな」

「わたしもそう思います」

いつになく林幾助の言葉に与一が同調した。

「下げ米やお救い米を返上させたとなれば、勘定方が黙っていないでしょうし、社倉の不正蓄財には大目付や藩庁中枢がもの申すでありましょう。当然ながら、その前に郡役所が黙っていないのは明らかなこと。それに……」

「報告せずともいいのではありませんか」

珍しく井上新八が意見らしいことを言って大島与一の言葉を遮《さえぎ》った。

「もともと闇にまぎれていた匿財でございますゆえ、この代官所の裁量でお救い米銀とするなり、あるいは柿の木や楮《こうぞ》を植樹する費えにするなりして、さっさと使ってしまえばよろしかろうと存じますが」

これまでは何かにつけて控え目であった新八にしては過激な発言で、杏坪の心の内を後押しした。

「ともかく、これだけ多くの村役を一度に処分し交替させたとなると、押収した米銀、私財の類について、やはり郡役所に何らかの報告をあげる必要があるかと思います」

与一が腰を折られた話の先をつづけようとすると、新八がたたみかけた。

「無論、村役の更迭は報告せねばならん。しかし、押収した米銀のことまで知らせることはない。もともと村人に供すべき財だ。それを村人のために使うのに、なんの遠慮がいるものか」

「そんな理屈を上が是とすると思うのか? 下手をすれば後に事が発覚した場合、郡役所に頼様を責める口実を与えることになるぞ」

「お代官が責められないよう掩護《えんご》申し上げるのが、われら下役の務めではないか」

与一と新八の口論は、際限なくつづくように思われた。

まあまあ、と林幾助が二人の後輩の間に割って入った。だが、彼に妙案があるわけではない。年の功だとばかりに、とりあえず二人の若者を押しとどめただけである。

与一とて上役の考えがわからぬわけではない。ただ彼は頼代官がすでに二つもの難題をかかえており、ここでまた騒動の種を背負《しょ》い込むのは得策ではないと案じているのだ。

「のう、与一。世に理非曲直があって、その非曲を正すのになんのためらいが要ろうぞ。理があり、義じゃと思うたことをやるまでぞ。それこそ、われらの使命なのじゃ」

「とは申しましても……」

「言うな、大島。わかっておる」杏坪は、いっとき激した声音を低めて言った。

「百万言を尽くしてもなお変わらなければ、残るは行動ぞ。召し上げた米ならびに銀子は、窮民のために用立てることにする。そして次は、鉄座・紙座元締の吟味にかかる。そのほうらは引き続き、あの者たちの身辺を調べ上げるがよい。あとの責めは、わしが負う」

与一は面《おもて》を伏せたまま、目を閉じて、代官の言葉に耳をかたむけた。そして、あらためて頼杏坪という儒者が持つ度量の大きさを全身で感じていた。

三

この日の夕刻、大手町にある筒井極人《つついきわめ》の屋敷を二人目の客が訪れていた。

郡奉行筆頭の木村斎は、勘定奉行が湯浴《ゆあ》みを終えるまでしばらくの間待たされた。家僕が二杯目の茶を替えていったあと、さすがに木村も気持ちがざらついた。呼び出しておいて、この扱いはなんだ、と軽い怒りがわいた。

「いやいや、待たせた、待たせた」

ほどなくして着流しであらわれた筒井は、同年代の木村におもねるように言った。誇り高い男だけに詫びの言葉もなく、鷹揚な態度で座布団に腰をおろし、脇息を横に押しながら茶を勧めた。

「公務繁多のみぎり、呼びだてして相すまぬ」

いいえ、と木村は浅く会釈した。

「実は、おぬしに内々に確かめておきたいことがあったものでな」

聞きようによっては不遜とも思える口調で言いながら、筒井は自らも茶碗に口をつけた。

「北郡の代官である頼万四郎が、三十人もの庄屋らを交替させたというが、まことかの」

「三十はちと大袈裟でございますが、割庄屋など十数人ほどの首をすげかえたのは事実でございます」

木村は慇懃《いんぎん》に応じた。歳は同い年の四十九で、役職も奉行で変わらなかったが、役務の格も違えば、家柄でも勝ち目がない。肩書は単なる勘定奉行だが、実質的に蔵方、郡方の実権をも掌握せんとしている筒井極人は、執政入りも近いと噂されている。相手が相手だけに木村斎は、まずはかしこまって言葉を選んだ。

「それで、郡御用屋敷としては、頼万四郎を専横《せんおう》の廉《かど》で譴責《けんせき》でもされたのでござるかな」

「さても、頼代官に対しましては特段の措置もいたしておりません」

「十余の村役を郡役所の許可も得ず更迭したのに、頼に何の処分もござらんか？」

「任地における村役の選任は、当該代官の職務権限内のことゆえ、非のある庄屋らを罷免《ひめん》するのは特段、法令違反でもなく……」

郡奉行の説明に、筒井極人は次第にいらだちを強めていった。

「人事面のことはともかく、頼万四郎が社倉の役員や、鉄座・紙座にまで手を突っ込んでいるとの話も伝わっておる。いったい、郡役所では、郡廻り・代官・手付等に対する管理・監督はどうなっておるのですかな」

頬をひくつかせてにらむ筒井に、木村斎はむっとした表情をつくった。話があるからと言われて呼び出しに応じてみれば、それこそ部外者である勘定奉行が、我が役職に無遠慮なまでに容喙《ようかい》してくる。そうまでされては、さすがに郡奉行の自負心が疼《うず》く。おのずと受け答えもぞんざいな口調になった。

「郡内に善からぬ輩がおれば、それが村役であれ誰であれ、これを咎めるは郡方の職務でござれば、社倉・鉄座・紙座の関係者であろうと例外ではござらん」

「それは越権行為というもの。俗に、出過ぎた真似を、というが、それはまさに頼万四郎のやり口のことでござろうが？」

「頼が事を性急に運ぶきらいがあることを認めるにやぶさかではござらんが、今のところ、郡御用屋敷として代官頼の手法を殊更《ことさら》に云々《うんぬん》するつもりは毛頭ござらん」

言いながら厳《いか》めしい表情の下で苦笑している自分自身に、木村斎はあきれた。筒井極人同様、頼杏坪の行状を苦々しく思っているのに、その代官を擁護している矛盾に、自らも半ば驚いているのだ。

「のう郡奉行殿、あの代官も歳ゆえ、そろそろ引導を渡してやってはどうかの」

「引導、とは、どのようなことでござるか？」

木村は白々しく聞き返した。わざわざ郡奉行などと呼びかけられては、友好な雰囲気でこの会談を終えようという気はまったく失せた。

「隠居を勧めてやっては、どうでござろう。あるいは、学問所に戻って都講《とこう》（＝教授）に専念して余生を送れ、とあれにそれとなく持ちかけてみてはいかがかの？」

「さて、それはどうでございましょうか。あの代官殿は、六十も半ばを過ぎてますます意気軒昂で、自ら致仕を申し出ぬかぎり、誰の言葉にも耳を貸しますまい。あれに落ち度があれば、無理にでも役儀を召し上げることもできましょうが、さて、代官が本来の職責である、民百姓をいたぶる村役を摘発・処罰する行為を誰が咎め立てできるでござろうや」

筒井はわざと笑いをつくろうと、口角をひきつらせた。勘定奉行の内にたぎる熱い憤怒が見てとれた。

では、と筒井極人は姿勢をただして口調を強めた。

「北辺四郡《ほくへんよぐん》の社倉のことは大目付手代に吟味させるゆえ、頼にはそう申し渡してもらいたい。さらに鉄座と紙座じゃが、これはわれら勘定方の管轄であるからして、仮に不正があるようであれば、われらから人を出して調べに当たらせる…… したがって、頼には越権行為まがいの言動を厳に慎むよう、しかと念押し願いたい」

「……」

「われらにも我慢の限度というものがある。昨今の頼万四郎の振る舞いは、さすがに目に余る。この点、郡奉行筆頭殿とても篤《とく》とお心得あれ」

傍《かたわ》らに竹刀が二本あれば、打ち合ってもいいという気に木村斎はかられた。友誼《ゆうぎ》を温める場でもなければ、情報を交換する話し合いでもない、単に一方的な命令を押し付けようとしているだけの会談に、木村はそれこそ我慢の緒が切れた。

「最前も申したとおり、落ち度・咎のない代官が正当な職務を遂行しているかぎり、これを妨げるつもりはござらん。さらに申せば、村役がどの部署の管轄を受けておろうが、不届きな言動があれば、その者を引っ捕らえるのは、それこそわれら郡方の職権でござる」

木村斎は一拍おいた。言葉には郡御用屋敷奉行としての矜持がこもっている。

「どうでもと申されるのであれば、筒井殿、重役らを動かして頼万四郎にそれこそ引導でも何でも申し渡されてはいかがでござる。それとも、勘定方においては、何か頼に嗅ぎまわられては困ることでもおありか？」

「左様なことはない。ただ、職務にはおのずと定まった分《ぶん》というものがあり、たとえ頼杏坪といえどもその分をわきまえるべきだと申しておるだけのこと、それだけのことでござるよ、木村殿」

筒井極人は、語尾を鼻の奥にくぐもらせるようにして言葉をしめくくった。

それ以上話は広がらなかった。今年の稲の作柄が話題になった程度で、木村はそろそろ引き上げる潮時だと思った。

「なにはともあれ、頼杏坪の手綱だけは弛《ゆる》められぬようにお頼み申す」

それだけ言うと、筒井は手を打って家僕を呼び寄せて、

「これは到来物の灘の生一本じゃそうでな――」

腰の曲がった下男から、淡い白色に絵をほどこした磁器を受け取りながら言った。

「木村殿は利き酒の名手とか聞いており申す。わしのような味のわからぬ無粋な者の口に入るよりは、貴殿のような上戸《じょうご》に呑んでもろうてこそ銘酒も本望というもの…… 是非にお召し上がりくだされ」

木村はわざと恭《うやうや》しく頭をさげた。

「器も、これは柿右衛門（＝名陶工酒井田）の手になる由、呑み終わったら道具屋にでも払い下げられよ」

高価な土産を強調する言いぐさが鼻についたが、木村斎は浅く頭をさげて受け取った。帰路、付き人の中間に壺を持たせながら、いつそれを道ばたに打ちつけよと命じようかと思いながら駕籠に揺られていった。揺られながら、筒井の呼び出しに応じたのを大いに後悔した。

木村斎は、郡御用屋敷内ばかりでなく、藩庁においても切れ者奉行との評判をとっていた。その彼が勘定奉行の呼び出し応じたのは、いわば実力者に対する礼儀にしかすぎず、筒井が郡方の仕置《しおき》に難癖をつける場になるなどとは思ってもいなかったからだった。どんな組織も排他的である。他の部署がわが組織のやり方に口をさしはさめば、巣をつつかれた蜂のように反撃する。木村斎が筒井との対面の場で、頼万四郎を擁護するかのごとき言辞を弄したのも、われとわが職域を守ろうとしたからにほかならない。

自分は駆け出し（＝新米・新人）の郡方の役人ではない。経験もあれば人脈もある。上を目指す志も捨ててはいない。なにより、政事の舵取りができるとの自負もある。

そうした他者の自尊心を踏みにじるような勘定奉行の振る舞いに、木村斎は腸《はらわた》を煮やしたのだ。

それにしても、連中は何にこだわっているのか――ことここに至って木村斎は、藩庁内に漂う、ただならぬうねりのようなものを感じていた。

同日、夕刻。

もうひとりの客が筒井邸の門をくぐった。林半五郎である。側用人は小半刻もすると屋敷を出て、門の外に待たせてあった駕籠に乗って去った。

翌日、筒井極人は城内小書院で執政役関蔵人《せきくろうど》と一刻近くも密談したのち、日の高いうちに屋敷に帰りつくと、若い家僕を寺西又右衛門の屋敷へと使いに出した。

広い筒井邸の庭に枝を張った欅《けやき》から降るように響く蝉の声が、梅雨明けが間近にせまっていることを告げていた。

木村斎はあくまで慎重だった。たかが北辺の代官がやることに、それも腐敗を一掃せんとの試みに、執政部が目くじらをたてる裏を読もうとした。

社倉や鉄・紙座、そこに出入りする御用商との間に、不誠実な人間が介在することは公然の秘め事で、それに手をつっ込もうとする頼万四郎を施政を専横するがごとくにあげつらうのは、郡奉行の木村としては納得できなかった。

頼万四郎杏坪の性急なやり方をいち早く報告してきたのは、寺西監物であった。したがって、この郡奉行を呼んで詳細を聞き取ることもできる。あるいは、代官頼自身から、直接、これまでの経緯と今後の方針を質してもよかった。

だが、郡奉行上席はうごかなかった。長年政争の一端に連なった身には、染みついた勘のようなものがあって、今度ばかりは関わりを避けたほうがよいと判断したのである。

それに引きかえ、木村には寺西監物の無防備さが目に余った。

頼万四郎が恵蘇郡の鉄座取締である黒鉄屋吉兵衛《くろがねやきちべえ》を流川の牢に収監すると言っているが、と監物が報告に訪れたとき、木村は、さっさと取り調べて解き放て、と命じた。

「勘定方にはいかが伝えましょうか、連絡だけはさせておきましたが……」

「すでに勘定方がこのことを知っておると申すのか？」

木村は思わず、詰問調《きつもんちょう》になった。

「鉄・紙に関しましては、あちらの意向を無視できぬと思ったものですから、とりあえず一報を入れておきました」

なんという浅慮な、と奉行木村は監物の育ちのよさそうな長面《ながつら》を見つめた。寺西監物とてすでに若手ではない。職域間での駆け引きを覚えてもいい年頃である。監物が謹厳実直であるのは人徳としても、ときに融通のきく性格でなければ、どんなに家柄がすぐれていようが、政事の場に身を置く者にとってそれは長所ではない。

吉兵衛を広島まで連れてきて牢に留め置いても、一向かまわない。勘定方が騒ぐ前に、その鉄座取締役を放免するなり領外に追放するなりできたであろう――そう思うと、木村は監物の邪気のない行動に腹を立てるのを通り越して、あきれてしまうのだ。

「いずれ、頼が戻るであろうから、それを待って対処すればよかろう。なんなら、頼自身に勘定方へ説明させることもできよう」

寺西監物は木村の淡白な返答に少々呆気《あっけ》にとられ、黙って上役の顔を見つめていた。

さて、黒鉄屋吉兵衛を流川へ連行すると、事は大島与一が案じていたとおりになった。杏坪が帰広するのを待っていたかのように、勘定奉行から吉兵衛の一件につき聴取したいと、筒井奉行付役飯島勘十郎が郡役所へ出張ってきたのだ。

旅装を解いて骨休めをする暇《いとま》もなく、翌日急遽呼び出された杏坪は、御用屋敷の広間に通された時からも不機嫌な表情を隠さなかった。

「鉄座役人を召し捕えたとのことゆえ、放っておくわけにもゆかず、聴取に参った次第でござる」

杏坪とは二度目の対面となる飯島勘十郎は、以前にも増して高圧な姿勢である。対する代官頼も、勘定方からの召し出しと聞いたときから、覚悟を決めていた。

「黒鉄屋は、いかなる咎にて連れ帰られたのでござるか」

「いまだ郡役所にもせぬ報告なれど、咎が何かと問われれば、これでございます」

杏坪は脇にあった書き付けの束を手にして見せた。

「これに、吉兵衛がなした数々の不正が記されてござる」

これへ――と飯島が手をさしのべるのを杏坪はやんわりと拒んだ。

「われら代官所一同が鋭意調査したもの、あだやおろそかに扱うわけにまいりません」

「勘定奉行の名において、検分したいと申しておる」

「勘定方筒井様付役殿とて、敬意をお払いなくば差し上げるわけにはまいりません。まして、わが上役木村様にもいまだ申達せぬ書き付けなれば、ご容赦くだされたく」

かつて山境争いの折、偽証文をめぐって恥辱を受けたことへの遺恨もある飯島は、慇懃無礼な代官にすでに眦《まなじり》を決している。腰を浮かすようにして杏坪を凝視する目に力を込めた。

「ご覧のとおりじゃ」

飯島は余裕を保った態度をつくりながら、木村斎の方にしゃべりかけた。

「木村殿、頼殿からは何も知らされぬというのであるから、その吉兵衛とやらは当方で取り調べる。左様、心得られよ」

「それはなりませぬ」

木村が何かを答える前に、杏坪がぴしゃりと言い放った。

「吉兵衛は、郡方の仕切りを経《へ》て罪科を云々されるべきものにて、吟味・聴取、量刑まで郡御用屋敷の手でこれを行うが筋でござる」

「鉄座・紙座が勘定方の支配であることは、代官殿に今さら申し上げるまでもなかろう」

「重々承知しております」

「それでも、吉兵衛を引き渡さぬと申されるか」

「いた仕方ござらんな。では、かの者の罪状、かいつまんで申し述べましょう」

と、杏坪はわざともったいをつけて書き付けに目を落とし、その内容を声音《こわね》をあらためて読み上げ始めた。

黒鉄屋は先祖が旧三次藩時代に鉄に関わって以来、三代にわたって鉄座頭取の任にある。父親の後を継いだ吉兵衛は、原材料の買い入れ価格を抑え、売値は高めに偽って差額を着服した。加えて、たたら場から出る銑鉄などを商人に売り渡す際は、量や価格を操作して利を得、あまつさえ商人から袖の下を受け取っていた疑いがある、云々……

「――その罪、軽からず」

「何を申されるか、頼殿。かの者を、その程度のことでここまで連れて来られたのか」

飯島は勝ち誇ったように言った。その程度の不埒者なら、掃いて捨てるほどいるとでも言い出しかねない勢いである。

「飯島殿、その程度とは、いかに。かの吉兵衛なる者は、豪奢《ごうしゃ》な屋敷に住まいし、箪笥《たんす》長持にはあふれんばかりの絹を納め、什器《じゅうき》、調度は京くだりの物を用いてござる。さらに恵蘇郡三日市宿には屋敷に奉公しておった下女を囲い者にし、はたまた三次の尾関山のふもとには別宅を構え、妾さえ養《やしの》うておる等々。かように尋常ならざる暮らしを営むには、役料だけでは到底不可能でござる。どう贔屓目《ひいきめ》に見ようとも、黒鉄屋吉兵衛、まっとうな役人とは思えぬではござらぬか」

言いながら杏坪は、吉兵衛と対面したときのことを苦々しく思い出した。

大島与一が何度となく吉兵衛の屋敷を訪ねて代官所への出頭を要請したにもかかわらず、そのたびにこの鉄座役人は、あれやこれやの口実をもうけてこれを拒んだ。それはまるで、会いたいのなら代官自ら訪ねてこい、と言わんばかりの態度であった。

手付が手を焼くのも当然で、杏坪が初めて吉兵衛に出頭を命じたときですら、彼は商用と称して播州明石へ出かけ、海沿いの町で半年以上暮らして領地へ戻らなかったことさえあったのである。

こうしたふてぶてしい所業を腹にすえかねた杏坪は、三次・恵蘇の代官所の手付三名と小者数人を引き連れて吉兵衛の屋敷へと向かった。あれが吉兵衛宅だと与一から指さされる前から、目の前にあらわれた豪邸が鉄座役人の屋敷だろうとわかった。

厳《いか》めしい門を構え、白壁を巡らした敷地内には二つの蔵がある。それをとりまく庭木は、松も名も知れぬ木々も程よく手入れが行き届いている。藁葺き屋根が瓦なら、千石取りの重役の屋敷とも見紛うばかりの威容を誇っていた。

代官所一行を迎えても、でっぷりとした体躯の吉兵衛に動揺した様子はなく、むしろ泰然として見えた。日当たりのいい客間に招じ入れて、代官頼万四郎と対座した吉兵衛は、身分を取り違えたかと思うほど堂々としていた。

慇懃な物言いの五十前の鉄座役人は、そ知らぬ顔で世間話に応じた。杏坪がたわむれに屋敷の広さを褒めても調度品の豪華さを賛嘆しても、吉兵衛は、恐れ入りますとくり返すばかりであった。代官所の呼び出しに応じない理由を追求すれば、生来が出不精なものでございますゆえ、と平然と答えた。

「わしは、これまで一貫して村役らの不正を吟味してきた。ついては、鉄座・紙座も例外なく査察の対象にしようと思うておる。よもや、異存はなかろうの」

杏坪の威厳を込めた言い方に吉兵衛は腰を低くしたものの、すぐに顔を上げるや、

「お言葉ではございますが、わたしども鉄座は勘定奉行さまにてご支配賜っておる身でございますれば、勘定方御用でないかぎり、郡方の吟味・査察はご容赦願いたく存じます」

これが吉兵衛が代官所からの出頭要請にも恬《てん》（＝平気な）として動じない理由であった。

「ならば、勘定方と合同で吟味いたそう。そうなれば、流川の吟味屋敷まで足を運ぶことになるぞ。今度ばかりは縄を打ってでも連行する所存ゆえ、そのつもりでおれ」

お代官さま、と、丸顔で贅肉のついた上体をゆすって吉兵衛がドスのきいた声を発した。

「初手からわたしが不正に手を染めておるやの言い条でございまするが、いかような咎ゆえに、流川まで連行されるのでございましょうや」

以前、割庄屋ら村役を同じ手口で責めたことがあったが、吉兵衛は広島へ連れ帰ると脅したくらいで音をあげる男ではなかった。

「祖父の代からお役を頂戴して以来、今日《こんにち》まであらんかぎり誠実に務めてまいりました。

その功をお認めいただき、父の代には苗字帯刀をもお許しいただいております。わたしの代にそうした先祖の功績を汚すわけにはまいりません。どうぞ、得心いただけるまで、存分のお吟味のほどお願い申し上げます」

鉄座元締は臆面もなく開き直る。

「おまえが不正をいたさぬとしても、ほかの鉄座役人はどうじゃ?」

「どう、と言われますと?」

杏坪の問いに、吉兵衛は昂然《こうぜん》と訊き返してきた。

「おまえは、各地の鉄座を統括する任にあろう。その役人らにも不正はないと申すか」

「それは、お代官さま。人はそれぞれでございます。本性正しき者もいれば、多少ねじけた者もございましょう。魔が差して、つい悪さをいたす輩《やから》がないとは申せません。そういう不心得者こそ、お代官さまからきつい叱りを与えてやっていただきとう存じます」

以前、大量処罰された村役らの一件を踏まえ、吉兵衛は暗に杏坪らの摘発を皮肉った。

ここまで思い上がった小役人も珍しい。手付大島が言うまでもなく、吉兵衛の傲慢さの裏には、やはり勘定方をはじめ、藩庁内に強い後ろ盾があるのではと思われた。

それも必ずや暴いてやる、いやそれこそが事の本丸じゃ——杏坪はこうして臍《ほぞ》を固め、吉兵衛を重罪人として、唐丸駕籠《とうまるかご》に乗せてまで広島へ引きずってきたのである。

「あの者は、叩けばきっと埃の出る身のようでござる。さらに厳しく問い詰めて、さても、鬼が出るやら蛇が出るやら…… その罪状によっては打ち首にもいたす所存でござる。勘定奉行付役殿におかれましては、かような者でもその身を擁護なさるおつもりか」

さすがの飯島も、これだけ杏坪にまくしたてられては口を閉ざすほかなかった。

「擁護するつもりなどさらさらござらんが、頼殿の言い条、ようわかり申した。このうえは、お奉行の裁量を待つほかあるまい」

飯島勘十郎は苦々しげに吐き捨てて、座布団を蹴るようにして部屋を出ていった。

「あとは任せよう」

木村斎は寺西監物にそれだけ言うと、杏坪とは目を合わせようともせず飯島の後を追った。

「頼殿、北辺への長《なが》の出張、御苦労でありました。かの地での様子はおいおいうかがうとして、ただいまの一件、向後《きょうこう》の憂いはございませんか」

「筒井様のことでございますか、それとも飯島様の出方でありましょうか。どうなるにせよ、わたしとしては義を貫くばかりでございます。ですが、寺西様――」

監物は、この代官から久しく様づけで呼ばれていないのを思い出しながら、神妙な顔つきになった。

「民百姓が今日明日、口にするものがないほど飢えておるのに、くちい（＝満腹）ほどわが腹を満たす庄屋がおります。寒空に麻布をまとっただけの者をよそに、絹の綿入れを着る村役がおりまする。飽食し、着飾ることが貧民の血肉をすするようにして得た結果であれば、なんじょうこれを許しておけるでありましょうか。やれ郡方が、いや勘定方がと意地を張り合うて、民に益するでありましょうや。乱れる世を鎮め、国をしろしめん（＝治めようとする）を君《きみ》とせば、われら藩吏の役務は君の意を体《たい》してただ不善なるを正すのみ、とは思われませんか」

寺西監物は、頼万四郎杏坪の言葉に酔い痴《し》れた。老代官の口からもれる呪文のような声が、監物の耳朶《じだ》を快くくすぐった。

寺西邸。

監物は幼いころから無類の風呂嫌いで、しばしば両親からの小言をくらったものだった。結婚してからは、妻の妙《たえ》が泣かされた。そんな夫が役所からさがるとすぐに、湯浴みの支度をせがんだので、妙はのけぞるほど驚いた。

「わしとて、風呂のありがたさはようわかっておる」

と言い訳がましく言って湯殿に入った。さっぱりした、とでも言って湯から出ると思いきや、着替えを手伝う妙に、

「やはり風呂は好かん。垢をこするのもひと苦労じゃ、疲れる」と監物がつぶやく。

「子供でも左様なことは申しませんよ。息子らに聞かれれば、父親の威厳が泣きましょ

うぞ」

妻の厭味に監物は、ふん、と鼻を鳴らした。

湯上がりを待っていたのは、父の又右衛門だった。冷たい麦茶で喉を潤そうとしていた心積もりはあてがはずれた。今は父親とは顔を合わせたくなかったが、居室までお出ましとなれば、逃げるわけにもいかない。

「ここも、暑いの」

又右衛門は座る前に、手ずから障子を開け放った。

「筒井のところから用人が出張ったと聞いたが」

「はい。午《うま》の刻《こく》前、おいでになりましたな。いつもながら傲岸不遜《ごうがんふそん》なご様子で」

「して、万四郎は三次から連れてきた鉄座の元締をどうするつもりなのじゃ？」

「郡方関係者立ち会いのもとで取り調べて、裁きを下せとの考えかと思われます」

「あの鉄座元締を裁きの場に出すのは、門外漢のわしでもまるで感心できんの」

監物はわが耳を疑った。ふだんの父に似合わぬほど鋭い言葉が返ってきたからだ。

「即刻、吉兵衛を放免してはどうじゃ。三次へ戻さずともよい。領外追放でもかまわん。吉兵衛の地元を管轄するおまえの権限で、あ奴を処分してしまえ。そうすれば……」

「そうすれば？」

「おまえに対する上《うえ》の方々の覚えもめでたくなろう」

湯浴みのあとの気だるさが一時に吹き飛んだ。父親の険阻な表情が事態が切迫していることを告げている。

「何故、吉兵衛を取り調べてはならぬのか、聞かせていただけませんか」

「詮索は無用じゃ」父親はさらにとげとげしい口調でつづけた。

「聞いてもおまえに益がないばかりか、なまじ知ったことで、おまえの将来を危うくする場合もないではない。逆に、おまえの手でこの一件を速やかに片づけることができれば、将来が開けんでもないぞ」

又右衛門は腕組みをしたまま、息子をねめつけた。

「和助、これは伊達や酔狂で言うておるのではない。寺西の家名にもかかわることじゃ」

四

代官が広島へ引き上げていくと、代官所内は静かになる。

勝手の賄いも大島与一と井上新八の分だけ用意すればよかったから、気を使わなくてすむので、清は一場武助が旅立つ日を楽しみにしていた。そして、一場が去ると、やがて杏坪先生に会えるのだと思って、自然と心が浮き立つのだった。

清は、気分がのれば旧三次藩の侍長屋の一角にある与一の住まいを訪ねる。たいていは留守がちな住人に代わって散らかった部屋を片づけたり、埃を掃いたりする。与一はあまりうれしそうな顔はしないのだが、清は与一のために何かしてやりたい気持ちになるのだ。

その日も、何気なく部屋をのぞいてみるつもりで長屋に向かった。

異変に気づいたのは、目の前の風景の端に霞《かすみ》がかかったようになっているのを見たときだった。煙だった。

黒煙は目指す与一の部屋のあたりから出ていた。清が駆け寄るのと機を同じくして、近所の家から人が叫びながら飛び出してきた。水、水と口々に声を掛け合って、人々は井戸のある方へ駆けていく。

清も懸命に走った。小さな桶《おけ》を手にすると、無駄とはわかっていながら、小さな水のかたまりを炎に向けて投げかけた。騒ぎを聞きつけて、代官所から井上新八と林幾助が駆けつけてきたが、燃えさかる猛火の前では、呆然とただ眺めるだけで手の施しようがなかった。

乾いた風に煽られて、長屋はほとんど火に包まれた。轟音《ごうおん》をたてて炎が逆巻き、熱風が空一面に吹き荒れた。

古びた侍長屋が全焼するのに、さほど時間はかからなかった。

町じゅうが総力をあげて消火にあたった結果、一町、およそ十八軒が焼けただけで、類焼は最小限にくい止めることができた。焼け出された町民が数家族ですんだのは不幸中の幸いであった。

与一が北の国境の巡察から戻ったときには、すでに焼け跡に火の気はなく、鼻をつく焦げた異臭だけがあたりをおおっていた。町奉行所の役人も調べにやって来たが、代官所の手付の住まいが火元と知るや、さしたる調べもせず、煙草の火の不始末を疑うような言葉を吐いて、さっさと引きあげていった。

「ちっとなかあは（しばらくの間は）代官所の小屋にでもおりゃあええが。それとも井上さんと寺の世話になるかね？」

林は与一に素っ気なく言った。すると、三勝寺《さんしょうじ》の宿坊の一角に間借りしている新八が、

「坊は手狭《てぜま》で、わしひとりでいっぱいいっぱいじゃ」と同居を拒んだ。

もとより与一には異母兄と起居の場をともにする気などかけらもなかったが、不運をかこつ相手を毛ほども哀れむ様子がない新八に、与一は口を結んで耐えた。

代官所の役人が町家に住んでも不都合はなかったが、庶民と交わるのは煩わしい。そのため、林幾助の勧めもあって、与一は代官所裏の古い物置小屋に寝泊まりすることにした。

清は与一を手伝って代官所裏の物置を片づけた。まず不要な道具類を運びだして、箒《はたき》をかけた。その間、与一はひと言も発せず、清にはいつも温厚なお役人さんが別人のように

見えた。慰めの言葉をかけようとしたが、沈鬱に眉根を寄せて黙々と竹竿や古びた武具などを片づける与一を見ていると、なぜか清の目からは涙がこぼれた。

夕方、清は原村の家へ戻る前に、与一のために心をこめて夕餉を用意した。与一が好きな根菜を炊き込んだ煮染《にしめ》もこしらえた。

小屋に膳を運んでいくと、与一は敷いたばかりの筵《むしろ》のうえに仰向きになって、蜘蛛の巣のかかった天井を凝視していた。

「えらいことになってしもうて……」

言いながら清は膳を与一の足許において、自らも与一の足許《あしもと》に座った。

「ご膳です。召し上がってつかあさい」

与一は上体を起こして清を見つめ、すまん、とくぐもった言葉をもらした。そのとたん、清は与一の太い腕で抱きすくめられた。清の耳から音が消え、唇は与一の唇でふさがれた。清は息もできないほど与一から唇を吸われ、心の臓が止まるほどの甘い圧迫を感じた。

思いもかけぬ与一の振る舞いにもかかわらず、清は胸のどこかでこうなるのを待ち構えていた気がした。そして経験したことのない眩暈《めまい》のような陶酔《とうすい》のなかで、清はこのまま息絶えてもいいとさえ思った。

この日、清は初めて与一と結ばれた。

堅い筵の感触を背に感じながら目を開けると、上になった与一の肩ごしに板張りの壁の隙間から差し込む一条の赤い血のような光が見えた。それは、まるで二人の将来を暗示している運命の色のように、清には思われた。


侍長屋の火事の報は、月番代官の一場武助から杏坪にもたらされた。

病み上がりの代官は、三次での滞在を三日ほどで切り上げて帰着したことをくだくだと杏坪に弁解したあと、代官所の役人の住居からの失火ということで、町奉行所も深くは調べなかったそうだ、と面倒くさげに説明した。

この火災は藩庁内でもちょっとした噂になっていたらしく、役所からさがってきた佐一郎は、

「三次の町が火の海になったとの噂が飛び交っていますが、まことですか」

と、興味津々という顔つきで訊ねた。

「何をいうか、侍長屋を焼いただけじゃ」

「なんだ、そうでしたか。御蔵方の役所では、すわ北辺に騒擾《そうじょう》の兆《きざ》しか、と色めきたっておりましたが」

「無責任な噂にもほどがあろうぞ。北で百姓一揆や打ち寄せが起これば、この城下も無傷では済まんのに、北辺に異変ありと口にするなど、どこまでいっても他人事扱いじゃな。

なんとも嘆かわしいことよ」

杏坪はやんわりと息子をたしなめた。

広島の藩庁内には、旧三次藩であった北郡は他国だとの意識が根強く残っている。世嗣《せいし》を欠いて広島本藩に戻された支藩の三次など、ただの厄介物のように考えている役人は少なくない。執政部のなかにも旧三次藩は貧困の地で、人気《じんき》荒く、藩のお荷物だと公言してはばからない歴々（＝身分の高い者達）もいるほどである。

「いつも思うことじゃが、いったい、藩庁は北四郡をどう御《ぎょ》していくつもりなのじゃ？」

さあ、と佐一郎は頭をかいた。

「蔵方の下っ端のわたしに訊かれましても、答えようがありません」

「みな、そう言うの。わしは勘定方じゃ、やれ歩行《かち》方じゃ、それは郡方の職務じゃ、蔵方の出る幕ではない、などと言い訳をする。では、誰が北辺の政事をつかさどっておるというのじゃ？　われら、役人ひとりひとりがそれを担っておるのではないのか」

無体《むたい》な説教を受けて、佐一郎は閉口した。冗談が通じない父ではなかったが、こと北郡のこととなれば、いつも熱い口調になる。夕餉の膳にそえる話題を選び損《そこ》ねたのを少し後悔しながら、佐一郎は箸を置いた。

膳が片づくと、杏坪は縁側に出て庭に目をやった。塀際《へいぎわ》の五葉松を眺めていると、三次代官所の庭の松が思われ、同時に与一の身が案じられた。彼が代官所の書庫で調べたり、あちこちの村落を歩きまわって書きためていた書類などは、火事に遭ってどうなっただろうかと気になった。代官所では林幾助の目があるから重要なものは置いておけない、と与一は常日頃からそう言っていた。となれば、侍長屋の棲家のどこかに秘蔵していたに違いないのだ。

村役らの行状や資産状況、商人らと庄屋・鉄座・紙座役人との結びつき、社倉の現状など、杏坪が代官として知りたいと思っていた情報が詰まっていたはずだ。まとまり次第ご報告つかまつります、と与一は言っていたのだが……

上下銀に関する書類らもみな焼けたか――杏坪の口から、思わず独り言がもれた。

「吉兵衛が！」

翌朝四ツ過ぎ、役所に着いてすぐ、寺西監物の使いから奉行の執務部屋に呼び出された杏坪は絶句した。

「牢内で縊《くび》れたそうでござる」

三次から連行した鉄座元締の吉兵衛が格子に吊るした帯で首をくくったと、郡奉行は沈鬱な表情で告げた。

そんなことがあってなるものか。牢役人は何をしていた？　まわりには他の囚人もいたであろうに。杏坪は頭に渦巻く疑念を押し殺して、やっとの思いで訊ねた。

「昨夜のことでございますか？」

「あ、いや」と寺西監物は言いよどんだ。

「公式には昨夜ということになっておるが、実は縊れたのは二夜前のことでござる」

監物はいつになく明瞭な声で説明した。だが、木村奉行から、頼万四郎には彼が気づくまで秘匿せよと命じられていたことは明かさなかった。

「それで、吉兵衛に対する勘定方と大目付による吟味は、いかがあいなりましたのか」

「さて、われらは吉兵衛の件には管轄外ということで何も知らされており申さん」

監物はそう言って、唇をかんだ。彼自身、父親の忠告にしたがって吉兵衛の一件に始末をつけようと思案していた最中《さなか》のことだったからである。

「しかし、お奉行。郡方として必ずわたしも訊問できるよう手配してほしいと、あれほどお願いしておいたではありませんか。木村お奉行にも、同様にお伝えいただくようお頼みしましたぞ」

「そうは申されるが、頼殿。順序から申して、われらの訊問・聴取は、勘定方や大目付の後だったはず。上の吟味も済まぬうちに、われらの出番があるはずなどござらんではないか」

理屈はそのとおりだが、杏坪にとってはそれで片づくほど吉兵衛の死は軽いものではなかった。

「じゃが、今となっては何を思うても詮なきことで」

寺西奉行の取って付けたような虚しい言い訳を聞きながら、杏坪は全身から力が抜けるのを感じた。

吉兵衛は決っして自死を選ぶような男ではない。郡方の役人など歯牙《しが》にもかけないといったあの男のふてぶてしい態度を思えば、縊れて果てたなどとはどうしても信じられないのだ。

吊るされて闇から闇へ葬り去られたのやもしれぬ――ふと、杏坪の脳裏にあの布野村の平左衛門の首吊りの一件がよみがえってきた。

ひとつだけ確かなことは、鉄座元締の死によって、彼の命よりももっと大きなものが失われたということだった。そして、なにより、吉兵衛摘発に尽くした大島与一の労苦が一瞬で水泡に帰したのも、杏坪には辛いことだった。

吉兵衛は与一の地道な内偵があって逮捕され、広島まで引っぱってこられた。あの男は絞りあげれば埃どころか、口から悪鬼のひとつも吐きだすほどの奸物（＝悪心のある者）だと与一は言っていたのだが。

手付大島はこうも言った。

吉兵衛という男は、長年の役人暮らしで庄屋や村役などには鼻もひっかけず、百姓から銀銭をかすめ取ることを屁とも思っていない。商人からはあたり前のように賂《まいない》を受け取り、たかが鉄座の役人なのに、まるで悪徳な小領主のように振る舞っている。

吉兵衛はしたたかで、仮に役目上の悪行を暴かれても、現地の代官所の取り調べで音《ね》を上げるようなやわではない。性根が図太くできていることもあろうが、この元締が強情なのは、少々の吟味ぐらいでは自分は罪科に問われないとの確信があるからだ。

その思い上がった自信を揺さぶるには、われら郡方の本気を示さねばならない。地元から引き離し、広島の牢につなぐことで心胆を寒からしめる（＝恐れて震えあがる）べし。白状すればよし、たとえ黙秘をつづけるにせよ、吉兵衛が吟味屋敷で責め上げられているると伝え聞けば、この奸吏を支えている藩庁の誰彼が必ず動き出すはずで、それを突破口に北辺の不正腐敗のみならず、この国に巣くう巨悪を一掃すべきである、云々……

表向きは北の鉄座役人が広島まで連れてこられただけだったが、その裏には代官頼杏坪と手付大島与一の北の貧郡に対する魂がこめられていた。それなのに、その吉兵衛が監視厳重であるべき流川の牢で縊れるという、あり得ない事態が出来《しゅったい》したのだ。

「ということは、とりもなおさず、あの吉兵衛なる者は罪を認めたということですよ」

寺西監物は、まるで他人事とばかりに言い放った。

「吉兵衛が何の罪を認めたのでござるか」

杏坪は怒気半分、皮肉半分で言った。

「知りませんが、頼殿は罪があるからこそ、かの元締をここまで引っ立ててこられたのでありましょう？」

「あれは、豪奢な屋敷に住いし、絹や錦を身にまとって鯛・海老・猪鹿《いのしか》を喰らい、たかが妾を二人ばかり囲っていただけでござる。さても、それが吉兵衛の罪でありましょうや」

寺西奉行が表情を変えた。

「それだけわかっていれば、じゅうぶん罪でござろうが」

「いかなる罪に問えると申されますのか」

奉行はむっとなった。気持ちを隠せない性分である。

「民百姓をいたぶったか、誑《たぶら》かしたかあるいは賂を手にしたのかのいずれかでは……」

「それは憶測であって、罪科はいたって不明のままでござる。吉兵衛はりっぱな働きをしたがゆえに、あのような暮らしを営めた。そうであっても不思議ではござらん」

「頼殿、わたしをからかっておられるのか。鉄座管理の役料だけで左様な暮らしができようわけがありませんよ。あなたも、最前そう申されたではありませんか」

言い方は丁寧だったが、寺西監物は眉をつり上げている。

「それがわかっておって、何ゆえ吉兵衛に役儀をつづけさせてこられましたのか？」

「それは判然としませんな、鉄座はわれらの管轄外でござれば」

「吉兵衛は領民のひとりでありましょう。あれの身辺を認知するのは勘定方よりも郡方の役目のはず……よもや、お奉行は、吉兵衛がかくも並はずれた豪奢な暮らしを享受していたのをご存じだったのではありますまいな」

「無論、知りません。郡廻りからも、代官のあなたからさえ吉兵衛に関して詳細なる報告を受けておらんではありませんか」

「ご指摘のとおりで、郡廻り殿はもとより、われら代官所も長年、見て見ぬふりをとおしてきたのは事実でございます。そのために、どれほどの百姓らが泣きをみたことか」

杏坪は言葉をおいて、奉行の目を見つめた。

「われら役人にできることは、吉兵衛が多年、見逃されてきた理由や、あれの蓄財の手口、上層部へ繋がる人脈などを詳《つまび》らかにして、向後、村役を選ぶ際の手引きとすることでございました。さても今となってはそれも叶《かな》わず、みすみす好機を失った……あれを吟味することで、さらなる巨悪の存在すら明らかになるやとも思うておっただけに、まさに痛恨の極みでございます」

代官と奉行は、しばらく黙ったままだった。やがて、

「古人曰く、死してなお悪を為すを悪人と称す……お奉行もそうは思われませんか」

頼杏坪は誦《ず》すように言い置いて、浅い礼をして奉行の部屋を辞去していった。


七ツ過ぎ。

寺西邸は先日まで客が出入りし、又右衛門もしばしば他出してばたついていたが、昨日、

今日になって、やっと落ち着きを取り戻した。

迎えに出た妙に監物が父親の様子を訊ねると、書斎ですと告げて、

「子供たちに漢書の素読をさせておいでです」とわざと顔をゆがめた。

孫に学問の稽古をさせているのは、又右衛門の機嫌がいい証拠である。九歳の又彦《またひこ》はともかく、すでに学問所でも屈指の秀才との評判をとる麟太郎《りんたろう》には迷惑な話で、義理で祖父の相手をしている長男のうんざり顔を想像して、監物はひとり笑いをこぼした。

着替えをしていると奥の縁《えん》から軽い足音がして、父上、お帰りなさい、と又彦が声をかけて居間の方へ去った。後から出てきた麟太郎は、首をすくめて生意気な会釈で父親の前をやりすごした。その顔が、おじいさま孝行ですよ、と語っているようだった。

「帰っておったか」

着流しの又右衛門は、上機嫌で監物に声をかけた。

「ただいま戻りました」

「御苦労。して、いかがであった、今日は？」

「例の縊れた囚人のことで、またまた頼殿からご高説を拝聴いたしました」

万四郎のご高説か、と又右衛門は表情をなごませた。

「あ奴がまいど厄介ごとを持ち込むと愚痴を言うおまえの心持ちが、少しはわかったぞ。

鉄座の元締風情をここまで連れてくるとはの、頼万四郎はやはり傑物よ。そのことで、上

の方は、かなりごたごたしたと聞いたぞ」

「たかが鉄座の小役人づれを引っ立ててきただけで、執政の方々が動揺されましたのか?」

監物はとがった声を発した。吉兵衛に関して隠居した父親の方が、現役の自分より詳しく知っているのが気に入らないのだ。さらにこの在所の狡《こす》っ辛い小役人だと思っていた吉兵衛が、実は藩庁も注目する咎人だったと又右衛門が知っていたのも、監物には不快だった。

「吉兵衛なる者、たかが北辺の村役人でありながら藩庁を右往左往させるとは。何やら合点がいきません。いったい、あ奴めの何が問題だったのでありましょうや」

「さて、わしにはわからんの」

いいや、ご存じのはず、と監物の口から言葉がこぼれかけた。父は吉兵衛の件に関して何事かを知っている。が、言うつもりがないのだ、と監物は覚《さと》った。なんとおのれは浅はかなことを訊いたものよ、と監物は臍《ほぞ》を噛《か》む思いで父又右衛門の顔をにらんだ。

その視線に負けたか、父は、

「政事の要諦は、古格や仕来りを大事にすることに尽きる。ところが、古格や仕来りは漫然と運用し続ければ必ずや腐敗する。流れの淀みにごみが溜まるようなものじゃな。ごみが溜まっては水が濁る。そこでたまには掃除も必要であろう。じゃが、頼万四郎のやり様はどうじゃ。淀みのごみを一掃せんとして、激流を奔《はし》らせるがごときやり口じゃ。これでは周囲に波をたてるだけでの。まことの清掃にはならん」と、比喩をくり出した。

「吉兵衛は、さぞや大きなごみでございましたろう」

監物は皮肉まじりにつぶやいた。

「大きいか細《こま》いか、それは知らん。まあ、ごみと言えばごみなのであろう。ごみじゃが、おまえの手には負えんかったようだの」

「まさか、吉兵衛は、悪評高い例の上下銀と関わりがあったのではないでしょうね」

又右衛門は、ちょっと小首をかしげるしぐさになった。素読を間違えて発音した孫を無言で咎めるときによくする、ちょっとした癖であった。

「上下銀？　あの石見の大森陣屋が絡んでおる銀貸しのことじゃな」

父親がことさらとぼけた表情をつくったのを、監物は見逃さなかった。

「左様です。頼殿が北辺にはびこる上下宿・大森代官所が操《あやつ》る銀貸しの仕組みを調べているようだと、極秘で知らせてきた者がおります。吉兵衛が連行されてきたと、わたしはあの者と上下銀との関わりが吟味されるのではとにらんでおりました。それが――」

「つまらんことに首をつっこむでない」

温厚な又右衛門にしては、きつい言い方だった。

「この際、率直に伺いますが、吉兵衛はまことと、自ら縊れて果てたのでありましょうや」

「なぜに隠居のわしが吟味屋敷のことを知っておる？　職務柄ならおまえの方が詳しいは

ずではないか。噂話以上のことは、わしも知らん」

父親はうって変わって軽い口調になった。そのきっぱりした言い方も、監物には気に入らなかった。もしや父は、かつて上下銀に関わりのある立場にあったのではないだろうか。

なおも話をつづけようとした監物を振り切って、又右衛門は縁側へ出て、下駄をつっかけると、庭の西側にある築山《つきやま》の方へ歩いていった。

五

颶風《ぐふう》の害を受けにくい北辺の盆地を、悪鬼のような嵐が駆け抜けた。

実り間近の稲穂はひとたまりもなく、猛威に膝を屈するようになぎ倒された。水がたまった田に浸かった穂は、できるだけ早く刈り取らねば芽が出てしまう。

村じゅう総出で刈り取りが始まったが、完全に熟したわけではない穂は軽く、減収と重い年貢を思えば、百姓が黙々と難儀な作業に汗を流す姿は、哀れとしか言いようがない。

三次・恵蘇・奴可・三上の四郡はここ三年、冷害・旱《ひでり》、それに飛蝗《ひこう》（＝バッタ）の害をうけて、豊作にはほど遠い状況がつづいていた。今年は、春先から天候にもめぐまれ作物の生育は順調で、久しぶりに迎える実りの秋を誰もが心待ちにしていた矢先の災難だった。

風害の状況を説明する一場武助の口調に、さほどの深刻さは感じられなかった。鈍重を絵に描いたような代官は下役が淹《い》れた茶をすすりながら、いつものように三次までの往復と僻地に滞在する不便さばかりを嘆いて杏坪を閉口させた。

「では、そろそろ隠居でもなさるか」

一場の愚痴がひと段落したのを機に、杏坪が口をはさんだ。

いやいや、と一場は答え、

「頼殿より若いわしが引退したのでは、ほかの代官らに示しがつかんばかりか、寺西お奉行にもお叱りを受けましょう。辛いながらも、今しばらくは務めを果たさなければなりますまい」

この代官にとって務めとは、三次まで馬や駕籠で行き、五、六日ばかり北の空気を吸って戻ってくることであるらしかった。

「それにしても、頼殿は大胆なことをなさりましたなあ。いっぺんにあちこちの庄屋や村役らの首をすげ替えられて、あれで誰も不満を言い出さんとは、さすが立派なものでございますよ」

「村役人を更迭したぐらいで民百姓の暮らし向きがようなるとは思えんが、いたぶられる側のことを考えれば、指をくわえて見ているわけにもいくまいからの」

とてもわしには手に合わん仕業《しわざ》で、と一場武助は冷めた茶をまずそうに口にした。

役所内は、いつになく閑散としている。時節柄、国じゅうが作物の取り入れに追われており、ほとんどの代官が任地に出向いているのだ。分けても南部は春先から穏やかな天候がつづいて、杏坪や一場武助ら北部関係者の苦渋をよそに、南部一帯を監督する代官や郡廻りの役人らには豊作を映して例年にも増して活気があった。

「北と南が同じ税率というのでは、ちと不公平にすぎる気がしますな」

一場が不意に言った。この男が政事にまつわる話を持ち出すのは珍しいことである。

「以前頼殿が申されていたとおり、北と南の格差を認めてそれに見合った配慮をせねば、北部の百姓らの貧窮は止《や》まないどころか、いずれ不満をためこんだ奴らは、それこそ暴動へと走りかねませんぞ」

一場は一家言あるとばかりに、むだに言葉を連ねた。

では、いかがいたせばよろしいかな、と愚鈍な代官を責めてもよかったが、杏坪は黙って聞いていた。役人は役職がさがればさがるほど庶民の憂いに敏感である。だが、その憂いに寄り添いたくても、彼らにはそれを解決する力量も権限もないのだ。

一場武助にしても民の窮乏に目をつぶっているわけではない。気づいてもどうにもできないおのれの無力さを、その時々でごまかしながら奉公しているのだ。恐らくこの代官にとって役儀を務めるとは、わが意中を押し殺し、現実との折り合いをつけることであった。

とはいえ、代官頼杏坪の北辺での行動は、藩庁内にあっては一場が持ち上げるほど評判がいいわけではなかった。独りよがりの暴走だと非難する重役もおれば、他の郡部の代官に悪影響を与えると不満がる執政役もいた。

近々藩庁の人事に動きがあるらしいと、佐一郎がもらしたことがあった。父上のせいかもしれませんよ、とも言っていた。沈滞する藩政に一石を投じたとはいうものの、多くの村役の更迭や黒鉄屋吉兵衛の拘禁などが単なる北辺の特殊事情とでも映ったなら、それは杏坪の本意ではなかった。

北へ出かける準備をしていた。夜空には鎌の刃のような三日月が輝いていた。虫の声さえ絶えて寝静まっているはずの屋敷の表が、急にあわただしくなった。下男が騒いでいるのが、杏坪の寝所にまで聞こえてきた。ほどなく、襖の向こうで加代の声がした。

「大島さまというお方がいらしておりますが」

杏坪の心の臓がどくんと音をたてた。

「大島？　与一とな」

「左様でございます。お通ししてもよろしいでしょうか」

うむ、と杏坪はうなるように答えたあと、夜着のうえに羽織をひっかけると急いで居間に向かった。

与一は足水を使うのもそこそこに髷《まげ》を乱して入ってきて、杏坪に対面すると深々と頭を下げ、夜分の急な来訪を詫びた。

いつもは自信にあふれた態度の手付だが、伏目がちに対座する様子はどこかぎこちない。それを訝って部屋の隅に目をやると、思いがけず下女の清までが与一のあとに控えているではないか。もはや、ただ事ではない。

「お休みのところ、申し訳ありません……」

ふだんの与一からは想像もできないほど、あらたまった口調だった。声も暗い。

「お屋敷にうかがいましたところ、こちらだとお聞きしましたので、失礼も省みず参上いたしました」

別宅まで押しかけた非礼を謝する与一の言葉も、心なしか震えているようだった。その口ぶりからしても、三次の地で尋常ならざる異変が起こったことが杏坪にも察せられた。

「いかがいたした？」

杏坪が訊ねるが、与一は頭を垂れたまま、しばらく口を開こうとはしなかった。

「何があった。どうした？」

杏坪の再三の呼びかけにも与一は顔を上げようとせず、両膝に手を置いてしばらく無言をとおした。そして、やおら意を決したように口を開いて、

「井上新八を、斬りました」と、かすれたような声をしぼり出した。

「斬った？」

思いがけない言葉を耳にして、杏坪の胸中をさまざまな思いが駆けめぐった。いつか清から聞いた許嫁《いいなずけ》をめぐる二人の確執の話も頭をかすめた。

「新八を斬ったと申すか。喧嘩か、それとも積年の遺恨が因《もと》でか？」

冷静な杏坪の問いかけに、大島与一は首を振った。どちらも違うという意味らしかった。

「いいから、包み隠さず詳しゅう話してみよ」

突然、与一は声を上げて泣きだした。三次から広島までの道中、こらえにこらえて歩きとおしたその苦悶が、その獣の咆哮《ほうこう》を思わせる嗚咽《おえつ》のなかにこもっていた。

代官の優しい口調に背中を押されて手付はやっと頭をあげ、これまで胸につまっていたものを吐き出すかのように、井上新八を斬るにいたった経緯をつっかえながら語り始めた。

事件の核心に触れるまえに、与一は代官所内外における井上新八の陰険な行状に言及した。

新八は、各地の庄屋らに代官所の役人、とりわけ大島与一から聴聞をうけた際は何も答えるなと指示した疑いがあり、村役らにも嘘をつきとおすよう示唆したふしがあるという。

さらに新八は林幾助と示し合わせて、与一が探ろうとする庄屋や村役らを他出させ、両者を合わせないよう画策したりもした。

与一が仮住まいする代官所裏の物置に置いた持ち物がたびたび動かされた形跡があり、一度ならず書類が紛失したこともあった、と与一は訴えた。

きわめつけは、清から新八が物置小屋に侵入するのを見たと知らされたことだった。新八は与一と代官の動きを見張り、その動向を郡役所にもらしている間者《かんじゃ》（＝スパイ）に違いないと確信した。昨日、巡察に出るふりをして、物置に潜んでいた。待つこと半刻あまり、果たせるかな、新八が小屋に入ってきた。慣れた様子で棚の上の木箱を手に取った。

足音をしのばせて背後に近づいたが、気配に気づいてふり返った新八と口論になった。何用とて小屋に入るのかと詰問するが、新八はせせら笑って平然としている。代官所の物置に入るの誰に遠慮がいるものか、と開き直った。わしの持物を探っておったな、とかみつくと、貴様、探られるほどの大物じゃと思うてか、とうそぶいた。

「もはや忍耐の限界にて、我慢の緒も切れ、奴を一刀のもとに討ち果たしました……」

「違います！」

ここまで首を垂れて与一の話を聞いていた清が、うめくような声をあげた。与一はぎょっとした表情で清をふり返って、目で黙っていろと射すくめた。しかし、清は、

「井上さまを刺したのは、うちでございますっ」

と、杏坪にすがりつくような視線を投げかけて叫んだ。

「与一、ここまで訪ねてきたということは、何もかも明かす覚悟であろう。ならば、起こっ

たことを有体《ありてい》に申せ。わしの前で隠し立てなど無用じゃ」

恐れ入ります、と目尻をこぶしで拭いながら、与一は深く頭《こうべ》を垂れた。

杏坪の視線にうながされて、事を明かす話し手は、清に代わった。

井上新八が、与一が寝起きする代官所の道具小屋に入ってきたのは事実だった。だが、それを目撃したのは、小屋を掃除しようとやってきた清だったという。中にいるのが与一だと思った清は、びっくりさせるつもりでしばらく戸板の裏に隠れて男の様子をうかがっていた。すると男が怪しげな行動をしているのに気づいた。とっさに誰ね?、と叫んだ。

「わしじゃ」

と、くぐもった声がした。暗がりに目が慣れると、男が新八だとわかった。酒臭い吐息が清の鼻先に臭った。川向こうの畠敷《はたじき》村の祭礼の視察に出かけたと聞いていたから、新八はその祭りの振る舞い酒に酔っぱらっているらしかった。

「ここで、何《なん》しとってんですか?」

「おまえこそ、何をしておる」

「掃除ですけえ」

「掃除じゃと? なぜに与一のねぐらだけを掃除する。わしの所には左様な気遣いはしてくれたこともないのにのう。なにか? おまえ、与一に懸想《けそう》でもしておるのか」

「そがあなことはないですけえ」

清がうつむき加減に答えると、突然、新八に肩を引き寄せられあっという間に土間に押し倒された。強い力で抱きすくめられ、それを逃れようと清は必死に転げ回った。不意に棒切れが手に触れた。清はそれをつかむや、新八の頭のあたりに打ちつけた。その一撃で、馬乗りになっていた相手は、叫び声をあげてひっくり返った。

我に返った清が手にしていたのは、草刈用の鎌だった。足許には、新八が頭から鮮血をしたたらせ、呻《うめ》きながらのたうちまわっていた。そうしてしばらくすると、新八は動かなくなった。

やっとのことで話し終わると、清は激しく肩をゆすって嗚咽した。

「与一、清の申すことはまことか」

「は、はい」

申しわけございません、と与一は澄んだ声で答えた。清がまことの事を口にしたことで、やっと冷静さを取り戻したようだった。

「それで、与一、その後どうした?」

ほどなく出先から代官所に戻ってきた与一は、代官所で震えている清を見つけて事のあらましを知った。そして、急ぎ新八の身柄を小屋の隅に隠したのだという。

「誰ぞに知られたりはせなんだか」

「はい。わたしが午後代官所に帰りましたときには、幸い林殿やほかの手付は他出しておりましたので、その気遣いはございません」

「井上が急にいなくなって、林は不審に思わなんだか」

「広島へ発《た》ったと伝えました。そろそろ新八はお暇をもらって帰宅する頃でしたから、林殿はそれで納得されたようです」

その後、夜陰にまぎれて新八を担ぎ出し、近くの渡し場から船に乗せて、尾関山の下にひろがる江の川の淵の底に沈めたという。

「うちは、とんでもないことをしてしまいました。はあ（もう）、生きちゃあいけん身になってしもうたです……」

そがあなことでございますが、と与一が北の方言で清を慰めた。そして、清が井上に斬りつけたのはまことでございますが、と前置きしてつぶやいた。

「――実はとどめを刺したのは、このわたしでございます」

まあ、と小さく叫んだのは清だった。彼女はてっきり自分が新八の命を奪ったと思っていたのだ。与一はそんな清を慰めるように声をしぼりだした。

「清を原村へ帰したあと、新八をどうすべきか思案していたところ、突然、奴が息を吹き返しました。鎌の傷は案外浅く、気力を回復した新八は清を斬り捨てると言い出しました。なだめると、こんどは奉行所の役人を呼んでこいなどとわめきまして、口論となりました。どんなに説得しても聞き入れず、しまいにはいきなり刀を振り回しだし……」

やむなく手にかけてしまいました、と与一は消え入るような語尾で締めくくった。

杏坪は、ふう、と長い息を吐いた。暫時、重い沈黙があった。

「何はともあれ、代官所の出来事《しゅったいじ》に町奉行所の容喙を許すわけにはいくまい」

それを聞くと与一は、申し訳ありませんと言って、畳に額をすりつけんばかりに平伏した。

「腹を切るか」

杏坪は突き放すように、短く言葉を発した。

清は畳につっぷして声を殺してすすりあげていた。

あるいは生き延びるとすれば、と言って杏坪は小さく空咳をした。その後をつづければ、若い二人ばかりか、杏坪自身も後戻りできないのだ。それでも言わずにはおけない。

「二人して、領外に出る――これ以外に方途はあるまい、のう、与一」

清の忍び泣く声が与一の背を震わせる。

役所の同僚を殺《あや》めて、その遺骸《いがい》を川に流したとなれば、それなりの覚悟がいる。三次から広島までの道中、与一を悩ませたのは上役に言われるまでもなく、おのれの生死の選択と清の行く末だったに違いない。

清を残して死ぬわけにはいかぬ。さりとて、生きて領内にとどまることもできぬ。進退きわまった与一が、最後にすがったのが頼代官であった。

屋敷内は深閑として、ことりとも音がない。清が忍ぶようにしゃくりあげる声が部屋にこもった。

「あらまし話はわかった……二人とも疲れたであろう。今は休むがよい」

杏坪はそう言って、手を打って加代を呼んだ。

この夜、二人を裏庭の納屋に隠すことにして、杏坪は翌朝早く本宅へ戻った。善後策を講ずるにしても、まずは佐一郎に事の顛末《てんまつ》を説明しておかねばならなかった。

案の定、実直な役人である息子は、

「下手な処置をなせば、一族にまで累を及ぼす憂いとなりましょう。ここは情を捨てて、法の裁きに委ねるのも一策かと」と、いつも以上に表情を堅くして父親の判断に異を唱えた。

「いやいや、なんとしても与一がお縄をくらうようなことがあってはならん。ましてや、あれに腹を切らせるなどもってのほかじゃ」

杏坪は、決意を込めた声で言った。

「こたびのあれの仕業《しわざ》は直接には職柄《しょくがら》とつながりはないとはいえ、新八を殺《あや》めねばならぬ状況にまで追い詰めたのは、このわしじゃ。それゆえ、是が非でも守ってやらずばなるまい」

息子は、言いだしたら聞かぬ父親の性分をよくわきまえている。

「では、無用な止め立てはいたしません。わたしもでき得るかぎり、事が隠密裏にはこぶよう気を配りましょう」

佐一郎は普段どおりの物わかりのいい息子をよそおって言ったが、唇は心なしか色を失っていた。


翌日、午後。

役所から帰邸すると、杏坪はその足で白島へ向かった。道々、昨夜思案した手順を頭のなかで反芻《はんすう》しながら駕籠を急がせた。

屋敷に着くとすぐに納屋にこもりっきりだった二人を居室に呼び出した。二日ほど前のげっそりとした表情は影をひそめ、与一はいつもの生気をと取り戻している。清はといえば、泣きはらした目には張りが宿り、唇にも色がよみがえっていた。どうじゃ？　と杏坪が訊ねると、

「何から何まで、お部屋さま（＝貴人の妾の尊敬語）にようしていただいております」

と与一はまず加代への感謝の言葉を口にした。それに合わせて清も頭を下げた。

「さて、与一」

杏坪が声をあらためると、手付は覚悟を決めたように上役を見た。

「熟慮の結果、やはりそなたは領外へ出るのがこの際、上策であろうと思う」

与一は頭を垂れたまま、わきに控える清のほうに視線を送った。

「今後の身の振り方じゃが、領外のいずこかに身を寄せるあてはあるか？」

与一は黙って首を振った。

「そのほうが家を離れても家族は大丈夫かの？」

「独居の養母がおりますが、近くにいる叔父夫婦が世話してくれるのではと存じます」

「清はどうじゃ？」

下女は、きょとんとした目で代官を見つめた。

「清ひとりを領内に残しておくわけにはいくまい。まして、三次に戻るなど論外じゃ。となれば、与一、おまえが清の面倒をみてやるほかなかろう」

清の目から、みるみる涙があふれた。混乱した頭のなかで、与一とどこかで生きていけと言われているのだとわかったのだ。

どうじゃ、と、また声が飛んできた。

「うちは、家じゅうから嫁《い》かず後家、いうて言われるやっかい者《もん》ですけえ……」

清は切れぎれに答えた。

清の返答を聞いたあと、杏坪は腕組みしたまま、しばらく黙って目を閉じていた。そして、おもむろに、京へ参れ、とつぶやいた。

「京には甥の久太郎がいる。そこで匿《かくま》ってもらうのじゃ」

「それでは、山陽先生にご迷惑がかかります。それならば、わたしはいっそ……」

杏坪は代官の顔つきになって与一を制した。

「あれがおまえたちのことを厄介に思うようなことはない。久太郎がわしにかけた迷惑を思えば、そのほうらを匿《かくま》うなど造作《ぞうさ》もないこと。わしの頼みとなれば断るわけがない。当面は、あれの世話になればよい」

代官はいったん言葉を切った。何やら、心を決めている様子で、

「そして、ほとぼりが冷めたなら、こんどは大坂へ行くのじゃ」

「大坂へ？」

「久太郎が言うには、大坂の町奉行所に大塩平八郎という気骨のある与力がおるそうじゃ。若いが立派な学者で、家塾も開いておるという。連絡をつけるゆえ、その男の元で下働きをしながら学問をしてみるがよかろう」

与一は大きく肩で息をして、はい、と答えた。その安堵の吐息の音が自分への信頼の証のように思えて、杏坪の耳に心地よく響いた。

「おまえたちが三次を出たのを知っておるのは誰じゃ？」

「林殿はわたしが郡部へ巡察に出たと思うておるでしょう。四、五日戻らないからといって、あの人がわたしの身を案じられることもありますまい。清のことは……」

清が急に姿をくらませば家族は騒ぐだろうが、いなくなった理由がわからなければ、

村々で時おり起こる神隠しに遇ったといった噂にまぎれて、やがて忘れ去られてしまうだろう、と与一は言葉を選びながら答えた。

「そうか。それならばよい……なあ清よ」杏坪は、まっすぐ下女の顔を見すえた。

「おまえは、見知らぬ異国でこの与一といっしょに暮らしていけるか」

清は顔をくしゃくしゃにして、さながら童女のようにうなずいた。

「どこへ行こうが、そばに与一さえおれば心強かろう」

ありがとうございます、と清は消え入るほどの声になり、

「先生にご苦労をかけるようなことになってしもうて、申し訳ない気持ちでいっぱいですけえ」と言葉をしぼりだした。

「心配いたすな。それでなくてもおまえは、これから始まる見知らぬ土地での暮らしが不安であろう。与一を信じて、今は安気にしておるがよい」

さても、大島、と杏坪は神妙に端座している与一に向き直った。

「新八を葬ったことには目をつむるとしてもじゃ、そちを調べの場に出さずに見逃すということは、代官のわしとしてはできん。ここは表向き、おまえたちのことは知らぬことにして、速やかにここを出て、下男の実家にでも身を隠しておるがよい」

杏坪は与一にやや厳《いか》めしい口調で申し渡した。その間に、三次代官所や郡御用屋敷への対策も考えようというのである。

翌日から杏坪は、二人を京へ送る準備にかかった。山陽に宛てて書をしたため、二人分の道中手形を申請する書面をこしらえた。そして、佐一郎に言われるまでもなく、いずれ夫婦になるであろう若者らのために、当面の生活費を用意することも忘れなかった。

三次での後始末は、おいおい考えればよい、と杏坪は漫然とそう思った。

旅支度が万端調《ととの》うまで、与一と清は七日ほど牛田村にある頼家の下男の家で、加代の親戚の者と称して過ごした。

準備はとんとんと進んで、二人が宇品から船で尾道へ向かうという旅程までもが決まっていった。

杏坪は、路銀や当座の生活費、道中手形などを渡そうと、与一のもとに使いをやった。おっとり刀（＝大急ぎ）でかけつけた与一は、数日前の顔とはうって変わって穏やかな表情をしていた。

「後のことは心配いたすな。気をひきしめて新たな暮らしに臨むがよい」

与一は何度も頭をさげては謝意を述べた。

「ところで、事後処理の都合もあるゆえ、今一度井上新八の件を確認しておきたいのじゃ」

杏坪は代官の顔になって質した。すると、与一は悪びれた様子もなく、いずれはお話しせねば、と思っておりました、と応じた。

「実は新八は、それこそ死罪に値するほど、先生やわたしに裏切りを働いておりました……」

「以前も話題にしたことがあったが、まこと、新八が間諜《かんちょう》であったと申すか？」

与一は大きく首を縦に振った。

「おそらく、わたしどもの動きは、あ奴を通して郡役所はもとより、藩庁の奥の奥まで聞こえていたでありましょう」

「確かな事実でもあるのか」

いいえ、と与一は言った後、

「おおかた黒鉄屋吉兵衛のことも、先生があれを広島へ連行される前に新八を通じて藩庁に伝わっていたのではないかと思われます。それを証拠に、吉兵衛が三次を去ったすぐあと、林殿が、『吉兵衛はどうやら生きて戻っては来られんじゃろうの』と意味深長なことを申しておりました。あの言い条は、まさしく、新八が何やら林殿に漏らしたからに違いありません」

きっぱりと言い切った。

「それに、侍長屋のわたしの部屋に付け火をしたのも、あ奴でありましょう。多分、わたしの収集した資料を探しあぐね、あげく焼き払ったものと思われます」

そうか、と杏坪は納得した。

吉兵衛確保を郡御用屋敷に報告したあと、勘定方や大目付に何ひとつ目立った動きがなく、疑惑の小役人を取り調べるぞと脅してやろうとした意図が、のっけから不発だったことを杏坪は苦々しく思い出した。新八の報告が上層部に届いていたとすれば、藩中枢が郡役所の行動に先んじて対処することは、容易だったのではと想像できた。

ふり返って思えば、北での杏坪の動きを藩庁、とりわけ郡役所が正確につかんでいることがたびたびあった。なかには、現地にいなければ知り得ない事柄も含まれていた。そのときは、三次代官所に間者がいようなどとは思いもしなかったのだが。

あの井上新八がのう、と杏坪は唇をかんだ。

「それで、新八の遺骸が浮くようなことはないのか」

「さて、ちゃんと処置はいたしたつもりですから、いましばらくは淵の底に沈んでおりましょう」

後始末はぬかりなくても、狭い三次の町では新八の失踪をそう長い間隠し通せるものでもない。まして、清は罪を犯したことで気が動転している。そこで与一は清の身を隠そうと、取るものもとりあえず広島まで連れてきたに違いなかった。

北辺の浄化に精根つくしていた大島与一にとって、新八の行為は許せないものであったろう。そこにかつて許嫁を奪われたという怨恨も加わってか、異母兄の死を必然として受け入れ、今はただ、いとしい清を守りたい、その一心で行動しているように見えた。

「おまえが新八にとどめを刺したというのはまことか」

はあ?、とつぶやくと同時に与一は顔色を変えた。思いがけない上役の問いかけに内面の動揺は隠せなかったらしい。

「そうでは、あるまい」

杏坪の指摘に与一は、黙って首をうなだれた。杏坪にはうすうすわかっていたのだ。清の罪悪感を除いてやるために、与一自身が新八殺しの罪をかぶったことを。

「先生……お察しのとおりにございます」

同じ姿勢のまま、与一はくぐもった声をもらした。

「思えば、新八とわたしは奇妙な縁でつながった異母兄弟でございました。新八に嫡男の座ばかりでなく、幼馴染みの許嫁まで奪われたわたしに、どうすれば武士の一分が立ったでありましょうか。黙って家を出て養家に入り、いとしい女子が嫁ぐのを陰ながら見送ったあと、わたしはひたすら仕事に没頭することで、新八に対する怨念を紛らわせて耐えるほかありませんでした。いずれ新八とは、どんなかたちであれ、ぶつかり合わなければおさまりがつかなかったでありましょう。そういう意味では――」

清の行為こそが、まさにあれがわたしになり代わって一分を立ててくれたようなものでございます、と与一は涙声になった。

話を聞いたときから代官頼杏坪のなかに、清や与一を罪人にしようという気はなかった。ただただ、不運に見舞われた哀れな二人を庇護してやりたい一心だった。

与一や清をこうした悲惨な境遇にいたらしめた責任の一端は自分にある、と杏坪は胸の内でつぶやいた。

「おまえにはまこと、苦労をかけた」

「とんでもございません。先生にはひとかたならぬお引き立てをいただきましたのに、その万分の一もご恩返しできなかったのが、残念でなりません」

「いやいや、わしの方こそ、世話になった。おまえの助力なくしては成らぬ事績も数々あったことを思えば、感謝の言葉もない。まだまだ力になってもらいたいと思うておったが、これも運命じゃ。またの機会に共に勤めようぞ」

「ありがたいお心遣い、肝に銘じておきます」と与一は頭をさげた。

「くれぐれも、清を慈《いつく》しみ守ってやれよ」

大島与一は目を赤くして、代官の顔を凝視した。

与一が退出した後《のち》、杏坪は我知らず腕組みの恰好になって目を閉じた。暗くなった瞼の裏に、与一と過ごした日々が、さながら走馬灯の絵のように鮮やかに浮かんでは消えた。

思えば、大島与一という男は、困難な局面や重要な場面では、必ず影のように寄り添ってくれていた。北辺の小役人の不正を暴くおりも、藩内に巣くう巨悪に挑もうとした際も、杏坪の支えは大島与一ただひとりだった。その与一がいなくなる。

いったい、この現実を受け入れることができるだろうか。

決然として目を開くと、いつのまにか部屋の隅に加代が控えていた。

「湯浴みの支度がととのいました」

うむ、と杏坪はつぶやいた後、言った。

「今日はいつもより湯を熱めにしてもらおうかの」

「あら、お珍しいこと」

加代が子どもをあやすような柔らかい口調で応じるのを、杏坪は忘我の心地で聞いた。


出発の朝になった。

家を出る刻限近くなって、清が杏坪の部屋を訪ねてきた。加代から教わったのであろう、薄っすらと唇に紅を掃いて、髪も人妻らしく結い上げている。楚々《そそ》とした花柄の着物も、加代のおさがりであろう。何日もしない間に娘から女に変じた清は、まぶしいほど艶々《つやつや》して見えた。

「あれもこれも、お部屋さまの手を煩わせてしもうて、ありがたいこってす」

自分の身なりに杏坪が気づいたと見るや、清は加代への感謝の言葉を口にした。

「すっかり女っぷりが上がって見違えたぞ」

まあ、と清はいつものおどけた調子で応じたあと、急に三つ指をついて頭をさげると、

「長いこと、お世話になりました」

と、まるで嫁ぐ娘が実の父親に言うような言葉をもらした。

「達者で暮らせよ……」

与一と仲良くするんじゃぞ ―― 杏坪がそう言い添えると、清ははばかることなく声を上げてしゃくりあげた。杏坪の胸にも熱いものがこみ上げてきた。

六

城内にも小春日和の陽差しが降りそそいでいた。

小書院は冬にそなえて障子も襖も張り替えられ、畳も新しいのが敷きつめられている。香る藺草《いぐさ》の匂いにすがすがしい心持ちになっていると、廊下に足音があった。

「待たせたかの」

山田図書義隆《やまだずしょよしたか》は小股歩きで袴の衣擦れの音をたて、小さく声をかけて上座についた。

大小姓組頭上席から家老に転身した山田は、相変わらず女形《おやま》のようになよなよして見える。育ちの良さは、年が寄っても色あせていない。

「杏坪殿、久しいのう」

「恐れ入ります。お久しぶりに尊顔を拝しまして恐悦に存じます」

「まあまあ、堅苦しい挨拶は抜きにいたそう。元気そうでござるの」

山田家老はふくよかな頬をゆらして、機嫌よげな表情で言った。江戸詰めだった山田図書とは、杏坪が世嗣斉賢の伴読となって江戸藩邸に出入りするようになって以来の仲で、歳は杏坪が三つ上だったが、同年配として当時は親しく交わったものだった。

重晟《しげあきら》の側用人《そばようにん》だった図書はやがて本国に呼び戻され、若くして執政入りを約束された。一方、頼杏坪は藩儒となり御納戸役上席に進んだものの、年を経るにしたがって二人の地位の差は歴然となり、こうして城内で会うのは、それこそ十余年ぶりであった。

「杏坪殿は、代官になってどれほど経ちますのか」

「かれこれ五、六年になりましょう」

それはそれは、と山田図書は低い声で答えた。

「いつも北辺の政事に対して幾多の献策、意見具申などいただいて大儀でござる。重役らになり代って謝意を申し述べたい」

図書が首をこくりと動かすのに合わせて、杏坪は目を伏せて軽く答礼した。

「なにせ杏坪先生の献策や意見は示唆《しさ》に富んではおるものの、さても施策に反映するとなると、なかなか難しゅうてな…… たとえば総検地などは隠し田をあぶりだすのに最適で、地こぶりにしても税の均衡をなすのに適策と認めはするのじゃが、なかなか実施までには至らぬのが現状でな、勘弁してくだされ」

とんでもございません、と、今度は杏坪が深く頭《こうべ》を垂れ、自分の考えが重役らのもとへ届いているだけでも、まずは満足だと、控え目に応じた。

「実はのう」

山田図書の言葉に杏坪は身構えた。自然と背筋が伸びて、家老と正対する恰好になった。家老が話の核心に触れるのだと思った。

「杏坪殿の日頃の精勤が認められて、このたび加禄が成った次第でござる。併わせて郡廻りへの昇進も叶ったというわけでの」

杏坪はわが耳を疑った。家老の言葉は、あれもこれも予想外だったからである。

「それはそれは、ありがたき幸せに存じます」

とりあえず杏坪が謝辞を口にすると家老は、まるで加増と役替えを告げたのを恥じるかのように、あわてて話題を変えた。

「近頃は、足の方はいかがでござる？　わしもそうじゃが、馬齢を重ねる（＝無駄に歳をとる）ごとに足腰が弱ってきましたでな」

「長い付き合いの持病でございますので、この脚とは折り合いをつけながら騙しだまし歩いております。とはいえ、昨今では三次までの遠出はさすがに辛うございます」

三次といえば……とつぶやいて、山田図書は杏坪をにらんでつづけた。

「かの地の代官所から二人の手付が姿をくらましたと、騒ぎになっておったようじゃが」

「ご家老のお耳にも届いておりますか」と杏坪は低い声で言った。

「二人には、大きな組織による不正を隠密裏に調べさせておりましたゆえ、どうやら謀《はかりごと》に巻き込まれたのではと推察いたしております」

「大きな組織、とな？」

「ご家老は、上下銀なるものの存在をご存じでありましょうか」

山田図書は軽くうなずいた。

「この銀融資の仕組みが領内の隅々に浸透して、さまざまな不正の温床になっておるようでございます。おそらくそのからくりは藩上層の役人にも及んでおり、大島与一、井上新八らは、調べの過程でこの組織に深く手をつっ込みすぎたらしく、何やら災難に遭うたとの憶測もながれておりますれば、目下、役所をあげて鋭意探査の最中《さなか》にございます」

「なるほど、左様か」

山田家老は無用な相槌をうって話を遮った。やはり上下銀はこの場の話題にふさわしくないらしく、家老の態度から、小役の失踪を軽く扱おうとの意図を杏坪は感じ取った。

「噂どおり、実務に精励いただいておるようじゃの」

と、家老はねぎらいの言葉を発して話頭を転じた。

「されば、杏坪殿におかれては、隠居など顧慮のほかでござるかの？」

杏坪は膨《ふく》れた涙嚢《るいのう》の奥にある家老の眼を見つめた。その細い双眸《そうぼう》の奥には、最前見えていた温厚な光は消えていた。

「加禄を機に隠居なさるもよし、郡廻りへの昇進を励みにこれまでどおり職務に精励されるもまたよし、でござる。じっくり考えていただくのもよいが……」

山田家老は曰くありげに沈黙したあと、

「隠居されれば祿高二百石は、減禄なしに嫡男佐一郎殿が引き継ぐことになり申そう」

「いえ」と、杏坪は躊躇の素振りもなく、家老に言葉を返した。

「御厚情は有難く存じますが、引き続き北辺の政務に関わらせていただきとう存じます」

「わしからの申し出だとて、左様に即断なされずともよい。時をかけて、ご家族縁者とじっくりご相談なされてもよろしいぞ」

家老山田が隠居を勧めていることは確かだった。佐一郎がいう藩庁の人事異動の一環に自分も連っているのだろうか、と杏坪は思った。

「郡廻り役を受諾されるようであれば、杏坪殿、お手前は今後、隠居なさるまで北郡の支配に携わることを覚悟してもらいたい。先々は三次町奉行として任地在住も待ち受けておるやもしれませんぞ…… こうした条件は、杏坪殿を高く評価しておる勘定奉行筒井殿のたっての望みでござってな」

村役を大量に更迭したのもさることながら、黒鉄屋吉兵衛の一件が、藩庁を刺激したのは明らかなようだった。実力者の筒井極人や関蔵人ら重役から、職務をつづけるなら北の地に張りついていろ、藩政の中枢に手をつけるな、と引導を渡されたような気がした。

それならば、と杏坪は腹をくくった。

関・筒井派といえば、経世に功利をもとめ、経済に効率化を強いる重役の集まりで、ことあるごとに、学究肌の執政役らと対立をくり返している。彼らはいわゆる守旧派で、学問所の俊英といわれた年寄格番頭の日比内記《ひびないき》、沢左仲《さわすけなか》らの向座《むこうざ》といわれる革新派を敵視しているとの噂も聞こえてくる。

心ある役人らが嘆くように、この二派の確執が藩政を停滞させる要因となっているのは周知の事実だった。これを解消するには、暴走気味の関・筒井派の勢いをそぐほかはない。そのためには、ひとりでも守旧派に対抗する人材を執政方に送り込むことである。

人事の話になった今こそ、いい機会だと杏坪は思った。

「わたしは以前、藩庁には北辺を担うべき人材少なきを具申したことがございましたが、実は郡役所には思いのほか、才豊かな方々が揃うておることにあらためて気づきました」

「ほう」

山田家老は、杏坪の一段と堅い口調にひと膝のりだした。

「わたしの口から申し上げるのも僭越かとは存じますが、筆頭奉行の木村様はご家老もご承知のとおり、なかなかに施政に鋭いお考えをお持ちでございます。いずれ、しかるべき役職に転ぜられるべき人でございましょう。が、それよりも――」

と、杏坪は一拍おいた。

「寺西監物様、でございます。あのお奉行は、辺境政策に対して並外れた感覚をお持ちでおられます。いかんせん、大きな権限をお持ちでないゆえに、やるべきことがならぬ葛藤に日々呻吟されておいででございます。ご家老におかれましては、この寺西お奉行のことを目にかけていただき、是非にもお引き立て願えればと存じます」

「なるほど、寺西監物でございますか。寺西又右衛門の嫡男でござるの。名前は耳にしておりますが、さても辛口でなる杏坪殿からかよう褒められるとは、監物なる者、よほどの傑物でござろう。心に留めておきましょうぞ」

「清廉にして理非曲直に敏なる性格は、政事の乱れを正すうえで大いなる力を発揮されること、間違いございません。ただし……」

ただし、でござるか、と山田図書も眉をひそめる表情になって杏坪の言葉を待つ。

「寺西様には果断な行動が求められた折、その決断をやや躊躇されるような場合もないではありませんが」

「それは、玉に瑕《きず》としては、大きな瑕でござるな」

いえいえ、と杏坪は大仰に手を振って家老を遮った。

「若さゆえ、さらには低い役職のせいでございます。寺西様もそれ相応に経歴を積まれ、しかるべき役職にお就きになれば、必ずや立派な仕事をなさるはず。それはこの万四郎、一身に懸けて保証申し上げます」

山田家老は、うんうん、と何度かうなずいた。

「寺西監物、四十過ぎでござろうや？」

「三十七、八になられましょうか」

脂の乗りきった年頃じゃな、と、山田図書は応じてつづけた。

「われらにも若い頃がありましたでな。江戸詰の時代には、杏坪殿も誘うて何人かで悪所通いをしたこともござったの」

山田家老は思い出話に浸るつもりか、目を細めた。

「若気の至りとはいえ、数々の恥をかき捨てたものじゃったが、思えば懐かしゅうござる」

「わたしには思い出すだに、汗顔の至りでございます」と杏坪は応じた。

楽しゅうござった、と山田図書は言いながら脇息にもたれた姿勢を変えて、

「政事に対しても、熱いほどに真摯な話もかわしましたな。改新、かくあるべしなどと口角泡をとばしたのが、まるで昨日のようでござる……　さても、いざ藩政にかかわってみれば、あの若き日の論議がなんと青臭いものであったことか」

家老は遠くを見る目になってつづけた。

「のう、杏坪殿。永年にわたって形作られた政の諸事は、一役所を興廃するのでさえ数年

を要するほど硬直しておる。政事のそこここで改新の必要を認識しながら、なお手をつかねている現状を、杏坪殿が我慢ならぬと思うておられるのは重々承知でござる。貴重なお手前の献策を取り上げんとしたことも、二度や三度ではござらん。何もできんわしとしては、ただ詫びるしかないのが忍びないことでな」

家老は子供がいやいやをするように首を振って言った。杏坪はただ頭を下げて、重役がもどかしがる胸のうちを思いやっていた。

「ただいま杏坪殿は何やら手をつけようとされておるようじゃが、もどかしいながら、わしですら力になれんのが本音での」

「地均《じなら》しや検地の実施は北辺平定に資するばかりでなく、国内の浄化にもつながる改新でございます」

「ようわかっております。とはいえ、鋼《はがね》の鼎《かなえ》のごとき組織は一槌《いっつい》で砕き得《う》べくもござらんゆえのう……」

山田図書はあらたまった声で答えた。

「ご家老をもってしても、ままなりませぬか」

杏坪もかしこまった言い方をしたが、家老からの答えはなかった。

しばらく沈黙があった。

雲が流れたらしく、それまで明るかった障子が急に黒くなった。

ですが、ご家老、と、杏坪は呼びかけた。

「初めて斉賢さまの北辺巡省に随伴してはや十有余年、当時目のあたりにした北の民百姓の惨状はいまだ改良もせず、あの折、殿にお誓い申し上げました経世済民は、いまだ何ひとつ成就するに至っておりません。従いまして、この後も御意《ぎょい》をあまねく北辺に具現すべく、今後も老骨に鞭打って励んでまいる所存にござります」

「杏坪殿、よくぞ、申された」

儒者代官頼万四郎の意、しかと殿にお伝え申そう、と山田図書は満足の笑みを浮かべ、杏坪を見つめて言った。

「さても近頃、殿に拝謁《はいえつ》なされたかの？」

「久しくお目通りの機会がございません」

「お望みなら、拝謁が叶うよう手配してもよろしいが」

「滅相もございません」

杏坪は全身で固辞するしぐさになって答えた。

幼い斉賢を薫陶《くんとう》し、藩主の座に就いてからは諮詢《しじゅん》を受けるたびに、経世済民の精神を説いてきた。その自分がさしたる成果をあげることなく、無能な代官のまま藩主の前に出るのはおのれの恥部を見せるよりなお恥辱であるように、杏坪には思えたのだ。

「では、せっかくのご家老のお言葉を無にせず、御好意に甘えさせていただきます」

そう言って頭を下げた後、杏坪は床の間まで膝行《しっこう》して、そこに用意されてあった硯箱《すずり》を開けて筆を取った。

「これを斉賢さまに――」

杏坪は、書き上がった短冊を山田図書にさし出した。

君をしたふ心のまこと穂にいでて村々すすきまねきあひぬる

この歌は杏坪が斉賢に扈従《こじゅう》（＝貴人につき添うこと）して北郡を巡省したとき、可部《かべ》の村邑《そんゆう》で詠んだものであった。

「承知いたした。確かに殿にお届けいたそう」

山田家老はかすかに微笑んで書き付けを受け取り、自らも一読したあと、捧げ持つようなしぐさで懐にしまい込んだ。

家老からの呼び出しを気に懸けていた佐一郎は、父親が城から下ってくるのを待ち構えていて、おねだりする子供のように玄関から居室まで後を追ってきた。よほど家老との面談の結果が気になる様子である。

「加禄とのお達しがあった」

「それはまことですか、父上！」

佐一郎はあっけにとられて眼をまるくした。お咎め必至と思っていただけに、喜びのあまり声が裏返るほどだった。

杏坪は、郡廻り同格に昇進したことも明かした。しかし、その後に待ち受けているであろう困難な状況には触れなかった。ただ、

「隠居しておまえに家督を譲れと暗示されたが、断った。なんの成果もなく代官を辞するのに忸怩《じくじ》たる思いがあってな、敢えて郡廻り役をお受けすることにした」

淡々と経過を述べるにとどめた。そうでしたか、と息子は老親をいたわる表情になった。
二、三日あって、夕餉の膳を共にしていると佐一郎が言った。
「勘定奉行の筒井さまが江戸屋敷に転属されるそうです。ご存じでしたか」

「ご家老の口からは、わし以外の人事に触れるようなお言葉はなかったがの」

「そうですか。わたし風情が知るほど大っぴらになっておる話ですから、いずれ父上のお耳にも届くと思われたのでありましょう。ともあれ、将来の執政入りを目指しておられた筒井様からすれば、降格人事ということになりますな。それに年寄首座が確実視されておりました関様は、大小姓組預かりということになったとも聞きました」

「関殿がのう。まあ、あれはまだ若いじゃろうから、必ず復権するであろうがの。ところで、寺西殿の話は聞かなんだか」

「寺西様のことは何も。ただ、どれもこれも人の口の端《は》にのぼる噂話ですから、確かなこ

とはわかりません。いずれにせよ、まだまだ人事には変動があるのではありませんか」

佐一郎はにやりとした。中堅の役人となって政事の裏が見えるようになったらしい。

「わしとて、三次の町奉行に転身するやも知れんぞ」

「それも大いにありましょうな」

「ほう、なぜじゃ」

さして驚きもなく受けとめている息子に、杏坪は怪訝《けげん》な顔つきになって訊いた。

「父上は竹原の産ですが、あれほど北の地に執心されるところをみると、前世はきっと北辺の人だったにちがいありませんから。おそらく、父上の守り神は、北を守護する玄武やもしれませんぞ」

息子は冗談とは思えないほど真面目な眼差しで言った。そして、つけ加えた。

「まこと町奉行として三次に常駐されるようなら、わたしらも同居して、父上のお世話をしてさしあげましょう」

「うれしい申し出じゃが、それではかな子が嫌がるであろう」

「とんでもない。きっと喜んでついて行きますよ。あれもああ見えて、父上のことを好いておるのですから」

「ほう、あれで、か?」

「ええ、あれで、ですよ」

父子は珍しく声を上げて笑いあった。

後に杏坪は、家老山田図書が暗示したように、三次町奉行を拝命することになる。

一方で、噂になった筒井極人や関蔵人の降格などなく、筒井は勘定方・蔵方・郡方を掌握する地位を手に入れ、関は大方の予想どおり年寄首座に昇ったのである。

七

妻恭子（玲瓏子）が亡くなった。

杏坪より十七年下の恭子は二十代半ばに気鬱を病み、その後二十年あまり闘病につとめながら二人の息子を育て、杏坪が江戸赴任などで留守がちな家庭をしっかりと守ってきた健気《けなげ》な妻だった。

役目柄、杏坪は家庭を顧みることが少なかった。床に伏せる妻を家人に任せ、夫婦としての情愛を通わせる時間が多かったとはいえず、それだけが大いに心残りであった。

六十三歳になった儒者は、糟糠《そうこう》の妻への感謝と深い悲しみの感情をこめて、玲瓏子の名を御影石の墓誌に刻みつけた。

そして、玲瓏子を追うように一年後、加代もまた黄泉《よみ》の国へ旅立った。はやり病にかかり、急に腹をくだして二日ほど床についたあと、あっけなく息を引き取ったのである。加代の死も杏坪にはこたえた。妻の場合は衰弱していく過程で死を予断することができたが、加代はふだんから健康そうに見え、三十六歳という若さで健やかに暮らしていただけに、まさか彼女まで失うことになろうとは杏坪は思ってもみなかったのだ。

急に支えを失って、老境にある杏坪の心はさらに虚《うつ》ろになった。

あれもしてやればよかった、こうも言ってやれたではないか、と杏坪の加代に対する後悔の念は際限もなく胸中に広がった。

いつぞや杏坪が加代に、してほしいことはないかとせっついたことがあった。加代はせめられて、やっと口にした。

「いずこかへ旅をしてみとうございます。いえ、遠出ではなく、近場でよろしいのですが」

加代らしい控え目な願いであった。その時どう答えたのか、今となっては思い出せもしない。そのうち暇をみつけよう、とでも応じたのだったか。

そんなささいな願いさえ叶えてやれなかったことが杏坪の心を苛《さいな》んだ。

近場というなら、花の季節に連れだって城内を散策し、共に満開の桜を愛《め》でることもできたではないか。任務のついでに三次へ連れていくこともできたし、宮島へ遊山するなどたやすいことだった。そして、旅の空のもとなら、幸せか、と訊いてやるのも気恥ずかしくもなかったであろうに……

「わしより、ずんど若い加代さまがお亡くなりになるなんど、思うてもみませんでなあ」

白島へ移ってからずっと加代に仕えていた忠吉は、喉を詰まらせて言った。

「最期まで旦那さまのお帰りを気づこうておられましての。お戻りになるまでには元気になっとらにゃ、とそればかりを口にされとりましたで」

加代のいまわの際の様子を語りながら、純朴な老僕は鼻をすすりあげた。

「あれは、幸せじゃったであろうかのう」

杏坪がつぶやくと、忠吉は耳に手を当てて聞き取れなかったというしぐさになった。その動作につられて、杏坪はもう一度同じ言葉をくり返しそうになってやめた。加代を失った今となっては、彼女の何を知っても何を聞いても、ただ虚《むな》しいだけだと思った。

杏坪が老境に達しても、北の窮乏状態はいっこうに改まる気配がなかった。むしろ、銀《かね》使《づか》いが世のならいになるにしたがって、民百姓の間の貧富の差は拡がるばかりで、政事の矛盾はさらに顕在化していった。

それでも杏坪の北辺に向ける目は一貫していた。

緊急時に備えること、民百姓を絶望させないこと――こうした目的を果たすために、身銭を切ってまで柿の木を植えさせ、楮の木を育てることを奨励した。

村どうし、村民どうしの係争・諍《いさか》いの場では郡廻りの権威を示して、積極的に介入しては次々と解決していった。

たとえば、三上郡庄原村と恵蘇郡三日市村の商人らの反目に端を発した啀《いが》み合いは、すでに三十余年もつづいていた。両村とも郡都というべき大きな村で、対立感情はぬきさしならぬ状態にあった。放っておけないと思った杏坪は、二村の融和に向け、代官所の尻をたたいた。

元をたどれば、鉄座から託された鉄の輸送を、どちらの村が請け負うかという単純な商取引のこじれが原因だった。鉄を運んで潤う三日市の馬借《ばしゃく》らを、庄原村の百姓らが妬《ねた》んでしかけた争いが、世代を越えてつづいているのだった。

両者は非難合戦のすえ、訴訟事として代官所を通して何度も藩庁に訴え出たりしたが、埒は開かなかった。

意地の張り合いになっているとみた杏坪は、いやがる両村の村役と商人の代表者とを代官所に召し出して、訴訟で争う前に、二つの村の住人全員が集って、会食の場をもってはどうかと提案した。

腹がふくれれば諍いをする気も薄れる、杏坪はそう信じていた。

その年の秋、収穫が終わってから、庄原村と三日市村は酒肴を持ち寄って、宴を催すことになった。ぎこちない場になるだろうと思われたが、宴会は大成功に終わった。酌を交わし四方山《よもやま》の話をし合うことで、積年のわだかまりが一気に氷解するように皆が思ったのだ。

以来、両村は、毎年春秋二回、一堂に会して交流することになった。会場を両村で交互に持ち合うことで、鉄輪送も隔年ごとに担うことで決着をみたのである。

こうした村の係争を長びかせる要因のひとつが、役人が訴人から賄賂を受け取り、贈賄側に加担してしまうことだった。甚だしい場合には、裁定すべき役人が被告、原告の双方から鼻薬《はなぐすり》（＝少額の賄賂）をかがされ、もめ事を放置せざるを得ない状態にしてしまうのである。そのため、杏坪は郡方の関係者全員に、いっさいの付け届けを受け取らないようにと厳命した。

「毎年、川漁師の仙吉がええ鮎を届けてくれるんじゃが、あれも断らにゃならんのですかいの」

林幾助が残念そうに言う。

「ならんぞ。ただし、仙吉は粗忽者《そこつもの》ゆえ、代官所の前に魚籠《びく》を置き忘れていくこともあろう。さすれば、鮎は腐って臭うゆえ、片づけにゃなるまいのう。それは、そのほうの仕事じゃ」

「そういうこってすの」

と言って、老練な手付は代官のおどけた言葉を、いつになく笑い顔で聞いている。

地誌編纂作業は終盤をむかえていた。杏坪は北辺の職務をこなすかたわら、資料の再確認のため頻繁に領内各地へと出かけていった。そのため佐一郎は蔵方勤めの合間《あいま》に、父親の体調管理や情報収集を補佐するため、すすんで海沿いの村々へも同行した。

文政七年（一八二四）になると編修は最終段階に至り、杏坪は北四の郡に入る暇もなく編集に専念せざるを得なかった。幸い郡廻りの下には代官がおり、杏坪ひとりが抜けても郡務に支障はなかったが、ふと書類から目を上げて障子の外を見やると、自然と北辺の景色が頭の片すみをよぎった。

翌年、百五十九冊からなる和文の地誌が完成した。

文化元年（一八〇四）藩主斉賢の命を受け、文化三年に江戸で作業を開始してから十九年、途中何度か中断の憂き目を見ながらも、杏坪は藩主の宿望《しゅくもう》を成就させた。それは同時に頼杏坪、春水兄弟だけでなく、杏坪の息子佐一郎をふくむ頼一族の悲願が達せられたことを意味していた。

広島藩にはすでに『芸備国郡志』があって、できあがった地誌も同名とする意見もあったが、備後という地名は福山藩をも含むということで、書物方との論議のすえ「芸藩通志」とすることとなった。

資料が藩庁をはじめ、各役所で使われるのを考慮して、見やすく読みやすく、使いやすいを重点に編集された地誌に、杏坪はもとより、多くの関係者が満足した。幕府へ献上するために項目を減らし、漢文に改める作業にも精力を尽くした。

この藩志上梓《じょうし》に尽力した多年の功績を讃えて、頼万四郎には五十石が加増され、家禄は二百五十石になった。

老後の憂いは消えた。杏坪はしばらくの間、肩の荷を下ろしたような気分にひたった。

ひとつ気になるのは、大島与一のことだった。

早いもので、与一と清が同僚の手付井上新八と事を起こして藩を出てから、数年になる。その間、三、四度文をよこしたが、その内容といえば律儀に近況をつづっただけの素っ気ないものだった。領外へ出た理由が曰く付きだっただけに、多くを書けないのだろうと杏坪は元部下の心境を思いやった。

文には、すでに京の山陽の所を出て大坂にいると書いてあった。山陽からも、与一は杏坪が望んだとおり、大塩平八郎の家塾へ預けることになったとの知らせは届いていたが、大坂で与一と清がどんな暮らしをしているかは、詳しくはわからなかった。

折しも、その山陽が母親の静を京に招いた。杏坪にもその旅に同道して、是非にも京へ出てこいと誘ってきた。七十二になって足腰が弱ったとはいえ、まだまだ旅への憧れを失ってはいなかった杏坪は、久しぶりに心浮きたつ思いだった。

路銀は大坂まで都合してくれれば、あとの面倒はすべて任せてほしいなどと、殊勝《しゅしょう》な文面で誘う甥の気遣いにも励まされ、杏坪は藩庁に休暇を願い出た。

ほどなく願いは聞き届けられ、郡役所は異例ともいうべき、百日間の休暇を許可したのだった。

二月末（旧暦）、杏坪、静、それに山陽の子餘一《よいち》ら一行は広島を発って、三月初めに駕籠と船を乗り継いで大坂に到着した。短い休憩をとった後、八軒家の渡し場から、三十石船に乗って淀川を溯《さかのぼ》った。伏見で船を降りてからは、山陽の屋敷のある鴨川べりの東三本木までは駕籠に揺られて行った。

「叔父上、待っとりましたけえ」

庭に出て今や遅しと待ちかまえていた山陽は、開口一番広島弁で大声をはり上げた。

山陽の妻の梨絵も挨拶にきた。初めて顔を合わせたのだが、杏坪は山陽がよい伴侶を得たと思った。若い頃は美形が好みで、あちこちで浮名を流した甥だったが、小柄で器量もそこそこの優しげな女子と所帯をもったのを、杏坪は心から喜んだ。家族思いで気さくな性格で、何より夫を敬う梨絵の態度に好感が持てた。

「またまた、眺めがええ場所に家を建てたものよ」

杏坪は川べりを望む書斎に立って、川の流れとその彼方の山々の景色を眺めやった。

「どうです、叔父上。山紫水明《さんしすいめい》の地でございましょう?」

山陽は誇らしげに言って、広い庭に客らを案内した。そこここに主人好みの樹木が植わっており、奥には新たに建てた塾生用の宿舎も見えた。

「それにしても、さほど遠くない所には狭斜《きょうしゃ》（＝色街）な趣の場所があるではないか。思索や勉学の妨げになりはせんかの」

「もとより、問題ありません。心頭滅却すればの例えどおり、火に入りては水を思い、闇にあって明けを求むるがごとき境地に達する修練を積むには、繁華で猥雑な雰囲気に近しい地こそ、むしろ恰好の舞台ではございますまいか」

杏坪が修学環境を心配するも、山陽は近くに妓楼や料理屋、出会い茶屋などが軒を連ねるあたり一帯の状況を気にしている風もなく、

「ともかく、叔父上、今夜はぶっ倒れるまで飲み明かしましょう」と甲高《かんだか》い声になった。

杏坪と静は旅の疲れもものかは、夕刻から始まった宴会では久太郎と梨絵夫婦のもてなしを受けて大いに呑み、語らい、笑い、そしてさらに盃をかさねた。

翌日午後、杏坪が庭を出て鴨川の川べりを散策していると梨絵が姿をみせて、大坂から客が来たと告げた。

待ち人来《きた》る、か――杏坪の口から思わず独り言がとび出した。

急いで屋敷に戻ると、与一はすでに居間に通って杏坪を待っていた。与一の後ろにはすっかり主婦らしくなった清が膝を正しており、杏坪を見ると、はじけるような笑顔になって深々と頭を下げた。隣には女の子のような愛くるしい顔だちの男の子がいて、母親

を真似てぎこちないお辞儀をした。

「先生、おなつかしゅうございます」

与一は声を震わせて言った。三十も半ばになって髭も濃くなった元手付は、物腰にも落ち着きが出てきて、いわゆる壮年の色気とでもいうべき雰囲気をただよわせていた。

「息災でなによりじゃ。清も元気そうじゃの」

「杏坪先生、ご無沙汰ばかりで、申し訳もございません。ほんまにその節は有難うございました。えっとお礼も言えずにお別れして、あい済まぬことでございました――」

これは息子の栄太でございます、と清は子の頭をなでながら言った。

「いくつになった？」

「四つ……」

栄太はもどかしげに口を動かしながら、杏坪に向かって右手の指を四本突きだした。笑うと、母親ゆずりのえくぼが幼顔《おさながお》をいっそう愛らしく見せた。

「久太郎から聞いておるが、大塩殿に世話になっておるそうじゃな。暮らしの方はどうじゃ、あんじょういっておるか」

「はい。目下、大塩先生の家塾の下働きをさせていただいております」

大島与一は相変わらず控え目な言い方をした。

山陽の話では、与一は頼山陽と頼杏坪という二人の学者の推薦をうけて、大塩平八郎の家塾洗心洞《せんしんどう》に入門を許された。初めこそひとりの塾生だったが、妻帯の身の上や勤勉さが認められ、大塩邸の離れに住まいし、主家の雑用と塾の雑務を賄う役を与えられた。学力がついた今では、平八郎や塾頭が不在の際は、幼少の塾生に学習指導もしているという。

「大塩殿は、名与力との評判もあると聞くが、そのほうの見立てはどうじゃ」

「杏坪先生と同様、たいへん実行力ある方でございます。奸吏貪商《かんりどんしょう》の横暴を許さず、不正腐敗を忌《い》み嫌っておられる点でも杏坪先生そのまま、という気持ちでお仕えしております」

熱く語る与一の表情を見ているだけで、彼が新たな主人へ向ける敬意の深さがしのばれて、杏坪は目を細めた。

与一の言うとおり、大塩平八郎中斎《ちゅうさい》は上役の信頼を盾に、市中の取締りはもとより、破戒僧や奉行所内の悪徳与力・同心、それにダニのような御用聞き、目明かしなどの奸吏をも一掃せんと意を尽くしたりしているという。だが、山陽の大塩評を聞けば、与一の話を額面どおり受け取るわけにもいかない気がした。

大塩はあまりに直情径行が過ぎる男でしてな――と山陽がぽつりともらしたことがあったからである。

「短慮、浅慮の類ではないにせよ、あれには熱情にかられて悍馬狂鶏《かんばきょうけい》のごとき言動をなす一面もありますゆえ」

と山陽は意味深長な言い回しで平八郎を評したのである。そうした性格の人物を師と仰ぐ与一の将来に、杏坪は一抹の危惧の念をいだいたのだが……

「申し遅れましたが、先生。このたびは地誌の完成、まことにおめでとうございます。積年、先生が負われました労苦に対しまして、心からの労《ねぎら》いとお慶びを申し上げます」

山陽を通じて『芸藩通志』発刊の報は伝わっていたようで、与一は心底喜んでいる表情で言った。

「やっと殿の御心《みこころ》にかなうことができて、肩の荷が下りたようじゃ。そちにも苦労をかけたの」

とんでもございません、と与一は頭をさげた。

「その後、北辺はいかがでございますか」

「近年は天候にもめぐまれ、民百姓らも落ち着いた暮らしができておる。先年には、恵蘇の高野山で稲のひと茎に二本の穂がつくという珍しいことが起きての。瑞象《ずいしょう》（＝めでたいしるし）出来《しゅったい》とて、皆で狂喜したものじゃ」

杏坪は、庄屋からの知らせで現地に駆けつけ、たわわに籾をつけた稲穂を目の当たりにしたときの感動を口にした。そのとき歌人頼杏坪は、天恵と君恩を讃えて次のような歌を詠んだ。

わか君のめくみの露の玉くしけ二穂のいねもここら生ひけり

「あの北の里が安寧と聞き、安堵いたしました」

と与一は返したあと、すぐ話題を変えた。故郷にこだわれば、井上新八の件を思い出したり思い出させたりするのを、彼自身が避けたのではと杏坪は思った。

「たとえ短い間とはいえ、こうして町中に暮らしておりますと、百姓らの窮乏をすっかり忘れてしまうものとみえます。洗心洞にも百姓出の塾生がおるにはおるのですが、みな富農の子弟ばかりで、わたしが知る貧窮の民とはひと味、違うております。彼らからは、まことの百姓の姿は伝わってこないのが残念です」

杏坪は、与一の言葉に大きくうなずいて耳をかたむけた。

「他方、こちらでは、商人の横暴が目に余ります。米が足らず高値になれば、蔵にため込んで売り惜しむのはまだかわいいほうで、大名貸しなどして暴利を貪《むさぼ》る者もおるようです。ときに世の中はこうしたあきんどによって動かされているのでは、と思うこともあるほどでございます。大塩先生の言をお借りすれば、豪商の金銀の臭いを嗅ぎつけ群がる姿や、まさに砂糖に寄せ集まる蟻のごとき様、とでも申せましょうか」

与一は時がたつにつれて饒舌になっていき、備北の山村を駆け回っていたときのような、溌剌とした表情が髭面のなかに垣間《かいま》見えた。

「すっかり大坂の人間になったようじゃな」

「とんでもございません。根っからの在所者ですから、七年八年町場の暮らしをしたからとて、性根は変わりません。よう広島の夢を見ますし……こんなにいたっては――」

と与一は清の方を振り向いて、

「いまだに備北の言葉使いもなおりません」

と言った。当の清は、まあ、とばかりにおどけた顔つきになった。そんな夫婦のやり取りを見ていると、家族三人でつましく暮らしている様子がうかがえて、杏坪はいっそう満ち足りた心持ちになった。

夕方になって山陽が出先から戻ってきた。与一に会うなり、山陽は、

「しばらく無沙汰をしておるが、大塩殿は元気か」と友人の安否を問うた。

「はい。壮健にて、公私とも多忙な毎日を送られております」

「そうか。大坂町奉行高井実徳はいたく大塩を信頼しておるそうじゃから、さぞや辣腕《らつわん》をふるうておろう。その方も、何かと主人の力になってやれよ」

柄に合わぬ優しい口調の山陽に与一が深く頭をさげるのを、杏坪は芝居のひとこまを見るように眺めていた。

夕食は静や山陽の実子餘一らを加えて、にぎやかな宴《うたげ》となった。

静は生まれが大坂だけに、京にいるだけで水を得た魚のように生き生きして、まるで小娘のようにしゃべり、笑い、そして飲んだ。

「久太郎もようがんばったなあ。うちはあんたが京でがんばってくれてるさかい、たびた

びこっちに来られて、それだけでもじゅうぶん親孝行や。ほんま、うれしいわ」

「母上、ありがとうございます。さても、さても、今まで言わんでおこうと思うておりましたが、今宵のような楽しい場では、隠しだてもできますまい」

と山陽がひと呼吸おいた。皆の視線が一斉に山陽に注がれた。

「実は、いよいよ『日本外史』を松平白河侯（定信）に献呈するはこびとあいなりました」

「それは、まことか！」

まず、杏坪が大声を発した。

「なぜに、早よう言わんのじゃ。あの労作が白河侯に認められるとはのう。まこと、慶賀のいたりよのう」

杏坪は、大げさなほど感慨深げな口調で言った。

「ほんま、ようがんばりはったなあ、久太郎殿。うちはつくづく幸せもんよなあ」

「山陽先生、おめでとうございます」

静が母親らしくねぎらったあと、与一も祝いの言葉を口にした。

寛政十二年、脱藩後の幽閉生活中から書き始められた歴史書は二十六年の歳月をかけて二十二巻の大著に仕上がった。叔父春風の助言を得て『日本外史』と題されたその史書は簡潔で平易な文体で、情熱的な名文であった。それが、山陽の人脈を介して伝わり、前老中松平定信が注目するところとなったのである。

座はしばらく、山陽と杏坪のあいだで『日本外史』とそれにまつわる歴史上の人物をめぐって話が交わされた。甥と会話しながらも、杏坪は与一と清に気を配った。

与一はくつろいだ表情をして二人の儒者の話に聞き入っている。そのわきでは清が息子の栄太を気遣いながらつつましげに箸を動かしつつ、座の隅にひっそり控えていた。

翌日、山陽は客を嵐山の花見に招待した。

「吉野の桜見物へ出かける前に、叔父上、母上、まずは京の花を満喫していただきたいと思って準備しておりました」

京の市中は穏やかで、春爛漫である。山陽はもとより杏坪にも、南朝の都である吉野に咲き誇る桜を見たいとの願望があったが、当然、京の花も見逃すわけにはいかない。

さっそく出発することになった。

杏坪は与一の家族にも同行するよう誘ってみた。

「ありがたいお誘いではございますが、わたしどもはご辞退申しあげます。大塩先生にお世話いただいておる身ですから、三日も四日も塾を空けるわけにはまいりません。お名残おしゅうはございますが、これにてお別れ申し上げます」

杏坪は与一らしい心持ちを斟酌《しんしゃく》して、重ねて誘うことはしなかった。かつての部下は、今は大塩平八郎を新たな主人と定め、その恩義に報いようとしているのだ。

「与一、達者で暮らせよ。清と息子をいつくしんでやるのじゃぞ」

「ありがとうございます。杏坪先生、先生には重ね重ねお世話になりました。これが今生《こんじょう》のお別れになるやもしれません。どうぞご自愛なさってくださいませ」

与一は傍目もはばからず涙を流した。清も泣いた。かたわらではふた親が目頭をぬぐう姿を、息子の栄太がきょとんとして見つめていた。

こうして与一家族は杏坪との短かすぎる再会を惜しみつつ、淀川を下って大坂へと戻っていった。

山陽に率《ひき》いられた杏坪ら一行は嵐山を離れ、さらに桜を訪ねて吉野へと向かった。

『日本外史』のなかで南朝を正統と主張する山陽にとっても、同じ立場をとる杏坪にとっても、吉野の桜を見る感慨はひとしおであった。後醍醐天皇の陵《みささぎ》に詣でて世に知れた名所の桜を愛で、酒肴を楽しみ、歌を詠んで逝《い》く春を惜しんだ
吉野からは奈良に向かい、宇治を経て東三本木の山陽亭までの旅程は天候にもめぐまれ、道中、杏坪は足が痛むのも忘れて、人生最後となる旅愁を満喫した。

「久太郎のおかげで忘れられん旅になったのう」

「ほんま、うちもそうやわ。ありがたいことに、命の洗濯ができたがな」

杏坪がつぶやくとすかさず静が応じて、息子の山陽と顔を見合わせて微笑み合った。

「久太郎、もっともっと偉うなれ」

「叔父上、まあ、見とってつかあさい。わしはのし上がってみせますけえ。ですけえ、叔

父上には、長生きをしてもらわにゃなりませんぞ」

「おう、そのつもりじゃ。頼山陽の名がこの神州の津々浦々に轟くのを見届けるまでは、わしは死なんぞ」

「万さま、その意気、その意気」

静は火を煽るように、手にした扇子で義弟の顔を何度もあおいだ。

「叔父上、こんどはわしが三次に訪ねて行きますけえ、北辺のうまいもんをたんと食べさせてつかあさいよ」

「まかせておけ。鮎でも猪でも、腹がねじけるほど食わしちゃるけえ、覚悟して参るがよい。じゃが、早う来んことには、わしは三次の地を追われるかもしれんでな」

「では、両三年のうちには必ずお訪ねしますけえ」

「おいおい、それほど待たにゃならんのか、なにやら待ち遠しいのう」

杏坪のひょうきんな言い方に山陽と静ばかりでなく、一座のものが皆笑い声をたてた。


山陽に言った言葉とは逆に、杏坪は三次から離れるどころか、京・吉野に遊んだ翌年、町奉行を拝命し三次へ常駐することになった。杏坪、七十三歳のときのことである。

そして山陽は約束どおり二年後の二月、杏坪の居宅である「運甓居《うんぺききょ》」を訪ねてきた。このとき山陽は母の静を伴ってやってきた。

「えらい、寒い所やのう」

旅装を解くや、静は開口一番、北辺の肌を切るような寒さを嘆いた。

「京の冬も格別冷えますが、ここの寒さも尋常ではありませんな。叔父上が酒を手放せんという意味がようわかりました」と山陽。

「万さまがよう呑みなはるんは、寒さとは関係おまへんがな。うちとおんなじで、根っから酒好きなだけだわな」

「そうなりますか」

山陽は母親に同調して、叔父に優しい笑みをこぼし、口調をあらためた。

「『運甓居』とは、またまた大仰で叔父上らしい命名ですなあ。なるほど陶侃《とうかん》ですか」

山陽は、表上の間の長押《なげし》に掲げられた額の字を見て言った。

陶侃は晋《しん》の人で、詩人陶淵明《とうえんめい》の曾祖父《そうそふ》にあたる武将である。書によれば、陶侃は広州の施政官を務めていた頃、毎朝百枚の甓《かわら》を部屋の外に運び、夕方にはまたそれを室内に運び入れて、日頃から心身の鍛練に努めたという。つまり、「陶侃運甓」とは、平時はもとより有事の際にも、冷静に対処できるよう日頃から精進すべしとの故事なのであった。

この扁額《へんがく》を目にしただけで、山陽には叔父がいかに北辺の地の安寧に心を砕いているかがよくわかったのである。

「郡方の代官と比べて、町奉行職はいかがですかな」

山陽はずけずけと訊いてきた。

「ひと言、退屈じゃの」

それは杏坪の本音であった。

町奉行になったからではない。代官所の職務をこなしていた頃から、郡政を改新しようという意欲はすでに減退していた。歳のせいだと思うようにしてはいたが、実は大島与一がそばにいないからだということは、自分でもわかっていたのだ。

町奉行になって、ますます民心から離れたと思った。治安保持や訴訟事を専らにする町奉行所では領民はみな性悪《しょうわる》な人間に見えて、彼らの窮状に肩入れしようとする気になれないのである。退屈じゃ、と杏坪がつぶやいた裏には諸々の感慨がこめられていたが、それが山陽に伝わるはずはなかった。案の定、

「なるほど、手持ち無沙汰というわけですか」

と甥は軽く応じて、また話題を変えた。

「ところで叔父上は、この領内北部に関わりを持って何年になりましょうな」

「斉賢さまが北辺をご巡察なさった折、随伴を命じられたのが五十の時じゃから、あれから二十五年にもなろうかの。思えば、まさに矢のごとく過ぎ去った日々じゃ」

「その間、民の暮らしがたつよう不断に尽力された……」

杏坪は甥の猪口《ちょこ》に酒を注ぎながら、膳にのった名物の鮎の塩辛をつつくよう勧めた。

山陽がその肴に箸をつけるのを目で追いながら、

「久太郎が評価してくれるほどの成果が上がっておれば、わしも胸を張って致仕することができるのじゃが、見てのとおり、この歳に至ってなお道半ばにも達しておらん。嘆かわしいというか、痛恨の極みよのう」

と言って、杏坪も自ら猪口の酒を一気に飲み干した。

膳にはこの地方の名物が並んでいた。三つの川の清流で育った去年秋の落ち鮎は、塩漬けや味噌漬けにして保存したもので、焼いて香ばしい匂いをたてている。猪肉《ししにく》は里芋や蒟蒻、人参などといっしょに炊いてある。寒鮠《かんばえ》は奉行所の下役が釣ってきた。甘辛《あまから》醤油で煮付けたのと、てんぷらになったのとが皿にのっている。

京で約束したとおり、杏坪は甥のために山川《さんせん》の珍味を取り揃えた。

山陽は鮎の塩辛で猪口を干したあと、鮠のてんぷらに手をのばした。さくっという音が歯の間からこぼれた。

「藩政の改新に頭を痛めているのは叔父上だけではありませんぞ。天領におるわしの知り合いのなかにも、領民のためとて、中枢部と懸命にせめぎあっておる下級官吏がおります。ある者は急進すぎる献策をしたため、政事から遠ざけられ、またある者はあからさまに旧態たる施策を批判する建議書をこしらえたため、隠居を余儀なくされてしまいました。それでも、めげることのう重役に楯突く者もおりますがの…… まあ、大塩平八郎など、その典型といえましょうかな」

杏坪は、うなずきながら猪口を膳に置いた。すかさず、静が、

「大塩はんいうたら、大島とかいう人が世話になっとるんやったなあ。その後、息災であるんやろか」

と、杏坪の先回りをして訊ねた。

「つい半年ばかり前も、大塩が京にやってきたので訊ねてみましたが、妻子ともども元気でやっておるとのことでした。大塩も与一の人柄にすっかり惚れこんでおる様子での、何かと頼りにしておるようでした。あの気難し屋の与力の信を得るとは、叔父上が見込まれたとおり、大島は一廉《ひとかど》の男のようですな」

山陽は母の静に語りかけながら、その言葉は専ら杏坪に向けられていた。

大塩平八郎中斎は西水荘に山陽を訪ね、大坂町奉行所の改革を議論するついでに、家僕である大島与一のことも話題にしたのだった。ひとくさり与一の暮らしぶりや性格分析を口にしたあと、大塩はいつものように山陽に憤りをぶつけた。

「天下の台所」との異名をとる町を牛耳る奸商と癒着して不正腐敗に手を貸す奉行所を、大塩は民衆を困窮せしめる元凶とみなしており、江戸の幕閣にばかり気をつかう天領の町奉行をこきおろしさえした。そうした話題のなかで、平八郎は与一のことに触れたという。

「学問こそ深くはないが、窮民の心情により添い、民の側の義に篤《あつ》い希有《けう》なる男——大

島与一を評して、こう中斎が言うておりました」

山陽は叔父の反応を楽しむかのように、杏坪と母静の猪口に銚子をかたむけた。

「与一はもともと叔父上から薫陶を受けておったでありましょうから、烈火のごとき性分の中斎と出会って、いっそう勧善懲悪へと感化されたのやもしれません」

杏坪はかつての部下に対する讃辞を聞きながら、頬をゆるめて猪口を膳にもどした。

杏坪は酔っていた。年とともに酒は弱くなった。次第に甥の意気軒昂《けんこう》な話にもつき合いきれない心持ちにもなっている。杏坪は若い頃の与一を思い出しながら、忍び寄る老いを痛感していた。

杏坪は脇息にもたれてつぶやいた。

「それにしても歳月人を待たずじゃな。古希を過ぎてさえ何もかも志半ばとはのう」

「何を申されますか、叔父上。学問界はまだまだ叔父上を必要としておりますぞ。政事はこの佐一郎が叔父上の意志を継ぎましょうから、今後とも心置きのう学問を究めてくだされ」

山陽は言いながら、脇で酌をとっている佐一郎の肩に手を置いた。

こうして屈託のない叔父と甥の語らいをよそに、北辺の長い冬の夜はしんとして更けていった。

二日の間、北辺の如月《きさらぎ》の情趣を楽しんだ後、山陽と静の親子は名残りを惜しみつつ三次を去った。

終章　それぞれの別離

翌年、七十五歳になった頼万四郎杏坪は、老齢を理由に町奉行を致仕した。寒暑厳しい北辺の地での生活が苦痛に思えるようになったのも確かだが、杏坪から奉公への意欲を奪ったのは、この年の十一月、五十八歳の藩主斉賢が病死したことだった。思えば、杏坪が北辺の安寧に心を砕いたのは、ひとえに斉賢の意を具現せしめんがためだった。どんな時もいつの場合でも、斉賢の意向に沿いたいとの思いで行動してきた。とりわけ北辺に献身したのは、当地を懸念してやまなかった藩主の名代でありたいとの気概もあってのことだった。

その斉賢を失うことで、杏坪は精神的な支えをはずされたように感じたのだ。もはや、政事の改新に邁進《まいしん》しようとする気力も体力も残ってはいなかった。

その二年後、山陽久太郎が五十三歳でこの世を去った。手を焼かされつづけた甥だったが、今や功なり名を揚げ、これから、というときの死だっただけに、深い喪失感が、またまた老境にある杏坪を襲った。

学問的には競い合う相手、結びつきでは実の息子以上の存在だった久太郎山陽。わしより先に逝くとは。あまりに切ないではないか、悲しいではないか。そうつぶやきながら、痛む膝をさすりつづけた。

さらに二年後の天保五年（一八三四）の夏、杏坪は暑気にあたって体調をくずした。七月二日に亡き妻恭子の十七回忌を行ったりして、その疲れがたまったせいもあろうか、そのまま病床についたのである。

そして、七月二十三日。

容態の急変を知らされ、義姉の静も枕元にかけつけた。すでに杏坪の顔は蝋《ろう》のように白く、額や頬には幾筋もの皺が浮いている。意識が朦朧《もうろう》としているのか、傍目《はため》にはうつらうつらして、まどろんでいるように見えた。

佐一郎が、医師を案内して部屋に入ってきた。その気配を察したか、杏坪の重い瞼が動いて息子を見つめ、

「与一か……」

と言った。

「わたし、佐一郎ですよ。忠庵先生がいらっしゃいました。それに、伯母上もそばにおられますぞ」

そうか、と杏坪は弱々しい声をもらし、静が日頃から気にしている口腔《こうくう》の不調を気遣い、

「義姉上、口のしびれはいかがでござるや」

とつぶやいたのが頼万四郎、最期の言葉となった。

「わては大丈夫やで、杏坪はん」

静はそう言って病人の額に手を置いた。

「与一はんも、もうじき来はるさかいな」

だが、気休めの嘘を口にする静の声は、ついに病人の耳に届くことはなかった。

希代《きたい》の儒官にして不屈の地方官吏、頼杏坪の静かな旅立ちであった。


天保八年（一八三七）四月、夕刻。

御蔵奉行頼佐一郎采真《さいしん》の屋敷を子連れの女が訪ねてきた。長旅だったらしく、女の縮れた髪は汗と埃にまみれ、十二、三歳の少年の顔は鼻や口のまわりが泥をすりつけたように汚れていた。二人の着物の裾は土くれが染みついており、足には今にもちぎれそうな草鞋をつっかけている。

女は、自分は杏坪先生の古い知り合いだという。物乞いだと思った下男は女の言い分には取り合わず、邪険に追い払おうとした。ちょうどそのとき、裏門のあたりが騒々しいのに気づいた佐一郎が勝手口に姿を見せて、門を閉めようとしている下男を呼びとめた。

「若先生」

佐一郎を認めた女が、門扉《もんぴ》にすがりつくようにして叫んだ。

「おお、そなたは――」

佐一郎は目を疑った。

「清、清さんではないか」

かつて父親が何かと目をかけてかわいがっていた端女《はしため》だとすぐわかった。夫となる大島与一が、同役を斬って、領外へ出奔するのについて大坂へ上ってから何年になるだろうか。突然の再会に佐一郎の方が興奮した。

「入れ、ささ、はよう中へ入れ」

きょとんとしている下男を尻目に、佐一郎は母子を門の内へといざなった。

「大坂から戻って参ったのか」

「はい…… ご無沙汰をいたしましたうえに、ただいまは突然お邪魔をいたしまして、まことに申し訳ございません」

「何を言うか。さあさあ、足でも濯《すす》いで座敷へあがれ」

佐一郎は下男に足湯を言いつけて、清の肩を抱くようにして玄関へ連れていこうとした。

すると、

「お初にお目にかかります。栄太と申します。その節は母が大変お世話になりましたそうで、ありがとうございました」

母の後ろに隠れるように控えていた少年が、汚れた着物の襟元を掻き合わせると、佐一郎に向かって丁寧な挨拶をした。

「そうか、栄太と申すか。大坂からよくぞ母御《ははご》を支えて参ったの。御苦労であった」

佐一郎は少年の顔をじっと見た。以前にこの子に会ったような気がしたのだ。

「広島は初めてか」

「はい。初めて参りました」

歯切れよく答える少年は、涼しい目をしていた。その睫毛の長い切れ長の目は、確かに大島与一の目そのもののように佐一郎には映った。

「聞けば大坂はひどう騒がしかったようじゃが、清さんらには大事なかったかの？」

湯浴《ゆあ》みを済ませ、下男下女から借りた着物を着て居間にすわった清と栄太に、佐一郎はやさしく声をかけた。

騒ぎとは、二月に起きた大塩平八郎の事件のことであった。

かねて父万四郎から聞いていたとおり、激しやすい大塩平八郎中斎は突如、無分別とも思える行動に出た。大坂周辺の村々の飢餓に苦しむ窮民を救わんとして、蹶起《けっき》したのである。

大塩は、蔵書など全財産を売り払って窮民に分け与えたあと、門弟を煽動して窮民や遊民を糾合して市内の豪商宅を掠奪し、奉行所まで襲撃しようと企てた。

しかし、この蜂起は門弟の裏切りにあい、事前に代官所に計画がもれ、急ごしらえで決行したためその遂行に一貫性を欠いた。加えて参集した百姓や町人らは、大塩平八郎の思想に感化されたわけではなく、それこそ単なる暴徒の集団であったから、周章狼狽の体の東西町奉行所によるわずかばかりの反撃をくらっただけで、一気に瓦解した。

時宜にも同志・従者にも恵まれず、大塩の乱は完敗した。義挙を目ざした陽明学者大塩平八郎の意思は成就しなかったばかりか、わずか一日で終息した事件は、単なる放火・掠奪・凌辱といった卑賤な犯罪に堕《だ》してしまったのである。

大坂東町奉行所元与力が叛乱を起こしたと伝え聞いたとき、愕然となったのを佐一郎はおぼえている。

大塩平八郎といえば従兄である山陽と親交があった人物だけに、彼にとっても他人《ひと》ごとではなかった。何より、父万四郎が「平八郎に暴走の恐れあり」と予言していたことが現実となったことに驚いたのだった。

「旧弊を改新するとて、短兵急（＝だしぬけに事を起こすこと）を求めてはならぬ」

父親はそう言って、政事の旧態が改まらないのを嘆く佐一郎をたしなめたものだった。

だが、大塩平八郎はその短兵急を欲して、蹉跌《さてつ》（＝失敗）したのだ。

ただ挫折しただけではない。蹶起の失敗は、大塩の家塾洗心洞で学んでいた多くの塾生の将来までも奪ってしまった。

事後に彼らを待ち受ける苛烈な処罰を思えば、佐一郎の心は痛んだ。同時に、父が生きてこの事件を知ったなら、どんなに嘆き落胆しただろうかと思った。さらに、洗心洞には父が目をかけていた大島与一が世話になっていたのも、佐一郎にはずっと気がかりだったのだ。

「ご亭主はどうした？」

訊きにくいことだったが、問わずにはおれない。

清はうつむいて、首を振って、しばらく沈黙したあと、事件の翌日に別れたままでございます、と、やっと重い口を開いてつづけた。

わたしはもっぱら大塩先生の奥さま、ゆう様のお世話とお手伝いをさせていただいておりました。あの事件の少し前、ゆう様とみね様（＝平八郎の息子格之助の妻）は、大塩先生からみね様のお父上橋本忠兵衛様の在所である般若寺村《はんにゃじ》へ移るよう命じられました。わたしと栄太は引き続きおふた方のお世話をするため同行するようにと言いつけられました。夫は、塾に残してほしいと懇願したそうですが、大塩先生はそれをお許しにならず、女子供を守ってほしいと言われ、ゆう様一行の警護を申しつかったのです。

夫は大塩先生が門弟の方々と何をなさるかは、薄々知っていたのでしょうが、わたしは不覚にも、塾を建て替えるために引っ越すのだという下働き仲間の話を無邪気に信じておりました。

大塩先生が蹶起されたと聞くと、夫はすぐさま町内へ駆け戻ろうとしました。しかし、ゆう様が厳しくたしなめられました。与一がいなくなったら、誰が女子供を守ってくれるのか、とゆう様は必死に夫を説得なさいました。

今にして思えば、それはわたしや栄太に対する思いやりだったのでありましょう。大塩先生には夫はあくまでも山陽先生から託された人間、というお気持ちがあり、ゆう様もそのことを大事にされて、夫が襲撃の現場に向かうのを許されなかったのではと思います。

義挙の失敗はその日のうちに橋本様の屋敷にも届きました。それを知らせに来られた門弟の方の口から、塾生のどなたかが蜂起の計画を奉行所に密告したのだと聞かされました。夫は血相を変えました。あれほど怒りに燃えた夫の形相を、わたしはそれまで見たことがありませんでした。

その夜、夫は大塩先生への恩義を口にして、それに報いなければならない、とわたしに言ました。そのためには、襲撃に遅れた分を裏切った人たちを斬ることで贖《あがな》うつもりだと申しました。

密告されたのは、平山助次郎様と吉井栄太郎様、それに河合八十次郎《かわいやそじろう》様だということがわかりました。平山様は古くからの門弟の方で、わたしも何度かお目にかかったことがございましたから、聞いたときは腰が抜けるほど驚きました。さらに吉井様と河合様は十六と十八の若い方で、素読などの指導をさせていただいたことのある夫は、やはり驚くとともにひどく落胆したようでございました。

夫は常日頃から息子に対しても、人の信を裏切ってはならぬ、義に背《そむ》くな、と口を酸っぱくして申しておりましたから、三人の門弟の方々の行いに、胸のうちでは強い怒りも感じたのでありましょう。

「裏切りは義にもとる。杏坪先生にも約束したとおり、わしは義を貫くつもりじゃ。もとより中斎先生のご恩に報いるためにも、何がなんでもあの三人を斬らねばならん」

主人はかよう申して、橋本様に太刀を所望すると屋敷を出ていきました。

必ず戻る、と約束してくれたのですが、それ以来、わたしたちは夫に会うことはできませんでした。

大坂にいたのでは危険が及ぶと思われたのか、ゆう様は橋本様の縁戚を頼って美濃国《みののくに》へ向かおうと決心されました。わたしどももご一緒したいと申し上げたのですが、そこも安全ではないということで、今後予想される厄災を避けるため、広島へ向かうようにと命じられたのでございます。

後ろ髪を引かれる思いではございましたが、ゆう様の言いつけに従い、橋本様をはじめ、あちこちの方々にさまざまお骨折りいただいて、ただいまこうしてここまで戻って来られたような次第でございます――。

清は時おり涙を流し、袖口で目じりを拭いながら話しつづけた。

つかえながら語る大塩の反乱以後の顛末に耳をかたむけながら、佐一郎は清と息子に対し、憐愍《れんびん》の情を禁じえなかった。淡々とした清の言葉の裏には、その何倍もの悲惨な意味合いが込められているに違いなかった。

「父もそのほうらのことは心配しておったぞ」

「ありがたいことでございます……杏坪先生がお亡くなりになったのは大塩先生からうかがっておりました。杏坪先生や山陽先生には、夫もわたしも言葉に尽くせぬほどお世話になっておきながら、何ひとつ御恩に報いることができず、申し訳なく残念でなりません。不忠不孝を心からお詫びする毎日でございます」

杏坪先生、お許しくださいませ――清は奥の仏間に通されるや、杏坪の位牌《いはい》の前で這《は》いつくばるほど頭を下げ、うめくように嗚咽《おえつ》をもらした。

清が落ち着くのを待って、これからどうするつもりか、と佐一郎が訊ねると清は、今からすぐ三次の実家に帰ろうかと思うと答えた。それはさすがに認めるわけにもいかず、佐一郎は一晩屋敷で過ごすようにと説き伏せた。

母家に床をのべさせたが、清母子はそれを固辞して、離れの下女の部屋に泊まった。

翌朝、杏坪先生のお墓に参りたいという清を、佐一郎は駕籠に乗せ、比治山にある安養院まで下男に案内させることにした。清と栄太は、見送りに出た佐一郎と妻のかね子に丁寧に礼を述べ、何度も何度もふり返っては辞儀をくり返して去っていった。

後年。

御蔵方の公用で三次を訪れた佐一郎は、さっそく清の実家がある原村に町奉行所の下役をつかわして様子を探らせた。清の兄夫婦から話を聞いたという小者の報告によれば、清は代官所で下働きをしていた十余年前、突然、神隠しに遇ったように三次から消えて以来、誰もその姿を見た者はいないとのことだった。今さら失踪した妹の消息を尋ねられた兄は、ただただ当惑するばかりだったという。

大塩事件のその後も明らかになった。

大坂町奉行所の探索をかいくぐって潜伏していた大塩平八郎、格之助父子は、蜂起からひと月あまり後の三月末、隠れていた靫油懸町《うつぼあぶらかけまち》の染物屋美吉屋五郎兵衛《みよしやごろべえ》方の女中から情報が漏れて捕方に踏みこまれ、寝起きしていた離れに自ら火をつけて爆死した。また、主な門弟二十人は磔刑《たっけい》、十一人が獄門《ごくもん》、三人が死罪、四人が遠島の刑に処せられた。

平八郎の妻ゆうも捕えられ、遠島を申しつけられた。が、ゆうは獄死してすでにこの世になく、彼女に刑が執行されることはなかった。

この事件では微罪を含めると、七百余人が処罰されたと記録されている。佐一郎がつてを頼って調べてみたところ、そのなかに大島与一の名は見あたらなかった。

清が語ったとおり、大塩平八郎を裏切った古参の門弟や若い塾生がいたことも判明したが、その者たちが殺傷されたとの話は聞こえてはこなかった。

義憤にかられた与一は、密告者を斬らんと現場へ走ったという。だが、事件後の与一の消息は判然とせず、彼の行方は妻の清、息子の栄太ともども、杳《よう》として知れなかった。


ある年の師走。

頼杏坪の祥月《しょうつき》命日に比治山の安養院を訪れた家人が、墓前に奇妙なものが供えられているのに気づいた。数本の野菊のわきに、石のような形をした干し柿が三つ、粗末な笊《ざる》に入れて置いてあったのである。

墓所を世話する寺男に尋ねると、前日の夕刻まで頼家の墓のまわりに変わったことはなかったという。おそらく菊と笊は、夜から明け方にかけて供えられたものだろう。

この供物《くもつ》の話を伝え聞いた佐一郎采真は、思わず宙をにらんだ。そして、

「いずれ、来客があるやもしれぬな」

とつぶやいた。

その日以降、主人は毎夕、

「今宵も、ぬかりのう務めよ」と、口癖のように家僕らに言い聞かせた。

そのため頼邸では、当主佐一郎が御蔵奉行となって真鴨の賜邸《してい》に移ったあとも、裏門は終日《ひねもす》、施錠しないままであった。

客が誰ともわからぬまま、下男らは主人の言葉にしたがって、粥《かゆ》や濯《すす》ぎの湯を用意して、油断なく夜を過ごさねばならなかった。こうした頼家の習慣は、大塩事件の余韻が消えたのちも久しくつづいたという。

しかしながら、佐一郎が再会を待ち望んだ大島与一が、その後頼邸を訪《おとな》ったかどうかは今もって定かではない。

（了）

頼杏坪事績年表

一七五六年（宝暦六年）　一歳…加茂郡下市村（現竹原市）にて惟清の四男として出生。

一七七三年（安永二年）一八歳…大坂の兄春水のもとに遊学。

一七八〇年（同　九年）二五歳…大坂遊学二ヶ年に及ぶ。山陽誕生。

一七八一年（天明元年）二六歳…兄春水が広島藩儒に迎えられる。

一七八三年（同　三年）二八歳…兄春水に従い江戸遊学。朱子学を学ぶ。父没。

一七八五年（同　五年）三〇歳…広島藩儒に登用され、五人扶持賜る。

一七八七年（同　七年）三二歳…睦月、一五歳の恭子と結婚。

一七九〇年（寛政二年）三五歳…著書『原古編』で、朱子学真正を宣言す。

一七九一年（同　三年）三六歳…長男佐一郎誕生。

一七九五年（同　七年）四〇歳…一五人扶持賜る。

一七九六年（同　八年）四一歳　気鬱を病む甥山陽を連れ、石見有福温泉に逗留。

　兄春水に代わり世子斉賢の伴読となる。

一七九七年（同　九年）四二歳…山陽を連れ江戸に赴く。『芸備孝義伝』初編脱稿。

一八〇〇年（同一二年）四五歳…山陽脱藩し、京へ向かう。

一八〇三年（享和三年）四八歳…再び江戸赴任。御奥詰次席となる。

　『芸備孝義伝』二編成る。

一八〇四年（文化元年）四九歳…黒川道祐編纂の『芸備国郡志』改修を命ぜられる。

一八〇五年（同　二年）五〇歳…藩主斉賢の北辺巡省に随伴する。三十石三人扶持賜る。

一八〇六年（同　三年）五一歳…藩主斉賢より経世済民に関し、諮詢を受ける。

一八〇八年（同　五年）五三歳…長男佐一郎を伴い江戸に赴く。

一八一〇年（同　七年）五五歳…藩主斉賢に従い江戸に赴く。京橋門外に賜邸。

一八一一年（同　八年）五六歳…郡制につき建議す。御納戸役上席に就き、郡役所詰めとなる。

一八一二年（同　九年）五七歳…初めて三次・恵蘇郡を巡行す。恵蘇郡山内の山王社にて古老百二十七人と会飲す。鉄砲町に邸替え。

一八一三年（同一〇年）五八歳…三次・恵蘇郡の代官に就任。百十石賜給される。

一八一四年（同一一年）五九歳…恵蘇郡山王社にて「雨乞祈祷」す。国泰寺東へ邸替えとなる。

一八一五年（同一二年）六〇歳…漂流漁民引き取りのため、長崎に出張す。

一八一六年（同一三年）六一歳…奴可・三上の二郡を加え、四郡の代官となる。兄 春水没。

一八一七年（同一四年）六二歳…下布野村の知波夜比売神社にて「晴天乞祈祷」す。

一八一八年（文政元年）六三歳…郡廻り同格に昇る。二百石賜る。妻恭子没。藩史『芸藩通志』編纂局開設す。

一八一九年（同　二年）六四歳…恵蘇郡内各村々に柿植樹を奨励す。

一八二〇年（同　三年）六五歳…脚気治療のため石見・出雲に湯治療養、遊山す。

一八二一年（同　四年）六六歳…地誌編纂のため、豊田郡沿岸を巡察す。

一八二三年（同　六年）六八歳　…　恵蘇郡三日市、三上郡庄原村の紛糾を解決す。

一八二五年（同　八年）七〇歳　…　『芸藩通志』完成す。二百五十石賜給される。次兄春風没。

一八二七年（同一〇年）七二歳　…　義姉静と京の山陽を訪う。吉野に遊山す。山陽が『日本外史』を松平定信に献呈す。

一八二八年（同一一年）七三歳　…　郡廻り本役となり、三次町奉行を拝命。運甓居に住まいす。

一八二九年（同一二年）七四歳　…　山陽、九州巡行の際、三次に立ち寄る。

一八三〇年（同一三年）七五歳　…　山王社に充糧碑建立。致仕して広島に戻る。

一八三二年（天保三年）七七歳　…　長男佐一郎、御蔵奉行に昇る。山陽没、享年五十三。

一八三三年（同　四年）七八歳　…　『春秋堂詩集』刊行。佐一郎、真鴨に邸替え。

一八三四年（同　五年）七九歳　…　七月二十三日死没。比治山安養院に葬る。

年表参考文献

頼杏坪先生伝を読む会編『頼杏坪と運甓居』

戸塚らばお

本名　小原一登
一九四七年生まれ
広島県三次市君田町出身
明治大学文学部ドイツ文学科卒

・史実の裏を読み、庶民や弱者の哀歓に寄り添った作品の執筆にいそしむ。
・本書は、広島県北部を舞台にした「讐鬼走る」「涙垰」と並んで、いわゆる「北辺三部作」の一つである。他著に「満月と影」など多数。

北辺の代官　頼　杏坪

玄武の果て

この儒学者、破天荒につき

二〇二三年（令和五年）十二月一日

著　者　戸《と》塚《づか》らばお
発行者　矢野文雄
発行所　株式会社　菁文社
〒七二八-〇〇二三
広島県三次市東酒屋町三〇六番地四六
電話　〇八二四-六二-三〇五七
ＦＡＸ　〇八二四-六二-五三三七
印刷所　株式会社　菁文社
製本所　広島日宝製本株式会社

ISBN978-4-902368-26-0